講談社文庫

マインド・チェンバー

警視庁心理捜査官

黒崎視音

講談社

目次

プロローグ

薄暗がりに、白い女の顔だけが淡く浮いていた。

その部屋の灯《あか》りはすべて消され、……照らしているのは窓を覆うカーテンの隙間から斜めに射《さ》し込《こ》む光だけで、あまり広くない室内の四隅には暗がりが溜《た》まっていた。

そんな中、女の白い顔は、壁も床も曖昧にした薄闇のなかに、玲瓏《れいろう》な月のように浮かんでいた。が、やがて、何かを覗《のぞ》き込《こ》むようにうつむく。

そして、肉食獣が獲物を狙うのに似た、すうっと、闇を滑るような動きで下がっていた女の顔が、狙い定めたように宙で止まった。その顔に、横合いの窓から射す光の筋がよぎると、唇を彩った赤いルージュが、仄暗《ほのぐら》さのなかでガラスの破片のように小さく光った。

艶《つや》やかな口もとが止まったのは、薄闇のなかで仰《あお》向《む》けになって半身を起こした男の、その耳たぶのそばだった。女の唇は、息が男の耳朶《じだ》をくすぐりそうなほどちかい。

「子どもたちは　空に向かい　両手を——」

女が、秘密めいて寄せた唇からは、囁《ささや》くように『異邦人』を歌う声が漏れていた。

その、昔の流行歌を口ずさむ声は低く、か細く、……まるでせせらぎの音のように心地よく、男の耳に滑り込んでゆくようだった。

けれど同時に、その旋律は錐《きり》の鋭さを持っていた。そして女は、その響きをもって男の鼓膜を、さらにはその奥にある脳髄を刺し続ける。

「…………」

男は眼《め》を見開いたまま、耳朶にセイレーンの如《ごと》き甘い歌声が流れ込むのにまかせ、魅入られたようにじっと聞き続ける。——

第一章　血塗られた翼

一

「伊原《いはら》長、お茶です！」

支倉由衣《はせくらゆい》は、一日の始まりを告げる喧噪《けんそう》のなかで一際、快活な声を響かせると、湯《ゆ》呑《の》みを机に置いた。

警視庁多摩《たま》中央警察署。その庁舎三階にある刑事組織犯罪対策課——刑組課《けいそ》の大部屋だった。

通称〝刑事部屋〟と呼ばれるその部屋は、学校の教室を二つ繋《つな》げたほどの広さがあった。窓からは春の燦々《さんさん》とした陽《ひ》が射《さ》し込《こ》んでいて、今日一日の業務の確認や打ち合わせをする課員たちの、慌ただしいざわめきに満ちている。

そんな広い室内には盗犯、記録といった係ごとに纏《まと》まった机が島をつくっていて、支倉もその一員である強行犯係も他の各係と同様に、係長席を上座にして向かい合う格好で、係員が机を並べている。

そして、支倉が業務開始前のお茶を置いたのは、いまは不在の係長席の前にある、主任の席だった。

「おう」

そう口の中で唸《うな》るように答え、寿司《すし》屋で出されるような大振りな湯呑みを摑《つか》んだのは、伊原義之《よしゆき》。強行犯係主任、三十代半ばの巡査部長だった。

「……なんだ、今朝のは濃すぎねえか」

伊原は一口茶をすすると、ごつい湯呑みの持ち主に相応《ふさわ》しい、採掘場に転がった岩のような顔をしかめて、盆を抱えた支倉を見あげる。

「あ、あれ？　いつもと同じですよ？」

支倉は眼《め》を見張ってみせ、厳《いか》つい上司の顔色を窺《うかが》ったのだが……、その表情はまるで、ちょっとした悪戯《いたずら》を見つかった子どものような愛嬌《あいきょう》がある。

支倉は二十六歳。この春で強行犯係二年目、同時に捜査専務も二年目になる。こうしてお茶汲《く》みの〝指導〟を受けるのは、強行犯へ異動してきて以来、いわば毎朝の慣例となっていた。

「ですよねえ」

伊原の吐いた感想にすかさず同意したのは、その隣の席についた三森孝治《みつもりこうじ》だった。

「もっと丁寧に淹《い》れてよ。支倉がいっつも食ってるカップ麵じゃないんだからさあ」

「文句があるなら、あんたは自分で淹れりゃいいでしょ」

支倉は、伊原への返事とは打って変わった尖《とが》った声で言い返しながら、しかめた顔を三森へ向ける。後ろで纏めたセミロングの髪が跳ねるほどの勢いだった。

「それに、ひとの好物にまでケチつけないでよ」

支倉が眼を吊《つ》りあげるのも無理はない。三森とは年齢も同じ、階級もまた同じ巡査であり、しかも捜査員への登竜門である刑事講習の期も近い。にもかかわらず、支倉は同じ刑組課の盗犯係から強行犯係へ移って二年目であり、そのため、先んじて配属されていた三森に先輩風を吹かされるのに甘んじなくてはならなかったからだ。

警察官、とりわけ捜査員の世間は、階級という上下の序列だけではない。階級が縦糸ならば、それに人事記録、つまりは実績に加えて所属なり係へ配属された時期など、実に様々な要因が横糸になって織りなされているものだ。……とは支倉も頭では判《わか》ってはいるものの、ことあるごとに伊原の尻馬に乗った三森にからかわれるのは、やはり面白くない。

――まったくもう……、いつか思い知らせてやるんだから。

支倉は毎度のこととはいえ、こうしたやり取りの後はいつも、さも当然という顔をして椅子に尻を据えて茶をすする三森へ、胸の中だけで付け足す。

ちなみに支倉と三森は、年齢や捜査員に任用された時期だけでなく、身長もどちらも百六十五センチ前後と似通っていたのだが、――いま立ったまま盆を抱える支倉が、非番には管内のラーメン食べ歩きを欠かさないにもかかわらず、学生時代に運動に熱中した名残ですらりとしているのに比べ、三森はその歳《とし》で早くも中年以降を予想させる小太りの体型をしていた。

「まあまあまあ……」

伊原や三森とは向かい合う席から、これまたいつもどおりに、そう取りなし声をかけてきたのは、高井良彦《たかいよしひこ》だった。

高井はまだ三十になったばかりだったものの、その言葉にどこか世知長《た》けた落ち着きがあるのは、一般企業からの転職組だったからだ。中堅どころの食品会社で営業担当をしていた、と支倉は本人から聞いた。大勢の顧客に商品を売り込む経験で鍛えられた如才のなさから、強行犯係内での緩衝材の役割を果たしている。

「去年に比べたら支倉も進歩してますって。ね、佐々木《ささき》さん」

そう高井は続け、会話のバトンを渡そうと笑顔を向けた、隣の席に座る佐々木祐輔《ゆうすけ》は、イースター島のモアイ像か、あるいは渋谷《しぶや》駅前のモヤイ像じみた顔で素っ気なく頷《うなず》くと、一言だけいった。

「それなりに」

佐々木は三十代半ばの、こういった雑談の場でも滅多に表情を変えない、支倉にとって不思議な人物だった。口数もいたって少ない。とはいえ陰険というわけではなく、新人の自分に意地の悪い真似《まね》をするわけでもない。それどころか、支倉が業務上の質問をすると、いつも手短ながら適確に答えてくれる。人が悪いわけではなく、ただ変わったひと——支倉も最近は、そう割り切って接している。

そんなわけで支倉は、座っていても長身なのがわかる先輩のおざなりすぎる一言に、内心でちょびっと頬を膨らませただけだったのだが、——出勤時から気になっていたことを言った。

「あ、でも、新人が来たらお茶汲みは交代ですよね？」

「馬鹿野郎、お茶汲みひとつでも立派なデカ修業だと、いつも言ってるだろが」

伊原は支倉の期待を込めた言葉に言い返してから、何事か思い当たったように続けた。

「……そうか、そういや今日だな。例の奴が、ここへ配属になるのは」

「やったあ！　これでお茶汲み、雑用の負担半減……！　それどころか私が係の先輩として、びしばし指導いれちゃったりして」

支倉は喜色満面で跳び上がらんばかりに声を弾ませたのだが、伊原は何事か考え込んだ表情のまま言った。

「今度ここへ来る奴《やつ》は、おめえに指導されるような、トウシロに毛が生えた程度の奴じゃねえよ。丹後《たんご》主任殿の後釜だ」

「なんだ、巡査部長さんなんだ……」

支倉としては落胆せざるを得ない。が、考えてみればそれは当然ではあった。この春の異動で強行犯から転属したのは、主任であった丹後だけだったのだから。強行犯係には主任である巡査部長は二人いる。一人は目の前にいる伊原だが、もう一人が新しくやってくるということだ。

「それに、だ」伊原はやや声を低めて言った。

「まだ若いが、そいつがここにくる前の所属は――」

警察部内にあっては、一般企業でいう部署のことを〝所属〟と称するが、伊原の言葉の続きを、机に身を乗り出した高井が引き取る。

「噂《うわさ》では、本部の〝捜一〟だったとか」

「高井お前、毎度どこから……」

伊原は呆《あき》れたように、高井の外回りで鍛えた微笑を見返す。仕事は人脈から、というのが高井のモットーで、いつも様々なツテから情報を仕入れてくるのだった。

いつしか強行犯係の席に着いた面々が、伊原に注目していた。人事は、どのような組織であっても属する人間にとって重大な関心事だが、それは警察官にとっても変わらない。

とくに支倉は、新しい上司の業務歴を聞いて俄然《がぜん》、興味を引かれた。なにしろ、〝捜一〟といえば――。

「捜一って、あの……捜査一課、ですよね？」支倉は眼を輝かせた。

警視庁本部捜査第一課。選び抜かれた刑事部の精鋭集団。その象徴である赤いバッジを襟元に光らせた〝花の一課〟。

一千万都市である東京の、凶悪犯罪に対抗する牙城だ。

「すごい……！　どんなひとなんですか？」

盆を胸に抱えて前屈《まえかが》みになり、伊原の顔を覗《のぞ》き込《こ》む。

「それがな……、どうもお警らしい」

そう聞いた支倉の心の中で、好奇心が散歩をせがむボーダーコリーのように跳ね騒ぐ。

——元捜一で、しかも私と同じ女性警察官……！

どんなひとだろう？　支倉はお盆を返すため、刑事部屋の片隅にある、流しや茶器を納めた棚の並ぶお茶汲み場へと足を運びながら、想像してみる。

肩の厚い、柔剣道の特練員じみた猛者だろうか。いや、男社会である警察にあっても、並み居る男性捜査員たちを掻《か》き分《わ》けて颯爽《さっそう》と闊歩《かっぽ》する、長身の〝女刑事〟だろうか。それとも——。

脳裏で様々な〝有能な女刑事像〟を思い描きながら動いていた支倉の足が、窓辺で止まった。

広い窓からは、春の陽が降り注ぐ高い空のもと、視界を横切って延びている多摩都市モノレールの高架橋が見渡せる。けれど支倉が目を止めたのは、それよりずっと手前の、道路から庁舎正面にある駐車場へと入って来た、一台の小さな車両だった。

それは、黒い軽自動車だった。

……？　支倉はなんとなく気になって、足もとを覗き込むようにして、その黒い軽自動車――アルトワークスが、交通課の実況見分車のバンや捜査車両のセダンが並ぶ駐車場、その外来者用区画に停《と》まるまで視線で追っていた。

「おい、支倉！」

「え？」

黒い軽自動車を、額がガラスに触れるほどうつむいて窓から見おろしていた支倉は、伊原に急に呼ばれて跳び上がりそうになる。そして何故《なぜ》そんなに注視していたのか自分でもよく解《わか》らないまま、慌てて窓辺から身を翻す。

「は、はい？　何ですか、伊原長？――」

庁舎の外壁、三階に並んだ窓辺から支倉の姿が大部屋の奥へと消えるのと同時に、……駐車場に停車した、黒いアルトワークスの運転席のドアが開いた。

ドアの陰から下ろされた細い足が、短靴で灰色の敷石《しきいし》を踏んだ。そうして降り立ったのは、濃紺の制服姿をした女性警察官だった。

ドアを閉め、制帽を手にワークスに寄り添って佇《たたず》んだ女性警察官は小柄だった。身長は乗ってきた軽自動車の低いルーフをわずかに超える程度で、ルーフの上にのぞいた黒髪は、後ろ髪から細いうなじが覗《のぞ》くほどのショートだった。

「久しぶりに空が――」

頬にかかる髪で半ば顔を隠し、何事か確かめるように庁舎を仰いでいた女性警察官の、薄くはあっても柔らかそうな唇から、呟《つぶや》きが漏れた。

「青くて、広い」

「新しい主任さんって、なんでうちの署に？」

「ん？」

支倉が質問すると、伊原は頬骨の目立つ横顔を巡らして顔を向けてきた。

二人は壁際に並んだ書類ロッカーの前に立って、捜査書類の整理をしていた。日々の捜査活動に伴う膨大な事務作業を物語って、灰色のロッカーには分厚い一件書類――事件名を記した厚紙の背表紙をつけてまとめられた簿冊が、ぎっしり詰め込まれている。

「昇任試験に受かって部長になったからですか？」

支倉は重ねた簿冊を両手で捧《ささ》げるように抱えたまま、横目で見上げた。見上げたのは、この捜査員の権化のような上司が百八十センチを超える長身だったからだが、──その伊原は一瞬、じろりと支倉を見やってから、視線をロッカーの方へと戻すと、並んだ背表紙の隙間に、支倉の腕から取りあげた簿冊を強引に押し込むのを再開しながら言った。

「なんだ支倉、……やけに新しいやつにこだわるな」

「そ、そんなことないですけど」

口ではそう取り繕ったものの、そりゃそうですよ、と支倉は心の中で続ける。新しい同僚というだけでも気になるのに、なんといっても新しい主任は〝花の一課〟から転属してくるというのだから、興味を持つなという方が無理だ。それに──。

「でも、そういう伊原長も、なんだか気にしてるみたいですけど」

支倉は思い切って、水を向ける。このことに関して伊原の口は妙に重く、なにやら心中にわだかまりを抱えているのでは、と感じていたからだ。

「俺だってな、そいつが単純に昇任配置ってだけなら、誰でもいい、といいてえけどよ」伊原は言った。

「署長《オヤジ》の腰巾着野郎だった丹後よりは、ましだろうからな」

支倉も、その感想については心の中で全面的に同意する。実のところ、支倉も転属した丹後主任には好感を持ってはいなかった。いや、自分や伊原長だけでなく、強行犯係のみんなも同じだろうと思う。丹後は人当たりこそ良かったものの、それは見せ掛けだけの冷淡な男で、そのくせ、上司に取り入るのだけはやたらと熱心なひとだったから。——が、いまはいなくなったひとより、新しく来るひとのことだ。

「というと、伊原長にはそうは言えないわけがある、と」支倉は、胸元に抱える簿冊へと腕を伸ばしてきた伊原の横顔を探るように見返す。

「ああ」伊原は、新たな簿冊を隙間へとねじ込む手に力を込めつつ言った。

「そいつはな、罰俸《ばっぽう》転勤……つまりだ、本部で下手を打ってここへ飛ばされてくるって話だ。それもな——」

伊原は、なかなかロッカーへ収まらない簿冊だけでなく、得体のしれない転属者両方に苛立《いらだ》ったのか、岩石みたいな横顔をしかめると、続けた。

「そいつがやらかしたのは、重要事案の捜査中だったらしいぜ」

同じ頃、——伊原のいう〝そいつ〟は、庁舎一階の署長室にいた。

「吉村《よしむら》君」

〝そいつ〟は他からの転属、あるいは警察学校から卒業配置された数名とともに、大きな両袖机の署長席、つまり所属長を前に整列して配属の申告を行い、そして、それが終わった直後だった。

身に馴染《なじ》んだ、あるいは真新しい制服姿の申告者たちが一列になってドアの外へと退出してゆくなか、部屋の主である署長に呼び止められ、その最後尾で足を止めたのは——。

駐車場で黒いワークスから降り立った、あの小柄な女性警察官だった。

「吉村君。ちょっとこっちへ」

足を止めて振り返った女性警察官の背後で、ドアの閉まる音が響いた。

署長席の前へとただひとり戻った女性警察官とふたりだけになると、多摩中央署長である南部《なんぶ》警視正は眼の前に立つ女性警察官へ、席へ着いたまま口を開いた。

「本部の人事二課に古い友人がいてね、君の噂を教えてくれたよ。捜一での活躍をね。いや——」

南部署長の口から放たれる言葉一つひとつからは先程までの、転属や卒配の警察官を迎えた時のような、型どおりではあっても歓迎する温かみが消えていた。黒いセルフレームの眼鏡の奥から女性警察官に向けられた視線にも好意の欠片《かけら》すらなく、冷ややかだった。

「…………」女性警察官は、磨き上げられた机ごしに投げつけられる雹《ひょう》のような言葉を聞きながら直立不動のまま、微動だにしなかった。ただ、細いおとがいの上で口もとが、わずかに引き結ばれる。

「いや、活躍、とは適切ではないな。強いていえば蛮勇だ」

南部署長は人事記録票に書き込むような声で告げ、続けた。

「いいかね。警察部内における秩序を無視すれば、どんな手柄を挙げようと実績とは認められない。それは〝例の事件〟で総監賞を授けられてもおかしくはないにもかかわらず私の署に来た、――いや、来ざるを得なかった君自身が、一番理解している筈《はず》だ」

女性警察官の表情は半ば短い髪に隠れ、窺えなかった。けれど、左脇でポーラーハット型の制帽を抱える白手袋の指先に、微《かす》かに力が込められた。

「いいかね、重要なのは部内の規律と階級上位者への服従義務だ。それがあってこそ、警察は警察たり得る」

南部署長は再度、眼鏡の奥から犯人とまではいかないまでも、束の間《つかま》、何らかの〝被疑者〟をみるような白々した眼で女性警察官を見詰めてから、急にはぐらかすように口調を和らげて続けた。

「まあ、誤解しないよう言っておくが、適切な事件処理をないがしろにしてもいいという意味ではないからね。とにかく、肝に銘じてもらいたい」

お前は厄介の種だということは充分に知っている。だから、とにかく面倒を起こすな。——煎じ詰めればそういう意味だった。新任地で所属長から最初に申し渡される言葉としては、最悪の部類だったろう。けれど——。

「……はい」

小柄な女性警察官はそう小さく答えただけで、前髪の下にある印象的な大きな瞳は、何の感情も窺わせなかった。

新しい主任さん、まだかな……。

支倉は書類整理の雑用を済ませると、細めに開けた刑事部屋のドアから顔を突き出し、廊下を窺っていた。

新しい同僚に対して伊原はいささかの懸念があるらしいが、支倉にとっては好奇心が先立ち、それが壊れた蛇口から水が漏れるように抑えられない。

「おい支倉」

だから、気づかないうちに背後に立った伊原から急に声をかけられると、支倉は跳び上がらんばかりに驚いた。

「なにやってんだお前？」

「は、はひ？　な、なんでもありません！」

上擦った声で答え、急いで強行犯係の自分の席へと戻る支倉に、その内心を見透かしたように伊原が言った。

「転校生を気にする小学生か、おめえは」

「ですよねえ」三森が目の前の机で言った。

「あ、もしかして伊原長に不満があって、新しい主任にいち早く取り入ろう、と狙ってるとか？」

それは三森、あんたでしょうが……。自分の席に戻った支倉は、音を立てて椅子を引いて腰を下ろしながら胸の内でそう言い返しつつも、伊原には慌てて弁明する。

「ち、違います！　そりゃ伊原長のセクハラ傾向はどうにかして、とは思ってますけど……、でもでも、捜査員としては尊敬しています。ほんとです！　信じてくれよ刑事さん、おらぁそんなこと思っちゃいねえ」

「なめてんのか、お前」

支倉が取調室でのこそ泥じみた言い訳を並べたてると、伊原が口に酢でも含んだような表情で告げ、三森が採点するように妙に重々しく付け足した。

「やっぱり、思ってたんだな」

「まあまあまあ……」高井が取りなし顔で割り込む。「支倉だって本心じゃありませんって。ね、佐々木さんもそう思うでしょ」

「ノーコメント」佐々木は南海の孤島に並ぶ巨像の風情を崩さず、無味乾燥に言った。

高井が大袈裟《おおげさ》に頭を抱えてみせたその時——。

刑事部屋のドアが開いた。

「やあ、ちょうどいい。全員揃《そろ》ってるね」

いいながら刑事部屋に姿を見せたのは強行犯係長、堀田《ほった》秀夫《ひでお》警部補だった。いつもの人のよさそうな笑顔を浮かべていたが、——その後ろには見慣れない制服姿の女性警察官を伴っている。

支倉たち強行犯係全員はぴたりと口を閉じて、係長と、その後ろにいる人物に注目した。

「本日付で着任した、吉村巡査部長だ」堀田は言った。

「ここへは本部捜一からだ」

このひとが……。支倉は皆と同じように椅子から立ちあがりながら少し眼を見張って、堀田の傍らに立つ、紹介された女性警察官を見て思った。

——なんだか予想と全然ちがう……。

伊原も、そしてたったいま堀田も、目の前に立つ新しい上司の前の所属は捜一……

警視庁捜査第一課といった。通称〝花の一課〟、凶悪犯罪専門の精鋭集団であり、警視庁四万数千の中から選ばれし者、〝サーチ・ワン・セレクト〟。そこは執念という牙をもつ、猟犬のような捜査員たちがひしめいているに違いない。それなのに……。

――でも、このひと……とても小さい。

身長は、以前の女性警察官の採用基準である百五十センチ半ばを、ようやく超える程度しかない。それに……、これは支倉自身もそうだが、女性警察官には運動部経験者が多いうえ、さらに警察学校の術科教練で鍛えられてもいる。だが、吉村爽子《さわこ》の濃紺の制服に包まれている身体《からだ》は、華奢《きやしゃ》、といっていいほど細かった。それが背の低さと相まって余計に、支倉へ小さいという印象を与えたのだった。

それに、驚かされたのは背格好だけではだけではなかった。なにより――。

「巡査部長、吉村爽子《よしむらさわこ》です。よろしくお願いします」

静かにそう告げた吉村爽子の顔をまじまじと見詰めて、支倉にとってまず印象的だったのは、その円《つぶ》らな瞳だった。細い鼻梁《びりよう》、きゅっと音がするくらい引き結んだ口もと――すべてが小さくまとまった顔立ちのなかで、眼だけがくっきりと大きい。そんな稚気さえ感じさせる白い顔を黒いショートの髪が縁取っているせいで、ますます小作りに感じられた。

支倉はふと、盗犯係にいた頃に臨場した際、被害者宅で飼われていた活発な小型犬、ヨークシャーテリアを連想した。

――とても元捜査一課の猛者と思えない……。

それどころか支倉は、制服の胸に巡査部長の階級章がなければ、この新しい主任が二十歳を過ぎて一ヵ月、と告げられても信じただろう。巡査部長の昇任試験に必要な勤務年数を考えれば、少なくとも二十代の半ばを越えているはずだったが、とてもそんな年齢とは思えないほどの童顔だった。けれど――。

支倉は結局、眼前の新しい上司の業務歴に納得した。

幼いといってもいい顔立ちとはおよそ釣り合わない、相手の眼球を射貫《いぬ》くような峻《しゅん》厳《げん》な眼差《まなざ》し。吉村爽子の表情は、まさしく〝刑事〟のそれだったからだ。

強行犯係の同僚たちも、支倉とほぼ同様の印象を持ったらしい。高井は支倉とほぼ変わらない感想を持った程度のようだったが、伊原があからさまに変なのが来たな、という仏頂面をして三森もそれに倣い、佐々木はいつもの鉄面皮で――と、それぞれがそれぞれの反応とともに見詰めるなかで、支倉は思わず呟いていた。

「……お人形さんみたい」

吉村の整いすぎた顔立ちと動かない表情をさしての正直な感想ではあったが、吉村爽子の耳に届いたらしく、微かに形の良い眉《い》を顰《しか》めて、ちらりと、こちらに視線を放った。それは一刹那の交叉《こうさ》ではあったけど、支倉は背筋に力が入るのを感じた。

吉村爽子の雲母《うんも》を散らしたような眼には、そうさせるだけの強い光があったから。容姿こそ予想を裏切ったけれど……、その双眸《そうぼう》の光には支倉に好奇心以上のものを抱かせる、何かがあった。そう、まぎれもなく元捜査一課員であった片鱗《へんりん》を感じさせるなにかが。

「じゃあ支倉くん。着替えもあるから吉村くんを女子更衣室へ」

「え……！　は、はい、解りました。ご案内します！　こ、こっちです」

ぼんやり新しい上司を眺めていた支倉は、堀田の指示に慌てて答えた。

「なに張りきってんだよ」

「うるさい。——あ、こっちです」

冷やかす三森に、支倉は舌でも突き出しそうな顔で応酬してから、制服姿の吉村爽子に先だって大部屋を歩き出した。

女子更衣室は、どこの署でもそうだが、狭かった。

そのうえ窓も高いところにひとつしか無いせいで薄暗く、壁際に並んだロッカーの薄灰色をさらに濃くしていた。

「ええと、ここを使えばいいと思いますよ」

支倉はそんなロッカーのひとつを開けて、中を確認してから吉村を振り返った。

「そう……。どうも」

吉村が口の中で呟くように礼を言って、持っていた小さなスポーツバッグをロッカーに収めてから、制服のボタンに指をかけるのを、支倉はなんとなく見ていた。観察していた、といった方がいいかもしれない。元捜査一課の女性捜査員は、見かけとは違って特殊な体つきをしているのでは、とでもいうように。

「着替えます」

だから、ロッカーの前で胸元に手をやった吉村爽子が肩越しに振り返り、苛立ちがわずかに混じった声で告げると、支倉はようやく自分の不作法さに気づいた。

「あ……、そ、そうですね！　それじゃ私、先に戻ります」

支倉はちょっと恥ずかしくなって、慌てて退散する。

——私ったらもう、着任した早々から変な奴だと思われちゃう……！

冷や汗をかきながら更衣室を出ようとした、その時だった。ドアノブに手をかけた支倉の背後で、がたん、と音が響いた。

驚いて振り返った支倉の眼に、——ワイシャツを脱ぎかけていた吉村爽子が、上体を折るように屈め、ロッカーの縁を摑んでいるのが飛び込んだ。

「ど、どうかしたんですか？」

支倉は急いでドアから取って返し、苦痛に震える吉村爽子の細い両肩を、後ろから抱きとめる。自然と、吉村爽子の深くうな垂れたせいで露《あら》わになったうなじと、脱ぎかけたシャツの襟に開いた隙間から、その背中を覗き込む格好になった。

そして、覗き込んだ途端、支倉は息を飲んだ。

「あ……あの、これ……？」

支倉の口から、思わずそう問う声が転がりでた。けれど、その問いは、――爽子の耳には届いてはいなかった。

爽子は、両手でロッカーに取りすがった姿勢のまま、ただでさえ大きなその眼を見開いて、床を凝視し続けている。まるで、過って何かを踏んでしまい、その何かが奇異なものであるかのように。けれどその実、爽子の眼は床に向けられているだけで、なにも映してはいない。

爽子は、全身を駆け巡る骨を軋《きし》らせるような痛み、それがスイッチであったかのように脳裏のスクリーン一杯に蘇《よみがえ》った、まだ生々しく血の臭いのする記憶に圧倒されていた。

……薄墨色の夜空を埋めて舞い降りる、天使の翼と同じ色の雪。

……小さな手に握りしめた冷えきった鋼鉄の感触。

……座り込んだコンクリートの床から背筋を這《は》い上《のぼ》る、凍りつくような冷気。後ろ手に嵌《は》められた手錠のたてる、割れたガラスのような悲鳴。

そして——際限のない嵐のような苦痛、苦痛、苦痛だ。

爽子の意識を、いまいる場所——多摩中央署の女子更衣室から、まだ過去と呼ぶにはいまだ鮮烈すぎる、二ヵ月前の〝あの時〟へと引きずり込んだ断片的な場面の数々は、その一つ一つが仮借ない冷酷さを伴っていた。そしてあの時、確かに爽子の心臓を鷲《わし》づかみにした死神の手は、いままた心の暗渠《あんきょ》から伸びて、かぎ爪を爽子の心臓に突きたてている——。

爽子は右手の関節が白くなるほどロッカーの縁を握りしめて身体を支えながら、左手を胸に押し当てた。

そして、傷口を麻酔なしで縫合するような心と身体、その両方の痛みに堪えながら、声を絞り出した。

「……らないで」

「え？」

支倉は身体全体で支え続けながら、爽子の、細いおとがいを胸元に突きたてるように下を向いた横顔を、覗き込もうとした。

「……触らないで！」爽子は深くうなだれたまま、小さく叫んだ。

大きくはなかったものの、支倉は更衣室に響いた爽子の声に込められた烈《はげ》しさに驚いて、爽子の肩を支えていた手を咄嗟《とっさ》に、高圧電流に触れたように離した。

「……着替えたら、行きます」

ややあって、爽子が伏せたままの顔を正面から逸《そ》らすようにして、背後の支倉にぽつりと告げた。

「そ、そうですか。あの……それじゃ」

なんなの、あれ……？　支倉はいま眼《い》にしたばかりのものに戸惑いながらも、そう言って踵《きびす》を返して、ドアに向かいかけた。戸惑ったのは、爽子の撥《は》ねつけるような態度に対して、ではなかった。なんだか見てはいけないものを見てしまったという、若干の後ろめたさのためだった。

だって、あんな……。支倉はドアへと歩きながら、心で呟いていた。

「支倉……さん？」

「え？　は、はい？」

呼び止められて、支倉は考え込みながらドアノブに伸ばしていた手を引っ込め、慌てて後ろに向き直る。

爽子は相変わらずロッカーへと向いたままだったが、痛みは治まったらしく、ロッカーを摑んでいた手を離し、まっすぐに立っていた。そして、その背中では、脱ぎかけた制服のワイシャツの襟がするすると肩胛骨《けんこうこつ》のところまで下がり、細い肩の線が露わになろうとしているところだった。

「私、怒鳴ったりして……」爽子は肩越しに、ショートの髪に半ば隠れた横顔を背後に向けて、小さく詫《わ》びた。

「気にしなくて、いいから」

「あ、……はい」

表情こそ窺えなかったが爽子の口調は静かなもので、それに支倉はひとまず胸を撫《な》で下《お》ろしたものの、気にするなといわれても、気にしない方が無理だ、と思う。

なぜなら――。

支倉が見詰める、ロッカーの前で着替えを再開した爽子の、その露わになった背中には、痛々しいほど真っ白な包帯が、幾重にも巻かれていたのだから。

あの怪我《けが》は一体……？　一瞬、尋ねたい衝動に駆られた。けれど、この場で聞いてはいけないような気が、支倉にはした。そして、質問したところで爽子が答えないであろうことも。だから支倉は、薄暗さと壁際を埋めたロッカーの灰色が混じりあい、薄鼠色《うすねずみいろ》に塗り込められた更衣室の室内で、余計に白さを際だたせる包帯から視線を引き剥がすと、そのまま身体を回してドアを開けた。そしてもう一度、背後を気にしてから、廊下へと出ていった。

……後ろからドアの閉まる音が聞こえると、爽子は眼を閉じて、胸元で着替えた私服のワイシャツのボタンを留《と》めていた手を止め、ふっと安堵《あんど》の息をついた。

あの背中の包帯はいったい……？

支倉は一足先に刑事部屋の自分の席に戻ってからも、更衣室の光景が頭から離れなかった。

――もしかして、あの怪我は吉村主任がここへ転属する理由となにか関係があるのだろうか……？

支倉は、次から次に湧いて出る疑問に没頭するあまり、爽子が私物の入った段ボール箱を抱えて大部屋に戻ってきたことには、気づかなかった。

「なにかお手伝いしましょうか」

「いえ、特には」

そして、愛想よく申し出た高井に爽子が短く答え、自分の後ろを通り過ぎてゆくのにも、支倉は気づかなかった。

周りの状況より、ずっと気になることがあったからだ。それは更衣室をあとにする直前に目にした、爽子が詫びたときの表情だった。

あのとき、爽子は包帯だらけの身体を見られて語気を荒らげ、その上、親切心から差し伸べられた手を拒絶してしまった自分の態度を恥じたので謝った……と、単純にそう解釈することはできる。しかし、肩の上に見えていた爽子の横顔、その眼もとには、あの場での自らの態度に対する羞恥以上の翳《かげ》りがあった……そんな気がする。なにか根深く、それも……諦念にちかいような感情が。

――諦め……？　一体、なにを？

支倉が腕組みして天井を見あげた途端、――当の爽子が隣の机に荷物の入った段ボールを置いた、どすん、という音が響いた。

支倉は驚いて椅子から跳び上がりそうになったものの、そちらを見ると、制服から私服のパンツスーツに替わっても、やはり就職活動中の女子大生くらいにしかみえない爽子が立ったまま、段ボール箱から取り出した私物を、黙々と机の引き出しに納めていた。

爽子を気にしているのは支倉ばかりではなく、差し向かいの席の伊原と、その脇に立った三森までもが、さっきまで二人で検討していた書類から顔を上げ、主任席の新しい主を胡散臭《うさんくさ》そうに眺めている。

と、支倉は、爽子が机に重ねた『警務要鑑』『犯罪捜査の実際』『捜査研究』といった警察官必携の実務手引き書や、警察庁刑事局が捜査員に限定して配布する『第一線』といった馴染みの書籍の中に、見慣れない分厚い本があるのに気づいた。

その本の題名は――『ＤＳＭ‐Ⅳ‐ＴＲ　精神障害の分類と診断の手引』。

支倉は内心、首を傾《かし》げた。所轄の刑事部屋には、まったく場違いな書物に感じた。

「あ、あのお……主任？」

「興味があるなら、読んでもいいから」

爽子は、支倉や周りからの視線に、気づいてはいるようだった。支倉の向けてきた興味を断ち切るように告げると、机の引き出しを閉めた。そうして、支倉や伊原らの胡乱《うろん》な視線へ細い背中を向けて遮断すると、爽子は上座の係長席へ踏み出す。

「吉村主任、どうした？」

眼鏡を拭いていた堀田が気づき、爽子を見上げて言った。

「庁舎内の配置を見ておきたいのですが」

「そうか。なら誰かに――」

そう答えて、堀田が眼鏡を外したまま椅子から腰を浮かせると、立っていた爽子と目線の高さが並んだ。

「いえ、それには及びませ――」

堀田とは互いの顔を正面から見る位置で、爽子の、そう言いかけた言葉が不意に途切れた。何か、思いがけないものと出会った、とでもいうように。

このひとは、どこかで……？　爽子は実際、心の中にいくつもある記憶の扉のうち、最も奥底にあるひとつが、不意に鍵を解かれ開け放たれた気がした。その扉は、他の扉が危険物を貯蔵する隔壁のような陰鬱さだったのに比べ、……幸せな子ども部屋のような彩りがあった。そこから記憶が、奔流のように溢《あふ》れた。

やっぱり、このひとは……。爽子はそう確信して一瞬、驚愕《きょうがく》した眼で堀田の顔を見詰めた。そして、先ほどまで同僚たちに見せていた鉄面皮とも無表情とも違う、いわば透明とでも呼ぶべき表情を崩した幼い顔になって、堀田へ口を開く。

「あ、あの……！」

「ん？　どうかしたかな」

堀田は眼鏡をかけながら怪訝《けげん》そうに、急に切羽つまったような声を出した爽子へ尋ね返す。

爽子は堀田が眼鏡を顔に戻したことで、舞台の幕が下りて現実に戻った観客のように、はっと我に返る。そして、哀《かな》しさと懐かしさが入り混じった表情を消すと、これまでの透明な表情ではなく、木洩《こも》れ日《び》のような微笑《ほほえ》みを浮かべて口を開く。

「ありがとうございます」爽子は言った。

「でも、もうひとりでも平気ですから」

「……ん？」

爽子は、言葉の意味を測りかね、レンズの奥からまじまじと見返してくる堀田に一礼すると、透明な表情に戻った顔で踵を返した。そして、堀田に背を向けて歩き出した。

——〝ひとりでも平気〟……？　どういう意味だろう？

爽子と堀田の会話に聞き耳を立てていた支倉は、そう考えながら椅子ごと身体を回して、刑事部屋から出て行く爽子を見送っていたが——。

「おい支倉」

突然、すぐ近くから声をかけられた。伊原がいつの間にか机を回り、そばに立っている。

「は、はい？」

「新任の主任殿を案内して差し上げろ」

「へ？　でも本人は案内はいいって……」

眼を瞬《まばた》かせた支倉に、伊原は長身を屈めると耳うちするように告げた。「行動確認《こうかく》すんだよ」

「そんな、行確って……。被疑者じゃないんですから」

支倉も、さすがにそれは、とばかりに小声で反駁《はんばく》する。

「バカヤロ。いいか、もしかするとだ、俺らの係に余計なお荷物が増えるんだぞ」

伊原は係長席を視線で示して続けた。「お荷物は、お人好《ひとよ》し以外に取り柄のねえ係長だけで充分だろ？」

「……はあ」

支倉は堀田係長にそれほど悪感情を抱いていないこともあって、同調するでもなく生返事をする。

「いいから行け」伊原は言った。「基礎調査《きちょう》の実地演習と思え。新しい主任がどんな奴かは、強行犯係全員に関わってくる案件だからな」

そう言われても……と、まだ躊躇《ためら》う支倉に、伊原は殺し文句を囁《ささや》く。

「それに、だ。おめえだって、あの吉村ってのがどんな奴なのか、知りたくてうずうずしてんだろ？」

指摘されるまでもなく、吉村爽子への興味は、支倉の中で抑えがたいものになっている。それになにより、お荷物云々《うんぬん》というのは別にしても伊原の言い分どおりなら、これは業務の一環であるといえなくもない。

「そういうことなら、合点です」

支倉は、膝の裏で椅子を弾《はじ》きとばす勢いで立ちあがる。

伊原はそんな支倉の反応に満足して言った。「今日一日、張り付いて、新しい主任殿がどんな奴か、全部報告しろ」

「吉村長、吉村長！」

刑事部屋から飛び出した支倉は、廊下を歩いて行く爽子の後ろ姿を見つけると、呼びかけながら近づいた。

「吉村長？……あの――」

「聞こえてます」

爽子は立ち止まって振り返り、自分より頭一つ身長のある支倉を、前髪の下から見上げて言った。

「用件は？」

「いえ、その……よければ庁舎内をご案内しようかと」

支倉が、黒曜石のような硬質な爽子の眼光に、少したじろぎながら告げると、爽子は前に向き直って廊下を歩き出しながら、言った。

「さっき堀田係長に言ったのは聞こえたと思うけど」

「あの、ちょっと！」

支倉は追いかけながら言った。「あのお……ちょっと訊《き》いていいですか」

なに？　爽子は更衣室のときと同じように、肩の上で振り返った横顔から視線だけで問い返してきた。

「ええと、その……」支倉はさすがに周りの制服私服の署員たちをはばかって、小声で言った。

「あの……背中の包帯って、もしかして……？」

前を歩いていた爽子の足が、ぴたりと止まった。そのすぐ後ろで慌てて立ち止まった支倉に、爽子が前を向いたまま言った。

「それが聞きたくてついてきたの」

支倉の眼に映る爽子の後ろ姿は、全身で答えるのを拒絶していた。

「そ、そそそ、そうですよね！　ひとに言いたくないことって、ありますもんね」

精一杯の笑みを咲かせて取り繕いつつ、支倉は再び歩き出した爽子に追いすがりながら、頭の中では必死に話の接ぎ穂を捜す。

「あ、そ、それじゃもうすぐお昼休みだし、一緒にお昼御飯でもどうですか？」

支倉は言った。「私はラーメンが大好物なんですけど、この近くの〝トンペイ〟の味噌《みそ》豚骨は、そりゃもう絶品で！　あ、吉村長はラーメンはお好きですか？」

「……嫌いではありません」

「あ、それじゃ――」

ぱっと顔を輝かせた支倉に、爽子は三たび足を止めると、大きな眼をひたと据えて、にべもなく告げた。

「とくに好きでもないけど」

とりつく島もない。支倉は肩を落として立ち止まる。

「……それに、私は麺類《ナガシャリ》は食べたくない」爽子はそんな支倉を置いて歩き出しながら呟いた。

支倉はなんとか気を取り直して追いつくと、爽子の頑《かたく》なな横顔を覗き込んだ。

「あの……、それはまたなんで」

確かに、事件発生となれば即座に現場に出向、臨場しなければならない捜査員にとって、出前を取る場合には麺類を避けるというのは心得事のひとつではある。しかし、麺類そのものを摂《と》らない、というのは……？

「捜査員だから」爽子は顔も向けずに言った。

「あなたは違うの？」


「――で、あっさり撒《ま》かれたってか」伊原が言った。

多摩中央署庁舎内の職員食堂は、昼休みとあって混んでいた。食事を受け取るカウンターの前には行列ができ、並んだテーブルで昼食を摂っているのは、ほとんどが内勤の署員、職員たちだったが、その一角で、私服の支倉たち強行犯係もテーブルを囲んでいた。

「はい、あっさりと」支倉はトレイにのったラーメンの器にうなだれた。

「失尾しちゃいました」

「バカヤロ、失尾じゃなくて放尾だろ」伊原が吐いた。

「てめえから尻尾を巻きやがって。いつもいってんだろが、捜査員ってのはなあ、スッポンみてえに食らい付くもんだ」

それはそのとおりなんだけど……、とは支倉も思う。とはいえ、こっちにも言い分がある。持て余すほどの新しい主任の頑なさを思い出しながら、支倉は顔を上げて言い返す。

「でもですね！　伊原長だって結果は同じじゃないですか」

「全くよお、あの主任殿、俺がみんなと昼飯でもどうだと声かけたら、なんて答えたと思う？」

伊原は、へっ、と鼻を鳴らすと、爽子の口調を真似て続けた。「〝お昼は一人で簡単に済ませますから〟だとよ。初っぱなから可愛《かわい》げのねえ」

「ほんとそうですよね」

伊原が憤懣《ふんまん》も露わに丼ものをがつがつと掻き込むと、三森がすかさず合いの手を入れる。

「馴染むつもりはねえってか。多摩中央署《こ　こ》も腰掛け程度にしか思ってねえんじゃねえのか」

「いやあ……」

丼飯を頰張ったまま唸るように言い募る伊原に、高井がカレーのスプーンを皿において言った。

「僕、来がけに吉村主任の机を見たんですけど、何冊も簿冊が積まれてて。あれ、課の記録係から借りた事件処理簿じゃないかと思いますけど、一年分はあったんじゃないかな。吉村主任、じっと読んでましたよ」


高井の指摘したとおりだった。

同じ頃、爽子は署の中庭の片隅にひとり腰を下ろし、膝の上で開いた簿冊をじっと読み続けていた。舗装された中庭はコの字型の庁舎に囲まれていて、そこに矩形《くけい》の空から降り注いだ柔らかい春の陽差しが、庁舎を共用する第九方面自動車警ら隊や第三機動捜査隊の黒白、覆面のパトカーの車体を艶《つや》めかせている。

「……ん？」

爽子は、書面の文字を追っていた視界の端、足下で何かが動いたのに、ふと気づいた。思い出したようにパンを口に運んでいた手を止めると、膝に載せていた事件処理簿から、その特徴的な眼を上げて、そちらを見た。――

「じゃあ、あれだ」

伊原が食堂で鼻息荒く言った。

「大方、お高くとまってるんだろうぜ。いるんだ、まれによ、本部の捜査員だったやつにはよ――」

「違います！」文倉は自分でも根拠の無いままに、反射的にそう口走っていた。

その口調の強さに、伊原はじめ強行犯の面々が、佐々木以外は眼を丸めて見返す。それだけでなく、周りのテーブルで食事中の者までも、箸やスプーンを止めて顔を向けてきたほどだった。だが実のところ、文倉自身が一番驚いている。

「あ、いえ……」文倉は周囲からの視線に気づいて、もじもじと肩をすぼめて言った。

「違う、と思います」

「なんだよ」伊原が太い眉を寄せて文倉に言った。「吉村本人の口から、何か聞き出せたのかよ」

「い、いえ」

そう言葉を濁した文倉の頭にあったのは、爽子の頑なさではなく、更衣室で垣間見《かいまみ》た、あの眼差しだった。

私は見たんだ、と支倉は思った。深い諦念を湛《たた》えた、さざ波ひとつ無い湖面のような眼を。

諦める……？　一体、何を。

伊原から聞いた噂では、爽子は〝重要事件の捜査中に重大なミス〟を犯して捜査一課から多摩中央署に転属してきたらしいので、単純に、爽子が自らの警察官としての将来を悲観しているとも考えられる。

けれど支倉は、あのときの爽子の横顔、あれは、……身体の痛み以上の苦痛に堪えている顔に感じられたのだった。それも、背中の治りかけた怪我よりも、もっと根深く古い傷から溢れた痛みに。

しかし、それを皆の前で口にするのを支倉は躊躇った。そのことに触れようとすれば、自然と爽子の怪我にも触れざるを得なくなるからだ。女として同性の身体的な事柄について告げるのは憚《はばか》られた。

「そうじゃないんですけど――」

だから支倉は、言葉を探すように、丼の中の冷えたスープに浮いた油へと眼を落とす。

「ただなにか、事情があるんじゃないか、って」

支倉は言いながら、爽子の感情を封じ込めた人形のような表情を脳裏に映していたのだが――。

その時、中庭にいる当の爽子は微笑んでいた。

膝を抱えるようにしゃがみ込んだ爽子の爪先で、小さな子犬が一心不乱に、爽子の与えたパンにかぶりついていた。

どこかで飼われていた子犬が、署の敷地《しきち》に迷い込んできたらしかった。爽子は、よほどお腹《なか》を空《す》かせていたのか夢中になって食べている子犬の背中を、屈めた膝で重ねた腕におとがいをのせ、そこから優しい笑みを浮かべて、じっと見守っていた。

向かい合った爽子と子犬の姿は、どこか種族を超えた姉妹のように見えた。……

「なんだか知らねえがよ」

伊原が食堂で支倉に言った。「その事情ってのを吉村本人から聞き出すのが、おめえの役目だろうがよ」

「そうなんですけど……」

実りのない食堂での〝検討会〟は、そこで散会となった。

支倉は、中庭にある署員の喫煙場所へと降りて行く伊原たちと別れて、ひとり考え込みながら、まだ昼休みの続く刑事部屋へと戻った。

雑談をしたり新聞を開いている者、盗犯係の島では盤を置いて将棋を指している捜査員もいる大部屋には、すでに自分の席に座った爽子の後ろ姿があった。机で何か作業をしているらしい。

吉村主任、何してるんだろう……？　支倉は後ろを通り過ぎながら、爽子の頭越しに机の上を見た。そこには、極太のマジックで〝飼い主を捜しています〟と、手書きで記されたコピー用紙が広げられている。

「あのう……」

「新しい主任さんはいるかい、吉村って子は」

支倉が尋ねようとしたその時、刑事部屋に爽子を呼ぶ声がした。歯切れのいい東京弁でそう告げた男は鑑識の活動服姿だったが、濃紺のそれとは対照的に、綺麗《きれい》に撫《な》でつけられた髪は見事な白髪だった。

刑組課の隣にある小部屋の主、近藤清次《こんどうせいじ》鑑識係長だった。

「あ、はい」

爽子は椅子から立ちあがると、近藤に歩み寄りながら言った。

「お手数をお掛けしました」

「なに、デジカメで撮ったのをプリントアウトしただけだ。礼を言われるまでもねえが……」

近藤は咥《くわ》えていた嗅《か》ぎ煙草《たばこ》を口から離し、光沢のあるコピー用紙を爽子に手渡しながら言った。

「いえ、係長。助かりました」

コピー用紙を受け取った爽子が机に戻ると、支倉はそっと強行犯係の島から離れた。そして、刑事部屋から出て行った近藤を追って、廊下へ出た。そうして、小走りに追いかけながら呼び止める。

「近藤係長！」

「お、なんでえ」近藤は振り返って驚いた顔をしてみせてから、洒脱《しゃだつ》に笑った。

「今日はやけに、若い娘から声をかけられるな」


「そうか、あの主任さん、周りと上手《うま》く馴染めてねえのか」

「ちょっと気むずかしいひとかな、なんて、みんなは」

警察車両が並ぶ庁舎の中庭。近藤がテラス状の張り出しにある円柱にもたれて言うと、中庭に下りる低い階段にしゃがんでいた支倉は婉曲《えんきょく》すぎる表現で答えた。それから近藤を見上げた顔を前に戻して続けた。

「でも、意外。この子の飼い主を捜してあげるなんて。――あ、こら！　もう」

支倉の足もとでは、褐色の子犬が鼻を鳴らしている。丸々とした身体を支倉の足に押しつけ、短い足で縋《すが》り付《つ》くようにして遊んでいる。

ねえ、君を見つけたとき、吉村主任はどんな表情をしていたの……？　支倉は子犬の耳の垂れた頭を撫でてやり、自分を見あげる無垢《むく》な瞳に笑いかけながら、ふと、そんなことを思う。

「ま、たしかに扱いづらいやつかも知れねえが——」近藤は言った。

「でも、あの主任さん、そう悪い人間じゃないと思うぜ」

「え？」

支倉が驚いて再度、子犬から近藤へと顔を向ける。

「てめえの心の内が、素直に面《おもて》に出ちまうんだ。腹黒《はらぐ》れえはずがねえだろう」

「そうですよね」

支倉はうなずいたものの、また子犬に眼を落として言った。「でも……、私にはよく解らないんです、吉村主任のことが」

「なあ、嬢ちゃん」近藤は霞《かす》んだ空を見上げて言った。

「俺ら鑑識で、玄人と駆けだしがどう違うか知ってるかい？」

「えっと……それは、指紋とか足跡《そくせき》を採るのが上手だとか……」

支倉が唐突な問いに戸惑いつつ答えると、近藤はうなずく。

「そいつは確かにそうだ。技能の優劣は、採証の結果にはっきり出ちまう。本部の鑑定官なんて連中は神様だよ」

そういったものの、近藤自身、鑑識技能において数少ない総合上級技能保持者だった。鑑識技能の検定には、指紋、足痕跡、写真及び鑑識科学の各科目ごとに上級資格が設けられているが、総合上級は、それらすべてで優秀と認められた者にしか与えられない。――支倉はそれを人づてに聞いて、そんなすごい人がなぜ警視庁本部でなく所轄に？……と思ったものだが、本部鑑識課での激務で身体を壊したからだという。

「玄人はな」熟練の鑑識係長は言った。「指紋《モン》の印象具合や足跡痕《ゲソ》の歩幅、歩角の乱れから、ホシがヤマを踏んだ時の心持ちまで、読んじまうのさ」

支倉は子犬を撫でつつ近藤を見あげて、黙って聞いていた。

「解るか？　肝心なのは、ホシの振る舞いからホシの心の中を覗き込むこった。なぜこいつはこんな真似をしたのか、ってな。どんな行為にも、そいつなりの訳があるもんだ」

「それは……解ります。でも」

「デカ部屋の事情に口を出したかねえけどな」近藤は支倉にうなずいてみせてから続けた。

「伊原の野郎は、そこがいいところでもあるんだが頭が硬《か》てえし、三森はあいつベッタリだろ。高井は世慣れてるぶん強くはいえねえし、佐々木ってのはイースター島のモアイも同然だろ」

「そうですね」

よく見てるんだなあ。支倉は指先でふわふわした子犬の毛の感触を愉《たの》しみながら、近藤の人物評の適確さに噴き出しながら言った。

「だからよ」近藤は言った。

「そんな連中のなかで、自分をセルロイド人形みたいにみせかけてる主任さんに寄り添ってやれるのは、あんただけじゃねえのかい」

「……そうですよね」支倉は呟くように答えた。

そうかもしれない。私は、更衣室で背中を覆った包帯と、なにより、あのとき吉村主任の眼に浮かんだガラス細工のように脆《もろ》い表情を、見てしまったのだ。とすれば、いまのところ強行犯係のなかで私だけが、吉村主任を理解しようとする動機なり理由を持っていることになるのではないか。

「そうですよね……！」

支倉は同じ返事を、今度は弾んだ声で繰り返して、ぱっと笑みを咲かせた顔を近藤に向けながら言った。

「私しか……いないですよね！」

「ま、おいおいにな」

近藤は若い捜査員の切り替えの素早さに、目尻の皺《しわ》を深めるように微苦笑した。

「はい！」支倉はじゃれる子犬を胸に抱いて立ちあがると、言った。

「ありがとうございました！」


そんなわけで、支倉は子犬を一階にある会計課遺失物係に任せると、そのまま使命感に似た熱っぽい感情に急《せ》かされるように、エレベーターを使わず階段を駆け上がって、三階の刑組課へと戻ったのだが――。

大部屋のドアを入って、強行犯係の席にいる爽子の後ろ姿を目にした途端、先程までは胸を膨らませていた熱い意気込みが、まるで嘘《うそ》のように萎《しお》れてゆくように感じる。

――近藤係長にはつい、あんなこと言っちゃったけど……。

支倉は、花が枯れてゆくのを三倍速で撮った映像を観《み》ているような気分になりながら、胸の内で呟いた。

爽子は、後ろ髪からうなじを覗かせてうつむき、子犬の為《ため》の張り紙作成の仕上げに掛かっていた。そんな爽子を、堀田係長以外の、すでに席に戻ってきていた伊原たち強行犯係の面々が包囲するように、それぞれの席から眺めていた。伊原と三森は相変わらず胡乱げな、露骨に好意的とはいえない眼で爽子を見やっていて、高井もその正面の佐々木も雰囲気を察してか、どこか落ち着きがない。

だが――、爽子本人には、そうした周りの同僚たちの態度を気にする様子は、一切なかった。午後からの業務を前にざわつく大部屋で、爽子の周りだけは、小さなエアポケットのようになっている。

吉村主任、これだもんなあ……。支倉は内心、溜《た》め息《いき》をついた。

近藤の助言も所詮、一時のカンフル剤にしかならなかったらしい。乗せられやすいというか、すぐその気になってしまうというか……。支倉は自分自身の単純さに我ながら呆れるしかなかったけれど、支倉のそういった素直さと反射神経の良さは、盗犯係の頃には重宝されたものだった。

支倉は、こんな吉村主任とどうやって打ち解けたものか……と、考えながら、爽子の後ろを通り過ぎる際に机の上を窺った。爽子は〝飼い主をさがしています〟と手書きしただけだったコピー用紙に、つい数分前に支倉が会計課に預けてきた子犬の写真を貼り付けていた。休憩時間はほぼ、これに費やしたのだろう。

こんな情の深いひとが悪いひとのわけがない。支倉は、爽子の机に重ねられた子犬の写真入りの張り紙に励まされる思いで気を取り直し、隣にある自分の席の椅子を引きながら、思い切って自分から話しかけた。

「あ、……どうも。吉村長」支倉は声をかけてから、なんとなく違うような気がして言い直す。「吉村主任」

所轄の係の主任には巡査部長が就く。そのため、若干の親しみを込める意味で、改まった場以外では主任ではなく、名前に〝長〟を付けて呼ぶのが慣わしだった。けれど、そう呼ぶのが爽子に限っては馴染まない、あるいは相応しくないような気がして、支倉は言い直したのだった。それは爽子の、木で鼻をくったような態度ばかりではなく、ある種の厳しさを感じるからだ。捜査一課から転属してきたという先入観が、自分の頭にあるからだろうか。

――私はまだ何も、吉村主任のことを知らないのに……。

爽子は、そんなことを考えながら声をかけた支倉に、視線を流して、長い睫毛《まつげ》を伏せるよう目礼を返してきただけだった。笑顔ひとつみせるでもなく、手も止めずに。机の上に眼を戻した爽子の、無表情とはまた少し違っている〝透明な表情〟ともいうべき横顔に、支倉はふと、マル機――機動隊の大盾を連想する。新型の、ガラスのように透けている樹脂製の大盾を。

もっとも支倉にしても、時として自分もそんな顔になっているという自覚はある。自分もまた、まさしく〝勤務中の警察官の顔〟としかいえない、部外者に頭蓋骨のなかを渦巻く疑念や思考を決して窺わせない顔をしていることに。それは、いわば制服警察官たちの耐刃防護衣のようなものではあったが、爽子の表情は、それとは違う気がする。

――こんなこと、望んじゃいけないけど……。

支倉は、手がかりさえない疑問を扱いかねて、周りからの視線をテフロン加工なみに撥《は》ね返しつつ、黙って手を動かす爽子を視界の隅に捉えたまま、胸の内で呟いた。

――もういっそ、何か事件でも起これば必然的に吉村主任のことは……。

支倉の不埒《ふらち》な願いが通じたのか、それとも偶然だったのか。

庁舎一階の無線室に、基幹系から指令予告が流れたのは、その瞬間だった。

『警視庁から各局！　現在、重要事件に発展する恐れのある一一〇番《ひやくとおばん》、入電中』

多摩中央署の管轄である多摩市及び稲城《いなぎ》市を含め、多摩地方の一一〇通報を一手に受理するのは警視庁本部ではなく、立川《たちかわ》市の多摩総合庁舎にある通信指令センターであった。

通信指令センターは天井が高い室内に、壁一面に多摩全域図を映し出した大きなマルチスクリーンが設けられ、それと正対して、受理係と指令係の卓《コンソール》が並んでいた。

ヘッドホンとマイクが一体となったヘッドセット、通称〝ブレスト〟を頭にかけてコンソールについた指令係の一人が、手元の二つのモニター――受理係が通報者から聴きとった通報内容が表示されるデジタイザーのものと、警邏《けいら》及び密行中の警察車両の位置を示す動態表示装置のもの、その二つの画面を見比べながら、口許《くちもと》に寄せたマイクに続ける。

『多摩中央管内、稲城市東長沼《ひがしながぬま》六丁目カクタコーポ一〇二号室方の室内にて、女性が血まみれで倒れていると一一〇番入電中！　多摩中央三！』

『多摩中央三、了解。向かいます！』

多摩市内を警邏中だった黒白パトカー――多摩中央署地域課三号車は、ルーフ上の警光灯を回し、一拍おいてサイレンを吹鳴し始める。周囲を走る自動車に緊急走行を報《しら》せながら交差点で転回し、現場へと向かう。

同じ頃、管轄のＰＢ員――交番勤務員たちも交番から飛び出し、慌ただしく自転車のスタンドを蹴って跨《また》がり走り出す。さらに――。

『警視庁から三機捜。本件につき傍受願いたい』

『三機捜、了解！』

『機捜三一二、臨場する！』

文倉は驚いていた。

それは、頭上のスピーカーが事件発生を告げるブザーの後に通報内容を告げ、さらに関係所属の出向——つまり自分たち捜査員の臨場を促す声を聞いた瞬間、爽子が文字どおり豹変《ひょうへん》したからだ。

爽子は顔を上げて放送に耳を澄ませてから、机の上で作っていたチラシを押しやり、同じく載っていた事件処理簿を鍵の掛かる引き出しに放り込むと、椅子を後ろへ弾く勢いで立ちあがった。

「おい、いくぞ！　もたもたすんな！　係長も頼んますよ！」

「は、はい！」

三森があたふたと立ちあがり、記録用具の詰まったバッグを摑みながら答える。

早い……！　文倉は、一斉に動き出した伊原たちだけでなく、現場で事件認定の判断をする河野《こうの》刑組課長をも尻目に、にわかに騒がしくなった刑事部屋を小さな猟犬のように走り抜けてゆく爽子を、自身の準備を整えつつ眼の端で追いながら思った。

文倉たちが署の玄関を飛び出したとき、爽子はすでに、庁舎前の駐車場に降りて捜査車両の脇で待ち受けていた。

文倉は視線で急かす爽子とともに、伊原が運転席、現場用バッグを抱えた三森が助手席に乗り込んだアリオンの、その後部座席に身を滑り込ませてドアを閉めた。そして、シートベルトを引き出そうと身を捻《ひね》った拍子に、鑑識のバンに乗り込んだ近藤と目が合った。近藤は小さくうなずき返してきた。

『……多摩中央PS、了解。なお捜査専務も出向済み！』

ルーフに上げた着脱式警光灯を回し、駐車場から一般道へと走り出したアリオンの車内に、サイレンのけたたましい吹鳴に重なって、署の無線係が通信指令室へ報告する声が、ダッシュボードの車載無線機のスピーカーから響く。捜査専務とは、自分たちのことだ。それを後部座席で聞きながら、支倉はいまさらながら偶然に驚いている。

まさか本当に、事件発生なんて……。支倉はそう思いながら、隣に座る爽子を見る。

爽子は、背を座席に預けず身を乗り出して座っていた。ウィンドーの外を流れて行く街の風景を背景にして、微動だにしない爽子の横顔からは、支倉は何も読み取れなかったけれど――。

早く……早く……、少しでも早く……！　爽子は、急激に身体を動かしたせいで悲鳴を上げる傷の痛みを透明な表情で抑えつけ、伊原がステアリングを握る運転席と三森がバッグを抱えた助手席の間から、迫っては後ろに押しやられて行く多摩市街の光景を見据えて、一心に念じていた。

——そうすれば、私は……。

『警視庁、了解。緊急走行にあっては特段の留意、サイレン及びマイクを活用し、途《と》上事故《じようじこ》防止に注意されたい。また先着にあっては至急、通報者の女性と接触し、状況を聴取のうえ至急報をもって一報されたい！　以上、警視庁！』

『多摩中央三、現場！』

指令センターからの緊急走行時の注意を促された途端に、多摩中央署三号車が現着——現場に到着したことを報せてきた。

「緊急車両が通ります！　車を左に寄せてください！　緊急車両が——」

『至急至急！　多摩中央三から警視庁！　通報者の女性を確保、聴取中！　なお現場は相勤員《あいきん》が状況確認中！』

伊原が厳つい顔に似合わぬ巧みなステアリングさばきを見せる一方、助手席の三森がマイクで周辺の車両へとスピーカーで呼びかけるのに混じり、最先着した多摩中央三号車が至急報をもって指令センターへの報告が無線から聞こえた。

『至急至急、警視庁から多摩中央三、了解！　これより多摩中央三を現場報告車両に指定する』

『機捜三一二、現着！』

指令センターが、多摩中央署三号車を現場からの報告の取りまとめ役に指定すると同時に、署の同居人でもある第三機動捜査隊の覆面車両の現着を告げる声が続いた。

だが、現場アパートの部屋へと確認に走ったはずの多摩中央三号車乗務員の報告は、なかなか無線にのらない。

現場は、被害者の状況は？　支倉は苛立って顔を顰めていたが、爽子は表情を変えず、細いおとがいを引いてフロントガラスのむこうを凝視していた。心だけでも先に、現場へと飛ばそうというように。


爽子や支倉たちが急行しつつあった頃――。

最先着し、状況をいち早く報せる役目を担った多摩中央署三号車の乗務員は、踏み込んだ現場の惨状に、立ち尽くしていた。

現場は、モルタル造りのアパート、その一階の住居だった。確保した通報者の女性の聴取は機捜隊員にまかせると、略帽を被《かぶ》った多摩中央三号車乗務員は、交番から駆け付けた制帽の勤務員を伴うと、防刃手袋を嵌めた手で玄関のスチールドアを開けて室内へ入ったのだった。

玄関を入ってすぐは台所で、1DKの典型的な間取りだった。小さな食卓があり、そこにはコンビニエンスストアのレジ袋が置かれていた。結露した中身がレジ袋に張りつき、パッケージの商品名が透けていた。冷凍食品らしい。

台所には、狭い廊下を通して奥の居間から光が射し込んでいる。乗務員と交番勤務員は現場保全のため慌ただしく三和土《たたき》で靴を脱いで、框《かまち》へあがり、やや日当たりが悪いせいで薄暗かった台所から、白く浮かび上がった居間のドアへと向かった。

廊下はほんの数歩という短さ、大人が肩を並べて歩けないほどの狭さだったが、途中にトイレがあり、ドアは開いたままだった。そこを行き過ぎて、居間に差しかかった瞬間——。

先に立って室内を目の当たりにした乗務員が、ガラスの壁にぶつかったように、びくりと足を止めた。

「どうした」

敷居《しきい》を踏んで動かなくなった乗務員に声をかけ、交番勤務員もその肩越しに室内を目の当たりにして——絶句した。

場違いなほど燦々と明るく照らされた居間、なにより被害者の惨状に——。

二人の制服警察官が、ほんの数瞬とはいえ立ち尽くしたのは、その時だった。

「なんだよ、これ……？」乗務員が略帽下で呟いた。

勤務員もその後ろで棒立ちになっていたが、何とか気を取り直すのに成功した。

「お、おい！　相勤に無線で報告しろ！」

乗務員は呪縛が解けたように、急いで署活系無線のマイクを肩から外した。

『至急至急！　多摩中央三から警視庁！　当該アパートの室内、これを確認した相勤員によると、ベッド上で女性が死亡している模様！　室内にはマル害のものとみられる、おびただしい出血の痕がみられる！』

『警視庁、了解。室内で女性が死亡、多量の出血した痕がみられる。以上で状況はよろしいか？』

重要事件発生にわずかに上擦らせた乗務員の声を、指令係は冷静に受けて繰り返した。

『多摩中央三から警視庁！　いや……出血だけでなく、その……別の血痕が……』

『警視庁から多摩中央三！　報告は明瞭に願います！　〝別の血痕〟とはなにか？』

『多摩中央三から警視庁！　とにかく、不自然な血痕がある！』

伊原は運転しながら、多摩中央三号車と指令係のやり取りに、ふん、と鼻を鳴らした。

「なんだよ、そりゃ」

伊原は、泡を食いやがって、とばかりの渋面だったが、爽子は表情を変えずに乗務員の言葉を反芻《はんすう》していた。

——〝不自然な血痕〟……?

「近藤係長」

そう声をかけられたとき、近藤は若い部下の土橋徹《つちはしとおる》とともにハッチを開けた鑑識係のワンボックス車の後部から、資機材を納めたジュラルミンケースを引っ張り出したところだった。

若い女性が室内で死亡している、との通報のあったアパートは、川崎《かわさき》街道から外れてすぐの東長沼、その住宅地のなかにあった。

すでに現場周辺には交番勤務員たちによって規制線が張られている。アパートから数十メートル離れた路上には、多摩中央署から臨場した爽子や支倉ら強行犯係の覆面車両、それに近藤が資機材を用意している鑑識のワンボックス車、現場報告車両の役目を果たす黒白パトカー、多摩中央三号が縦列になって停車していた。

臨場してくるのは所轄の車両ばかりではない。

捜査一課の庶務担当管理官及び、その指揮下にある第一強行犯捜査の初動捜査班こそ未着だったものの、すでに初動捜査専門の第三機動捜査隊《さんきそう》、多摩中央署に分駐所を置く第九方面自動車警ら隊《きゆうら》といった警視庁本部の執行隊が、規制線の外側に群がる〝蝟集者《いしゆう》〟いわゆる野次馬の人垣を掻き分けて、スポーツセダンや黒白パトカーで続々と姿をみせ、路上に停車した警察車両の列に加わってゆく。

車載無線や携帯端末で報告する声が飛び交い、集結した車両からひっきりなしに響くドアの開閉音、さらに走り回る制服私服の警察官たちの慌ただしい靴音――それらが混然とした喧噪のなか、近藤は呼ばれたのだった。

近藤がアポロキャップ型の鑑識活動帽を被った頭をそちらへ向けると、強行犯の新しい主任が立っている。

「現場を見せていただけないでしょうか」爽子は鑑識係長を見上げて言った。

それは無理じゃないのかな……。支倉は少し離れたところで、集まった伊原たちの中にいたのだが、爽子と近藤のやり取りを聞きながら、そう思った。

なぜなら、現場の詳細はまだ不明なものの、この事件では〝捜本〟――それも刑事部長指揮の捜査本部が設置される可能性が高く、そうなれば警視庁本部の捜査一課の主導となる。そんなことは、前任が捜一だった吉村主任なら先刻承知のはずだ。それに――。

「おいおい、殺しとなりゃ鑑識優先だ」近藤は支倉が考えたのと同じことを言った。それは科学捜査の時代にあって捜査員、いや警察官にとってのいわば常識であった。近藤の後ろでは、若い土橋徹も肩からケースを提げたまま、爽子を呆れたように見ている。

「あんたも元捜一なら、デカさんでも現場でホトケさんを拝めるのは本部のお偉いさん、それも精々、捜一の主任までなのは知ってるはずだぜ？」

近藤は、爽子が左上腕にとめている、臙脂《えんじ》色の腕章にちらりと視線をやってから告げた。

目の前にいる女性捜査員が捜査一課にいた頃につけていたものには〝捜一〟と記されていたはずだが、いまつけている腕章には〝捜査〟としか記されていない。所轄捜査員用だからだ。

「解っています」爽子は近藤を見詰めたまま、小さくうなずいた。

「無理に決まってんだろうが」

伊原にしても爽子が鑑識係長に何を申し出るのか、興味はあったらしい。だから、その内容を聞くと時間は無駄にした、とでもいうように言葉を吐き、手をぱんぱんと打ち鳴らして告げた。

「まず周辺への聞き込みだ！　堀田係長も、それでいいですね？」

伊原たちは、機捜の隊員がそれぞれクリップボードやノートを手に集まっている、アパートの角のほうへと駆けだして行く。

——私も行かないと……、でも。

文倉は、反射的に伊原たちを追おうとした足を躓《つまず》いたように止めて、振り返る。

それは所轄の捜査員、また発生署の署員として、伊原たちと初動捜査に当たるべきなのは解ってはいても、文倉は何故か、近藤と相対した爽子の、小さな背中から発散される気迫の磁力に引きつけられてもいたからだった。だから、遠ざかってゆく伊原たちの背中を眼で追いつつも、その場を後にすることができなかった。

「それに、だ」近藤は諭すように爽子に続けた。

「俺ら所轄の鑑識だけじゃ、現場保存で手一杯だ。多摩鑑識センターから第二現場鑑識が臨場するまでは、手出しはできねえ」

「それも、解っています」爽子は近藤を見たまま再度うなずいた。

「ですが……お願いします」

私は自分の眼で現場を確かめたい。いや、そうする必要がある。——そう信じている、一途《いちず》な爽子の大きな瞳を、近藤は白いものの混じった眉を顰めて見返していたが、やがて口を開いた。

「しょうがねえな。通路帯と歩行板を敷くのを手伝いな」近藤は爽子に告げて、若い部下を振り返る。

「土橋、用意はいいか」

「いいんですか？　おやっさん」

近藤は根負けしたわけではなかった。ただ長年の経験から、自分を見上げている若い捜査員の眼光に特別なものを感じ取ったからかもしれない。爽子の瞳に、近藤自身が若かりし頃に出会った、一癖も二癖もある捜査員たちと似通ったものを。

「ごたごた抜かすんじゃねえ」

近藤は土橋を一喝してから爽子に向き直って続けた。

「ただしだ。毛の一本でも残しやがったら、現場から叩《たた》き出《だ》すぜ。いいな？」

「――ありがとうございます」

爽子は、切っ先のような視線をすこしだけ和らげると、小さく礼を言った。そんな爽子の表情の微妙な変化には、支倉は生憎《あいにく》と背後にいたために気づかなかった。けれど支倉は、爽子の磁力に引かれるように、近藤との間に身を割り込ませて言った。

「あの……！　私にもお手伝いさせてください！」

「いいか」

近藤は屈めていた腰を伸ばすと振り返り、爽子たちに告げた。

「絶対に現場を荒らしちゃならねえ。触るな、動かすな、何も残すなだ」

話し合いから十分後、爽子たち四人は現場であるアパートの、その玄関口のドアの前に立っていた。

それだけの時間を要したのは、現場から離れた手前から、近藤が先頭で戦場の兵士のように身を屈め、手にした携帯用投光器を右左に動かしながら、路上や敷地内に〝足痕跡〟はないかと検索しつつ進み、その後ろから、爽子と支倉、それに鑑識の土橋が、黄色い特大の巻物のような〝通路帯〟を転がして伸ばしながら続くという、手間がかかったからだった。

〝足痕跡〟とは、隠滅が難しい足跡に限らず、犯人が現場に遺留したすべての痕跡を差す。〝通路帯〟とは幅一メートルほどの、足跡痕を毀損せず捜査員が行き来できるよう設けられる敷物《しきもの》で、式典で敷かれる絨毯に似ていなくもない。けれど華やかな絨毯と決定的に違うのは、その行き着く先が煌《きら》びやかな舞台ではなく事件現場であることと、その上を歩くのが磨き上げたハイヒールではないことだった。爽子たちは靴を脱いでナイロン製の〝足カバー〟を履き、さらに靴下にスラックスの裾をたくし込んでいる。通路帯だけでなく、土橋は近藤の指示で浅い鍋蓋のような形をした〝透明歩行板〟も、路上の要所に設置していた。

て念を押した。

「解ってるな？」

近藤は、そうやってたどり着いた現場の一〇二号室、そのスチールドアの前に立って念を押した。

「はい」

爽子は、捜査員の七つ道具のひとつである白手袋を両手にきちんと嵌め、灰色のスチールドアへと向けていた視線を戻して、うなずいた。

近藤がドア開閉器を取り出す。ドア開閉器はノブの口径に合わせて丸く穴の開いた板状の機材で、ドアを開ける際に必ず握るノブ側面、そこに印象された指紋が毀損されないように使用する。近藤が固定したドア開閉器を傾けてノブをそっと回して引くと、ドアと枠の間に仄暗《ほのぐら》い隙間が口を開け、土橋がドアの上端にストッパーを噛《か》ませて、閉まらないようにした。

そうして、四人は被害者宅の玄関に入った。

ありふれた、どこにでもあるアパートのはずなのに……と、支倉は爽子に続いて、履き替えた足カバーで三和土へ踏み込みながら思った。そこが犯行現場になった途端、日常から外れた不穏な空間に変貌する。そのことを支倉は、警察学校入校中に行われる一ヵ月の〝実務修習〟――所轄署での現場実習で経験して驚いたものだった。

四人は、日当たりは良くないものの片付いた台所へと上がり込み、フローリングの床を斜光法で検索しつつ奥へと進む近藤に、爽子たちも通路帯を敷きながら続く。そうして短い廊下の、開いたままのトイレのドアを行き過ぎて、白い光の流れ込む居間の戸口に立った。

そして、真昼の光が満ちた室内の光景が目に飛び込んだ途端——。

「……なに、これ」

「……！」

屈めていた背を伸ばした近藤の後ろで、支倉の口から呟きが転がり出し、肩を並べた爽子もまた眼を見開いて、小さく息を飲んだ。土橋も最後尾から室内を見て、呆然《ぼうぜん》としている。

爽子たち四人が言葉もなく立って、ドアの手前から見詰める居間の広さは、十畳ほどだった。奥の、レースのカーテンが掛かった大きめの引き違い窓から燦々とした光に照らされた室内、その左側の壁際には、ぴったり寄せられてベッドがあった。

そして、若い女性が死亡しているのは、そのベッド上だった。

被害者の女性は、背中を壁にもたれ掛かけて上半身を起こし、足を乱れたシーツの上に投げ出したような姿勢だった。着ているシャツのボタンは糸を残して引きちぎられ、それ自体が大きな傷口のようにはだけていて、そこにブラジャーもなく露わになった白い乳房には赤黒い擦過痕——ひっかき傷の筋が、いくつもはしっている。

下半身には何も穿《は》いておらず、下着は左足の足首で、くしゃくしゃになったハンカチのように丸まっていた。押し広げられた両足には夕闇色をした内出血の痣《あざ》が、幾つも浮いている。

顔貌は、おとがいが胸元を突くほど俯《うつむ》き、さらに乱れた髪がかかっていたせいで、ほとんど窺うことはできない。腫れあがり、端から血の筋が垂れる唇が、覆った髪の下に窺えるだけだった。

凄惨な態様とはいえ、一見して強姦《ごうかん》殺人であるのが見て取れる現場ではあった。それにもかかわらず、最初に現場に入った制服警察官、さらに爽子たちからも言葉を奪ったのには理由があった。——それは、被害者の背後、上半身のもたれ掛かった壁に残された血痕だった。

血が、髪に隠れた被害者の首筋のあたりから右側へと、まるで先をつまんだホースから迸《ほとばし》った水のような放物線を二メートル近くも描いて、背後の白い壁にベッタリと吹きつけられていた。先端にいくほど薄まりながら、涙のような玉になって幾つも垂れている。

〝吹き痕〟と呼ばれる、動脈を深く傷つけられた際にできる血痕だった。

髪に隠れて創傷——傷こそ見えなかったが、被害者は頸部《けいぶ》を鋭利な刃物で切りつけられ、その創口から鮮血が噴出し、致命傷になったとみて間違いなかった。

しかし、それなりに場数を踏んだ鑑識課員、捜査員である爽子たちが言葉もなく立ち尽くしたのは、〝吹き痕〟とは反対側、つまり被害者の左側に対を成すように残された、もうひとつの血痕のせいだった。

左側のもうひとつの血痕。右側の〝吹き痕〟と対称をなすように、頸部から赤黒く変色しつつあるいくつもの線が、擦れながら白い壁紙に太くうねり、窓側へと伸びていた。

だがそれは、被害者の傷に由来するものではあり得なかった。なぜなら、まるで毛が短くなってペンキの保《も》ちが悪くなった刷毛《はけ》でも使ったように、何度も何度も繰り返し塗りつけられたものだったから。犯人は間違いなく、犯人自身の手を刷毛代わりにして、瀕死《ひんし》の被害者の、そのまだ温《あたた》かかったはずの鮮血を塗料にして書き殴ったのだ。まるで、右側の〝吹き痕〟を手本にしたように。

実際、どちらの血痕の線もほぼ同じ角度、長さもほぼ同じで、広げた翼のようにも見えた。そのせいか被害者の女性は、凄惨な暴力の痕跡である内出血の痣や創傷、着衣の破れさえなければ、眠り込んだ天使にみえたかもしれない。

「犯人《ホシ》はなんだってこんな真似を……」近藤がその場にいる全員の感想を代弁するように呟いた。

ほんとうにそうだ……。支倉は胃から込みあげてきた酸味を、水気を失った口の中に感じながら思った。

被害者を性的に暴行、殺害し、それだけでなく被害者の血を塗りたくり、狂気じみた壁画のような不気味な模様を残すことに、何の意味があるのか。

「誰かに教えてほしいもんだぜ」

支倉は近藤がそう続けるのを聞きながら、ふと、何か強い気配を感じてそちらを見た。

そこには爽子の、ベッド上の遺体と、天使が翼を広げたような血痕を食い入るように見詰める顔があった。爽子の水晶玉のような眼は前髪の下で、その場の状況すべてを脳裏に焼きつけ、取り込もうとするように見開かれていた。

二

「つけえ！」

広い室内に、気をつけ、を意味する号令が響くと、びっしりと並んだ長机に着いていた数十人の捜査員が一斉に立ち上がり、座っていたパイプ椅子が床を擦る、がっ、という音が、一塊になって響いた。

「相互に礼！」

スーツ姿の捜査員たちの腰が突風が吹きつけた稲穂のように一斉に折れ、正確に十五度の角度に曲げられる。

多摩中央署三階の講堂。

第一回目の捜査会議が始まろうとしていた。時刻は午後八時を回り、窓は町の光の瞬く闇に塞がれている。

号令とともに着席した捜査員たちと正対する講堂の上座、床より一段高くなった〝ひな壇〟には、刑事部長指揮の特別捜査本部ということもあり、平賀《ひらが》捜査一課長ら警視庁本部の幹部が顔を揃えていた。

――大変な一日だったな……。

支倉は、〝特捜開設電報〟により多摩中央署と同じ第九方面に属する各所轄署から召集された指定捜査員たちが占めた長机の列のなか、強行犯の面々とともに纏まって席に着いて思った。

昼間はあれから、……あれから、というのは爽子や近藤たちと現場保全にかこつけて遺体の態様をその眼で見た直後のことだったが、現場には立川から第二現場鑑識が駆け付けた。

鑑識の現着から間もなく、桜田門《さくらだもん》から警視庁本部の〝赤バッジ〟、つまり捜査一課において事件認定を担当する第一強行犯捜査の統括臨場管理官と、遺留された物証を収集する現場資料班および、捜査本部開設を支援する初動捜査班が到着。

さらに〝在庁番〟、あるいは〝事件番〟とも呼ばれる、事件発生に備えて警視庁本部六階の大部屋で待機していた第二強行犯捜査殺人犯捜査三係が、相次いで臨場してきたのだった。

それら伊原のいう〝本部連中〟に追い払われるように現場から締め出されると、あとは爽子とともに伊原たちと合流し、それからは三係主任が地図上で割り振った〝地割り〟に従い、現場周辺をひたすら聞き込む初動捜査に半日、駆けずり回ることになったのだった。

そうしていまは、指定された時刻に帰庁し、集結した捜査員の群れの中にいる。

「捜査一課長訓示！」

「皆、御苦労です。――」

ひな壇の幹部席の真ん中に座っていた、平賀悌一《ていいち》一課長が立ちあがった。

もし、この場でなければ、支倉は興味津々で、一課長に注目したはずだった。なにしろ警視庁本部には百人以上の課長がいるが、その就任に当たって新聞の人物欄で紹介されるのは、捜査一課長だけだからだ。けれど支倉は、それ以上に気になることがあって、ひな壇で訓示を垂れる日本一有名な〝刑事〟である平賀から、隣に座った爽子へと視線を泳がせる。

支倉の心に引っ掛かっていたこと。それは、本部連中から追われるように現場のアパートを後にした際の、一課の捜査員たちが爽子へ向けた視線、だった。一課の捜査員たちの眼には、単に所轄の捜査員が余計な手出しをしたのを咎《とが》める以上の、……敵意に似たものがあった気がする。

――あのとき主任は目礼しただけで、あの場を離れたけど……。

もしかすると、一課から異動してきた事情に関係があるのかもしれなかったが、支倉が視界の隅で見ている、同じ長机についた爽子の顔は、まっすぐ前に向けられている。

私は刑事部長指揮の特別捜査本部なんて初めてだ。支倉は爽子の場慣れした様子と我が身を比べて、胸の内でつぶやく。

なにしろ、初動捜査を終えて署に戻ってみれば、見慣れているはずの講堂が様変わりしていたことに、まず驚かされた。警務課員が総出で長机を線路の枕木のように整然と並べ替えていた。壁際にはコピー機や無線機、東京都警察情報通信部の設置した特設電話機が整えられていて、行きつけのラーメン屋がいつの間にかイタリア料理店に変わっていたくらいの驚きがあったほどだ。

支倉は、爽子たち強行犯の皆と長机ひとつに纏まって会議の始まりを待つ間も、ひな壇の脇に設けられたデスク席の島や、それに上座近くの席を占めた捜査一課の捜査員たちが醸し出す、その硬い空気に居心地の悪さを感じていたが、それに加え、さらに続々と他署からの応援である指定捜査員たちが詰めかけ、講堂に椅子を引く音ががちゃがちゃ……と煩《うるさ》く重なり始めると、背筋に冷気が這いのぼってくるような気がして、いやが上にも緊張したものだ。

私もあんな風に見えてなければいいんだけど……。支倉は、署の〝臨時召集者〟が、慣れない背広姿で勝手が分からず右往左往している姿を見ると、いらない心配まででした。臨時召集者とは、普段は署で制服勤務で地域や交通を担当している者たちだった。

「――私からは以上」

「次に、現時点で判明している事案の概要を説明する」

支倉が爽子を気にしているあいだに、捜査一課長の訓示は終わった。平賀課長とは違う声が響き、支倉が慌ててひな壇に顔を戻すと、平賀は訓示を終えて着席し、代わって紙片を手に立ちあがった〇係の磯崎《いそざき》係長が、捜査員らのつくる背中の波の上に見えた。

「被害者は財前聡美《ざいぜんさとみ》、二十七歳。小平市にある仁愛葉《じんあいは》病院、外科病棟勤務の看護師。――」

磯崎は角刈りに近い短髪で、背は高い方でなかったが、声は朗々と良く届いた。

講堂の後ろの方に座っていた支倉たちからは見えにくかったが、磯崎の背後のホワイトボードには大きな模造紙が貼られ、そこには患者の車椅子を押す被害者、財前聡美の写真が引き伸ばされて貼ってあった。写真のなかで財前聡美は、白い制服姿で輝くような笑みを浮かべている。

「本日午後零時五十分頃、マル害が夜勤後、一緒に買い物に行く予定だった同僚、石田《いしだ》佳奈《かな》二十四歳が、約束の時刻になっても当該マル害が待ち合わせ場所に現れず、また携帯電話での連絡もとれないことを、日頃のマル害の几帳面《きちょうめん》な性格から不審に思い、稲城市東長沼六丁目のマル害の自宅アパート、カクタコーポを訪ねたところ、同室内で死亡しているマル害を発見し通報、認知したものである」

磯崎は事件の端緒を告げて、一拍おいた。

「司法解剖の結果――死因は、左頸動脈《けいどうみゃく》切断による失血死。凶器は刺切創《とげ》からみてナイフ、包丁などの鋭器。死亡推定時刻は、直腸温度及び角膜の混濁度からみて発見から一時間以内、つまり本日午前十一時から十二時頃と思料される。また、左掌《てのひら》に凶器と同じ鋭器のものとみられる防御創、右上腕に手指による圧迫痕がみられる。なお――」

磯崎係長は丸いが引き締まった顔を、手にした紙片から上げた。

「マル害は性的暴行された形跡はあったが、体内からは犯人の体液は検出されていない。その辺りを含めて、現場の検証結果の報告を」

「はい」ひな壇に近い長机から、捜査一課員が立ち上がった。

「現在、犯人と直接繫がる遺留物は発見に至っておりません。鑑識が採証活動を続けています。なお、鑑識によればマル被は犯行後に現場で手を洗ったうえ、指紋を水拭きして立ち去った形跡がある、とのことです」

報告を聞く捜査員たちから忌々しげな息が漏れた。

「発見時、通報者によれば被害者宅は施錠されておらず、また、使用されたトイレも流されておりませんでした。室内にあった現金三万円は手つかずで、〝物色痕〟及び〝接待痕〟もありません」

犯人は室内にあった現金には手をつけず物色した形跡もない。さらに接待痕、つまり被害者がお茶を出すなり迎え入れた形跡もない。それは〝面グレ〟、つまり面識者の犯行の可能性は低い、ということだ。

財前聡美は夜勤から帰宅するとまずトイレに行ったんだな、と文倉は思った。施錠しなかったのは、帰り道に尿意が切迫していたからかも。そして、用を足している途中で何か物音に気づき、様子を確かめに急いでトイレから出た直後に……侵入してきた犯人と鉢合わせしたのだろうか。

「そして、マル害の後背の壁にあった噴出血痕と擦過状血痕ですが――」

あれのことだ。支倉は、今度は顔を向けて爽子を見た。けれど爽子は表情を変えず、ひな壇に立つ実質的な現場指揮者である磯崎係長……捜査副主任官を見詰めていた。ただ、その眼には黒曜石の破片のような鋭さが加わっていた。

「いや」と磯崎がひな壇から捜査員に言った。

「それについては、実際に見た方が早いだろう。現場写真を回す。各々確認してもらいたい」

長机の最前列へプリントが配られ、それは前から順に、手から手で後ろの列へと送られた。そして……受け取るたびに捜査員らの口から、驚きが漏れた。

――なんだよ、こりゃ……？

――マル被はどういうつもりだ……？

やがて、どよめきの波はプリントとともに、後ろの列にいた爽子や支倉のところまで達した。支倉は、前列の捜査員が身体を捻って差し出して、爽子が受け取った現場写真を、横から覗き込む。

ベッド上で、上半身を壁にもたれて死亡した被害者。そしてその右側の髪に隠れた頸部から延びた噴出痕。そして反対の左側には、あたかも右側の血痕と対称となるよう意図したかのような、被害者の血を使って犯人の手で塗りつけられた、不吉な虹のような放物線。

現場で隣にいる爽子とともに目の当たりにしていたものの、こうしてあらためて第三者的な視点で見直すと犯行の異常性が際立ち、強調されているように感じる。

「犯人が写真のような血痕をわざわざ残した意図及び理由は、……現在のところ不明です」

捜査一課の捜査員が報告を締めくくるなか——爽子は写真に眼を落としたまま呟く。

「〝シグナチャー〟か〝デパーソナリゼーション〟……？　いえ、むしろ〝打ち消し〟……」

「え？　デパートに取り消し、ですか？」支倉は、プリントを手渡すために後ろに向けていた上半身を戻して、爽子に尋ねた。

爽子は、問い返されて初めて、自分が言葉を漏らしたのに気づいたらしい。手元の写真へうつむけていた顔を、髪を揺らして支倉に向けた。

爽子は、遠くを眺めていた人が急に呼ばれたときのような、どこか焦点が曖昧な眼差しをしていた。小さな桜色の唇も、わずかに開いている。それは、虚を突かれて無防備になった爽子の、初めて覗かせた表情だった。あどけない、といってもいいほどの顔をしていたものの、それも一刹那だった。

「……いいえ、違う」

爽子は夢から覚めたようにそう答え、ひな壇の方へ向き直ったその横顔には、先ほどまで浮かべていた、意外なほど素直な表情は消えていた。

「あの、それじゃあ――」

「多分、それも違う」

言い募ろうとした支倉の言葉を、爽子は細い鼻梁の先でにべもなく答えた。

「静かに！　報告はまだ終わっていない！」

捜査員たちの交わす囁きが掻き回していた講堂に、磯崎係長の叱責が響く。

「マル害の足どりは！」

講堂が再びさざ波ひとつ無い池のように静まり、上座に近いところで捜査一課の捜査員が立ちあがった。

「当該マル害は、勤務先である病棟での当直を午前十時頃に終えた後は、同僚であり通報者の石田佳奈との約束もあり、また死亡推定時刻から逆算しても、コンビニに立ち寄ったほかは、ほぼまっすぐ帰宅したと思われます。現在、帰宅途上に設置されている防犯及び監視カメラの映像を捜査支援分析センター《SSBC》が解析中です。以上です」

「マル害の鑑取りでは、何か出たか」

磯崎の問いかけに、今度は別の捜査員が立った。鑑、とは人的地理的な〝繋がり〟をさす。

「稼働先の同僚らに聴取したところでは、当該マル害は業務には厳しい反面、面倒見が良く、慕われていたようです。また、犯行に繋がるようなトラブルを抱えていたとの証言は、いまのところ出てきていません。以上です」

薄鑑、それも〝流し〟の犯行じゃないのかな……。支倉は支給された黒表紙の執務手帳ではなく私物のノートに、報告の要点を忙しく書き取りながら漠然と思った。

犯人と被害者はほぼ、というより犯行直前まで面識は無く、被害者はたまたま目に付いたという理由で襲われたのではないか。

主任は事案をどう〝筋読み〟しているのだろう。支倉は自分と同じくノートに書きとっている爽子を窺ったものの、相変わらず新品の金庫のような表情で、中身は窺えない。

「報告は以上ですが――」磯崎は言って、ひな壇で振り返った。

「佐久間《さくま》管理官からなにか」

「……うん。全員、御苦労です」

促された佐久間孝則《たかのり》警視は、幹部席に座ったまま顔を上げて眼鏡のフレームを光らせ、まず捜査員を短く労《ねぎら》った。

佐久間はやや鷲鼻《わしばな》の、目付きの鋭い五十代の男だった。捜査主任官、つまり捜査本部の責任者だった。

「犯行の態様から、強姦殺人である蓋然性が高いが、なんといっても注意を引くのは──壁の擦過状血痕……〝天使の翼〟だ」

佐久間管理官はそう言って、ひな壇の、わずか十センチ程度とはいえ、それでも立場を画然と隔てる高みから捜査員全員を見渡して言った。

「あれを遺《のこ》すことがホシにとって何らかの意図、あるいは意味があるのか。もしあるのならば、特異な犯人像も視野に入れる必要があるわけだが……。CIS《シス》─CATS《キャッツ》、情報分析支援システムにヒットはないか」

「照会しましたが、ヒットはありませんでした」

磯崎が幹部席の傍らから答え、それを聞いて、佐久間は小さく答えた。

「……そうか」

それから、佐久間は沈思黙考するように前屈みになって机に肘をつき、組んだ指先に尖った鼻先が触れるほど寄せた。

「──このなかに、吉村はいるな？」ややあって、佐久間が口を開いた。

……へ？　支倉は講堂の果てといっていい片隅で、一課の幹部の口から隣にいる人物が呼ばれるのを聞いて、自分が名指しされた以上に驚く。

そんな、……捜一管理官からの御指名って……！

驚いていたのは支倉だけでなく、同じ長机に席を占めていた他の強行犯係の面々も、同様だった。伊原は片方の眉をつり上げ、三森はぽかんと口を開けていた。高井も驚きと関心が半分ずつの表情になり、佐々木は表情こそ変えなかったものの、眼を瞬かせている。

「——はい」

爽子がパイプ椅子をずらして立ちあがると、支倉たちばかりではなく、他の捜査員たちも椅子の上で振り返り、指名された小柄な女性捜査員に注目した。

「君は現場を見てどう思った？　いや——」

ひな壇から質《ただ》す佐久間の声は、垣根のように居並んだ捜査員らの頭上を越えて、爽子の耳に直接、響いた。

「特別心理捜査官として、なにを感じ取った？」佐久間は言った。

——〝特別心理捜査官〟……？

支倉が管理官の口にした聞き慣れない職名に戸惑って見上げるなか、——爽子は捜査員の背中が鍵のおうとつのように不規則に連なった長机、それが互い違いに重なった果てに見える佐久間へと、小作りな白い顔をむけ続けていた。

あの時と同じだ……。爽子は捜査員らの頭越しに佐久間を見詰めながら、心でそう呟いた。私が捜査一課から追われる理由になった、あの時と。

——それなのに……！

爽子は、血の気が失《う》せるほど口もとを引き結ぶ。そのせいで桜桃のようだった唇は、鋭利な刃物に斬られた傷のような一本線になった。湧きだした怒りは、表情を凍りつかせた反面で、胸の内を灼熱《しゃくねつ》の溶鉱炉にし、そこに居座って心の重荷でありつづける、鋼鉄の十字架のような記憶を溶かしだす。焦燥、後悔、そして屈辱……。そうして、それらが入り混じった真っ赤な流れとなって、心の堰《せき》を突き破ろうとする——。

けれど、それも一刹那の激情だった。爽子は、霜柱が立ちそうなほど冷たく強張《こわば》らせていた頬を、不意に緩めた。そして、……薄い笑みさえ浮かべて口を開く。

「——さあ」爽子は無味乾燥に言った。「私には解りません」

「おい！」

「……そうか」

磯崎係長が無礼を咎めるように身を乗り出して幹部席の机を叩いたものの、当の佐久間は素っ気なく爽子に告げただけで、続けた。

「では全員、御苦労でした。明日からも引き続き、緊張感をもって捜査願いたい。以上、本日は散会！」

「主任！　吉村長！」

　支倉は講堂から廊下へ出ると、声を上げた。

　廊下は、捜査会議が終了して当座のねぐらである署の道場へと引き上げてゆく捜査員たちで、人混みとなっていた。そんな捜査員の流れの中で、爽子の小さな後ろ姿が振り返った。

「なに？」爽子が立ち止まって言った。

　支倉は、紺色に黒の混じった捜査員の流れを縫って早足で爽子に追いつくと、袖をひくようにして壁際へと誘った。

「あ、あの……！」支倉は辺りを憚って、自分より身長の低い爽子へ身を屈めると、小声で言った。

「さっきは何で、佐久間管理官から聞かれたことに答えなかったんですか？」

　支倉は、爽子が事案について何かしら考えを抱いている、と確信していた。にもかかわらず佐久間に答えなかったのには、それなりの理由があるはずだ、と。だから、そう尋ねたのだが――。

「私は現場を少し見ただけで、マル害の人となりも、鑑識の詳しい検証結果も知ってるわけじゃないもの」

　爽子は支倉から目を逸らして答えた。

「そんな私が自分の印象だけで判断して、それが間違っていれば、先入観を与えて捜査を混乱させてしまう。それに——」

話しながら爽子の脳裏では、先ほどの会議中に佐久間に指名された時と同様、あの時、あの時の情景がまざまざと蘇った。

……あの時もまた、爽子は、いま出てきたばかりの多摩中央署の講堂と同じような、広い訓授場に立っていた。訓授場とは、講堂と同じ目的で使用される広い部屋だ。

そして、そこが特別捜査本部が設けられた部屋であり、ひな壇から爽子を見詰めているのが佐久間管理官というのも、同じだった。

違っていたのは、佐久間はじめ幹部らが凝視してくる、ひな壇との距離だ。先ほどまでの会議のような末席ではなく、爽子は、幹部席からわずか数歩のところに立っていた。

そして、背後で整然と並んだ長机の列には、捜査員らの姿が無かったことだ。

広い訓授場には、さながら異端審問官のように居並んだ佐久間たち幹部、そして爽子のほかは、爽子に寄りそって立つ人影がひとつあるきりだった。

あの時、——と爽子は思った。私は、佐久間管理官の口から必ずしも事実ではない毒矢のような弾劾の言葉が放たれるたびに、怒りや屈辱、それに喪失感に震えながら立ち尽くすしかなかった。雨の中の子犬みたいに。全身の血が引いてゆき、自分の身体が死体のように冷たくなってゆくのを感じていた。

そんななかで、あの頃はまだ長くてポニーテールに纏めていた髪の先がうなじを刺した、あの、ちくりとした痛みだけは、何故かはっきり覚えている。

それでもあの場で、私が辛《かろ》うじて膝を折らずにすんだのは、私とともに佐久間たち幹部の前に立つことを、自ら選んでくれたひとがいたからだ。そのひとの、……傍らにいたそのひとから伝わってくる温《ぬく》もりだけが、私を支えてくれた……。

でもそのひとも、私のせいで――。

「――それに、なにか問題が起こったとき、責任を押しつけられるだけ」

爽子が頭の中の映写機のスイッチを強引に切ってそう答えると、支倉は声を失う。

「そんな……」

責任を取りたくないから受け流したってこと……？

「で、でもですね……！　ひと一人、殺されてるんですよ？」

支倉は、吉村主任はお世辞にも人当たりが良いとはいえないけど、決して悪いひとではない――、そう感じ始めていたのを裏切られた思いで、食い下がる。

「そ、それにですね！　吉村主任は〝特別心理捜査官〟なんじゃないんですか？　だったら、なにか捜査に貢献できるはずで……。それに、現場でマル害……財前聡美のあんな姿を見て、可哀想《かわいそう》だとは思わなかったんですか」

　支倉が思わず難詰する声が、いつのまにか捜査員たちのいなくなった廊下に響いた。支倉の頭には、犯人の穢《けが》らわしくおぞましい欲望によって暴力的に弄ばれ引き裂かれ、さらに命まで奪われた被害者の姿があった。そして、あの〝天使の翼〟も。犯人の行為以上の暴力性を強調する、壁画じみたあの模様が。支倉には、異常ともいえる表現と、被害者に対する冒瀆《ぼうとく》としか思えなかった。そんな犯行現場を、自分と一緒に吉村主任も瞼《まぶた》に焼き付けたはずだ。

「私は――」爽子は支倉をまっすぐ見詰め返して言った。

「私は現場でマル害をみても、可哀想とは思わない」

「そんな、……思わないって」

　支倉は喉元で膨れあがった憤激で言葉に詰まった。そんな支倉に、爽子は何事もなかったように背を向けた。

「聞きたいのが、それだけなら」

　そう言って立ち去ってゆく爽子の後ろ姿を、支倉は憮然《ぶぜん》として見送る。と――

「おい、支倉！」

「は、はい！」

　後ろから、伊原の呼ぶ声が聞こえた。支倉は反射的に答えて、そちらに小走りに駆けだした。

捜査本部が設置されて最初の一ヵ月間は、第一期と呼ばれる。その間、ほとんどの捜査員は発生署に泊まり込み、日曜祭日にも関わりなく捜査にあたる。

捜査員の宿泊場所は署の道場が充てられるのが通例で、ここ多摩中央署内の道場にも数十人分の布団が、びっしりと敷き詰められていた。

捜査員たちは、教練で擦れた畳を白く覆った布団の上で、手に手にビールの缶、日本酒を注いだ湯呑みを持ち、幾つもの車座になっていた。

五輪大会のマークのような、その輪ひとつひとつは、捜査一課と所轄、あるいは捜査講習の期、あるいは業務歴……そういった条件で、自然に分かれている。目に見える縄張りや階級とはまた別の、複雑な関係性のおりなす蜘蛛《くも》の巣《す》に警察官は生きている。

そして支倉も、伊原たち多摩中央署強行犯係の輪の中にいた。布団に横座りに腰を下ろして、膝には大きな缶ビールを抱えていた。自分が飲んでいるのではなく、強行犯係の下っ端として酌をするためだ。

——主任があんなことというから、私もつい怒っちゃったけど、でも……。

支倉は一通り、伊原たちの紙コップにビールを注いで回ると、膝に缶を置いて、道場の喧噪から逃れるように天井を見上げ、廊下で爽子と交わした問答を反芻していた。

……〝なにか問題が起こったとき、責任を押しつけられるだけ〟

……〝私は現場でマル害をみても、可哀想とは思わない〟

後者については、支倉にも解らなくはない。被害者に同情するあまり感情に溺れてしまえば、冷静な職務執行ができない。現に自分たちも、こうして被害者を悼みながら御酒《おさけ》を酌み交わしている。

だから、支倉の頭に釣り針のように引っ掛かっているのは前者の方だった。

「まったくよ、一期の〝三が日〟からしょぼくれてても仕方ねえ」

「ですよね」

伊原が紙コップをあおってビールを飲み干し、息を吐きながら捜査の成否に関わる三日間を指して言うと、三森のいつもの追従混じりの合いの手が入る。それを聞きながら、支倉は思う。

――吉村主任は、責任を取りたくないから何も答えなかった、とはいったけど……。

しかし、現着した直後、犯行現場へと鑑識優先であるのを承知のうえで強引に踏み込んでいったあの積極性とは、およそ相容《あいい》れない。とすれば、あれは単に、爽子が現在の自分の置かれている立場、つまり所轄の捜査員という立場にともなう限界を正直に告げただけ、だったのかもしれない。そして、あの時の爽子の口調がことさら素っ気なかったのも、裏を返せば、事案を深く知りたいという渇望が、所轄の捜査員という立場では叶《かな》わないという、その苛立ちのせいだったのかもしれない……。

支倉はそんなことを考えながら機械的に、伊原の紙コップにビールを注いでやる。

「佐々木、おめえも飲め」

「飲んでます、顔に出ないだけで」

「あんだあ？」

飲み始めたときから顔色どころか表情ひとつ変えないモアイ然とした佐々木へ、伊原が濁声《だみごえ》を上げる。

「まあまあまあ……」高井が取りなすように言った。「これはマル害を弔う酒でもあるんですから。ね、係長」

堀田係長が曖昧に答えている。「まあ、そうだね」

「弔い酒ならよ」伊原がアルコールで勢いの増した声で吐いた。「あの女もちったあ付き合えばいいのによ、可愛げのねえ」

「ですよねですよね」と三森。

「吉村主任でしょ？」

支倉はそのときまでに、周りで交わされる同僚たちの会話には、部屋を飛び回る蠅《はえ》の音くらいの興味しか持てなくなっていたが、その中に爽子の名が飛び出した途端、いつの間にか敷きつめられた布団へと落ちていた眼を、ふと上げた。

——そういえば吉村主任、どこ行ったんだろ？

「私、吉村主任を捜してきます！」

支倉は腰を浮かせて、伊原がお代わりを催促して突き出した紙コップを躱《かわ》して、缶を三森へと押しつける。「三森、パス！」

支倉は、伊原が身を仰《の》け反《ぞ》らせてあげた、おい、という怒声にも構わず立ちあがると、幾つもの捜査員たちの輪を擦り抜けて、講堂から走り出した。

支倉は道場の喧噪から抜け出すと、一応、署庁舎の五階から七階を占める単身待機寮、民間でいうところの独身寮に足を運んではみた。案の定、爽子の居室には灯《あか》りもなく、がらんとした室内に私物の詰まった段ボールが積んであるだけだった。

単身待機寮にも帰らず、捜本設置時に恒例となっている〝検討会〟にも顔をみせず、爽子はいまどこで、何をしているのか。とはいえ、手がかりが無いわけではない。支倉の頭の中では、爽子が廊下で言った言葉が点滅している。

〝私は現場を少し見ただけで、マル害の人となりも、鑑識の詳しい検証結果も知ってるわけじゃないもの〟。

――吉村主任がことなかれ主義者なんかじゃなく、詳しい現場の検証結果を知りたいのなら……。

そう考えた支倉は、待機寮から四階まで降りると、急がせていた足を両開きのドアの前でとめた。

『稲城市看護師殺人事件特別捜査本部』――。そのドアの脇の壁には、〝戒名〟、つまり事件名が太い字で記された、ひとの背丈ほどもある長い紙が張り出されている。

支倉は捜査本部のある講堂へと戻ってきたのだった。

そういえば……と、支倉は講堂のドアノブに手を掛けながら、照明の落ちた薄暗さのなかにあっても黒々と〝戒名〟の文字が浮かぶ、つなぎ合わされた模造紙を見ながら思う。

私は、〝戒名〟を命名するのが捜一の現場資料班だなんて、この事件で初めて知った。それだけでなく、妥協の許されない厳しい捜査であることを象徴するような、強い筆致で書かれた〝戒名〟の文字が、見るたびに網膜に焼き付くように感じることも。いまも、こうして眼にしただけで胃が緊張し、きゅっと締まるのを感じる。

支倉は〝戒名〟から視線を引き剝がすと、ドアを開ける。

――吉村主任、ここにいるはずだよね……？

ドアを引いて、開いた隙間から覗き込んだ支倉は一目みて、……動きを止めた。

爽子は予想どおり、そこにいた。

廊下と同じく、照明のほとんどが落とされた広い室内。子どもの消えた深夜の教室のような講堂に並んだ、着く者のない長机の片隅で、小さな背中をこちらに向けている。

やっぱり、と支倉はほくそ笑んだのだったが、よく見ると、爽子の後ろ姿が少しおかしいのに気づく。普通、パイプ椅子に座っているのなら、後の列の長机に隠れ、見えるのは精々、肩胛骨から頭までのはずだ。しかし、やや前屈みになった爽子の背中は、スラックスに包まれた腰から頭にかけて、つまり背中全体が、机の列の上に浮いていたからだ。

支倉は最初、爽子が机の間に立って俯いているのかと思ったが、やがて気づいた。

爽子は立っているのではなく、長机の上に腰掛けているのだ。

そんな格好して吉村主任、何してるんだろう……？

「あのう、主任……？　吉村主任……？」

支倉は声をかけながら、左右の長机を隔てる通路を歩き、何かに没頭しているのか、返事もせず背中を丸めたまま身じろぎもしない爽子へと近づいてゆく。

「あの、吉村しゅ――」

回り込んでみると案の定、爽子は長机の上に腰を載せ、靴を脱いだ靴下履きの足で椅子の座面を踏んでいた。そうして身を乗り出した姿勢で、持ち上がった膝に肘を突いて、指を額で組んでいる。そんな、まるでキャンプファイヤで最後に残った燠火《おきび》に見入るような格好のまま答えない爽子に、支倉は再度、呼びかけようとして、――爽子の前にある机に広げられているものに気づいて、黙り込んだ。

爽子の前の机は、間にあった椅子を取り除いて、二つの長机を寄せてひとつに合わせたものだった。その倍になった机上を、百人一首かカルタのように埋めていたのは――。

青白く虚《うつ》ろな被害者の顔。

引き裂かれたシャツ。

足首で丸まった下着。

白い肌に浮いた紫色の内出血の痕。頸部に開いた刺切創。

そして――、佐久間管理官が〝天使の翼〟と呼んだ、被害者の血を壁になすり付けて描かれた赤黒い血の虹。

現場写真だった。――ひとつの箇所について写真が二、三枚と複数枚あるのは、一度撮った方向とは逆の方向からも撮るのが現場における採証活動の基本だからで、鑑識はそれを〝返し〟と呼ぶ。

「――なに？」

文倉は、前髪と鼻先で指を組んだ両手に顔を隠したまま、不気味な収蔵品に見入るコレクターのような爽子の様子に、ちょっと鼻白む思いで突っ立っていたが、爽子がわずかに顔を上げて答えると、ほっと安堵した。

「あ、あの……」

けれど文倉は、見上げてきた爽子に視線を捉えられると、続けようとした言葉を再び、息とともに飲んだ。

前髪の下に溜まった薄闇と組んだ両手の狭間《はざま》から、爽子の底光りする眼が、瞬きもせずこちらを見詰めている。爽子の双眸は、淡い闇のベールに覆われて黒い空白になった顔のなかで、白々と真珠色に浮かび上がっていた。

それはまるで、白い鬼火か――、あるいは暗夜の森で木立を透かして獲物を窺う、獣のそれのように。

異様なのは眼差しだけではない。爽子の屈めた身体からもこれまでにない異質な気配が立ち昇っているのに、支倉は気づく。それは妙にぬるりとした粘着質の陰湿さ、嫌らしさ……。

今朝、現れてからずっと、爽子は人を寄せ付けない硬さを纏ってはいたものの、端然とした雰囲気があった。けれどいま、じっとこちらを凝視する爽子は、瘴気《しょうき》じみた強烈な悪意を漂わせている。

そして、支倉がそう感じたのも、当然だったのかもしれない。

爽子は頭の中で獲物を追い詰めていたところだったから。

獲物……被害者を。

「あ、あの、主任……？」

支倉は、爽子の雲母を散らしたように光る眼に射すくめられ、背筋にアルコールを垂らされたような冷たさが落ちてゆくのを感じながら立ち尽くしていたが、……やがて意を決して囁きを喉の奥から絞り出した。

「だから、なに？」爽子が、ふうっ……と大きく息を吐いて言った。

爽子が、指先を絡めていた両手をほどいて顔を上げた途端、――顔を隠していた薄い闇も悪魔憑きのような表情も、霧が晴れるように消え、髪の下にあったのは見慣れつつある稚気のある顔立ちに、透明な表情だった。

爽子は前屈みの姿勢のまま、眼を机に戻して言った。「ホステス役は終わったの？」

「な……、そんな、ホステスって……」

支倉は爽子の様子が戻ったことには安堵したものの、その口調に込められた辛辣さに、内心ではいささか反発を覚えて口ごもる。

「私は、……別に」

「言っとくけど、私にもしろって言っても無理だから」

爽子が冷ややかに告げ、机の上で背を伸ばして顔をむけると、立ったままの支倉と目線の高さがほぼ同じになった。この場で初めて爽子の顔を真正面から見ることになった支倉は、皮肉に抗議するのを忘れて、まじまじと爽子の白い顔を見返す。

爽子の白磁の人形のような顔、その頰に、一対の桜色の筋が弧を描いていた。それに眼も腫れている。

このひと、泣いてた……？　支倉はそう思ったが、まさか、と打ち消した。

〃私は現場でマル害をみても、可哀想とは思わない〃……そうはっきり告げた爽子の言葉が耳に蘇る。

「いえ、違います」

支倉が気を取り直して告げると、爽子は少しだけ怪訝そうに眼を細めた。

「じゃあ、なに？」

この時点で、支倉の頭からは、爽子を道場の〃検討会〃の場に連れて行こうなどという考えは、鼻をかんだあとのティッシュのようにあっさり捨て去られていた。そんなことより、新たな好奇心が頭をもたげてきている。より強く。だから言った。

「教えてほしいんです」支倉は微笑した。

「主任は、〝特別心理捜査官〟なんですよね？　それって——プロファイラーってことですよね？」

「……ええ、そう」

爽子は躊躇うように、一拍おいてから答えた。

「——科捜研の研究員ではなく、現場捜査員から初めて任用されたのが、……私だった」

爽子は口もとに薄い笑みを浮かべてそう続けたものの、そこに自慢めいた響きはなかった。

「すごい！　あの、プロファイリングって、マル被の心の中が何でも解っちゃう——」

支倉が、爽子の笑みにどこか自嘲めいた陰があるのに気づかずにあげた驚きの声を遮って、爽子は口を開く。

「例えば」爽子は言った。

「支倉さんは、主婦であるお母さまとはよく小さな喧嘩《けんか》をしたけれど、お父さまとは小さい頃から仲がよかった。学生時代にはバスケに夢中で、チームのまとめ役だった……」

「え……！」支倉はますます驚きに眼を丸くする。「全部当たってる！　さすがプロファイラー――」

「馬鹿馬鹿しい」爽子は、ふっと細い鼻梁の先で失笑した。

「いまいったのは、私が支倉さんに抱いた印象に過ぎない。ただの思いつき、口からのでまかせ」

「なんだ」支倉はすこしがっかりはしたものの、すぐに気を取り直す。

「でも、言われてみればそうですよね。そんな簡単にひと一人のことが解るんなら、私たち警察は苦労しませんもんね。……でも、じゃあなんで、マル被のプロファイリングができるんですか？」

「知りたい？」爽子は、貸与品と装備台帳とを照らし合わせて点検する警務係のような眼をして言った。

「はい。ぜひ」

この大きな眼に見据えられると吸い込まれそうで怖いな……、と支倉は気後れしたものの、その爽子の瞳へと頭から飛び込む勢いで身を乗り出す。

そんな支倉の反応に、どうやら目の前の同僚は話の接ぎ穂としてではなく、本当にプロファイリング技術に興味を持っているらしい、と爽子も認めた。

――興味があるのは、私が捜一からここへ転属してきた理由だけだと思ってたけど……。

爽子はちょっと意外な思いを味わって、くすりと微苦笑を漏らすと、やがて口を開いた。

「少しだけなら」爽子は言った。

「支倉さんの言うとおり、人間の心の中はそう簡単には解らない」

爽子は机の上に腰掛けたまま、話し始めた。

「でも、行為は口にしたこと以上にその人間の内面を語ってくれる……。これを犯罪に当てはめれば――」

「犯人の手口や、現場の状況ですね」

「そう」

支倉が答えると、爽子はうなずいた。

「犯人のパーソナリティは、犯行態様として現場に残る……刻印されたみたいに。そして個々の犯行の特徴、つまり個性を読み解ければ、犯人自身の個性もまた、浮かび上がらせることができる。それをもとにして、被疑者を絞り込む」

爽子はそういって、支倉にむけていた顔を前に戻し、机の上へと眼を落とした。支倉は爽子が視線で示す、机上にびっしりと並べられた現場写真——犯人が欲望というかぎ爪で被害者を引き裂いた結果を見て、主任がひとりでこんなことをしていたのはそのためか、とは納得したものの、別の小さな疑問が湧いて、生徒のように胸元で手を挙げる。

「あのお、それって盗犯の手口捜査……〝的割〟と似てますよね？」

「ええ」爽子は答えた。

「盗犯に限らず、手口から被疑者を割ってゆくのは、他の捜査手法と変わらない。でも、今度の事案のような〝性的殺人〟の場合、プロファイリングでは犯行現場に遺《のこ》された〝署名的行動〟を、より重視するの」

「署名的行動、ですか？」支倉は聞き慣れない用語に小首を傾《かし》げる。

「なんです、それ」

「例えば、……ひとがひとを殺す動機は？」

爽子は観音開きのドアを閉めると、支倉を振り返った。

二人は講堂から薄暗い廊下へ出てきたところだった。それは、外の空気が吸いたい、という爽子の提案に従って、だった。それに、二人で話している間に、捜査本部へは宿直員が戻ってきて、その耳目があったからでもあった。

戻ってきた捜査一課の宿直員たちの吉村主任への態度は、現場写真を貸してくれたとはいえ、決して好意的とはいえなかった。……などと考えていた支倉は、爽子に問い返されて、大急ぎで頭の中の『捜査全書』をめくって答えた。

「ええっと、〝痴情〟〝怨恨〟〝男女関係のもつれ〟、──それに〝流し〟ですよね」

「そう」

爽子は先に立って人気のない廊下を歩き出しながら言った。

「大多数の殺しは面識者──敷鑑の範囲内で行われ、しかも親しい間柄である〝濃鑑〟の事例が圧倒的に多い。だから地道に捜査すれば比較的、マル被にはたどり着きやすい」

「よっぽど恨みがないと、普通は人を殺しちゃったりしませんものね」

支倉は、爽子の後ろを歩きながら言った。殺人事案全体を見渡したとき、家庭内における殺人は七割を占める。そして、だからこそ世間は、無関係な人間を無差別に殺傷する通り魔事件を嫌悪するんだ、と心で付け加える。

「そうね。それはつまり、強い動機があってこその犯行ってこと。でも──」爽子は前を向いて答えた。

「性的殺人の犯人にとっては、犯行そのものが目的であり動機といえるの。だから、手口とは別に現場に特徴が顕《あらわ》れる。――それが、〝署名的行動〟」

「私たちのいう〝特癖〟、ですね」

文倉は後ろから身を乗り出し、爽子を横から覗き込む。

「――に、近いものね」爽子が肩のうえに左頬を覗かせて答えた。

「違うんですか？」

「〝特癖〟は、単純に犯行を特徴づけるもののことだけど、〝署名的行動〟は、犯人にとってのみ意味があることだから」

「というと……」

「例えば、女性の監禁事案が発生したとするでしょ。その際に犯人は、ただ拘束するだけでなく〝緊縛〟まで行ったとしたら？　逃げ出せないようにするなら、ただ縛るだけで充分なはずなのに」

「何のためにそんなことするのか、ってことになりますよね」

爽子は、そう、とうなずいて足を止める。そこは廊下の端に差しかかっていて、自動販売機が置かれていた。静けさのなか壁と筐体《きょうたい》の隙間から、低いモーター音が漏れている。

「〝署名的行動〟っていうのは、つまり――」

爽子は身体を回し、半面を自販機の灯りに淡く照らされながら言った。

「犯人にとってのみ何らかの意味があって、しかも、犯行の成功率を上げることや目的を果たす為には特に必要でもないのに、犯人が異常にこだわっている行為……ってことね」

「要するに――」

爽子は自販機から取り出した缶を支倉に手渡しながら言った。そして、今度は自分の飲み物を買うため、陳列窓に栄養ドリンクがやたらと目立つ自販機に向き直る。そして、投入した硬貨のたてる、かちゃん、かちゃん……という金属音に重ねて続けた。

「犯人の行動及び遺留物、被害者の死因及び負傷の状態。そういった現場に残された要素にくわえ、さらに各種統計も用いることによって、犯人にとっての犯行の意味を読み解き、その人物像に輪郭を与え、捜査の方向性を科学的に裏付けて支援すること――それがOP、犯罪者《オフエンダー》プロファイリング」

〝輪郭〟を動詞化したプロファイリングという用語は今日、様々な分野でも多用され、そのため捜査心理学で用いられるものについては、そう区別して呼称されている。

爽子が話の区切りで自販機のボタンを押すと、缶の落ちた、がたん、という音が、昼間の人いきれの名残が微かに漂う廊下に響いた。

「プロファイリングって、話には聞いてましたけど」

支倉は、少し驚かされた思いで息をついた。もっとも、驚かされたのはプロファイリングの手法についてだけでなく、意外と爽子が饒舌《じょうぜつ》だったことにも。

なんだ、吉村主任って結構よく喋《しゃべ》るんじゃない。支倉は、これまで最低限しか口を利かなかった爽子が、自販機から缶を取り出して歩きだしたのに続きながら、思った。

話の内容こそ堅苦しかったけれど……、なんだか、普段は無口なのに好きな芸能人のこととなると夢中になって喋る、十代の女の子みたいだ。

「——なに？」

爽子は、支倉が思わず笑みを漏らしかけた気配を背中で察したのか、脇に目をやる程度にちらりと背後を見た。

「い、いえ。なんでもありません」

支倉は慌てて、唇を嚙んで吹き出しかけるのに堪えた。吉村主任、変なところで敏感だ。

「続きをお願いします」

「……。日本警察がプロファイリング技術の必要性を痛感する契機となったのは、八九年の警察庁指定広域重要指定一一七号事件。──いわゆる連続幼女誘拐殺人事件だった」

「ああ……、あの酷《ひど》い事件ですね」

支倉は後ろでうなずいた。自分が生まれる前の事案ではあったが、支倉も概要くらいは知っている。笑みを消した支倉に、爽子は続けた。

「ええ。──当時の〝地取り〟〝鑑取り〟が中心の捜査手法では、対応しきれなかった。〝性的殺人〟は被害者とは面識のない、つまり〝鑑〟のとれない被疑者によって行われる事例が多いし、……それに犯行が広域化、スピード化する時代性もあって、従来の捜査のやり方では難しかったのね。結果──」

爽子の歩みが心なしか緩み、息をつく気配があった。

「四人もの子どもたちを手にかけた男を逮捕できたのは、そいつが別の強制猥褻《わいせつ》事案を起こして、警察に突き出されたからだし」

支倉はその時ふと、許しがたい事案の結末を告げた爽子の口調に違和感を覚えた。抑えがたい感情を無理に飲み込んだとでもいうような、硬い声だったからだ。抑え込んだのは、怒り、だろうか？　もしかして吉村主任も捜査に携わった？　まさか、三十年前の事件だ。主任はまだ、生まれてもいなかったはずだ。気のせいだろうか……？

「警察庁科学警察研究所は一一七号事件から数年後の九五年に、ようやくプロファイリング研究の緒に就いた」

そう続けた爽子の口調は、もとの静かな口調に戻っている。

「その頃はまだ、〝犯人像推定〟と呼ばれていたらしいけど……。そうして導入されたのは、プロファイリング技術発祥の地である米国のＦＢＩ方式だったわけだけど、後に英国で開発された、より犯行のテーマ性を重視する〝リヴァプール方式〟も採用された」

爽子は話さなかったが、リヴァプール方式という名称自体は、日本警察がプロファイリング技術導入に当たって付けた通称に過ぎないのは、あまり知られていない。

「で、それ以来、プロファイリングは捜査の役に立っていると」

支倉が相づちを打つように言葉を挟むと、爽子の声が、ちょっと笑った。

「いいえ。――プロファイリングの研究開始直後には統計的データが不十分だったものだから、確度の高い犯人像を絞り込んで捜査に寄与するのは、まだ難しかった。実際、犯人像が漠然としすぎていて、現場の捜査員からは〝おばけ捜査〟とまで揶揄《やゆ》されたって。でも、少しずつ改善されていって、とくに九九年から科学警察研究所の〝ＭＡＤ〟――〈凶悪犯罪データベース〉に、殺しで本部の立った事件の情報が登録されるようになると、推定確度は向上していった」

「なるほど、プロファイリングにそんな歴史があるとは思いませんでした。……え？　でも――」

　支倉は息をついてから、ふと気づいて言った。

「でもプロファイリングの導入が三十年前ってことですけど、それ以前から〝性的殺人〟、……性犯ってあったわけですよね？　どうしてプロファイリングは注目されてこなかったんですか？」


「それは――」

　爽子の答える声が、支倉のほぼ真横から答えた。

　二人は廊下を過ぎ、庁舎内の内階段を上っていた。支倉は廊下を歩いてきたときと同様、爽子の斜め後ろを続いていたのだが、先を行く爽子が一段分だけ背が高くなったため、肩を並べる格好になっている。

「――それは、捜査員は積み重ねた経験から、平均的な犯人像を推測することができていたから。〝筋読み〟でね。それに」

　爽子は左手の指先を、手摺《てす》りに滑らせながら言った。

「それに、性犯も盗犯と同じで常習性が高い。だから、犯行時の特癖を手口記録に照会すれば、ある程度には被疑者を絞り込むことはできていたから」

支倉のすぐ目の前には、ショートの髪とワイシャツの襟との隙間に、爽子の細いうなじが垣間見えていた。けれど、その下の背中に巻かれた包帯を思い出し、慌てて目を逸らしながら支倉は言った。

「いわゆる〝刑事の勘〟と従来の捜査手法が有効だったんで、それで充分と考えていた、ってことですか？」

「そういうことね。でも――」

そこまで言った爽子の足が、唐突に止まった。すぐ後ろを上っていた支倉は慌てて立ち止まったせいで段に躓きかける。なんとか踏みとどまって、ほっとして顔を上げると、爽子が段の途中で身体を向け、こちらを見ていた。段差で身長差がなくなったせいで、互いに真正面から向き合う形になった、爽子の顔には――。

講堂で声をかけたときと同じ、白い鬼火のような光が灯っていた。

「でも、性的殺人者は違う」爽子は言った。

またあの眼だ……。気圧《けお》される思いで足を釘づけにされたまま、支倉は自分を残して再び階段を上り始めた爽子の後ろ姿を見ながら思った。あの眼。被疑者を追う捜査員の眼差しとはまた違う、あの眼……。支倉は気を取り直して階段を駆け上る。

「性的殺人者は」爽子は追いついた支倉に、何事もなかったように続けた。「一度でも犯行が成功すると、欲望に歯止めがきかなくなる。抑制というダムが決壊したみたいに。……だから、奴らは捕まるまで犯行をやめない。むしろ、エスカレートさせてゆく。そして被害者は、単にその場に居合わせてしまった、犯人の嗜好《しこう》に合ったひとたち」

「どうして……、性的殺人者はそんなことを……」

支倉は言いよどんだ。業務上、納得しがたい理由で流血に至った事案を扱ったことはある。けれど、爽子の話す内容は、支倉の理解を完全に超えていた。

「彼らは」爽子は言った。

「犯行よりずっと前から、日常の鬱憤を埋め合わせるために、異常な空想を心に溜め込んでいる。そして、そのおぞましい空想を現実で実行しようとするからよ。より完全に、満足するまでね。――そういった彼らの心理は、七〇年代、プロファイリング技術確立の基礎になった、FBI特別捜査官による受刑者への調査で明らかになった。彼らの多くは、異常な空想を繰り返すうちに、それが螺旋《らせん》を描くように心の奥底へ食い込んでいって、やがて頭から離れなくなる」

「その〝異常な空想〟って……」

支倉が先に階段を上りきった爽子に尋ねる。好奇心半分、あまり聞きたくない気持ち半分だった。そこは数メートル四方しかない狭い部屋で、爽子は壁にあるドアのノブを握りながら言った。

「被害者を操作し、さらに圧倒的な暴力で威圧し、完全な支配下において服従させたいという願望。ＦＢＩ式プロファイリングでもっとも重視されたそれは、こう呼ばれた。――」

爽子は話しながらドアを押した。開かれた戸口から、清潔なシーツのようにひんやりした空気が流れ込んで支倉の頰を撫でて通り過ぎてゆく。

夜の匂いに満ちたドアの外へと踏み出しながら、爽子は言った。

「〝ファンタジー〟、と」


ドアを抜けると、そこは頭上一杯に広がる夜空だった。

黒い天蓋で銀の雫《しずく》のように瞬く星々が、京王《けいおう》線京王永山《ながやま》駅前の繁華街を始めとした街の灯と輝きを競い、新鮮な卵の黄身のような色をした春の月が、中天で憩っている。

二人は多摩中央署庁舎の屋上へ出てきたのだった。

「わあっ……」支倉は煌々《こうこう》と照らす月明かりを浴びて声を漏らし、朧《おぼろ》な月を摑もうとでもするように、大きく背伸びをする。すると今日一日中、背負っていた緊張から解放されたような気がして、身体が軽くなった。

思えば、今日はいろんなことがありすぎた。文倉は夜空から傍らに顔を戻し、ちらりと横目で水中から浮かび上がったように何度も深呼吸を繰り返している新しい上司を窺いながら思う。

――まず、吉村主任がうちに来た。

爽子は、芽吹きはじめた草木の芳香が昼間より濃く漂う、清々《すがすが》しい空気を味わっていた。月明かりのせいかもしれなかったが、その顔には、朝の着任の挨拶のときからずっとあった、他人の視線も言葉も弾くようなテフロン加工じみたところは消えて、淡く微笑んでいるように見える。

そして何より、その直後に発生した看護師殺し。ベッド上で殺害されていた被害者、財前聡美の無惨な姿と、佐久間管理官のいう〝天使の翼〟――。

被害者がもたれ掛かった背後の壁に残った噴出痕と、それとまるで対を成すかのように血で描かれた、片翼の如《ごと》き不可解な模様は、網膜に焼き付いたように、昼間、初動捜査に走り回っていた間中ずっと、目の前にある現実と重なって見えた。

文倉は捜査講習時、被害者の悲嘆ほど捜査員を奮い立たせるものはない、と教えられた。今日ほど、そのずっしりとした重みを感じたことはなかった。それは文倉に、これまでにない覚悟を求めるのに充分だった。

これは私の事案なんだ。——支倉は自然とそう思い、それを心に刻みつけることができた。そして、そうすることが出来たのは、本来、殺人事件ともなれば下っ端の捜査員が滅多に足を踏みいれることを許されない現場の惨状を、写真などの客観的すぎる資料で知らされたのではなく、自分の眼で見て、五官で感じたからだと思う。

発生署の捜査員という立場上の責任だけでなく、自分の事件だという強い思いが生まれたのは、いま目の前にいる吉村主任のお陰なんだ。いつしか支倉は視界の隅に窺うのではなく顔全体をむけて、頬を新鮮なバター色に染めた爽子を見詰めていた。

爽子も、そんな支倉の気配に気づいたのか、深く呼吸するたびに誰かに頷きかけるように上下させていた細いおとがいを止めて、眼を開く。そして、そんな爽子を、まるで月と話してるみたいだな、と思いながら見ていた支倉へと視線を向けた。

「〝木を見るにはその果実を見よ〟ってところね。悪い木は悪い実をみのらせる……。もっとも——」

爽子は、異常犯罪者の内で長年にわたって育まれる病根のような妄想と、その文字どおりの成果である犯行との関係性を告げてから、続けた。

「もっとも、そのファンタジー重視の考え方から——私の学んだＦＢＩ方式は性的殺人の分析に特化していて……。いまはファセット理論なんかを利用して、統計を重視した〝リヴァプール方式〟が主流だから」

爽子はちいさく微苦笑した。そうして支倉にとっては思いがけないほど素直な表情を浮かべてから、手にしていた缶コーヒーを胸元に持ち上げた。

長い講義はおしまい、ということらしかった。

「あのお……」と支倉は言った。

「FBI方式が職人芸みたいな、これまでの捜査手法の延長線上にあるやり方で、リヴァプール方式が理論や統計重視のやり方っていうのは、なんとなく解ったんですけど」

支倉は、爽子がプルタブを引く、こきゅん、という音を聞きながら続ける。

「でも、どっちの方式だろうと被疑者の心に迫ってゆくのは同じですよね？」

「ええ、それは同じだけど」爽子は一口飲んだ缶を下ろして答えた。

「どうして、被疑者の心の中まで読めるんですか？」

そう尋ねた支倉の頭には、昼間、近藤から聞いた話があった。熟練の鑑識係長はこう言っていた。……玄人はホシがヤマを踏んだ時の心持ちを読んじまうのさ。

「説明したと思うけど――」

「でも、データや理論だけじゃわからないですよね？」

ひとの心を解き明かすのは、決して理屈だけではないはずだ。支倉はそう確信しながら爽子の正面に回り込み、逃がさない位置を占めた。そうしてから、講堂でしたのと同じように、ずい、と身を乗りだす。

「どうして、被疑者の心の中まで解るんですか？」

「……え？」

爽子は、支倉の再度みせた瞳へ飛びこみかねない勢いに、そんなことをされては堪《たま》らないとでもいう風に、思わず身を引きながら答える。

「教えてくれませんか」

互いの呼気を感じるほどの距離で見詰めながら、支倉は迫った。心の底から知りたい、と思っていた。それが捜査員としての、私と吉村主任との差だろうから。

「説明したとおり、現場資料の分析や評価と」爽子は支倉の語気に圧《お》されて、不承不承といった感じで口を開いた。「その……それと……」

そこまで言ってから、爽子は不意に口ごもってもじもじと目を逸らす。支倉は驚いた。整いすぎて人形じみてみえていた爽子が、頬まで赤らめるのが夜目にもわかったからだった。

なんだか元捜一に似つかわしくない可憐《かれん》さではあったが、ここで追及の手を緩めてはならない。支倉は半年前、交際していた女子大生に暴力を振るった男子学生を取り調べたとき以来の気迫を込めて畳みかける。

「それと？　なんですか？」

「えっと……直感と、その……」爽子は打ち明け話でもするように小声で囁いた。「想像力……かな」

直感と想像力。そう聞いて支倉は、なぜ爽子が恥ずかしそうな表情をしたのかが何となく解った。

このひとは解ってるんだ、と支倉は思う。ひとから、自分がどう見られているかを。

――直感はともかく、想像力なんて情緒的な言葉は自分には似合わない……。そう思ってる。だから吉村主任は照れてるんだ。

「それと――」爽子は目を逸らしたまま続けた。

「え？　それと？」

支倉は、爽子の人となりを知る断片をまたひとつ手にしたように思い、ささやかな喜びに浸っていたが、何かを付け足しかけた爽子に問い返した。けれど、そこではじめて、爽子は自分が何か口にしかけたのに気づいたらしい。

「いえ、なんでもない」

爽子は琥珀色の月光に縁取られながら微笑んだ。撥ねつけるためではない、わずかながらも親しみがこもった笑みだった。

直感と想像力のほかに何が要るんだろう？　支倉はそんな爽子に笑みを返したもの

の、気になった。とはいえ、爽子も思い直して口をつぐんだ以上、簡単には教えてはくれないに違いない。だから、支倉は重ねて聞くことはしなかった。なにより、爽子が外見から想像していたような人柄ではなかったことを、僅かとはいえ確かめられて、それで満足したせいもある。

爽子と支倉は、月から届くバター色のふんわりした光に心身を洗い流される思いで、それぞれ缶コーヒーを飲んだ。

「さて……、私はもう少し続けないと」爽子は口元から缶を下ろして言った。

「あ！　そ、そうですね。私、邪魔しちゃって――、頑張ってくださいね」

支倉は慌てて詫びると、笑顔になった。それは、心底すまなさそうでありながら、同時に舌先がちょろりと口元にのぞいてもおかしくないような愛嬌もある、いわば支倉由衣という人間の、明朗さや屈託のなさを象徴する笑みだった。

良かった……。爽子はそんな支倉に微笑み返しながら、自分がプロファイリングに用いる三つの要素のうち、直感と想像力に続く最後の一つを告げなかったことに、小さく安堵してもいた。もし告げていれば、この私に向けられる笑みなど、みんな干涸《ひから》びてしまうだろう。

――何故ならそれは、私の心の奈落に関わることだから。

そこには、太い赤錆《さ》びの浮いた鎖と、昔の監獄にあるような大きく頑丈な錠前でもって、厳重に閉ざされた鋼鉄製の分厚い扉があって……。そして、その禍々《まがまが》しい扉こそが、私を特別心理捜査官――プロファイラーたらしめているものを隠している。だから――。

私は、魔物の潜む洞穴をみるような眼で見られたくない。

「それじゃ、戻りましょうか」

爽子は屋上で顔を髪で隠すようにしてうつむけると、ドアの方へと歩き出した。

数時間後――。

爽子と支倉を照らしていた月が西の地平へと沈むと、東の空が茜色《あかねいろ》に染まり始めた。

夜の漆黒が薄まり、紫色に染まりつつある空とは対照的に、とある都内の住宅地はまだ、わだかまった夜の底に沈んでいる。夜の名残の薄闇に覆われて、一つのぎざぎざした長い影になった家々に挟まれた住宅地の道路に、小さな生き物がするりと門扉の下をくぐって姿を現す。

猫だった。褐色の毛に縞《しま》模様、飼い猫らしく首輪をしていた。路上に出てきた猫は立てた尻尾を揺らし、明るさを増し始めた空を見上げると、朝焼けに青い眼を細めてから、路上を歩き出した。

その足どりは、ひょこ……ひょこ……と、背を軽く波打たせて一歩一歩すすむといった具合で、人類の最も身近な猛獣にしては敏捷《びんしょう》さに欠けている。

飼い猫は、片方の後ろ足を引いた尺取り虫のような動きで、狭い道路を白線に沿って、歩き続ける。やがて、家々の向こうから曙光《しょこう》が射して住宅地を薄い蜂蜜色に染め、風景が目覚め始めても、縞の入った褐色の身体の輪郭を金色に光らせただけで、一軒の家を目指して歩き続けた。


特別捜査本部開設から二日目。

多摩中央署の講堂は、士気の高さを物語って騒々しかった。

泊まり込んだ道場から続々と姿を見せ始めた捜査員らのざわめきに、パイプ椅子が引かれ、床を擦る音が混じる。

支倉は、そんな緊張した気ぜわしさの満ちた講堂で、伊原たち強行犯係の面々とともに長机に着いていた。

「それでよ――」

「あ……！　伊原長、ちょっと失礼します！」

支倉は、伊原の雑談に皆と相槌《あいづち》をうちながらも入り口を気にしていたが、そこから流れこむスーツ姿の人波のなかに、一際ちいさな人影を認めると立ちあがる。

「――吉村主任！」

支倉が、仏頂面になった伊原を置いて近づくと、爽子は振り返った。

「ああ、支倉さん」爽子は口元だけで微笑んだ。「おはよう」

主任の方から挨拶とは。支倉は嬉《うれ》しい驚きで顔が自然とほころぶ。これは小さな一歩だが、大きな一歩だ……。支倉は一瞬、月面に初めて降り立った宇宙飛行士のような感慨を抱いたものの、そう告げた爽子の顔色が気になった。

爽子の顔は青みがかるほど白く、眼の下にも隈《くま》ができている。

「あのう、大丈夫ですか？　あまり寝てないんじゃ……」

支倉はそんな爽子の顔を覗き込むようにして、声を低めて言った。「あ、私が余計なことを聞いちゃったから」

「私なら、平気」

爽子は支倉とともに、伊原たちが挨拶の声をかけるでもなく見迎える長机へと足を運びながら言った。

「あれからプロファイリングは完成しました？」

歩きながら支倉が声を低めたまま尋ねると、爽子は小さな笑みを覗かせて答えた。

「ええ、大丈夫。佐久間管理官には、今夜にでも――」

「そうですか、良かった！」

支倉は気遣わしげだった表情から一転、花が咲くように笑った。実際、嬉しかった。被害者のためにも。きっと捜査に役立つはずだ。爽子はそんな支倉の素直な笑顔から、眩《まぶ》しげに目を逸らした。そして、少し跳ねた髪の下で微笑むと、長机の下からパイプ椅子を引き出しながら、そっと囁いた。

「支倉さん。あの……」

「え？　なんです？」支倉は横に身を乗り出して耳を突き出す。

「いえ、その……」爽子は言いにくそうに前を向き、口の中で呟く。「ありが――」

「全員、席につけ！」

長机に眼を落としたまま続いた爽子の囁きは、ひな壇に現れた捜査一課の捜査員の胴間声に掻き消された。

捜査一課の磯崎係長、佐久間管理官ら幹部が姿を見せ、ひな壇の幹部席へと進むにつれて、ざわめきが凪《な》いだように静まってゆく。代わりに、ぴんと張った弦のような雰囲気が講堂内に広がってゆく。

「つけぇ！」

司会の磯崎係長の号令で、爽子たち数十名の捜査員は一斉に立ち上がり、椅子が床を鳴らす音が響く。会議の始まる前と違って、音までが秩序だち、緊張していた。

「捜査方針に特段の変更はない」

佐久間管理官はひな壇の幹部席から、着席した捜査員たちに告げた。

「性犯の前歴犯歴《レキ》者の洗い出しと、徹底した地取りだ。当管内がベッドタウンである特性上、現在のところ有力な目撃情報は上がっていない。よって、現場である被害者のアパートを中心に徹底した聞き込みを願いたい。とくに、マル害が最後に立ち寄ったコンビニ近傍での動態捜査では、定時通行者に徹底して当たれ」

佐久間は、徹底、を繰り返して強調すると、確認するようにひな壇から見回した。

「以上、本日もよろしくお願いします」

朝の捜査会議が終了すると、講堂は急に油が爆《は》ぜたように慌ただしくなる。

人命救助がそうであるように、殺人事件捜査でもまた、発生から三日間にどれだけ基礎捜査を積み上げられるかが犯人逮捕の成否を分ける。捜査員はそれを〝三が日〟と呼び習わすが、その二日目が始まるのだ。

「それじゃ、支倉さん。……頑張って」爽子が言い置いて立ちあがる。

「あ、はい。主任も――」

会議中は緊張で胸元を押さえられたせいで、そっと息をついていた支倉が慌てて答えた声は、広い室内の方々からあがる声に飲みこまれる。

「〝鑑取り〟の二から五組は集合！」

「地取りは集まれ！」

その声は、捜査一課の主任たちだった。

多摩中央署に設けられた〝刑事部長指揮の特別捜査本部〟は、被害者の人間関係を担当する〝鑑取り〟、現場周辺で聞き込みを担当する〝地取り〟、現場遺留物を担当する〝ブツ割り〟、さらに、実質上の捜査主任官である一課係長を補佐する統括担当、その直轄である〝特命〟と、各任務別に編成されている。

そして、それら各担当責任者として、捜査方針である〈捜査要綱〉に従って捜査員を取りまとめるのが、いま捜査員たちを呼び集めている、捜査一課専従係十名の半数以上を占める主任たちなのだった。同じ主任でも、所轄の主任である爽子が巡査部長であるのに比べ、警視庁本部の捜査一課のそれは警部補だった。

捜一は警部補が主体の所属であり、支倉は巡査や巡査長、巡査部長といった階級で配属される方がむしろまれなのを後で知って、驚いたものだった。ということは、吉村主任って将来を嘱望されてたんだ、と。

「ええ」

支倉は、そう答えた爽子の小さな背中が、講堂内にいくつもできはじめた、各担当主任を囲む捜査員の輪へと歩み去るのを、複雑な気持ちで見送る。

——なんだか、吉村主任には申し訳ない気がする……。

それは、支倉が地取り担当であり、爽子の方は動態調査担当だったからだ。……動態調査とは、〝定時通行者〟と呼ばれる、犯行時刻に現場付近を日常的に通りかかるのが習慣化し、それだけ異常に気づく可能性が高い人々を把握しつつ情報提供を募る、通称〝チラシ配り〟と呼ばれるものだ。

支倉がすこし爽子に後ろめたさを感じるのは、地取りが捜査員にとって犯人逮捕に直接結びつく証言を得る機会に恵まれやすいのに比べると、動態調査は半ば住民への事件広報も兼ねているからだ。

爽子がそんな動態調査に回されたのは、ここ多摩中央署に転属されてすぐで、地取りに必要な管内の地理にはまだ不案内なことが考慮されたのか。あるいは——こちらの方がもっとありそうに支倉には思えたが、昨夜の会議の席上、佐久間管理官からの問いかけに、爽子が木で鼻をくくったような返答をした結果なのかもしれない。

とはいえ、動態調査も捜査本部開設後、一定期間の実施が義務づけられた重要な捜査手法だ。そんなことは未熟な自分にだって解っている、と支倉は思った。だから決して軽視するつもりなんか無い。しかし、支倉は思ってしまうのだ。

——でも、それにしたって優秀さを認められた元捜一で、しかも特別心理捜査官の吉村主任を動態調査に回さなくても……。

そんな事情で、支倉は配置を告げられたとき、特捜本部未経験である自分が、なんだか爽子を差し置いて出しゃばっているような気がして、すこし後ろめたい気持ちになっていたのだった。もちろん、特捜本部内の編成……襟に赤バッジを付けた一課の捜査員たちは〝組閣〟とか呼んでたけど、そういうことは本部内を仕切る一課の統括《デスク》担当主任と、それに多摩《う》中央《ち》署の河野刑組課長あたりが相談して決めたことで、自分のような下っ端には、どうすることもできないことではある。

「どうかしたか」

爽子を見送っていた支倉に、通りかかった捜査員のひとりが声をかけた。それは相勤者――支倉が組むように命じられた、三十代半ばの捜査員だった。

「行くぞ」

「え、……は、はい！」

――でも、できれば吉村主任と一緒に捜査をしてみたかったな……。

支倉はそう思いながら身を翻し、相勤の捜査員の後を追った。

それからの午前中、支倉は、爽子のことを意識する暇もないほど自分の仕事に忙殺された。

「事件があった時間に、なにか怪しい人や不審な人を見ませんでしたか？」――地取りの捜査員は、受け持ち区域内の住民にそれだけを聞いて回る仕事ではない。

被害者の方、看護師さんだったんです。御存知ですか？……ああ、何度か道で見かけたような気がする、と。事件があったアパートの近くを通ることってありますか？……そうですか、買い物のときに。いつも何時くらいに出掛けられます？

怪しいも不審も、本人の主観でしかない。だから、捜査員は住民が犯行当日に眼や耳にしたものすべてを聞き出そうと努める。そしてそれは住民自身の事柄にも及ぶ。

ところで、今日はお仕事はお休みなんですか？……そうですか、昨日は？　どちらにお勤めですか？　普段は何時くらいに出勤されます？　お帰りになられるのは？

これを数百軒、一軒一軒の玄関で繰り返す。地道で手間の掛かる、文字どおり靴底を磨《す》り減《へ》らす捜査だ。核家族化、単身者世帯の増加などで時代遅れと見なされることがあっても、事件とその発生した場所によっては、いまだ有効な捜査手法ではあった。だからこそ、事件の態様によっては集められた報告は統括担当《デスク》に集約され、事件発生時、現場周辺のどこに誰がいたのか、それを時系列に沿って〝時刻表〟と呼ばれる表に網羅し、立体的に再現することもあるほどだ。

支給品である黒表紙の執務手帳にペンを構えて質問する役目は、専ら支倉が負う。これは若い女性捜査員のほうが印象が柔らかくなり、住民の口が滑らかになる――というのが理由ではない。質問は性別にかかわらず経験の浅い捜査員が受け持つからだ。

　とはいえ、戸口戸口で事情を説明し質問を重ね、その返答を一言一句、聞き漏らすまいと集中し続けるのには、大変な根気を要する。繰り返すうちに、問うべき事柄を無意識に端折《はしょ》ってしまうこともあり得る。

　そして、それを防ぐのは、もうひとりの経験の長い捜査員の役割だった。もっとも仕事はそれだけでなく、相勤者が住民に尋ねている事項に抜けはないかを後ろで確認しつつ、玄関のドアの隙間から覗いた、あるいは軒先に立った住民に注目し、その挙動から証言の妥当性を判断するという、より重要な役割もある。これが捜査一課員と所轄捜査員が組んだ場合には、業務歴の長短に関係なく所轄の捜査員が問い質《ただ》す。特捜事件はこんなところでも一課主導だった。

　そういうわけで、支倉は懸命に聞き込んでいる間、爽子のことを意識することはなかったのだが――。

「あれ、吉村主任たちもここでお昼ですか？」

　昼時になり、支倉たちが昼食と休憩をとるべく、コンビニエンスストアの弁当の入ったレジ袋を下げて入った公園には、すでに爽子とその相勤がいた。

「ああ、支倉さん」

　爽子はベンチに腰掛け、弁当を頬張る捜査員の隣で、野菜ジュースを飲んでいた。

呼びかけられて、唇に挟んでいたストローを下ろして顔を向けた。

「……お疲れさま」爽子はちいさな笑みを浮かべて言った。


「なかなか、これは！……って話は出てきませんねえ」

支倉は膝の上の、きれいに食べ終えた特盛りとんかつ弁当の容器に蓋をしながら、ベンチで一緒に座っている爽子に話しかけた。支倉と爽子の相勤はといえば、隣のベンチで男同士、食後の雑談に興じている。

「足を棒にしているっていうのに」支倉はちょっと苛立たしげに続けた。

捜査員は、犯行当日の新聞のテレビ欄を複写したコピー用紙を持ち歩いている。これは、証言者がテレビを視聴中に事件に関することを見聞きした場合、番組の放送時間と照らし合わせて、その時刻を特定するために特捜本部内で配布されたものだったが——午前中、支倉はそれをジャケットの内ポケットから取り出す機会は無かった。

受け持ち地域の住民たちは、現場から離れているのもあって、〝何も知りません〟、〝特に気づきませんでしたけど〟……、と口を揃えるばかりだった。延々と続いたその言葉に、支倉は身体的にはともかく、蟻《あり》の行列を数えているような疲れを覚えた。

「そっちはどうですか？」

「それは、こちらも同じ」

膝のカロリーメイトの黄色い箱から眼を上げ、そう答えた爽子の表情は、多摩湖の湖面のように静かだった。

「他の組も有力な目撃者《マルモク》には当たっていないようですし、マル被はどこに消えたんだろ」

支倉は言って、いまの自分の心象風景のような、春に霞んだ空を見上げた。

「逃げたときは相当、慌てて、着衣に返り血だって付いてた筈なのに」

「どこへ消えようと、マル被がこの空の下にいるのは間違いない」

爽子も、都心のように高層建築に狭められていない、住宅地の広い空を見上げて言った。

「そうですよね」

支倉は、励まされたような思いで明るく同意し、爽子の方を向いたのだが、――その横顔を見た途端、言葉を切った。

支倉に口をつぐませたのは昨夜と同じく、爽子の眼だった。爽子は、錐《きり》のような鋭さで、視線を春の陽に満ちた空へ突き立てていた。

「そしてそれが、ものすごくもどかしくて……忌々しいけど」

そう呟いた爽子の表情に、支倉は鼻面を上げて獲物の臭いを嗅ぐ猟犬を連想した。

「あんた、いい加減に起きなさいよ！」

同時刻――、都内にある住宅地。

その一角にある、築三十年ほどの古い民家に女の怒声が響くと、日当たりの良い腰窓で身体を丸めていた猫は、頭をもたげた。

その猫は、褐色の被毛に縞模様が入っていた。夜明けに外からこの家に戻ってからずっと、眠りこけていたのだ。

「……うるせえな、ほっとけよ」

茶トラ猫は男の答える声が聞こえてきた途端、出かけていた欠伸《あくび》を引っ込めて、半ば微睡《まどろ》んでいたままだった青い眼を見開いた。そして、ぴんと立てた耳をそばだてて様子を窺い、尻尾の先を揺らして警戒する顔つきになった。無理もなかった。後ろ足の自由が利かなくなったのは、あの〝人間の雄〟に痛めつけられたせいだったからだ。

「まったく！　なんだっていい歳して、いきなり仕事を辞めちゃったのよ？　あんた、なんかあったらあたしが何とかしてくれるって思ってんの？」

「あたし、午後からパートだからね」女の声はまだ続いていた。「あたしが留守のあいだ、またミーコになんか悪さしたら、承知しないからね。即、家から叩き出すよ」

「弟より猫の方が大事かよ、旦那も逃げ出すよな」〝人間の雄〟が答えた。

「うるさい！　文句があるなら出て行け！　それから、クリニックにはちゃんと行きなさいよ！」

　茶トラ猫は、ドアの隙間から聞こえる姉弟の応酬に、じっと耳をそばだてていたが、やがて起き上がった。そうして身を屈め、何かを押しやるような姿勢で前足を伸ばすと、陽差しの温かい腰窓から、床に降りたった。

　小腹が空いていたものの、〝人間の雄〟がいる以上は近づくのは危険だと判断し、このまま人間の雌の寝室に身を潜めていることにする。人間の雄、あいつは危険だ。

　……あの人間の雄は、猫である自分たちよりもケダモノに近いような気がする。

　安全のためとはいえ軟禁には違いない。退屈だ。そこで猫は食欲のかわりに、せめて好奇心を満たすことにした。

　ひょこ……ひょこ……と後ろ足を引きながら薄い絨毯の上を歩き、ドレッサーの円い椅子へと跳び上がる。それから尻を座面に据え、ドレッサーの天板に前足をついて身を乗り出す。

　すると、天板の上にある、見慣れない金属製の小物が眼に止まった。それは見慣れないだけでなく、記憶にはない人間の臭いのするものだった。猫は興味を引かれて眼を細め、小物へ前足を伸ばすと爪先に引っかけ、天板の上を滑らせて手繰り寄せる。

猫が鼻をひくつかせながら臭いを嗅いだのは、――ヘアクリップだった。


「――以上、本日もご苦労様でした」

夜の多摩中央署の講堂で、捜査一課の磯崎係長が散会を告げると、ようやく講堂内の空気が緩んだ。

数十人の捜査員のうち、ある者はやれやれ、と椅子の背に凭《もた》れ、またある者は立ちあがり、互いに一日の疲れを労《ねぎら》い合う。満員電車のドアが開いたように室内が動き出すなかで、時計を気にしながら相勤と出て行く者もいる。訪問時に不在だった住民へと聞き込みにゆく捜査員たちだった。

慣れないなあ……。支倉は、周囲のざわめきが天井へと立ち昇り、佐久間たち幹部が真ん中の通路を出口に向かうのを横目に、パイプ椅子のうえで、ふうっ、と息をつく。金縛りが解けたような気分だった。

捜査会議は独特の緊張に包まれる。捜査員らは帰庁すると昼間の成果をそれぞれの担当主任へと報告する。そして、担当主任が全体に周知する必要ありと認めれば、捜査会議の場でも報告するわけだが、――その際に報告した内容が、指揮を執る一課係長から不十分と見なされれば、厳しい質疑が飛んでくる。それはもう、叱責というより吊《つる》し上《あ》げに近い。

詰めが甘い！　どうしてそこをもっと掘り下げない！　何年デカやってんだ！……

〝殺人事案解決請負人〟、あるいは〝殺人犯検挙プロジェクトチーム〟に責任をもつ捜査一課の専従係としては、要求して当然の水準なのだろうが、立ちあがって報告する捜査員は皆の面前で、文字どおり矢面に立たされる。その地吹雪のような追及は、聞いているだけの支倉の背筋さえ凍らせるほどのものであり、〝第一期〟……捜査本部が設置された最初の一ヵ月間が、〝地獄〟と称される所以であった。

「疲れたか」相勤の捜査員が、ネクタイを緩めながら言った。

「え？　いえ――」

支倉はそう答えて相手を見た拍子に、言葉を切った。こちらに向いた相勤の捜査員の後ろに、脇目もふらず横切ってゆく小柄な影を見たからだった。

「あ、ちょっとすいません！」

支倉は、急いで立ちあがりながら相勤の捜査員に断りを入れると、長机、それに室内に残っている捜査員の間を抜け、講堂の出入り口へと行く爽子を追いかける。爽子の手には、書類が見えた。

「おい、支倉」

「すいません、後で！」

そんな支倉を、背広を肩にかけた伊原は呼び止めたが、支倉は振り返りもせず、爽子の消えた、開け放たれたままのドアへと走って行く。

「なんだよ」伊原は、そんな支倉を見送ってから、呆れたように呟く。

「そこまで吉村のやつを追いかけ回せとはいってねえぞ」


吉村主任、どこへいくんだろう？

爽子の様子から、声をかけるのは躊躇《ためら》われた。とはいえ、逃げる者を追うのは警察官の本能みたいなものだ。……と、支倉は自分に言い訳したものの、別に逃げているわけでもない爽子を、被疑者か挙動不審者《マルシン》扱いしているような気がして、ちょっと決まり悪げな思いになる。そんな後ろめたさのせいか、支倉は講堂を出ると無意識に足音を忍ばせて、廊下の先を行く爽子の後を追った。

爽子は廊下を急いでいた。そして、その小さな背中の向こうには——先に講堂から退出した佐久間管理官、磯崎係長、それに管理官公用車の運転担当の姿が見えた。運転担当はただの運転手というわけではなく、管理官の秘書的な役割もこなす、いわば一課員見習いという立場の捜査員だ。

「佐久間管理官」

爽子は、同じ四階にある会議室へと向かっていた佐久間たち幹部に歩み寄ると、声をかけた。佐久間だけでなく、全員が振り返って立ち止まる。爽子は佐久間に持っていた書類を差し出しながら言った。

「先日は失礼しました。――これを」

佐久間は、表紙に「稲城市看護師殺人事件におけるプロファイリングを以下のように報告する」とある書類に眼を落とした。そして、一瞥《いちべつ》しただけで手を伸ばすことなく爽子を見た。

「吉村」佐久間は言った。「君は会議で、解らない、と私に答えた。皆の目の前でだ。そうだな？」

爽子は初めて思い当たったように、はっ、とわずかに眼を大きくした。が、その整った童顔は透明な表情をしたままだった。

「それを翌日には、何事もなかったように持ってきて検討しろ、だと？　どういうつもりだ。吉村、君は上司をなんだと思ってるんだ？」

満座の捜査会議の席上で拒絶するという、いわば顔に泥を塗るような真似をしておきながら、今度は都合良く上司を使おうとしている。爽子に他意は無かったが、佐久間は爽子の態度をそう解釈し、表面上は佐久間の感じたとおりなのだった。そしてなにより問題なのは――。

――いまこの場に至るまで、私がそれに気づかなかったことだ……。

爽子は苦みに堪えるように口を引き結んだ。その表情は、自らの無思慮を責めるものだったが、同時に、他人からは意固地にも見えた。そして、佐久間の眼にはそう映っているいま、謝罪の文言を並べるべきなのは、もちろん爽子にも解っている。けれどその肝心な言葉は、頭の中をぐるぐると回るだけで、むしろ膨張して喉を塞いだ。

「……申し訳ありません」

結局——爽子は短すぎる詫びの言葉とともに、佐久間だけでなく磯崎や運転担当の若い捜査員の冷たい視線に晒《さら》されながら、頭を下げるしかなかった。

ややあって、上体ごとリノリウムのくすんだ床へ顔を伏せた爽子の耳に、佐久間が、ふん、と鼻で息を吐くのが聞こえた。

「まあいい。一応、眼は通す」

「はい」爽子は姿勢を戻して佐久間を見上げ、昨夜ほとんど寝ずに作成した復命書を差し出した。

「よろしくお願いします」

爽子は、書類を受け取った佐久間が内容を確かめようともせず、何事もなかったように廊下を立ち去るのを見送りながら、思った。私はいつもこうだ……。どうして私はこうなんだろう。

——つい昨日、多摩中央署へ来たばかりのときにも……。

そう苦い思いを噛みしめて、自己嫌悪のこもった息をひとつ吐き、踵を返した爽子の眼に——事の一部始終をつぶさに目撃していた支倉と目が合った。支倉が、あっ、と慌てたときにはすでに手遅れだった。爽子の視線がヘッドライトの光だったかのように、支倉は路上の狸《たぬき》と化して立ち尽くす。

「あの……ええと」支倉は言い訳を探して、もごもごと口ごもる。

誰だってあんな姿を見られたくはない。だから支倉は、覗き見じみた行為に対して、爽子から皮肉のひとつも飛んでくるのを覚悟した。

けれど爽子は、驚きに見張った眼を二、三度瞬かせてから、強張った顔を和らげただけだった。「……支倉さん」

どうやら怒ってはいないらしい。良かった、……と支倉が安堵で胸を撫で下ろしながら、てへへ、と照れ笑いをしてみせると、爽子もくすりと気の抜けた微苦笑を漏らした。

「でも、管理官には受け取ってはもらえたじゃないですか」

支倉は缶コーヒーを握りしめて、力説した。

支倉と爽子は庁舎一階の片隅にある、背もたれ無しのソファに並んで腰掛けていた。

どこの警察署もそうだが、ここ多摩中央署の公廨《こうかい》も、腰ほどの高さのカウンターに仕切られた銀行のような間取りになっていて、一階のほぼ全てを占める大部屋をほぼ見渡すことができた。もっともこの時刻、カウンターの相談窓口や、その内側にある警務課や交通課の机に着いている者はいない。節電のために照明が半ば落とされているせいで、水にインクを溶かしたような仄暗さが漂っている。

二人が捜本のある四階から降りてきたのは、支倉が、先ほどの一件でさすがに意気消沈した様子の爽子をなんとか元気づけたい、と思い、ならば、と一階の会計厚生係に保護されている、爽子の拾った子犬のところへ誘ったからだった。

子犬はケージの中で、丸々とした身体を丸めて眠っていた。別れて間もない母親か、それとも兄弟の夢でも見ているのか、時々、黒い鼻面を小さく鳴らす子犬を、支倉は爽子と一緒に屈み込んで、微笑みながら見守った。

ほんとに優しい顔をしてる……。支倉は、ケージの金網越しに子犬の寝顔を見詰める爽子の表情を見て、そう思ったのだったが、——爽子も、気持ちを切り替えたらしい。ケージの側《そば》で立ちあがったときには、伏せがちだった眼はまっすぐ前を見据え、近藤鑑識係長がセルロイド人形と評した、透明な表情を取り戻していた。

さっきみたいな顔をいつもしていればいいのに……と、支倉はちょっと惜しいような気もしたものの、ひとまず爽子が持ちなおしたことを素直に喜んだ。

そうして、支倉と爽子は缶飲料片手に、本来は来庁者用のソファで一息入れているのだった。

「主任のプロファイリングが役に立って、捜査が進むといいですよね」支倉は言った。

「なんか地取りしてても、あたし達、ほんとにマル被に近づいてんのかなあ、って」

「ハズレが続いても」爽子は缶から顔を上げて言った。

「次こそはマル被に繋がるアタリかもしれない……。そう信じてれば、捜査員ほど、やり甲斐《がい》のある仕事はない、って」

その時、庁舎正面の駐車場へと一台の車両が滑り込んでくるのを、壁一面のガラス窓からヘッドライトの光が射し込んで教えたが、支倉は気にせず聞き返す。

「それ、〝刑事五十訓〟ですか？　そんなのありましたっけ？」

爽子は微笑んで小さく首を振る。「はずれ。誰かの受け売り」

「なんだかマル被って、遠くの光みたいですね」

「だから犯人《ホシ》……なのかもね」

爽子がくすりと笑って答えるのと同時に――。

「やあ」

唐突に男の声がして、支倉と爽子は顔を向けた。見ると署の正面玄関、自動ドアのところに、ジーンズの似合う長身の男が、書類ケースらしき薄い鞄《かばん》を持って立っていた。

「え……？」爽子は口もとに運んでいた缶を止めて、ベンチから跳ねるように立ちあがる。

「……藤島《ふじしま》さん？」

「元気そうだ、良かった」

男は、照明のほとんどが落とされたなかでも浅黒いのが分かる顔をほころばせて、歩み寄って来る。そんな男を迎える爽子の顔には、なぜここにいるの、という戸惑いと……、それだけでなく、嬉しい驚きが同時に浮かんでいるように、ソファから見上げた支倉には見えた。

「あのう、主任。こちらは？」

爽子の反応からすると、何か曰《いわ》くのある人物らしい。いたく好奇心を刺激されて、缶を手に立ちあがって尋ねた支倉は当然、明るく紹介されるものと期待した。しかし――。

「二機捜の藤島直人《なおと》さん。前の事件で組んだ」

そう告げた爽子の声は、つい先ほどとは打って変わって事務的で、ことさらに素っ気なかった。

え……？　支倉が少し驚いてまじまじと見た爽子の顔からは、ついさっきまでは浮かんでいた、はにかんだ表情が滑り落ちたように消えていた。そして、落ちてしまった表情を探すようにうつむいて、眼は藤島を避けるように逸らしている。

吉村主任、急にどうしたんだろう。まるで、後ろめたいことでもあるみたいだけど……。不思議に思う支倉の視線の先で、――爽子は息をひとつ吐いて藤島を見上げた。

「なにか御用？」爽子はいつもの表情で尋ねた。

「ああ」

藤島は慣れているのか、爽子の無味乾燥な問いかけにも鼻白むこともなく笑顔で言った。「ちょっと見てもらいたいものがあるんだ」

藤島は手にしていた薄い鞄をあけて、捜査書類のコピーらしきものを取り出した。

「杉並《すぎなみ》区荻窪《おぎくぼ》……強制性交致傷事件……？　どうしてこれを？」

爽子は受け取った書類の表紙を口に出して読むと、藤島を見上げる。

「五日前に発生した事案で、俺も臨場した。捜本には呼ばれなかったが、気になったんだ」

「気になる……？」爽子は眉を寄せた。「どういった点が？」

「特捜開設電報にあったここの事案と、手口が似てる気がするんだ」

「そう」爽子は書類に眼を落として捲《めく》りながら言った。

「でも、そういうことなら捜一の現場資料班が何か報せてくるはずだけど……」

爽子は立ったまま、書類に集中しはじめた。これ幸いとばかりに支倉は、藤島にもっとも気になっていたことを小声で尋ねる。

「あの……、藤島さんって主任の彼氏――」

「違う」

爽子が、紙面を食い入るように読みながらも耳ざとさを発揮して即座に答え、藤島も突然、わはは、と人気のない公廨に馬鹿笑いを響かせる。

なんだか二人して誤魔化そうとしてるみたいだけど、と下世話な好奇心を募らせる支倉をよそに、爽子はますます書類に没頭し始めた。表情の無くなった顔の中で眼だけが字面を追って上下を往復し、読み終えると、右手が機械的に紙を捲ってゆく。

そんな情報を取り込む自動人形のような爽子の様子にも、藤島はやはり慣れているといいたげな苦笑を浮かべただけだった。それから、自分と爽子の関係に興味津々の支倉を見て言った。

「しばらく遠慮しようか。……喫煙場所はどこかな？」

「まあ、吉村さんとは」藤島は取り出した煙草をくわえながら言った。「メールや電話で話したり、かな。たまに、休みの日に逢《あ》ったり」

支倉と藤島は、署の中庭に出ていた。そこはコの字型の庁舎に囲われた、署員が制服姿で大っぴらに煙草を吸える、唯一の場所だった。ちょっとした休憩場所も兼ねており、自動販売機も置かれている。藤島が現れるまで爽子と飲んでいたコーヒーはここで、支倉が先日のお返しに買ったものだ。

その自販機の灯りに照らされた藤島をまじまじと見て、支倉は、ちょっと男前だな、とは思った。だが――。

あの吉村主任の彼氏にしては、ちょっと物足りないような……などと支倉は思ってしまう。

確かに藤島は、日焼けした顔に凜々《りり》しい眉とすっきりした頰が精悍《せいかん》さを醸し出している半面、笑顔は優しかった。そこは魅力的だと認めるのにやぶさかではないが、体育会系社会である警察には、良くいるタイプだとも思う。そんな中で、どうしてこの藤島直人に、あの難儀な性格の吉村主任が惹《ひ》かれたのか。いうなれば、吉村主任にとって藤島直人でなければならない理由とは、なにか。それが解れば、爽子の心の一端を摑めるはず。……そんなことを考えながら、支倉は藤島に答えた。

「なんだあ、やっぱり付き合ってるんじゃないんですか、主任と」

爽子は否定したけれど、支倉から見て、爽子の振るまいそのものが、藤島が特別に近しい存在であると教えているようなものだったけれど。

「どうなんだろうね？　それに――」

藤島は答えて、ジッポーのライターで煙草に火を点《つ》けながら小さく笑った。

「俺のは好意っていうより、……敬意じゃないかなって気がする。もっとも、吉村さんは二つ年下だけどね」

「敬意、ですか？」

支倉が怪訝そうに横目で見上げると、藤島は紫煙を吐いて、少し意地悪く笑って言った。

「吉村さん、無愛想だろ」

「え？　いや、その……いつも冷静で」

支倉は、まったくそのとおりです、と相槌を打つわけにもいかず、お茶を濁す。藤島はそんな支倉の内心を見透かした笑みを覗かせてから、庁舎の方へ向いた。支倉も促されるようにして身体を回すと、藤島の視線の先には、書面へうつむいたまま塑像のように動かない爽子がガラス越しに見えた。

「ほんとうは、優しいんだ」藤島は爽子を見詰めたまま言った。

「自分よりも、他人の幸せを守りたいと願ってる。……でも、その気持ちを素直に出すことも、周りにうまく伝えることもできないんだな」

「でも、あの……」支倉は昨日の捜査会議終了後、廊下で爽子と交わした問答を思い出しながら、言いにくそうに言った。

「主任は〝私は現場でマル害をみても、可哀想だとは思わない〟って」

「それは吉村さんが特別心理捜査官だから、だな」藤島は言った。

「感情に溺れたら、現場で大事な手がかりを見逃してしまう。だから、吉村さんは何も感じてないわけじゃなくて、むしろ並の捜査員より心を突き刺されているはずだ。吉村さんの一番の武器は、共感する力だから。被害者はもちろん――被疑者にも」

そう聞いて、支倉の脳裏には、昨夜、講堂で見つけたときの爽子の姿がまざまざと蘇るのと同時に、胸の底にわだかまっていた冷たい疑問が溶けた。

そうか。あの時、所狭しと並べた現場写真を前にして、爽子が闇夜の猛禽類《もうきん》のような不気味な双眸をしていたのは、被疑者の心を再現していたからだったのだ。だとしたら、あの白い鬼火のような眼、胸の内側をかぎ爪で引っかかれるような気味悪さがあったのも当然だ。

そしてなにより、眼の赤らみと頬に残った二筋の痕。あれは……あれはやはり、涙の痕だった。被害者を、財前聡美を静かに悼んでいたのだ。被害者を切り刻んだ恐怖に、自身もまた苛《さいな》まれながら。

ああもう、私のバカバカ……！　支倉は心の中で自分を罵る。なぜそんなことに思い至らなかったのか。昨夜はあのあと、想像力が大事、と主任の口から聞いたにもかかわらず。

吉村主任は、あのときやっぱり……。支倉は、喫煙場所から窓越しに、庁舎の中で微動だにせず佇み続けている爽子を見詰める。

「ホシを捕るためには、感情に負けるわけにはいかない」

藤島は唇から煙草をとって、窓の中の爽子から支倉へ顔を戻して言った。「警察官なら、捜査員なら皆そうだけど、吉村さんはそれ以上の何かを、あの仮面で守ってる……」

「それ以上の何かって？　なんですか」

「さあ、なんだろうね」藤島は眉をひょいとあげ、斜め上を見上げて答えた。

「俺も知りたいよ」

なにか知ってるな、絶対。支倉は藤島の、意外と剽軽《ひょうきん》な表情を見て思う。同時に、簡単には教えるつもりが無いことも。

「よく御存知なんですね、主任のこと」支倉も負けじと、ちょっと意地悪く聞き返す。「やっぱり彼氏じゃないんですか」

「吉村さんは、彼女や恋人っていうよりも」

藤島はふと真顔になって、支倉の探るような笑顔から、ピラーやルーフを白々と光らせる第九方面自動車警ら隊《きゅうじら》の車両へと、視線を逸らした。けれど藤島の眼には、行儀よく並んだ黒白の車体は映ってはいなかった。

藤島は前の事件――、爽子と出会う契機となった〝あの事件〟、その一場面を記憶のスクリーンに観ていた。そしてそれは、爽子が佐久間に現場の印象を質《ただ》されたときに思い起こしたのと同じ情景だった。

二ヵ月前、前任署である蔵前署《くらまえ》の訓授場。……藤島はそこに立って、目の前の、その時には防壁のようにみえた幹部席、そこに居並んだ佐久間管理官ら捜査本部の幹部たちの、刺すような眼差しに晒されていた。いや、佐久間らが視線の槍《やり》で磔刑《たっけい》に処そうとしていたのは……傍らで、ともに立っていた爽子だった。

あのとき、爽子の顔は血色を失って紙のように真っ白になり、唇は引き結ばれすぎて、まるで横にまっすぐ切られた傷口のようだった。そうして立ち尽くすしかなかった爽子は痛々しいほどに無力で、小さかったんだ……。

藤島は多摩中央署の中庭で、自身の悔恨と屈辱がない交ぜになった苦すぎる記憶を反芻しながら、ぽつりと言った。

「――戦友、かな」

「はあ……」支倉は不得要領な声で呟いた。「戦友、ですか」

ふたりの関係はいまひとつよく解らないままだったけれど、そんな支倉にもなんとなくだが、察せられたことがある。

爽子と藤島の繋がりは、恋愛という以上に、なにか特別な絆《きずな》と呼べるものなんだろう、と。

支倉がそんなささやかな答えを得た、その瞬間だった。

爽子の甲高い叫びが、ガラスの向こうから響いた。「そうか！……シリアル・オフエンダーだ！」

支倉と藤島が驚いて振り返ると、爽子が窓枠の中で書類を両手で握りしめ、宙を見据えているのが見えた。支倉と藤島は一瞬、顔を見合わせた。

「佐久間管理官は、まだ帰ってないわね？」

急いで庁舎内へと戻った支倉と藤島の姿をみるなり、爽子が勢い込んで尋ねる。その眼は、雲母を散らしたように光っていた。

「ええ、まだいると思いますけど。――って、主任！　ちょっと！」

支倉はそんな爽子に気圧されるように答え、そう聞いた途端にくるりと身を翻し、だっ、と駆けだそうとした爽子の背中を呼びとめる。

爽子が何か直感の閃光《せんこう》に打たれたらしいとは、支倉にも解った。でも――。

「あのう、藤島さんは……！」

エレベーターの方へと走り出す寸前だった爽子の背中が、何かに躓いたように一旦、つんのめってから止まった。それから間を取るように深呼吸し、細い肩を上下に動かしてから、くるりと踵を返し、うつむき加減に戻ってきた。

「あの……ありがと。わざわざ」

そう言って改めて藤島を見上げた爽子の顔には、はっきりと気恥ずかしげな笑みが浮かんでいた。それは支倉にとっては爽子が初めて覗かせた一面ではあったけれど、藤島は慣れているらしく、白い歯を見せて笑いかえした。

「そうか、役に立ったんだな。……じゃあ、またメールか電話をするよ」

「ええ」爽子は向日葵《ひまわり》のように顔を上げて言った。「――またね」

「ああ、またな」

爽子と藤島は束の間、見つめ合った。と――。

「行きましょ、支倉さん！」

爽子は、頬にかかる髪が跳ねる勢いで振り向いて告げると、走り出した。

吉村主任、あんな表情《かお》もするんだ……。二人の醸し出す雰囲気に、支倉は眼のやり場に困るような妙な疎外感をもちつつも、見とれるように眺めていたところを唐突に呼びかけられて、間抜けな返事が口から転がり出た。

「へ？――あ、ちょっ、ちょっと主任、待ってください！　すいません、失礼します！」

支倉は慌てて小さく藤島に一礼してから、その場に置き去りにして爽子を追う。

爽子は一階の玄関寄りにあるエレベーターを目指していた。そして突進する爽子の頭上で、壁にあるエレベーターの階数表示が点滅しながら数を減らしてゆき、誰かを載せて上階から降りてくるのを知らせていた。表示が一階に達して、ドアがゆっくり左右に開く。

エレベーターの箱から吐き出されたのは、捜査本部の幹部達だった。

「佐久間管理官！」

爽子は叫ぶように呼びかけながら、エレベーターから出て、磯崎係長や署長らと話し込みながら歩きだした佐久間のもとへ、殺到するように駆け寄って行った。


翌朝――。

多摩中央署の特別捜査本部は、いつもより早い朝を迎えていた。

捜査員たちが廊下から講堂へと、続々と流れこんでゆく。泊まり込んでいた道場から下りてきた捜査員の中には、窓から射し込む陽の光に、眠気に曇った眼を瞬かせる者も多かった。早朝の集合は深夜に急遽《きゅうきょ》、告げられたもので、文字どおり寝耳に水だったのだ。

けれど捜査員たちの多くは、経験から何らかの変化があったのを敏感に察している。だから、講堂へと急ぐ捜査員たちの足どりは、発車ベルの鳴り響くホームで駆け込み乗車するサラリーマンのように早い。

そしてそんなスーツ姿の流れの中には、支倉ら強行犯係の姿もあった。

「ほら、伊原長、急ぎましょうよ」

支倉は焦《じ》れったげに、伊原の背を押していった。何しろ、捜査に進展が、いや、ことによると事件が弾ける可能性さえあるのだ。

それも、吉村主任の意見で。

「まったく、なんだよ……。いつもより三時間も早《はえ》え本部員集合ってのはよお……」

ぶつぶつ文句を垂れた伊原は背広の上下こそ着込んでいたものの、ネクタイは丸められてワイシャツのポケットに突っ込まれたままで、そこからはみ出して垂れた様は、疲れて喘《あえ》ぐ犬の舌みたいだった。

それは伊原だけでなく、その後をぞろぞろと続く他の強行犯係の面々も似たようなものだった。

三森は小太りの丸い顔が煮すぎたチャーシューみたいな面相になり、高井も、しつこくからんでくる泥酔者を前にした忍耐強い交番勤務員のような顔になっていた。

佐々木もいつもは無表情な顔が、いくらかぼんやりしている。

今朝、こんなにも早い時刻に集合がかけられたのは、もちろん、昨夜、爽子から直訴のような上申を受けた佐久間の指示によるものだった。

佐久間は最初、半信半疑だった。しかし爽子の説明を聞くうちに顔色が変わってゆき、最後には検討に値する、と判断した。それは、性格はともかく爽子の特別心理捜査官――プロファイラーとしての能力を買っていたためだろうと、支倉は思う。

あれから後、佐久間たちは、一階の公廨から降りてきたばかりの四階の本部へと慌ただしく戻って行ったので、そこから先、どんな対応が検討されたのかは、自分も爽子も知らない。けれど佐久間が、藤島が提報してきた強姦事件を担当する荻窪署の捜査本部と、東京都警察情報通信部の設置した特設警電を通じて連絡をとり、協議したのは間違いない。そしてその結果が、この早朝の会議へと至ったのだ。爽子の分析した結論に蓋然性が高いと認められた、ということだ。

……というような事情は支倉も察してはいたものの、それを伊原たちに告げるわけにもいかない。佐久間からは昨夜の別れ際に、他の捜査員には口外するな、と釘を刺されている。

「行けば分かりますって！　他署からもひとが来るんです、急がなきゃ」

だから支倉としては、不平たらたらの伊原にそう答えるしかなかったのだったが、伊原は他署、という言葉に反応した。

「あんだと?」

伊原が眠気の消し飛んだ声で、背中を押している支倉へ肩越しに言った。

「よそからって、どこの署だ?」

「あ……、それは……」

そのとき、侵入者を嗅ぎつけた番犬のように眉間に皺を寄せた伊原と、口ごもる支倉の脇を、靴音も高く通り過ぎてゆく一団があった。佐久間と、それに続く磯崎係長ら捜査一課員、そして――荻窪署強姦事件本部の捜査員たちだった。

「やあ、伊原さん」

佐久間たちに続いていた荻窪署捜査員のひとりが、足を止めて声をかけてきた。

「相変わらずだねえ、え?」

伊原も立ち止まり、小馬鹿にした口調で続けた捜査員を見返した。

「……あんたか」伊原は言った。

「おいおい、忘れちゃ困るなあ。警部補《ホ》ってのは巡査部長《チヨウ》より上で、係長なんだ」

嘲りと優越感を隠しもしない荻窪署の男と、それを、ただでさえ岩のような顔つきをさらに険しくして睨《にら》む伊原。――二人に挟まれた支倉は、気まずい思いに身をすぼませながら思う。

——こうなるんじゃないかって、心配してたんだけど……。

荻窪署捜査員の男は丹後正徳《まさのり》といった。この春に異動するまで、多摩中央署で、伊原とともに強行犯係の主任を務めていたが、昇任にともなって異動し、現在は荻窪署、つまりは藤島が報せてきた強姦事件の捜査本部の置かれた署で強行犯係係長になっている。

そして、その丹後と伊原は、犬猿の仲だった。在任中、伊原は上司へ過剰に忖度《そんたく》する丹後を〝ヒラメ野郎〟と呼んで憚らなかった。目は上にしか付いていない、という意味で。丹後の方も丹後の方で、伊原を陰で〝熱血馬鹿〟と呼んで軽んじていた。

正直にいえば、支倉も丹後はあまり好きではない。それは、にこにこと笑顔を絶やさず、人当たりこそは柔らかいが、丹後の同僚を見る眼には、自分にとってどれだけ利用価値があるか、それを常に値踏みしている冷たさがあったからだ。実際、所轄の主任といえば自ら率先して動くものだが、丹後の場合は、内偵時の張り込みや逮捕後の裏付け捜査といった、忍耐と手間を要する業務は支倉らに押しつける反面、功績上申では自分の骨折りのみ強調するのが常だったからだ。そんな丹後のおかげで、支倉は署長賞をもらい損ねたことが二、三回はあった。署長賞とは人事教養金、つまりは報奨金だ。報奨金とはいっても、名称こそ仰々しい割に、手渡される封筒には駄菓子を買うのさえ覚束《おぼつか》ない額の硬貨が入っているに過ぎない。とはいえ、警察官にとっては金額が問題ではなく、自らが確かに犯人逮捕に貢献したという証《あか》しであると同時に、警察官の人生すべてを記録する身上調査票、つまり人事記録にも記載される事柄でもある。

だが、そんな自己中心主義の元上司と現上司の感情的な反目よりも、いまの支倉にとっては気を揉《も》んでしまうことが待っている。

それは、自分たちよりは一足早く講堂に入っているはずの爽子のことだった。これからの会議で、爽子は幹部を始め、大勢の捜査員の面前で、自分のプロファイリングを説明する。そしてその場では当然、質疑をうけることになる。捜査会議のときと同様の、緊張で鋼鉄のように冷えきった空気のなかで、席を埋めた全員からの厳しい視線が集中する……。支倉は、もし自分だったら、と想像しただけで胃が口許までせり上がってくる。

――吉村主任、大丈夫かな……。

支倉は、互いへの嫌悪で音叉《おんさ》のように共鳴して睨みあう伊原と丹後、その間から見える、捜査員たちが続々と流れんでゆく講堂の入り口を気にしながら、思った。

「早朝から当本部員だけでなく、荻窪署設置の強姦致傷事件本部からも集まってもらったのは――」

佐久間がひな壇で口を開いた。

「当本部と荻窪管内の事案、このふたつが同一犯の犯行である可能性が出てきたからだ」

長机を埋めた、何か重要な事柄が告げられるのを薄々察していた捜査員たちは、捜査主任官の発言を黙然と聞き入っている。

「では、それを示唆したプロファイリングの報告を頼む」

来た……！　支倉はそっと、机の書類に目を落としている隣の爽子を窺う。……支倉は伊原をなだめていたせいで講堂に入るのが遅れ、それでもなんとか爽子の隣に席を確保していたものの、会議開始前にはあまり爽子と言葉を交わす暇はなかった。佐久間から指示された途端、支倉はまるで自分が指名されたように、胃の辺りに、ごつごつした鉄塊を飲みこんだような痛みを感じる。――私の馬鹿、私が緊張してどうすんのよ……！

「はい」

そう答えて席から立った爽子の醸し出している雰囲気は、いつもとは違っていた。気負っているようには感じられなかったものの、かわりに、爽子はその細い肩や小柄な身体には不釣り合いな、対外試合前の特練員のような気迫を発散している。

立ちあがった爽子へと一斉に注目した捜査員のなかには、爽子が捜査一課から多摩中央署へ異動させられた事情を、噂に聞いていた者もいたのだろう。

〝根拠《こ》っ《こ》てあいつが言い出したのか〟〝大丈夫かよ〟〝札付きだろ、あいつ〟……風に下草が鳴るのに似た囁きが捜査員らの間で交わされるのが聞こえ、さらに――〝知ってるか、あいつ二月の事件ではさ……〟と、とりわけ陰にこもった囁きが、主に捜一の捜査員が固まって席に着いた辺りから聞こえた。

吉村主任……！　支倉が居たたまれない思いで脇から見上げた爽子はしかし、周りの反応など意に介していなかった。爽子はおとがいを引き、見開いた眼をやや上目遣いに、ひな壇の佐久間だけを凝視している。

「まず最初に――」

爽子が報告の口火を切ると、腐臭のような囁きが吹き散らされたように消えた。それほど爽子の声には、静かだが凛《りん》とした響きがあった。

「ここ多摩中央管内で発生した、看護師殺人事案の分析からお話しします」

漂白されたように静かになった講堂で、爽子は続けた。

「当事案のマル被は、現場に目立った痕跡及び遺留物を残さず、さらに目撃されることなく逃走しており、このことは当該マル被は、わりあい高い知能を持っているのを示しています。これは以前のＦＢＩ方式の類型によれば、いわゆる〝秩序型〟に分類されていたものの特徴と合致します。本件の場合、状況から被疑者は当初、強姦目的で被害者宅へ侵入したものの、被害者の予想外な抵抗に遭い、殺害に至ったと考えられ、そのことから――」

爽子は続ける。

「被疑者は〝レイピスト〟、つまり強姦犯としては〝怒り報復型〟であり、これは、おそらく被害者が帰宅途中に立ち寄ったコンビニでたまたま見かけた直後に襲っていること。さらに、マル害の着衣を引き裂く手口からも思料されます」

「ちょっと待て」磯崎が口を挟んだ。「なんでマル被がマル害に眼を付けたのが、コンビニだと言い切れるんだ。防カメの分析では……」

「コンビニで被害者が購入したのが、冷凍食品だったからです」爽子は言った。

あ、と支倉は聞きながら思い当たって、息を飲んだ。そういえば、現場のアパートの台所にあった小さな食卓には、確かにコンビニのレジ袋がのせてあった。中身が張り付いてビニールが透けて、冷凍食品だな、と気づいたのは支倉も覚えている。

「冷凍食品を長時間、持ち歩くわけにはいきません」爽子は続けた。

「とすれば当然、マル害が近傍に居住し、しかも、そのまままっすぐに帰宅する蓋然性が高いということは、コンビニから離れたところで被害者を物色していたマル被にも容易に――」

「ああ、解った」磯崎は爽子の言葉を煩わしげに遮る。「自由研究の発表じゃねえんだ、要はホシはどんな野郎だ」

「物証を残さない手口と犯行に慣れた手口から――」爽子は表情を変えずに答えた。「強制性交及び同致傷の前歴者である可能性がきわめて高く、年齢は二十代半ば。職業は肉体労働あるいは単純作業従事者ですが、犯行後、稼働先を退職したり無断欠勤を繰り返すなどの事後変化があると考えられます。そしてマル被は女性全般を憎んでいますが、交際相手あるいは母親姉妹など、女性の家族と同居していると思われます。ですが当該同居女性には暴力的な振る舞いはせず、むしろ、依存あるいは寄生するような生活環境と思われます。さらに当該同居女性には、犯行現場から持ち去ったマル害の身の回りの品、いわゆる〝スーベニア〟……戦利品を与えている可能性があります」

「具体的なようで曖昧だな」磯崎は拍子抜けしたようにパイプ椅子の背に凭れた。「もっと被疑者を特定できるネタはないのか？」

「解りました」爽子は小さくうなずいた。「被疑者は高い確率で、特徴的な車両を所有し――」

爽子が具体的な犯人像を告げはじめると、磯崎は俄然、椅子に凭れていた上体を乗りだし、同様に、やや説明に倦《う》んでいた捜査員たちも急に視線を鋭くすると、就職活動中に大人の研修会へとうっかり迷い込んでしまった女子大生にもみえる特別心理捜査官へと、改めて注目した。

「当該車両は高い確率で大型の乗用車……、より具体的には四輪駆動車ではないかと思料します」

爽子が静かな口調で続けるなか、捜査員たちの先ほどとは違う囁きが、潮が満ちるように高まる。

「そして可能性の高い色は、黒」

爽子が託宣を告げる巫女《みこ》のように告げると、皆の口から、おお……と大きな溜め息のような声があがる。

「なぜそこまで断言できるんだ」

「マル被が返り血が付着したままの着衣で、交通機関やタクシーを利用した可能性は低いからです。さらに――」

磯崎が室内の動揺を抑えるように問い質すと、爽子は打てば響くように答える。

「先ほどお話ししたレイピスト類型、その〝怒り報復型〟である被疑者の特徴でもあるからです。彼らは車両に拘《こだわ》りを持ち、同時に車両で自分を強く見せかけます。四輪駆動車はそれに合致し、黒は威嚇色だからです」

爽子の明解だが可愛げのない答えに、磯崎はひな壇の幹部席で少し不快そうに口をしかめて、言った。

「逆に、車って足があるから、目撃者《マルモク》もなく遺留物《ブツ》も現場から持ち去れたってわけか……。で、あんたの分析が正しかったとしてだ、〝車当たり〟の際の留意事項は」

〝車当たり〟とは、条件を満たす車両一台一台の所有者を捜査することを差す。

「購入時期から考えて、必然性がないにもかかわらず走行距離が多すぎること、……です」

爽子は言った。「例えば、購入して間もないのに、すでに数千キロを乗り回しているような場合です。それはこの種の被疑者が、被害者になる女性を物色するため徘徊《はいかい》を繰り返す傾向があるからです」

いまや講堂内は完全に静まっていた。いつもは鋼じみた空気が、いまはスポンジに変わり、爽子の報告する内容を吸収しているようだった。

「整理するか」

磯崎はそう言うと空咳《からせき》をひとつして、ひな壇で同じ幹部席についた佐久間を気にする素振りを見せた。支倉にも、捜査一課係長が上司の管理官を窺う理由は察せられた。爽子のプロファイリングを採りあげるとはまだ決まっていないのに、〝車当たり〟に言及したからだ。

「ホシは二十代半ばで、身内か内縁の女性《レコ》と同居。肉体労働者で事件後に仕事を辞める、あるいは無断欠勤が増えている。さらに走行距離が不自然に長い、黒い大型四駆を乗り回すやつ、ってわけか」

これまでは灰色の霧のように曖昧だった被疑者に、具体的な、文字どおりの輪郭《プロファイル》が与えられたことで、室内のあちらこちらから唸るような息が漏れた。

「吉村」

ずっと黙っていた佐久間が口を開くと、講堂内は再び、静かになった。

「――犯行現場の擦過状血痕……〝天使の翼〟については、なにか意見はあるか」

天使の翼――。ベッド上の被害者が寄りかかった壁にあった、ひとつは虹のような噴出痕。そしてもうひとつはそれと対を成すような、犯人自身が被害者の血に浸した手で描いた、狂気の前衛芸術じみた放物線。

爽子は問われて佐久間へと目を移し、支倉は、そんな爽子の隣に座ったまま、一抹の懸念を持って見上げる。もともとこの早朝の会議自体、爽子が佐久間に熱心に働きかけた結果であり、話がうまく運ぶのを一番に願っているのは爽子のはずだ。そう頭では解っていたものの――。

吉村主任、初回での会議のときみたいな、可愛気のない返答をしなきゃいいんだけど……。支倉は少しはらはらする。

けれど、それは杞憂《きゆう》だった。

「心理学的な意味も読み取れますが――」爽子は口を開いた。「その第一の目的は、痕跡を隠すための偽装と思料されます」

静かに答える爽子の貌《かお》は、警視庁本館六階を占める猟犬の檻《おり》の、その内の一頭の貌に戻っていた。猟犬とはいっても、稚気さえ漂う童顔と小柄な体格のせいで、外見はヨークシャーテリア程度でしかなかったとしても、罪の臭いを嗅げばどこまでも追跡し、被疑者という獲物に牙を突きたてずにはおかない猟犬には違いなかった。

「偽装、だと？」

佐久間が、皆がざわつくなかで、机に身を乗り出して問い返す。

「なにを隠すためだ」

「では、私が現場の状況及び犯行態様から推定した、犯行時における犯人の行動を、最初からお話しします」

爽子は口調を改め、続けた。

「犯人は現場周辺から離れた地点に車両を停め、徒歩で女性を物色していたその途上、コンビニ付近から出てきた財前聡美さんに目を止めた。彼女が冷凍食品を持っていることで、自宅がごく近いこと、そして、そのまま帰宅するのが犯人にも容易に推測できたからです。だから、後をつけた。財前さんはそれに気づかず、アパートに帰り着きました」

　爽子の序々に翳りを帯び低くなってゆく声を聞きながら、支倉は、犯人に眼を付けられる原因となったレジ袋を下げた財前聡美が、自宅のモルタル二階建てアパートのドアを開け、玄関に入ってゆく姿を想像する。

「財前さんは途中から尿意を覚えていたのでしょう。帰り着くと急いでトイレに向かった。だから、玄関のドアは施錠されていなかった」

　支倉は、爽子とともに近藤鑑識係長の手伝いを名目にして、現場へとあがった際に見た間取りを思い出す。財前のアパートは玄関を入ってすぐの狭いキッチンから、奥の居間へと続く短い廊下に、トイレはあった。そして、トイレは使われたまま流されていなかった、と初日の捜査会議で検証結果を知らされていた。

「そして犯人は、財前さんがトイレに入った直後、無施錠だった玄関ドアから侵入し――」

　支倉だけでなく、爽子の説明に聞き入る捜査員全員が、その光景をまざまざと脳裏に描いていた。ドアノブが音もなく、探るようにゆっくり回され、微かに蝶番《ちょうつがい》を軋らせてスチール製のドアが外へ開かれてゆく。ドアと枠の間から射し込む光を遮って、するりと三和土に滑り込む黒い影。そいつは、三和土に立ったまま気配に耳をそばだててから、靴を脱いだ足を框にかける。

「物音に気づき、流す前に確かめようとトイレから出てきた財前さんと、犯人は廊下で鉢合わせしました」

財前聡美は、恐怖に先立つ混乱に立ちすくんだだろう。どこよりも安心できるはずの自宅で突然、見知らぬ男が狭い廊下を塞いでいたのだから。しかもその男は、はっきりと凶暴な害意を全身から漲《みなぎ》らせている。

「犯人は激しく抵抗する財前聡美を追って居間へと追い詰め――」

犯人は、混乱が恐怖に取って代わり、なんとか逃れようとする財前聡美に刃物を突きつけて脅し、揉み合いながら奥へと進んだ。

被害者が掌に負った防御創は、このときのものだったのだ。

「性的暴行を加えようとした。そして――」

壁際にあったベッドへ膝の裏がぶつかり、背中から倒れ込む財前。仰向けにマットレスの上を後ずさるようにして、なお逃れようとする財前へと、飛びこむようにのし掛かる犯人。そして犯人の手に握られていた刃物が、逃げ場を失って背中を壁に押しつけるしかなくなった財前の首へと、残忍な光を閃《ひらめ》かせて伸び――切り裂いたのだ。

「その時、頸部に致命傷を負ったものと思われます」

おそらく、財前の口から悲鳴が上がるまえに、頸部の創口から鮮血の絶叫が噴き出しただろう。そして血飛沫《ちしぶき》は、水圧で膨らんだホースを切りつけたような勢いで、壁に血のアーチを描いた。

「この際に重要なのは――」

爽子は言葉を切って、ややうつむけた顔で佐久間を見詰めた。そして続けた。

「犯人もまた、この時、揉みあううちに負傷していた右手、つまり凶器を保持していた方の手を壁に突いてしまった、……ということです」

誰もが通夜のように低い小声で囁きあうなか、支倉も参列者の面持ちで、爽子の告げた場面を犯人の視点で想像する。……激しい痛みと驚きで歪《ゆが》んだ財前聡美の顔を挟んで、左側の壁にはまだ生々しく赤い吹き痕、そして、右側には犯人の手の傷から付着した血痕――。

「それから犯人は、大量に失血し瀕死の状態の財前聡美さんを性的に暴行した後、……壁に付着した自らの血液掌紋に気づきました」

爽子の声はことさら平板だった。支倉は同じように感情を消した顔で、現場で眼にした財前聡美の無惨な姿を思い起こす。脳裏で、剥ぎ取られたブラジャーの網膜に滲《し》みた白さが、痛々しく蘇る。

「犯人は指紋掌紋、なにより血痕を残すリスクをよく解っていました。そこで――咄嗟に被害者の血で自らの血痕を塗りつぶし隠蔽する意図を持って、あのような模様を塗りつけたものと思われます」

あれは――〝天使の翼〞は、犯人が自らの血痕を、被害者の血で上塗りして隠すために行ったということか。

確かにその方法なら、一刻も早く逃走したい犯人にとって、血痕を刃物で削りとるよりも短時間で終えられる、と支倉は思った。

「二つの血液が混ざった状態、つまり〝混合斑痕《はんこん》〟の場合、ＤＮＡ型鑑定における分析結果の解釈は、より複雑で難しくなります。もちろん、そのことを犯人が知っていたかどうかまでは解りません。ですが、私のプロファイリングに誤りがなければ、被疑者の右手には切裁痕、まだ治ってない刺切創が残っているはずです」

爽子は長い報告に一区切りつけるように、言葉を切った。講堂には同僚と声を低めて言い交わす囁きはおろか、しわぶき一つ漏らす者もいない。

佐久間もうなずきながら聞き入っている。

支倉は、爽子が表情こそ変えなかったものの、立ったまま息を吐いたのが肩の揺れで分かった。そして、つい数秒前まで爽子の身体を一回り大きく感じさせていた気迫も、風船から抜けたガスのようにどこかへ消えていた。そんな爽子に、やりましたね、と支倉が横から見上げて小さく笑いかける。爽子も気づいて、ちらりと微笑を覗かせたとき、講堂の後ろから声が上がる。

「ちょっといいですかね」

支倉がそちらを見ると、発言したのは丹後だった。

「興味深い話でしたが、ここの事案とうちの事案が同一犯って根拠は？」

「正確なリンク分析はまだです」爽子は微笑を吹き消した顔を丹後に向けて言った。「ですが手口と、なにより犯行のテーマ性が、この二つの事案では共通しています。おそらく二件の犯行には共通する痕跡、証拠資料があるはずです」

爽子は前に向き直ると、幹部席の佐久間たちに続けた。

「そして同一犯ならば現場が複数となり、ＣＩＳ－ＣＡＴＳの地理的プロファイリングシステムの活用が可能です。そうすれば被疑者の犯行における拠点、あるいは居住範囲を絞り込めるはずです」


「では、お手数をお掛けしました」

翌日、爽子はそう言って、カーポートに停められた見上げるほど大きな四輪駆動車、ランドクルーザーのドアを閉めた。その傍らでは支倉は車検証の記載を執務手帳に控えている。

狭いカーポートで二人を見守っていた立会人の主婦は、幼児を抱いたまま、いいえ、と安堵混じりの笑みで答える。自分たちが無関係なのは解っているけれど、それでも万が一……という杞憂が、ようやく晴れたらしかった。

「御協力、ありがとうございました。――じゃあね、バイバイ」

支倉は小さな戸建て住宅の門を出るとき、見送りに出た母親に抱かれた幼児に小さく手を振った。母親と、子どもの労いとも声援とも付かない、ばぶばぶ、という可愛らしい声に送られて、支倉と爽子は府中《ふちゆう》市の住宅地を歩き出す。

爽子と支倉は〝車当たり〟捜査に従事していた。車当たりとは、〝一二三《ひやくにじゆうさん》〟――照会センターに車両照会し、登録された車両のなかから、被疑者の使用車両を割りだす捜査だ。その対象には、所有者が多摩中央署のある第九方面に居住している者だけでなく隣接方面も含まれ、その数、千数百台に及ぶ。

新たに車両捜査担当班の編成が決まったのは、爽子が朝の会議でプロファイリングを報告したその日、だった。そして支倉は、爽子とともに、その〝車当たり班〟へと移るよう、デスク担当に命じられたのだった。

やった……！　支倉としては願ってもないことで、思わず心の中で叫んだものだ。

これで吉村主任の仕事が間近でみられる。それはもちろん嬉しいことではあったのだが、それよりもよろこばしかったのは――。支倉はその思いを、昼食を摂りに入ったラーメン屋で向かい合った爽子へ、直接ぶつけてみた。

「こうやって〝車当たり班〟が組まれたってことは、佐久間管理官、主任を認めたってことですよね？」

「少し違う気がするけど」

爽子は自分の炒飯《チャーハン》へと目を落とし、レンゲの先で崩しながら言った。

「主張したんだから責任を取れ、ってことかも」

「……なんかそれ、素直じゃないなあ」

支倉は口から麺を垂らしたまま、爽子の頑固さに少し呆れる。認められたんだから喜べばいいのに。主任を〝車当たり班〟に入れたのだって、佐久間なりの配慮だろうし……。

とはいえ、爽子の口調は相変わらずだったものの、尖ってはいない。

そういえば、いま自分がこうしてすすっているラーメンを注文してしまったときからして、そうだった。店員に告げてから、まずい、と支倉は焦ったのだが、爽子は目くじらをたてることもなかった。転属してきたあの日、爽子は縁起担ぎの意味から、事件解決を延ばす〝長シャリ〟は食べない、と言ったはずなのに。

「私のことなんてどうだっていい」爽子は睫毛を伏せて炒飯をレンゲの先ですくいながら言った。

「それより、二件の事案を結ぶ物証が見つかれば……」

昼食後も、爽子と支倉はひたすら足で稼ぐ〝車当たり捜査〟を続けた。そして夜、一日中歩き回った疲れに足を重たくして帰り着いた多摩中央署で、朗報が待っていた。

「よう、お嬢さんがた」

捜査本部のある講堂に入ろうとした支倉と爽子を呼び止めた者があった。振りかえると、活動服姿の近藤が立っている。

「あ、お疲れ様です！」

「お疲れ様です」

近藤は咥えていた嗅ぎ煙草のパイプをとり、小さく頭を下げた爽子に、にっ、と笑いかけ、持っていた書類を顔の高さに上げて見せた。

「吉村さんよ。あんた、いい勘してるな」


「当本部と荻窪管内の事案――」

佐久間は夜の捜査会議の冒頭、着席した捜査員が見詰めるなか、ホワイトボードの前で、立ったまま告げた。

「当該二件の現場から採証された鑑識資料のなかに、共通する微物の存在が判明した」

その報告は、警視庁本部鑑識課からもたらされた。鑑識課員らが吸着性の特殊ゼラチンシートを使って、被害者の着衣、寝具を調べた結果――。

微細な繊維片が発見された。

それがこれか……と、支倉は配られたコピー用紙に眼を落とす。隣で爽子も同じようにしている。

それは、繊維片――獣毛を顕微鏡で撮影した粗いモノクロ画像だった。クエスチョンマークのような形をした毛根と、それを切断したものが載っていた。楕円《だえん》形をした横断面は、真っ二つにしたキウイに似ている。

「科捜研が人獣鑑別を行ったところ、形態学検査で人毛ではなく獣毛、それも猫であると鑑定された。そして注目すべきは――」

佐久間はホワイトボードにかけられた、大きな模造紙を指先で叩きながら続ける。

模造紙には〝頭書き〟――事件発生日時、場所といった事件概要の他に、被害者の写真も貼られている。佐久間が示しているのは、財前聡美の写真だった。

「二件の事案ではマル害本人はもちろん、交友関係でも猫を飼っている者はいない。これは、当該試料が犯人によって現場に持ち込まれた可能性が高いということだ。つまり――」

「……遺留確度が高い、ってことね」

爽子が支倉の隣で、ひな壇からの佐久間の言葉を引き取るように呟いた。

「主任の予想通りでしたね……！　やった……！」

支倉は小さな快哉を叫ぶように小声で話しかける。――すごい、主任の推測どおりに二つの事件が繋がった……。

「以上、当該獣毛は二つの犯行を結ぶだけでなく、被疑者検挙の際の重要な物証となり得る」

佐久間も捜査の進展に気をよくしてか、張りのある声で続けた。「よって、当該物証については厳重に保秘！　ブンヤにヅかれるな！」

しかし、その箝口令《かんこうれい》は長くは保たなかった。

「……で、厳重保秘のお達しのあった次の日に――」

翌日、夜の捜査本部。伊原が岩石じみた顔をさらに歪め、両端を引き裂かんばかりにして握りしめた夕刊紙に見入りながら、唸りを押し出す。

「――その内容がでかでかと一面を飾るたあ、どういうわけなんだよ！」

憤懣をぶちまけたのは、伊原だけではなかった。講堂では捜査員たちも小さな集まりをつくって口々に言い合い、それに続々と出先から戻って来る捜査員が加わり、捜査本部全体が騒然としていた。それもそのはずだった。

『同一犯の犯行か　遺留品が一致　稲城市看護師殺人』。

伊原や捜査員たちの手にした紙面には、大きな見出しが黒々と躍っていた。

「ですよね」

三森がもはや習性といっていい相槌をうつと、佐々木も無味乾燥に呟く。

「デカの癖に口の軽いやつがいたもんだ」

支倉は伊原たちのやり取りを背中で聞きながら、壁際に据えられたテレビを見ていた。画面でも紙面と同様、番組冒頭という大きな扱いで、女性キャスターが『独自稲城市看護師殺人に新証拠』というテロップつきで報じていた。

これ、相当まずいよね……。支倉は口の中に苦みを感じながら、傍らに立った爽子を窺った。

爽子は微かに眉を寄せ、厳しい視線で画面を見詰めている。

「〝天使の翼〟のことまでマスコミに漏れてないのは幸いですけど」高井が言うのが聞こえた。

「噂じゃ、桜田門の偉い人達もかなり頭に来てるって――」

情報通の高井が言い終わらないうちに、佐久間が見習い捜査員を従えて、足音も高く講堂に入ってきた。

「……佐久間管理官！」磯崎が幹部席で立ちあがった。

「一体どういう事だ！　どこから漏れた！」

顔面を紅潮させた佐久間の声が響くと、講堂内の空気が凍りついた。

「〝係長、なんか知ってるんでしょ、なにせ偉くなったんだから〟とかなんとか、おだてられた奴じゃねえの」

深海のように静まったなか、伊原が面白くも無さそうに呟く。

「ここの捜査管理はどうなってるんだ！　捜査密行の原則を忘れたか！」

「は、申し訳ありません」

佐久間の叱責に磯崎係長は直立不動で答えた。

「いいか、本部内の保秘を徹底しろ！」

佐久間は磯崎に厳しく申し渡してから、それから講堂中を睨《ね》め回《まわ》すようにして続けた。「これでホシが挙げられなければ、この場にいる者全員、懲罰ものだ！」

佐久間が激怒するのも当然だった。捜査一課の保秘は一週間も保たない、とは良くいわれるものの、さすがに翌日は早すぎた。捜査員——刑事という者は、義理や人情を重んじ、また、そういう人間だからこそ被害者の思いに寄り添い、被疑者逮捕に執念を燃やせる。だがそれは極めて感情過多ということでもあり、報道関係者から人間的な繋がりを盾に迫られれば、口を滑らす者もいる。同じ刑事部でも汚職《サンズイ》を扱い、保秘が厳しい捜査二課の捜査員なら、考えられないことではあった。

「解ったな！」

宣告するように言い置いて、講堂から立ち去ろうとした佐久間を呼び止めたのは、爽子だった。

「佐久間管理官……！」

主任……！　支倉が呼び止める間もなく、爽子は駆け寄っていた。

「なんだ、吉村」

佐久間は、善後策の協議に警視庁本部へと戻ろうとしていた足を止め、近づいて来る爽子を苛立たしげに見た。

「報道を見たマル被が手口を変える可能性があります……！」

爽子は佐久間を見据えて言った。「邀撃《ようげき》捜査の指示を――」

「各署には刑事部長名で検挙態勢強化の通達がされている」

「でも……！」

爽子は顔を強張らせて言い募ろうとした。

「それにだ、邀撃するにしても検討が必要だ」

佐久間が背後にうなずいてみせると、つき従っていた見習い捜査員が鞄から書類を取り出す。

「ＣＩＳ－ＣＡＴＳによる地理的プロファイリングの結果が出た」

佐久間は見習い捜査員から受け取った書類を、爽子に手渡した。爽子は書類に目を落とし、佐久間はそんな爽子を早足に置き去りにしながら告げた。

「吉村、くれぐれも言っておくが、先走るな！　お前は〝車当たり〟に集中しろ！　いいな」

佐久間らが靴音も高く出て行くと、息をひそめて見送っていた捜査員らの間からどっとあがった唸りが、講堂に満ちた。

「吉村主任……？」

支倉は、ざわざわと騒がしさの戻りはじめた室内を、書類を手に佇んだままの爽子のもとへ近づいた。

そして、爽子がうつむいて見詰め続けている、胸元にあげた書類を覗き込む。

それは一見、赤外線撮影された写真に見えた。熱が高い部分ほど赤く、それ以外のところが緑色や青色で示された画像だろうか、と。――しかし、斑《まだら》になった赤や青色に重なって、縦横に延びた線や大小の四角が埋められていることから、それが一種の地図だと解った。

それは、地域の差違を際だたせるために極端な色分けで着色したコロプレス地図だった。

地図の真ん中を、蛇が這った跡のように区切っているのは多摩川だった。上側の調《ちよう》布《ふ》市周辺、その一帯だけが、多摩川から下側の稲城市を含めた地図の大部分が緑色に染まった中で、黄色い島のようにコピー用紙の上で立体的に盛り上がってみえた。そして、調布市の深大寺《じんだいじ》近傍には橙《だいだい》色《いろ》で大きな点が、まるで火山の噴火口のように強調されて示されている。

「――おえんじゃろ」

「へ？」

爽子が、ジオプロファイリング、つまり地理的プロファイリングが被疑者の居住地を予測した〝犯人居住確率図〟を見おろしたまま呟くと、脇から覗き込んでいた支倉は驚いて、爽子を見た。

「佐久間管理官はああいったけど――」

爽子の、書類へとうつむいていた顔が、ゆっくりと巡るようにして傍らの支倉へと向けられる。

「解りました、なんて、言えるわけないでしょう？」

そう真正面から告げた爽子の眼は、爛々《らんらん》と光っていた。

その夜、――捜査会議が散会した後の、午後十時。

多摩中央署の正面にある駐車場から、ライトを点けた軽自動車とセダンが走り出した。

「でも、いいのかなあ。……管理官からは釘を刺されちゃってるのに」

支倉が、二台の車両のうち先行する軽自動車——爽子の私有車である黒のアルトワークスの助手席で気弱にぼやくと、ステアリングを握る爽子が、街灯に照らされながら答える。

「嫌なら降りてもいい。別に、頼んでない」

「またまた、そんな……。でも——」

支倉は爽子に苦笑してみせてから、座席の間を振り返る。狭いリアウィンドーにセダンのライトが追ってくるのが見える。そのセダン、アリオンは多摩中央署刑組課の捜査車両だった。

「伊原さんたちまで、っていうのは意外でしたけど」

……後続の捜査車両アリオンの車内には伊原をはじめ、係長である堀田以外の強行犯係の全員が乗っていた。

「いいんすかねえ、トラブルメーカーなんかに付き合っても」

三森が運転しながら、後部座席にいる高井や佐々木の胸の内を代弁するように不満を漏らす。

「俺らまでエンコつけられるんじゃないですか」

エンコつけられる、とは、いわゆる部内で指をさされる、眼を付けられることをいう。不満顔の三森に、伊原は助手席の窓枠に頬杖《ほおづえ》をついたまま、面白くもなさそうに口を開く。

「うるせえ、黙って運転しろ」

投げやりに答えた伊原自身、何故こんな捜査を逸脱するような真似をしているのか、判然としない。いや、それをいうなら会議終了後、〝検討会〟の場からこそこそと抜け出した支倉を不審に思い、道場の外で問い詰め、歌わせてその理由を知ったあと何故、俺らもいくぞ、などと告げてしまったのか、自分でも解らなかった。それも、三森のいうとおり厄介事を背負って転属してきたような女の考えに従って。

ただ、あえて理由をこじつけるとすれば、二日前の朝、爽子の意見具申に基づき多摩中央署捜査本部に姿をみせた、荻窪署の丹後と鉢合わせしたせいかもしれない。かつては同僚として価値感の違いからいがみ合った野郎とのやり取りだった。

「いやいや、札付きまで押しつけられて大変ですねえ」

あのとき、丹後は講堂へと捜査員らの流れてゆく廊下で、口もとへ嘲りを浮かべて、そう言ったのだ。

「私は勉強しといたお陰で助かりましたよ、まったく」

伊原は、周りを捜査員が流れてゆく、そこだけが中洲《なかす》のようになったなかで、元同僚と呼ぶには殺伐とした感情しか持ち得ない相手を睨んだ。そして、そのあからさまな軽蔑に吊り上がった口もとを眼の底に溜めるように見返して、こう言ったのだった。

「デカが捕らなきゃならねえのは〝肩の星〟じゃねえ、悪事やらかしたホシでしょうが」

肩の星とは、階級の上下を小さな旭日章《きょくじつ》で表していた昔の階級章に由来する隠語だった。当然、旭日章、つまり〝星の数〟が多い者ほど上位者である。

——ヒラメ野郎より、札付きの方がちっとはましだろうよ。

伊原はアリオンの助手席で頰杖をついたまま、フロントガラスに〝トラブルメーカー〟あるいは〝札付き〟の運転する軽自動車のテールランプを眺めて、言った。

「俺たちゃ夜桜を見物しに行くんだよ、捜査じゃねえ」

「で、なんで多摩川に張り込みなんですか」

支倉は助手席から訊いた。

「簡単なことよ」爽子はワークスを運転しながら言った。

「被疑者が今後も犯行を続ける可能性は高い。そんなマル被が報道で獣毛が採証されたことを知った場合……、どうすると思う？」

「ええと、被害者の身体や着衣に付着した遺留物……猫の毛を始末する、ですか？」

文倉が答えて運転席を見ると、ステアリングを握る爽子は、対向車のライトに半面を照らされながらうなずく。

「そう。過去の事件と、これからの犯行との関連性を消すために。そして、その為のもっとも簡単な方法は、マル害を河川へ放り込むこと」

「あ、なるほど」

納得してフロントガラスに向き直った文倉に、爽子は続ける。

「そうすれば、多くの証拠や資料が洗い流されてしまう。獣毛も含めてね」

「それはそうですけど……。でも酷いことを言いますけど、火を点けたりする方が手っ取り早いんじゃ……？」

文倉が爽子の確信に満ちた口調に、やや納得のいかない思いで反問する。

「たしかに、強制性交事案で体液なんかの物証をそうやって隠す、〝ＤＮＡトーチ〟って手口はある」爽子は抑揚のない声で言った。

「でもこのマル被には、そこまでする度胸はない。自分を強く見せたいだけの小心者よ。だったら〝戦術的転移〟……、手口を変えるにしても水棄《すいき》である可能性が最も高いと思う」

「マル被がマル害を水棄する可能性が高いのは解りましたけど……何でそれが多摩川だと」

支倉が最初の疑問に戻って尋ねる。

「佐久間管理官から渡された犯人居住確率図《ジオプロファイリング》の資料、見たでしょ」爽子が言った。

「あの資料ではマル被の住居を、調布市周辺の可能性が高いことを示していた。それに間違いがなければ、二件の現場と推定された住居との距離、つまり〝犯行行程距離〟から、被疑者の行動範囲を推測することができる。そしてその行動範囲……犯人の心理的地図から、自宅に近すぎて犯行をしづらい〝バッファゾーン〟を除外したとき――」

爽子はウインカーをだし、ステアリングを回して右折しながら言った。そして、二人の乗ったアルトワークスと続くアリオンが、片側二車線の広い多摩ニュータウン通りへと出ると、続けた。

「最も大きく、車両で近づきやすい河川が多摩川だから」

「あの、主任……？　昼間、〝車当たり〟であの辺りを……府中市を優先して当たろうって言ったのって……」

支倉は、ふと気付いてそう尋ねた。

府中市。今更ながらそれに気づいたのだった。

――府中市は、地理的プロファイリングで犯人が居住している確度が高いとされた調布市とは、ともに多摩川沿いで隣接している。

「……もしかして、佐久間管理官の資料を見る前から、マル被の住居《ヤサ》がどこか、予想がついてたんですか……？」

信じられない、というように語尾を擦《かす》れさせた支倉に、爽子は透明な表情のまま無言で運転を続けた。そんな爽子を持て余し、フロントガラスへと顔を戻した支倉に、爽子は口を開いた。

「その主任って呼び方……、捜査が結了して捜本が解散するまでは、やめたほうがいいと思う」

爽子は言った。「いま署に来てる一課のひとたちも半分は主任だから……まぎらわしい」

吉村長、って呼んでも返事をしなかった癖に。そう思い、支倉は爽子らしい韜晦《とうかい》に可笑《おか》しくなる。確かに部内的にはあらたまった呼び方だけど、……でも、私は吉村主任って呼ばせてもらいますから。支倉はそう胸の内で続けると、話を戻して言った。

「でも、多摩川を見張るっていっても広いですよ。もっと動員かけれたらいいのに」

「そんなこと言っても始まらない」爽子は、きゅっ、と眉を寄せて言った。

「だったら自分でやるしかない。そして、それが出来るのは捜査員だけ……。だからこそ心理捜査官は、刑事のなかから選ばれた」

それが、他の中途採用者をもって任用される特別捜査官との違いだ、と爽子は胸の内で付け足した。そして、それは爽子の強い責任感の源泉でもあった。

「そうですね」支倉も捜査員の顔になって前を見据え、うなずく。

「じゃあ人数が少ない分、頑張らなきゃ」

二人を乗せたワークスは、いつしか多摩ニュータウン通りから鎌倉《かまくら》街道へと差しかかっていた。等間隔に並んだ街灯の光がよぎっては消えよぎっては消える車内に、幕《まく》間《あい》のような沈黙が落ちると、爽子がぽつりと言った。

「……感謝は、してる」

支倉は、爽子の意外な言葉に驚いた。けれどそれ以上に、口惜《くや》しそうな口調が可笑しくて、つい意地悪な気持ちになる。

「え？　なんですか？　よく聞こえませんでしたけど？」

支倉がわざとらしく手の平を耳たぶに添え、運転席側に身を乗り出す。すると、爽子が細い肩を怒らせステアリングを握る手に力を込めて言った。

「感謝してる、って言ったの！――これでいい？」

支倉は、口をへの字に結んだ爽子の口惜しそうな横顔を、にこにこしながら眺める。

「お喋りはここまで」

いつもの表情に戻った爽子の視線に促され、支倉も前を見る。すると、夜に沈んだ街から浮かび上がる、橙色をしたナトリウム灯の街灯が見えた。

多摩川に架かる関戸橋《せきどばし》だった。

「……もうすぐよ」

そうして、爽子と支倉を乗せたワークスと伊原たちのアリオンは、関戸橋を通って多摩川を渡ると、対岸側の府中市から調布市にかけて、堤防道路の〝流し張り〟を開始した。

とはいっても、捜査本部未承認の〝流し張り〟――遊動警戒は、うまく行かなかった。

犯行に車両を使用していると見られる犯人を警戒するには、あまりに範囲が漠然としていたうえ、十人に満たない人数で張り込むには多摩川は長大すぎた。しかもその河川敷《かせんじき》には、犯人が川面《かわも》まで容易に近づけるであろう児童公園、サイクリングコースや遊歩道が、幾つも整備されていたからだ。

やむなく爽子の提案で、範囲を関戸橋の袂《たもと》から調布市にある治水施設、二《に》ケ領上河《りょうかみがわ》原堰堤《らえんてい》までの片道十数キロ間に絞り、重点的に巡回することにし、そうして三時間ほど、車両二台で何度も往復して不審車両を検索した。

支倉は、ワークスの助手席から眼を光らせていたものの、いつしか昼間の捜査の疲れもあって、次第に対向車のライトがぼやけて見えはじめた。しっかりしろ……！と自分に気合を入れたものの、瞬きするたびに瞼が鉛に変わったように重くなってゆく。そして――。

「……支倉さん」

爽子に呼ばれて、支倉は目を覚ました。ふがっ、と気の抜けた息を吐いて窮屈な軽自動車の座席で身じろぎすると、運転席からワイシャツ姿の爽子がこちらを覗き込んでいる。ワークスは河川敷の駐車場に停車していた。

「犯行周期には合っているんだけど……」爽子は言った。「駄目だったみたい」

「あ……！　す、すみません……寝ちゃって」

慌てて口もとを拭いながら謝った支倉に、爽子は言った。

「今夜は戻りましょ。伊原さんたちに連絡してくれる？」

はい、と答えてポケットからスマートフォンを取り出そうして、支倉は自分に爽子の上着が掛けられているのに気づいた。

「やっぱ来なかったじゃないか、大型四駆なんかさあ」

三森が停車したアリオンの運転席で、うんざりした口調で言った。

「ま、それほど都合よくホシは現れねえよな」

助手席に乗る伊原も諦め顔で、全開にしたサイドウィンドーからだらしなく腕を垂らして言葉を吐いた。自分でも何故こんな無駄な時間を過ごしたのか理由が解らない、とでもいいたげだった。それは後部座席の二人も同じで、高井は気のない様子でスマートフォンのメールを確認していたし、佐々木は忘れ去られたトーテムポールだった。

堤防道路から一旦下り、爽子のワークスと伊原たちのアリオンは京王閣競輪場に面した側道《そくどう》で、縦列駐車していた。闇よりも濃い競輪場のスタンド席の影が、城壁のように見える。

「じゃあ、そういうことで」

アリオンの助手席側の窓で身を屈め、〝流し張り〟の打ち切りを伝えた支倉は、捜査は無駄の積み重ねといつもいわれてるだろ、しゃらくせえ……と、胸の中で三森に啖呵《たんか》を切って、ワークスへと戻った。

「支倉さん、なんだか付き合わせちゃったみたいで……」

「いいんですよ」

爽子がワークスを発進させながら口を開くと、助手席に乗り込んだ支倉は、シートベルトを締めながら明るく答えたものの、少し後ろめたい気持ちで、流し張りが不発に終わったことに安堵してもいた。

――いまここにいることは捜査本部の許可を得ていないし、それに、当該所轄に〝仁義〟も切っていないんだし。不審車両と疑われて職務質問《バンかけ》でも喰《く》らった日には、目も当てられない。それに――。

「……私、ほとんど寝てたみたいだし」支倉はしおれた声で付け加える。

爽子が、そんな支倉の屈託のない寝顔を思いだして、くすっと笑みを漏らした、その瞬間――。

小さな笑みを浮かべた爽子の顔を、向かってきた車のライトが照らし出した。

そのまま反対車線を、ごう……っとエンジン音を立てて押し寄せ、そのまま擦れ違った車両は、軽自動車の座席からは見上げるほど大きかった。あれは――。

「あれ、大型四駆ですよね？」

支倉が助手席から叫ぶようにに告げるなか、爽子はいきなりステアリングを切った。

「主任、ちょっと……！」

ワークスの車体が急転回し、タイヤの甲高い悲鳴が響く。支倉は車内で振り回されてドアに押しつけられながら、今度こそ本当に叫びながら爽子を見た。

「吉村主任――！」

爽子は眉を顰めたまま、ステアリングを切り続ける。

三

「おいおい、ほんとかよ？　都合よすぎねえか？」

「そんなこと言ったって、確かめないわけにはいかないじゃないですか！」

支倉は耳に当てたスマートフォンから伊原の答えを聞くと、言い返した。

爽子は緩やかにカーブした堤防道路の先、百メートルほど前方で光る大型四駆のテールランプを捉え、座席から身を乗り出してステアリングを握っていた。支倉もまた、それを見詰めながら、伊原たちに連絡をとっていた。

後続していたはずの伊原たちは、自動販売機にでも立ち寄っていたようだった。

「とにかくお願いします！　こっちが先行します！」

支倉がスマートフォンで通話を終えると、爽子が前方を見詰めたまま言った。

「伊原さん、信じてないみたいね」

「あ……、正直いうと、私もちょっと……」

支倉は申し訳なさそうに呟く。素直に明かせば、半信半疑だった。爽子はそんな支倉をちらりとみてから、くすっ、と息を継ぐように口もとだけで笑った。

「ホシを捕れた捜査と捕れなかった捜査の違いは、偶然を必然に変えられたかどうかよ」

「誰の言葉ですか？」

爽子は路上の闇へと凝らした眼を険しくして、支倉の言葉を遮った。「しっ……！」

支倉は、爽子の表情に促されて前方に戻した眼を見開く。

「あっ、止まった！」

闇の中で、普通車に比べて高い位置にあるブレーキランプが一際、赤々と灯《とも》っていた。

大型四駆は、左手に延々と続いている、傾斜した堤防の法面《のりめん》に寄せて停められていた。その反対側には、高くなった堤防道路上から夜の帳《とばり》に沈んだ住宅地と、さらにその向こうにある多摩川競艇場の、夜空を砦《とりで》のような形に切り取った客席とインクを満たしたような水面が見渡せる地点だった。

「解ってる」爽子は言った。「怪しまれないように、一旦通り過ぎる」

見る間に、停車した大型四駆の不吉な赤い星のようなブレーキランプが近づいてくる。そして——、ワークスは大型四駆の見上げるほど大きく、闇より黒い車体の脇を通り過ぎた。

「運転者は男性……！　ナンバープレートは確認した？」

「品川《しながわ》ナンバーです！　ばっちりです！」

爽子がルームミラーを見上げて、なおも後方を注視しながら問うと、支倉も身体を傾けて助手席側のドアミラーを覗きこみ、小さくなってゆく大型四駆を見詰めながら答えた。

これで、この後どうなろうと車両使用者照会にかけることができる……と、少し安心した支倉をよそに、爽子はルームミラーで遠ざかる大型四駆との距離を測りながら、なおワークスを走らせる。緊張し周囲の状況に過敏になっている被疑者から注意をひかないよう、離れた場所に車両を停める必要があった。だが、夜間とはいえ堤防道路は見通しが利き、しかも通行量も少ないこの時間帯、停車すればどうしても目立ってしまう。

「念のためにルームランプのスイッチを切って」

爽子は大型四駆から百メートルほど離れたところでワークスを路肩に寄せて停めると、サイドブレーキを引きながら言った。

「は、はい」

支倉はスマートフォンで現在位置と状況を伊原たちに伝えていたが、爽子に言われてスイッチに手を伸ばしながら言った。

「あ、あの主任。応援を呼んだ方がいいんじゃ……？」

「〝警察一一〇番〟でもする？」爽子は警察官自身が通信指令本部に通報するのを指して言い、支倉をじっと見詰めた。

「今から呼んでも間に合わない。それに、……あれがほんとうにマル被かどうかも分からない。だったら、まず自分で確かめるしかない」

支倉が黙り込むと、爽子は据えていた白々した眼を逸らし、身体に掛かったシートベルトをはね除《の》けながら続けた。

「様子を見てくる。あっちからは見えないところから近づいてみる」

「あの、私は？」

「支倉さんはここから見張ってて。あっちが動き出したら、構わず追尾して」

「あの……、せめて伊原さんたちを待った方が良くないですか？」支倉はまだ躊躇っていた。「不審車両ではあるんですから」

「間に合わない」

爽子は錐のような鋭い視線を支倉の眼に揉み込むようにしながら、まにあわない、を一文字ずつ区切って発音した。

「……それに、もしかしたら被害者はまだ――」

爽子は、それ以上の問答に費やす時間を惜しむように、ドアを開いた。そして、流れ込んできた夜の空気と入れ替わるように狭い車内から降りていった。


男は、堤防道路上に停めた大型四駆から降りると、後部ドアを開けた。

そうして、暗い車内に半身を乗り入れると、後部座席に横たわっていたものを抱えて引き出す。男に抱えられ柔らかく折れ曲がり、ずるずると車内から引き出されたのは、長さが人の背丈ほどの、巻いた絨毯のように見えた。だがそれは、絨毯などではなく――。

若い女性だった。

男は動く気配のない女を路面に下ろすと、大型四駆の車体と堤防の法面の隙間に潜んで周囲の気配を探り、人目がないと判断して、女の上半身を後ろ向きに抱えた。そうして脱力した女のストッキングに包まれた足を引きずりながら、法面を登り始める。

堤防の河川敷側では、男は運ぶ手間を掛けず、女を法面へと丸太のように転がし落とす。自分も河川敷へ駆け下りると再び女を抱え、また後ろ向きに運び始めた。

そうして男は、河川敷の闇の中を、何かに憑かれたような荒い息をつきながら進んだ。やがて、河川敷の、自動車教習所のコースのミニチュア版のような形に舗装されている遊歩道を越えた。

男が息を継ぎながら、肩越しに進行方向へ振り返る。――見えた。墨を満たしたような川面まで、あとほんの数メートルだった。

もう少しだ。……男がそう思った瞬間だった。

「警察だ！」

突然、地面を蹴る靴音がいくつも重なりながら迫り、甲高い女の声が響く。そして、殺到してくる数人の先頭で、女が走りながら点けた懐中電灯の光が白刃のように闇を裂いて、男の眼を射た。

懐中電灯を突きつけているのは、爽子だった。そして、それが合図だったように、爽子の背後に続く五つの人影からもそれぞれ光線が躍るように伸びて、男を捉えた。爽子と共に駆け付ける、支倉たちだった。

支倉は光の輪のなかの男が、黒い鏡のような多摩川を背景に、すでにコンクリートで護岸された川辺まで達していること、さらに、男が腹の前で抱えた若い女性が、うなだれて足を棒のように投げ出したまま身動きひとつしない有様《ありさま》を見て、内心臍《ほぞ》を噛んだ。

私が見逃したせいだ……！　文倉は、爽子がワークスを降りてからひとりで大型四駆を張っていたが、夜間で、しかも対象が後方の離れた場所に停車していることもあって、男が女性を運び出したのに気づかなかった。爽子も、運転者の死角から近づくため、堤防をおりて住宅地側から大型四駆に近づいている途中だったので気づきようが無かった。そして、ようやく伊原たちが合流したときには、すでに女性を運び出した後だった。堤防の下から大型四駆に接近した爽子が、車内が無人であることを確認して報せると、全員が河川敷へと駆け付けたのだった。

爽子たちの懐中電灯に照らし出されて、男は女性の上半身を抱えたまま、野生動物のように身動きを止めた。だが、それは一瞬だった。

男は再び、獲物に執着する肉食獣のように遮二無二、若い女性を引き摺《ひず》りはじめた。

「そのひとを放しなさい！」爽子が叫んだ。

「そんなことをしても無駄――」

そう続けた爽子の声は、どぼん……、と盛大に上がった水音に掻き消される。

男は渾身《こんしん》の力で身体を反転させ、抱えていた女性を川めがけて投げ出したのだった。そして、よろけながら駆けだそうとしたところを――伊原たち四人が取り囲んだ。

「てめえ、大人しくしろ！――支倉！　マル害を助けろ！」

伊原は三森たちとともに、なお暴れて抵抗する男をつかんで取り押さえながら、支倉に叫んだ。

「は、はい！　――吉村主任！」

慌てて助力を得ようと見回した支倉の眼に映ったのは――まだ波紋がちらちら光りながら残っている暗い水面へと舞う、爽子の姿だった。

「主任！　吉村主任！」

支倉は、爽子が派手な水音と小さな水柱を上げて飲み込まれた、ガラスの欠片を散らしたように光る水面へ叫んだ。

爽子は膝を曲げた、尻餅をついたような姿勢で水の中へ落下し、全身をアルコール消毒されたような冷たさに押し包まれながら、スローモーションのような散漫な動きで背中から沈み込んだ。

……どこ？　どこにいる？　完全な暗黒のなかで天地が逆さになった体勢のまま、息苦しさと焦燥に顔を歪め、懸命に被害者の触感を探す爽子の手に、水草が絡むような感触が伝わる。

──これは……髪の毛……？

被害者だ……！　爽子は指先の感覚だけを頼りに、文字どおり藻掻《もが》くように被害者の揺れる毛髪を辿《たど》って頭部、さらに撫でるように手探りする手が女性の着衣に触れた。

そして、それを摑んだ。

爽子は歯を食いしばって、沈んでゆく被害者を渾身の力で引っ張り上げる。わずかに浮きあがった若い女性を抱きとめた爽子の足に、被害者の体重分が加わったお陰で、靴底がやわらかい水底を踏む感覚が伝わった。幸い、水深はそれほど無いようだった。

その時、抱きかかえた被害者である女性の、それまでは壊れた人形のように揺れているだけだった首が不意に仰け反る。そして、ごぼっ、という大きな気泡を吐く音がして、女性が身じろぎするように動いた。

……生きてる！　爽子は眼を見開いた。マル害は、まだ……！

絶対に助ける！　爽子は意を決して、ともすればずり落ちてゆきそうになる女性の身体に回した腕に、力を入れ直す。そして、女性の頭だけでも水面上に押し上げようとした。けれどそうするには、浮力の助けがあるとはいえ脱力したままの、しかも着衣が水を吸った女性は重かった。これほどの重さは警察学校時代、大盾操法の教練で重量五キロの旧型ジュラルミン製大盾を構え続けて腕が痺《しび》れて以来だった。

——でも、このままじゃ……私だけじゃ……。

意志だけは鮮明だったものの、水に飛び込んでから一度も息継ぎしていない爽子の意識は、酸欠状態で混濁しかけていた。だから、どぼん……！　と水中を伝わってきた水音にも気づかなかった。

——私だけじゃ……無理だ。

消え入りそうに思った瞬間、——急に支えていた女性が軽くなった。

「い、いい、よじぶらばん！」

気泡がたてる、ごぼごぼという音に重なって、水にひずんだ声で喚《わめ》く支倉の声が聞こえた。

爽子を追って川へ飛び込んだ支倉は、何とか爪先を川底まで付けることができた。腕を被害者の腰に回して支える一方、もう片方で爽子の肩を摑むと、引っ張り上げに掛かった。

支倉に支えられ、なんとか頭を水面上に突き出した爽子は、咳《せ》き込《こ》みながら叫ぶ。

「このひとを……はやく！」

支倉は何度か川底に足を取られて頭まで水に浸《つ》かりながらも、運搬船が艀《はしけ》を曳《ひ》くように被害者と爽子を抱えて岸まで運んでいった。

「もっと……力を入れて……！」

爽子が、川面から腕を伸ばして被害者を押しあげながら叱咤すると、先に護岸の傾斜したコンクリートブロックにあがり、その継ぎ目を足がかりに地引き網の要領で被害者を引っ張り上げる支倉が叫び返す。

「やって……ます！」

そうして——支倉は最後には背中から倒れ込むようにして、被害者の女性を川辺のコンクリート上に引き上げることに成功した。

支倉は水をしたたらせながら這うようにして近づき、横たわった被害者の胸に耳を当てた。だが、自分の激しい息づかいが邪魔で何も聞こえない。首筋に触って脈をとろうとしたが、やはり自分の動悸《どうき》が激しくて女性の脈動が感じられない。ああ、もう……！　支倉は苛立って、女性の開いたままの唇に耳を寄せる。と——。

聞こえた。隙間風のような微かな息づかいではあったが、被害者の生きている証しを、支倉の耳は確かに捉えた。

よかったあ……。体力には自信のある支倉も、さすがに被害者の傍らでへたり込んだ。そうして背後に手を突き、濡れて額に張り付いた前髪のしたから夜空を仰いで息を荒くしていたが、——丁度、伊原たちも被疑者の男を取り押さえたところだった。

「これ以上、踊るんじゃねえ！　手間かけさせやがって……」伊原が被疑者の男に馬乗りになって怒鳴っていた。「おい支倉、そっちは！」

「は、はい！　なんとか！」

支倉はずぶ濡れの酷い格好であるにもかかわらず、妙な充実感に包まれながら答えた。

「マル害も生きています！　主任が支えてくれたんで……！」

「ん……？」伊原は厳つい顔をさらにしかめて言った。

「そういやあ、吉村はどこだ？」

「へ？」

支倉は初めて、爽子の姿が無いのに気づいた。


爽子は、独り取り残された暗い水の中にいた。

――被害者は助かったかな……、ならいいけど……。

強烈な睡魔に襲われたように意識を朦朧《もうろう》とさせながら、爽子は呟くように思った。

爽子は、被害者の女性を岸へと押し上げる、その最後の一押しを加えたときに足を滑らせて、引きずり込まれるように水面下へ沈んだとき、大量の水を飲み込んでしまっていた。

いまはもう冷たさはなく、浮遊するような感覚と、頬を撫でて揺らめく髪の感覚が、わずかにあるばかりだった。……そんな爽子が仰向けに沈んでゆく先には、夜の漆黒に塗り込められた水底の、奈落のような闇だけがあった。

――でも、私なんか誰も助けてくれない……。いえ、一人だけいたっけ。

爽子の翳《かす》みはじめた脳裏に、自身を見舞った災厄……いや、事件の記憶が蘇りはじめる。その記憶そのものは、十年経ったいまも、毒針のように爽子の心の襞《ひだ》を刺しつづける、忌まわしいものだった。けれど――その中で唯一、古いモノクロ写真のように薄れてひどく曖昧ではあっても、安らぎと勇気を与えてくれる情景があった。

爽子の視《み》ている追憶のスクリーンでは、影絵のような人物が爽子の頭上へと手を伸ばしていた。その影絵の人物の頭はとても大きかったが、それは帽子を被っているからで、片膝をついて屈み込んでいるように見えるのは、自分がまだ幼かったからだ。

そう、まだ小さかった私を助けてくれたのは、あの人だけだった。

――私はひとから愛されない。そして私は、私が嫌い。だから私の魂は、この世のどこにも居場所がない……。

――でも、もういいんだ。慣れてるもの……このまま……。

その時だった。

どぼん！という盛大な水音が、爽子を無明の水底へと沈めてゆく重りのような諦念を叩き壊すようにあがり、霊安室じみた静謐《せいひつ》を掻き乱す――。

「吉村さぁん！」

支倉は爽子をささえ、一緒になって水面上へ浮かび上がると、まるで喧嘩相手でもあるかのように爽子の胸ぐらを掴んで、顔を寄せて喚いた。ショートボブの髪が濡れそぼったせいで、水から生えたツクシのような爽子の頭が、川面で俯いたまま、正体無く左右に揺れる。

大丈夫かな……？　と覗き込んだ支倉の目の前で、爽子は保護された泥酔者のようにのろのろと顔を上げ――それから焦点の定まらない薄目で支倉を見た。

よかった、無事だ！……と支倉が胸をなでおろした途端、爽子の喉が稚気のある顔立ちに似合わない牛蛙《うしがえる》が鳴くような音を立てて、頬を膨らませる。そして、支倉の胸元に向かって飲みこんでいた川の水を噴出させると、爽子の身体は水中へずるずると滑り落ちかける。

「うわああっ、主任！　しっかりしてください！」

支倉は慌てて腕を爽子の首に回すと、水を掻いて岸まで連れて行った。

数分後――。

爽子は、ようやく引き揚げられた川辺のコンクリート上に両手と膝をつき、荒い呼吸を繰り返していた。

「救急車！　救急車はまだなんですか？」

四つん這いの姿勢のまま背中を波打たせる爽子の耳に、支倉が叫ぶのが聞こえ、伊原がそれに答えるのが聞こえた。

「もうすぐだよ！」

「あ、来た！　来ました！」高井が声を上げた。

「三森、誘導しろ！」

爽子は同僚たちの緊迫した声が交叉する中で、咳き込みながら顔を上げる。すこし離れたところで佐々木が地面に組み敷いたまま確保している犯人へと眼を向けたときには、その眼差しに一線の捜査員らしい鋭さが、いくらか戻っている。

それから爽子は、犯人から、傍らに横たわる被害者の若い女性へと目を移した。伊原たちによって保温の毛布がわりの上着が掛けられた女性は、着衣から帰宅途中の会社員のようだった。

「こっちです、こっち！」

爽子は、三森のあげた声に重なって高まってゆく救急車のサイレンを聞き、こちらへ近づいて来る警光灯の明滅を視界の端に捉えながらも、被害者の女性の顔を、見詰め続けた。

「どういうことだ、説明しろ！」

佐久間がドアを吹き飛ばすように開け、姿を現すなり怒鳴った。

多摩中央署、署長室。

爽子たちは、係長である堀田も揃った強行犯係全員が、眼鏡の奥から冷たく見据える南部《なんぶ》署長のついた両袖机の前に並んで立っていた。

爽子たちが多摩川河川敷で逮捕した犯人を引致して署へと帰り着いたのは、つい半時間前だった。そうして犯人の扱いを留置管理課へと引き継ぎ、ようやく人心地ついたときに——至急、署長室へ出頭するよう告げられたのだった。

これ、検挙したとはいえ相当まずいよね……。支倉は捜査本部の捜査主任官の剣幕に、留置管理課から借りた毛布を肩から被った格好で首をすくめ、今更のように思う。

隣の爽子は、自分と同じく毛布を身体の前で掻き寄せるようにして、無言で床を見詰めている。

他の皆はといえば、三森は、しまった、という表情を露骨に脂肪質の顔に出していたし、高井も、早まった、と言いたげだった。変わらないのは、いつも無表情な佐々木だけだった。

問われた以上、いつまでも黙っているわけにもいかない。伊原はそれまで、そっぽを向くように強情な顔を脇に逸らしていたが、ふんと鼻で息を吐くと、後頭部を掻きながら一同を代表して口を開く。

「本日……じゃねえな、昨日二十三時三十分頃、多摩川沿いの堤防道路でたま、、、たま不審車両を見かけたため、付近を検索中、男が河川敷で女性を抱えているのを発見。本職らが職務質問しようとしたところ、当該女性を川に投棄して逃走を図ろうとしたのを殺人未遂で緊逮した、……ってわけです」

「たまたまだと？　嘘をつくな！」

佐久間は見え透いた口上を言いたてた伊原を怒鳴りつけると、無言の爽子を睨みつけた。

「吉村、またお前か！　あれほど勝手な真似をするなと――」

「申し訳ございません！」

突然、強行犯係の列の端から声が上がり、支倉たちが驚いてそちらを見ると、堀田が上体を折り、佐久間に深々と頭を下げている。

「お怒りはごもっともです……！」堀田は苦衷で皺の深くなった横顔で続けた。

「ですが……ですが佐久間管理官、どうかここは私の監督不行届《ふゆきとどき》ということで……！」

「堀田さん、あなたともあろう人がなにをしてるんです！」

宥恕《ゆうじょ》を請う堀田と佐久間の応酬に、伊原がそっぽを向いたまま呟いた、ぼそぼそした声が割り込む。

「……ホシをパクってなきゃ、あのねえちゃん死んでただろうが」

「なんだと貴様、いまなんと言った！」

「伊原！　口を謹まんか！」

南部署長も叱責の声を上げるなか、耳敏《ざと》く聞きつけた佐久間と本音を吐《は》いた伊原は、互いに年季の入った刑事の眼で睨みあい、深夜の署長室に険悪さが充満しはじめた。

一触即発だ……。支倉の足を震えが這い上ってきた矢先、その声は響いた。

「――佐久間管理官」

声の主は、うつむいていた顔を上げた爽子だった。濡れた前髪の下から、眼を佐久間だけに向けていた。

「佐久間管理官」爽子はもう一度呼びかけてから続けた。

「私は堀田係長へは相談せず、伊原主任たちにも事情を告げずに付き合わせました。ですから、マル害女性保護の際の不手際も含めて、すべての責任は私にあります」

爽子は被った毛布の裾を握りしめて、同僚の列から一歩踏み出した。

「ですから、処分の対象は私ひとりに願います」爽子は細いおとがいを引き、底光りする眼に力を込めて言った。

「〝二月の事件〟のときのように」


「また、あの小娘が……！」

佐久間はドアを音を立てて閉じると、署長室の外で待っていた一課の見習い捜査員に鞄を突き出しながら忌々しげに言った。

「あの……失礼ですが、管理官。なぜそこまで」見習い捜査員は胸の前で鞄を受けとりながら言った。

「捜査指揮からの逸脱は問題ですが、マル被を確保してマル害も保護していますが」

「肝に銘じておけ」

佐久間は靴音も高く歩き出しながら、後ろに続く見習い捜査員に片頰だけを見せて言った。

「組織捜査を無視する者を認めれば、各々の手柄争《い》いで捜査はガタガタになり、空中分解する。もちろん、捜査員個々人の特技を活かすのはやぶさかではない。だが――」

佐久間は険しい顔を前に戻して続けた。

「独走は論外だ。とくにあの吉村には要注意だ」


「堀田係長……また御迷惑をかけてしまいました。申し訳ありません」

刑組課の大部屋で、爽子はまず堀田に詫び、伊原たちにも頭を下げた。

「みんなにも……本当に申し訳ありません」

堀田をはじめ伊原たちは、くたびれた格好でそれぞれの席で座り込んでいた。

爽子たち強行犯係は、佐久間が憤然と出て行った後も続いた南部署長の叱責から解放され、ようやく三階の大部屋へと戻ったときには、時刻は深夜二時を回っていた。

「まったくよ、マル被をパクったんだ。よくやった、の一言もねえのか？」

伊原は署長室から刑事部屋へと戻る間中、煮立った鍋のようにこぼし続けていた。

「昔の署長《オヤジ》は〝留置場がスカスカとは何事だ、悪い奴がいないならお前が入れ〟って叱り飛ばしたくらいだぜ」

「ああ、〝伝助賭博〟の摘発で有名な……」高井が憤懣やるかたない伊原に合いの手を入れ、三森がうんざりしたように言ったのだった。

「いまは受傷事故が最大の不祥事ですからねえ」

爽子と支倉の方は、大部屋に戻る前に、シャワーと着替えを済ませていた。そうして支倉はいま、大部屋の隅にあるお茶汲み場に立って、夜食の準備をしている。

「事情はきいたよ」

堀田が、刑事部屋で頭を上げた爽子を見詰めながら、口を開いた。

「吉村主任にも、やむにやまれぬ思いはあったのだろうが……、あまり無茶はしてくれるなよ」

「はい。申し訳ありませんでした」

堀田の諭すような口調に、爽子は大人しく再度、頭を下げた。と、堀田は急に眼鏡の奥の眼を険しくして続けた。

「一つだけ許せないとすればだね」

「…………」

厳重な注意を覚悟し、円らな眼を曇らせた爽子に、堀田は続ける。

「私にも声をかけてくれなかったことだね」

爽子は、思いがけない上司の言葉に驚いて、ひどく幼い眼になって堀田を見詰めた。懐かしい想《おも》い出《で》が、目の前に立ち現れたというように。驚いたのは伊原たちも同じで、いつもは軽んじている上司の顔を見直している。

そんな一同に、場違いなほどの元気な声がかかった。

「準備できましたよ！」

支倉が、カップ麺を満載した大きなトレイを持って来ながら言った。

「どれも支倉特選の逸品です！」

皆が強行犯係の島で自分の席に座り始めるなか、三森が言う。

「たかがカップ麺だろ」

「私の貴重なストックを提供してるんだからね！」

支倉がそれぞれの机に配って歩きながら、きっ、と三森を睨んで言った。「あんたは感謝の涙で塩味を足して喰らえ！」

カップ麺を前にして待つこと暫《しば》し——。程なく時間は過ぎた。

「いただきます」

爽子は箸をとった手を合わせた。その仕草は、お地蔵さんを拝む無垢な子どものようで、この夜の犯人逮捕にもっとも貢献し、さらに特別心理捜査官という厳めしい資格を持つ爽子にはなんだか似合わず、それどころか可愛らしさすら感じて、支倉はつい微笑んでしまう。

「なに？」爽子が支倉の視線に気づいて、容器から蓋を剝がす手を止めて怪訝そうに言った。

「長シャリは食べないって言った癖に、って？」

「いいえ、そんなこと思ってないですよ」

支倉がにこにこしながら言うと、爽子は怪訝そうな表情のまま、箸で麺を手繰った。そんな爽子に、伊原が言った。

「あんた、見かけによらずデカだな」

「さ、僕らも食おうよ」高井も笑顔で箸を割った。

「深夜のラーメンこそ、デカの味だ」

表情を変えないまま佐々木が容器の中身をかき混ぜながら言うと、三森がぼやく。

「ほんとっすか、やだなあ」

なんとなく和んだ雰囲気が漂い、爽子たちは各々の容器から漂う湯気を頬に当てながら、ようやく一段落ついたという思いで、空腹と舌に滲みるラーメンを味わった。

数時間後。――

ひとり大部屋に残って、黙々とパソコンで現行犯人逮捕手続書を作成していた爽子は、ふと気づいて、眼をモニターから窓へ移す。

窓の外で、長い夜が終わろうとしている。

紫から青色へと、刻々と変化する空から射しはじめた曙光は、爽子を微笑ませると同時に、――階下の留置場の床に敷いた布団に横になった、爽子たちが逮捕した男にも、小さな窓を通して届いていた。

男の顔には、小窓に塡った鉄格子の落とす十字架のような影がかかっていた。その影の中で、天井を見上げている男の白い眼が、房内に漂う蒼《あお》い闇を凝視していた。


「被害者は浦谷《うらたに》のぞみ、二十七歳」

佐久間は、多摩川河川敷での逮捕劇から一夜明けた多摩中央署講堂のひな壇に立って、声を上げた。

「当該マル害は昨晩二十二時四十七分頃、都内の稼働先での勤務を終え、コンビニに立ち寄って自宅に向かっていたところ、路上で男に襲われ、当該マル被の車両に乗せられて拉致された」

ホワイトボードと、それに張り出された事件概要を記した大きな模造紙を背に説明する捜査主任官を、長机の列を埋めた捜査員たちは黙然と注視している。この場にいるほぼ全員が困惑していた。三日前、事案が連続犯行の可能性が浮上したかと思えば、今朝になって突然、被疑者を別件で逮捕したというのだから。

「そしてマル害は拉致された後、現場を離れた車内で性的暴行を受けた後、頸部を絞められ気を失い、多摩川に水棄されようとしたところ――」

佐久間はそれまで淡々と言葉を連ねていたが、説明が大多数の捜査員たちの最も関心を寄せるであろう犯人逮捕時の状況に差しかかると、言葉を切った。そして、頬から顎を強張らせると、講堂の片隅に固まって席に着いている爽子たち多摩中央署強行犯係の七人以外の、答えを待ち受ける捜査員たちへ告げた。

「……特命で張り込み中だった当本部の捜査員により発見、保護され、急遽搬送された。幸い、命に別状はない」

佐久間は、捜査員たちの、おお、という嘆息とも安堵ともつかない声があがるなか、忿怒《ふんぬ》を抑える大きな息をひとつしてから、続けた。

「そして、蜂嶺俊次《はちみねしゅんじ》、三十五歳を殺人未遂容疑で現行犯逮捕した」

捜査が次の段階へと移行したのを確認するように一同を見回しながら、佐久間は言った。

「十代から強制性交の犯歴《マエ》があり、一年前、九年くらいこんでいた黒羽《くろばね》から出所《アカおち》してきたばかりの筋金入りだ」

実際、蜂嶺俊次は一筋縄ではいかない被疑者だった。

「ええ、やりました。その通りっすよ」

同時刻、捜査会議で佐久間が説明する講堂の階下、三階にある刑組課の取調室で、パイプ椅子に座った蜂嶺は、しゃらしゃらと答えた。

「強制性交は認めるんだな」

灰色のスチール机を挟んで座る一課の磯崎係長が、軽薄な口ぶりにもかかわらず感情を窺わせない被疑者の眼を睨んで、言った。

「なぜ、あの女性、浦谷さんを川に投げ込んだ？」

「へ？」蜂嶺は平板な顔に心底驚いた表情を浮かべてみせる。

「刑事さん、俺は別に投げ込んだわけじゃないっすよ？　そりゃ、あんなところで夜、いきなり声をかけられりゃ誰だって動揺するもんでしょ。あ、別に口封じしようとか考えたわけじゃねえからね」

心外だ、とでも言わんばかりの被疑者に、磯崎は冷え冷えとした怒りの視線を注ぎながら答えた。

「へえ、そうか」


「蜂嶺の容疑性はかなり高い」講堂で佐久間は続けた。

「マル害を川へ投棄した目的は、一連の犯行の接着性を示す証拠資料、その隠滅を図ったものであると考えられる。また、犯歴《マエ》があり大型四駆を所有している点、かつ発生分析された地点で水棄に及んでいる点など、二十代半ばとされた年齢以外は、プロファリングによって分析された犯人像とも合致している」

嫌味だなあ。支倉は長机の席で、佐久間がことさら爽子のプロファイリングと蜂嶺の年齢に十歳近く差違があるのを強調するのを、内心で口をへの字に曲げて聞いた。が、隣の爽子を見ると、当の本人はいつもの透明な表情のままだった。

「よって、だ」佐久間は続ける。

「一連の事案が蜂嶺の犯行であること、これを立証する裏付け捜査を行ってもらいたい。犯行に使用した凶器はもちろん、基礎調査《きちょう》での〝落としネタ〟の収集、犯行当日の足どり、看護師殺しと調布市における一七七とを結ぶ獣毛の出所、血痕及び体液の付着した衣類など、徹底的に洗え！　以上！」

「めぼしいところは、一課が押さえちゃいましたね」

臙脂色の下地に黄色で〝捜査〟とだけ記された腕章をした支倉が、同じ腕章をした爽子にこっそり囁きかける。

爽子は白手袋を嵌めた手を腰に当て、ふん、と細い鼻梁の先で息を吐いて答えた。

調布市の蜂嶺俊次の住居。蜂嶺が居候している、離婚した姉の家だった。——爽子と支倉は、家屋の八畳ほどの居間に立ち、畳んだ段ボールを小脇に抱えた一課の捜査員が、続々と蜂嶺の居室へと消えてゆくのを見送っていた。

最初、家主である蜂嶺の姉は、捜査車両が小さな門の前の道路を埋め、一課の主任が捜索差押許可状を示して来意を告げると、玄関先で茶トラ猫を抱えたまま眼を丸くした。

それは驚きと、またか、という怒りのせいらしかった。

爽子たち多摩中央署強行犯係や近藤ら鑑識係も住居《ガサいれ》の捜索に駆り出されてはいたものの、それは主に押収品の荷物運びとしてなのは明白だった。

だが、腐っていても始まらない。爽子と支倉は、立っていた応接室兼居間の捜索にとりかかる。

「ん?……これ……」

爽子は膝をついて壁際の古びたサイドボードの引き出しを開け、中にあった領収書や電化製品の保証書といった雑多な物を一枚ずつ調べては天板に積み上げていたが、その手を止めて呟いた。

「なんです?」

支倉も、爽子の脇で不慣れな窃盗犯なみの執拗《しつよう》さで引き出しを調べていたが、爽子の手元を覗き込む。

爽子が白手袋でつまんでいたのは一枚のプラスチックカードで、それも診察券だった。

淡い桜色のグラデーションが施された表面に、病院の名前が記されている。

『奥津城《おくつき》メンタルクリニック』――

「たしか……」爽子はカードに見入りながら呟く。

「テレビにも時々でてる女医が院長をしてるところだと思うけど」

へえ、と支倉は少し感心して、渡されたカードを眺めた。そういわれてみれば、その名前をテレビで見掛けたような記憶がある。と、そんなことを考えて束の間、手を止めていた支倉の耳を、爽子のあげた小さな声が打った。

「やっぱり……！」

「どうした？」

爽子の背後から声をかけたのは近藤だった。

近藤は先ほどまで、警視庁本部鑑識課の第二現場鑑識の課員が、飼い猫の被毛を採証するのを手伝ってやっていた。キジトラ猫は蜂嶺の居室の捜索に立ち会う姉に抱かれていたが、狭い部屋で大勢の捜査員が証拠品を捜す物々しさに興奮して抵抗したため、居間に場所を移したのだった。すいません、近藤さんにこんなことさせちゃって……、と第二現場鑑識の課員は、大先輩にしきりと恐縮していた。

「気になるもんでもめっけたかい？」練達の鑑識係長は続けた。

「ええ、予想通りのものが」

爽子は手にした中古車販売会社からの書類を捲りながら答えた。

「マル被は半年前にあの車を購入しているんですけど、すでにかなりの距離を移動しています」

爽子はガサいれに赴くまえ、多摩中央署の車庫で大型四駆の走行距離計を調べていた。その数字から、契約書にある購入時の距離を指し引くと、数ヵ月で五万キロ近く走行しているのを示していた。

これは、レイピストが獲物を求めて徘徊し、必然的に所有車両の走行距離が多くなる傾向と一致し、プロファイリングで予想したとおりだった。

とすれば――。

「あの、ここ数日中に弟さんから何か渡されたものはありませんか？　小さな物なんですけど」

爽子は立ちあがると近藤の肩越しに、猫を抱えたままの姉に声をかけた。

「え？　ええ」姉は猫を抱え直しながら驚いた顔をして答える。

「そういわれれば、これやるよ、って三日くらい前にいきなり髪留めをもらいましたけど……。でも、買ったものじゃないらしくて。気持ち悪いんで一度も使ってないんですけど」

どこにありますか、と尋ねた爽子を姉は自室へと連れて行った。そして、六畳ほどの部屋に置かれた化粧台を指さして爽子に言った。

「あそこですけど」

壁際の小さな化粧台の隅に、飾りが鈍く真珠色に光る髪留めがあった。

「……ほんとにあの馬鹿！」

化粧台へ近づいた爽子の背後で、人目が無くなったせいか、姉は憤懣を吐きだすように喚きたてはじめた。

「何度も何度も、刑務所から出ては入るのを繰り返し……！　いい加減にしてよ！　一生閉じ込めておいてほしいわ！」

「奥さん」

姉を呼びに来た伊原がドアのところから言った。

「今度のは、閉じ込められるだけじゃ済まないかも知れませんよ」

爽子は、伊原の言葉を聞きながら、化粧台のそばに立って、おそらく元は財前聡美の所持品であったであろう髪留めを見なおした。

特異犯罪の現場では、金銭的価値のない物が犯人によって持ち去られることが多い。

記念品《スーベニア》だ、と爽子は思った。

「あの……それ、どういう意味ですか？」

姉は、厄介者の弟が犯した罪状が、捜索に入る前に告げられたもの以上であることを初めて感じ取ったのかもしれない。

爽子は姉が脅《おび》えたように伊原に聞き返すのを聞きながら、白手袋を嵌めなおした。


「ああ？　それが何の証拠になるんだよ、あ？　猫なんか、その辺にいくらでもうろついてるじゃねえかよ、ええ？」

これまで犯してきた罪とは次元が違うことは蜂嶺自身、よく理解していた。だからこそ、多摩中央署の取調室で、捜索現場からの連絡を受けた磯崎係長から事実を告げられても、居丈高な態度で反駁した。

「鑑定ではな、財前さんの着衣に付いてた猫の毛が、お前んちの猫のもんだと結果が出てるんだよ」

調べ官の磯崎は冷静に指摘したが、蜂嶺は小馬鹿にしたような笑みを浮かべる。

「顕微鏡で調べただけだろうが。違う？」蜂嶺は言った。

「そんなんで異同識別しました、なんていったらよ、公判で裁判官に笑われるぜ？

ＤＮＡ型鑑定でもしましたってんなら別だけどよ」

「いい言葉を知ってるじゃねえか」磯崎が睨みつけながら言った。

「だがな、ホシの飼い犬の毛を証拠採用した事件もある」

「はあ？　だったらよ、その事件っつうのを判例集でみせてみろよ、おら！」

心底呆れた、という顔で、蜂嶺は嘲弄した。

……そして、その蜂嶺の表情と声色を、取調室のドアに設けられた視察用の小さな窓から、佐久間も見ていた。

「〝懲役太郎〟が、ムショでつけた知恵を振りかざす気か」

傍若無人な〝否認ボシ〟の態度に、そう吐き捨てた佐久間の耳に、廊下を統括班の捜査員が走ってくる足音が近づいてきた。統括班《デスク》の捜査員は、管理官付の若い捜査員に紙片を手渡すと、再び廊下を駆け去る。佐久間は管理官付から受け取った紙片に目を通すと言った。

「磯崎係長に報せてやれ」

磯崎は、管理官付の捜査員が取調室を出て行くと、圧迫感のある眼で蜂嶺を睨みながら言った。

「たったいまな、お前のヤサの姉さんちから財前聡美さんの持ち物を発見したと連絡があってな。お前の指紋でべたべただろうよ。鑑識に緊急照会依頼をするまでもねえな。これはどう言い訳するつもりだ？　それから、その右手の傷！」

磯崎は切りつけるように指摘して続ける。

「その傷は、財前さんのアパートへ暴行目的で押し入ったときのもんじゃねえのか！」

机の反対側で蜂嶺は黙り込んだ。ぶちまけていた傍若無人さは鳴りを潜め、嘲弄する気配が消えた。

〝歌う〟気になったか……？　と注視する磯崎に、蜂嶺は無表情に言った。

「――ああ、俺がやったよ」蜂嶺は言った。

「財前さん殺害を認めるんだな」

蜂嶺は磯崎が念を押した途端、狡猾《こうかつ》さが滴るような笑みを、にたり、と浮かべた。

「はあ？　おいおい、なに言ってんだよ。勘違いするなよ刑事さん！」

「なんだと？　なにが言いたい」

眉を顰める磯崎に蜂嶺は言った。

「だからよ、稲城市のアパート住まいの女のことだろ？　やったつうのは、その……楽しんだって意味でさ」

被害者の魂を蹂躙《じゅうりん》する性犯罪の常習犯は、休日の釣果でも話すように薄笑いを浮かべつつ続けた。

「俺も殺しまでしねえって。あの女がさ、誰にもいわねえでくれって言うもんだからさ、約束して別れたくらいでよ。あの髪留めだって、たまたまズボンのポケットに引っ掛かってたんで持って帰っただけだしよ。あ、返しにいきゃよかったかな？」

蜂嶺はそう言って、どんなに顔は笑っても絶対に笑わない眼を磯崎に据えた。

「ま、あんなのは俺が女のアパートに行ったたって証拠にはなってもよ、俺が殺した証拠にはならねえもんよ。そうだろ？」

……佐久間はそこまで聞いて、取調室のドアを離れた。そして、苛立たしげに靴音を高く廊下を歩き出す。

「思ったよりしぶとい奴だ。ガサの結果から言い逃れができないと判断すると、すかさず現場にいた別の理由をでっち上げる」

「では、どうして髪留めは拾ったものだ、とでも言わないのでしょう？」

佐久間が吐き捨てると、後ろに続いていた管理官付の若い捜査員が尋ねる。

「それだとあからさますぎて、起訴後に裁判官の心証を害すと解ってるんだろう。ある程度まで容疑は認めるが、殺害はあくまで否認するつもりだ」

「——取り調べの状況は以上だ」

翌朝、佐久間はひな壇から、捜査員たちを見渡して告げた。

ひな壇の前には、捜査員たちが半円を描いて囲むように集まっていた。これまでの会議のように、整然と長机の席に着いているわけではなく、大多数の捜査員たちは立ったまま、管理官を凝視している。

これまでの会議に比べて、捜査員たちの雰囲気がやや乱雑なのには理由があった。それは、被疑者を逮捕し裏付け捜査にかかっている現在、本来ならば、取調室から被疑者の自供した内容が〝捜査小票〟——手書きのメモという形で続々と捜査本部にもたらされ、それを手ぐすね引いて待ち受ける捜査員らが、各主任から〝裏取り〟の指示を受けて次々に捜本を飛び出してゆく段階だったからだ。

「無論、蜂嶺がどう言い逃れようと、我々は裏付け捜査を徹底するまでだ。アリバイ、犯行前後《まえあし・うしろあし》の行動の解明、物証の検索。——しかし、だ」

現状では、蜂嶺俊次の住居の捜索から財前聡美の自宅アパートから持ち去られた髪留め、さらにその遺体の着衣から採証された猫の毛、という二つの物証がある。財前聡美殺害の容疑性を決定づける凶器は未《いま》だ発見に至らないとはいえ、状況証拠を積み重ねれば、起訴することは充分に可能なはずだった。とはいえ——。

「ホシは、捕った以上なんとしても落とさねばならん。それがデカの宿命であり――」

佐久間は長机に拳をついて身を乗り出して再度、小柄なせいで支倉とともに人垣の一番内側にいた爽子も含めて、捜査員らに視線を巡らせた。

「――義務だ」

佐久間は乗り出した上体を戻して、続けた。

「この際だ、蜂嶺に当てられるネタはすべてぶつけてみるべきだろう。――吉村！」

「……はい」

緊張が漂うなかの突然の指名に、支倉は人いきれのなかで跳び上がりそうになる。が、爽子は顔を上げて静かに答えた。

「君は例の、犯行現場に遺された〝天使の翼〟からは、心理学的な意味が読み取れると、そう言ったな？」

支倉は慌てて頭のなかで記憶をあさる。……そうだった。四日前、財前聡美を殺害した犯人と荻窪の強制性交事案の犯人が同一犯ではないかということで急遽、早朝に行われた会議で、爽子は佐久間に質されて、そう答えていた。

「それが使えないか」佐久間は重ねて質した。

――おいおい、調べ官は捜一の主任ってのが伝統だろ。

――マル被に舐《な》められて終わりなんじゃねえのか。

――そうなりゃ余計に面倒だ。

そんな囁きが周りを埋めた捜査員から漏れ出すなかで、爽子は佐久間だけを見詰めていたが、きゅっと引き結んでいた唇を開いた。

「解りました。当ててみます」

爽子はそう答えて、傍らの支倉に言った。

「支倉さん、これから私のいう物を用意して」


「すいません！　お願いした物は……！」

支倉が息せき切って、署の一階にある会計課の部屋へ飛び込むと、事務をしていた課員が机から立ちあがった。

「はいはい、用意してるわよ」

「ありがとうございます！」

コピー用紙の束、さらにまだ何も綴《と》じられていない黒い簿冊の表紙を受け取り、それらを抱えて三階へ駆け戻ろうとした支倉を、課員は呼び止める。

「あ、ちょっと待って！」

「え？」

支倉は、爽子から頼まれた物を持ったまま、つんのめるように立ち止まると、振り向いた。

「お待たせしました！」

支倉は、簿冊やファイルを胸の前に重ねて、取調室の並ぶ三階の廊下を急ぎながら言った。

爽子は、第一取調室のドアの前で、佐久間たち幹部に囲まれて待っていたが、支倉が駆け寄ってくると、言った。

「どうも」

支倉はそんな爽子に、抱えた荷物が崩れないように気をつけながら尋ねた。「あの、ほんとに中身は白紙でいいんですか？」

言いながら支倉が眼を落とした、胸元で重ねられた黒表紙の簿冊やファイルはどれも分厚かったものの——、綴じられているのはすべて、会計課で受け取って包装紙からだしたばかりのコピー用紙なのだった。

「いい」爽子は言った。

「何か書かれていると、蜂嶺が信じさえすれば」

小道具に使うってのは解ってたけど……。支倉はいまひとつ不得要領な顔のままで、管理官付の若い見習い捜査員に促されて荷物をそちらに渡そうとして、ふと会計課で告げられた事を思い出す。

「あ、それから！　ワンコの飼い主が見つかったって、さっき――」

「馬鹿野郎！」

爽子が配属初日に、署の敷地内で拾った子犬のことだった。支倉としては、すこしでも爽子を応援したくて報せたまでだったが、捜査の現場に責任を持つ立場である磯崎は、支倉を苛立ちまぎれに怒鳴りつける。

「おい、いまそれどころじゃ――」

「そう」

支倉が一課係長の剣幕に拳骨《げんこつ》を喰らったように首をすくめ、磯崎がさらに浴びせた怒声を途中で断ち切ったのは、爽子だった。

「良かった」

爽子はドアに向き、片頬だけを支倉に見せて続けながら、取調室のドアノブに手を添える。そして、妙に重々しい、がちゃ……という金属音を立ててドアを開けながら言った。

「ありがとう」

爽子は、スチール製のドアの内側へと消えた。

支倉は少し驚いたまま、重ねられた簿冊とファイルを運ぶ見習い捜査員が、爽子に続いて取調室へと入ってゆくのを見送った。

――吉村主任から初めて、ありがとうって言われた……。


爽子は、見習い捜査員を伴って取調室へと入った。

蜂嶺は五畳ほどしかない狭い室内、その真ん中に置かれた灰色の机の向こう側、鉄格子入りの窓を背にして座っている。

腰紐《こしひも》で繋がれたパイプ椅子の背に片腕をかけ、斜に構えて無関心を装っていたものの、若い女性取調官の頭の先から爪先まで、粘りつくような眼で窺っていた。それは、捜査員としての力量だけでなく、あらゆる意味で爽子を値踏みする、厭《いや》らしい目付きだった。

爽子も当然、目玉が腐汁の糸を引きながら服の上を這い回るような性犯常習者の視線に気づいていたが、構わず椅子を引いて座った。

「吉村です。――よろしく」

そう短く名乗った爽子の後から、記録をとる捜査員が着く補助官席に見習い捜査員が厚い簿冊やファイルを置く、どすん、という音が響いた。

「へえ、今度の調べ官はお嬢さんですか」

見習い捜査員が出て行ってドアが閉まり、取調室に爽子と二人だけになると、蜂嶺は座り直し、口調だけは軽薄に言った。

「珍しいなあ。いいですよ、喋りましょ。――っても、前の調べ官に言ったことの繰り返しになっちゃうけどよ？」

「言いたいことがあるなら、言いなさい」

爽子が表情を変えずに無味乾燥に答えると、蜂嶺は、へっ、と鼻先で嗤《わら》った。

「そうやってベシャらせて、後から重箱の隅をつつくんだろ。そんな手には乗らねえぞ、っと」

「ええ、蜂嶺さん。私はあんたの言うことには何の興味もない。――」

「――だから長々と喋らなくてもいい」

……そう続けた爽子の後ろ姿を、廊下でドアの小窓から見詰めていた佐久間は、眉を寄せた。

「あの馬鹿、どういうつもりだ？」その口から、呟きが漏れた。

そして、その不審は、取調室で机を隔てて爽子の目の前にいる蜂嶺も同様だった。

「へえ！」蜂嶺は芝居がかった素っ頓狂な声を出してみせる。

「俺も昔から色々やんちゃして御厄介になってるけどよ、〝歌わなくてもいい〟っていう刑事さんは初めてだぜ」

爽子は、多くの女性の魂を蹂躙したことへの罪悪感も悔恨もない、まるで幼い頃の悪戯でも吹聴するような蜂嶺の言い草を耳にした瞬間、それまでの透明な表情を一変させた。

「ガキみてえに〝やんちゃ〟の一言で済ますんじゃやねえ……！」

爽子は、大きな眼をさらに見開いて、睨み据えた。白い前歯を剝き出しにした、猟犬が獲物に牙を突きたてる寸前のような爽子の形相に気圧され、蜂嶺はわずかに顎を引いた。

「……じゃあ、あんたは何しに来たんだよ」

「蜂嶺俊次。私はあんたのことはみんな解ってる」

爽子はそう決めつけて、後ろの補助官席をわずかに振り返る素振りを見せた。

「はったりだね」

蜂嶺は、そこにうずたかく積み上げられた書類を爽子の肩越しに一瞥したものの、平板な声で切り捨てる。

「そんなんで、やってもねえ罪まで認めさせられちゃあ――」

「はったり？」爽子は眉を寄せた。

「馬鹿馬鹿しい。あんた、私の顔を忘れたの？」

そういえば、こいつ……。蜂嶺の脳裏に、昨夜の多摩川河川敷での光景が蘇る。こいつ、川へ投げ込んだ女を引っ張り上げようとして溺れかけ、河川敷で四つん這いになって息をしてた奴では……？

「思い出したようね」

爽子は、蜂嶺の顔に思い当たった表情が散ると、眼に力を込めて唇の両端を吊り上げ、にたり……、と笑いかけた。

「どうして私が昨日の夜、あそこにいたと思う？」爽子は言った。

「それはね、あんたがあそこに来ることが、前もって解ってたからよ。だから私は待ってるだけで良かった。そしてあんたはやって来た。――」

爽子は半月型になった、気味の悪さが滴るような口もとで続けた。

「――予想どおり、マル害の女性を川に投げ込むために」

「あれはあんたらに追いかけられた結果だろ！」

蜂嶺が無表情なまま突き放すように言い返すと、爽子はふっと、元の人形じみた顔に戻して言った。

「あんたがどれだけ嘘を並べ立てたところで、数々の状況証拠に加えて、あんたの住居《ヤサ》で見つかった財前さんの髪留めっていう決定的な物的証拠がある。これだけでも検察に送致すれば間違いなく起訴される。あんたの言い訳を、裁判官や裁判員が信じてくれるといいわね」

「だったら起訴でもなんでも、好きにすればいいじゃねえか」

開きなおる蜂嶺に、爽子は再び笑いかける。

「ええ」爽子は再び、うそ寒い半月の笑みを浮かべて言った。

「でも、その前に……私はあんたに聞かせてやりたいことがあるの。それが、いま私がここにいる理由」

「聞かせたいことってなにをだよ、あ？」

「被害者の苦痛と……。蜂嶺俊次、あんた自身のことを」

爽子と蜂嶺の間に、剃刀《かみそり》のような冷たい沈黙が落ちた。

「あの日——」爽子は真顔になって口を開いた。

「犯行当日、あんたは午前中に車で獲物を物色しに出掛けた。居候してるお姉さんの家から丁度いい距離にある、あんたの〝狩り場〟にね」

〝犯行行動〟を語り始めた爽子の両眼、それから放たれた鋭利な視線は、さながら透明なアイスピックだった。それは対峙《たいじ》している蜂嶺の両眼を串刺しにしていた。

「そして、コンビニ近くの防犯カメラに映らないよう離れた場所に車を停め、冷凍食品やアイスクリームを購入した女性を待ち受けた。そういう女性は近所に住んでいるものだからだ」

蜂嶺は、報告を読み上げるように話す間も据えられたままの爽子の凝視に捉えられ、眼を逸らすことができなかった。そして、そんな蜂嶺の脳裏で、いままさに爽子が指摘したときの記憶が、強制的に喚起される。……そうだ、俺はあの時、路肩に停めた車の運転席でハンドルを抱いてコンビニから出てくる女を見張っていた。

「けれど、あんたにも躊躇いはあった。また逮捕されたくない、と。もっとも……その躊躇いが、裁判所で殊勝な顔をして言った〝もう二度としません〟って言葉程度の重さしか、無かったとしても」

……この女のいうとおり、俺は九年、黒羽に食らいこむことになった裁判の被告人席で生真面目な振りをして頭を下げながら、伏せた顔では笑ってたんだっけ。

「でも、マル害、財前聡美さんが店から出てくるのを見掛けた途端、そうした淡い躊躇いは、すぐに消えた。代わりに興奮が、腹から背筋を電気のように駆け上がり、胸の中でどろどろと熱くなって膨れあがった。あんたは大好きな興奮に痺れた」

そうだ。ギャンブルなんかじゃ味わえない、後先がどうでもよくなるほどの興奮だ。

「そうして財前さんの後をつけてアパートまで行く間も、あんたにはまだ消えたはずの躊躇いがあった。でも、こう言い訳した。〝ちょっと様子を見るだけだ〟〝昼間から不用心なのが悪いんだ〟〝俺は病気なんだ〟」

蜂嶺の顔からは薄ら笑いが消えていた。爽子はそんな蜂嶺の眼を、ピンで虫を標本箱に止めるように視線で刺したまま、続ける。

「だから、財前さんが帰り着いたアパートのドアに鍵を掛けるのを忘れているのが分かったときには、もう躊躇わなかった。あんたは考えるより先にドアを開けて……気がつくと玄関に立っていた。そして、物音に気づいてトイレから様子を見に出てきた財前さんを見た途端——」

押し黙った蜂嶺の頭の中に、狭く短いアパートの廊下で立ちすくんだ〝女〟の姿が現れる。蜂嶺とその同類にとっては、名前などどうでもいい、女性器のみに渇望を感じる存在。

「あんたの欲望は最高潮に達した。本能が欲望に火を点けて爆発したような気持ちになった」

蜂嶺は爽子の視線に釘付けにされたまま、あの時の――生意気にも抵抗する〝女〟を隠し持ったナイフで脅して揉み合いながら奥の居間へと追い詰める時の、男性器が歓喜で膨張する感覚が蘇って、ごくり……と喉仏を波打たせる。

「思うがままに女を玩具にしたい、自由にしたい、言うことをきかせたい……」

爽子は白く光る眼を闇夜の梟《ふくろう》のように大きくして、また口を半月にして笑っていた。

「〝もっと暴れろ、身悶《みもだ》えしろ、その方がぞくぞくする〟」

いや……！　やめて……！　女の、押し殺した悲鳴。服を左右に剝いだときのボタンが引きちぎれてゆく感触。あの場で味わった感覚が、呆然と爽子を見返す蜂嶺の頭の中で、魔女の搔き回す鍋のようにぐるぐる回る。

「だからあんたは、財前さんが抵抗すると激怒した。抵抗は欲望の拒絶であり、蜂嶺俊次という存在そのものの否定でもあった。何故なら……あんたの内側には欲望しかなかったから」

そうだ、あの女は生意気にも俺を突き飛ばし、反抗的な眼で睨みやがったんだ。だから俺は――。

ベルトに挟んで持っていたナイフの柄を摑んだときの感触が手の平に蘇る。勃起した自分の男性器のような力強さを。

「〝よくも俺をゴミ扱いしてくれたな！〟〝か弱い女のふりをして俺を騙しやがった、な！〟〝だったら殺してでも絶対に〟――」

爽子が性犯罪者の胸中を代弁しながら身を乗り出すと、蜂嶺にはその薄気味悪いではすまない笑顔が、机を越え、こちらに伸びてくるように感じた。思わず身を引いた蜂嶺の視覚には、爽子の顔が魚眼レンズをとおしたかのように異常なほど誇張されて映った。そんな、眼が皿のように広がって顔面の大半を占める、爽子の奇怪な深海魚じみた顔が、鼻先へと迫ってくる――。

だん！　と机を叩く音が狭い取調室に響いた。

蜂嶺が呪縛を破るように、目の前の机に拳を振り下ろしたのだった。

……そして、その模様を、音が微かに漏れた外の廊下で、佐久間たちも窓から息を詰めて見守っている。

「いい加減にしろよ！」

蜂嶺は取調室で、椅子を鳴らして立ちあがろうとした。

「好き勝手に抜かしてんじゃねえ！　俺を人間じゃねぇみてぇに！」

蜂嶺が見下ろす爽子は、ただ座っているだけだった。机の上で両手を組み、上体をわずかに傾けているだけで、身を乗り出してもいない。小柄な身体から放射していた、蜂嶺に目前に迫ってくると錯覚させた鬼気迫る気配も、嘘のように消えていた。

「……そうね、ごめんなさい」

爽子は、つい先ほどまで浮かべていた、蜂嶺の自画像のような、欲望と憎悪の綯《な》い交《ま》ぜになった不気味で酷薄な笑みの微塵《みじん》もない顔で、穏やかに言った。そして、修道女じみた静謐な表情で蜂嶺を見上げた。

「あんたも財前さんにひとつだけ良いことをしてあげた」

爽子はそう言って、机に眼を落とす。

「あれのお陰で財前さんは天国へ逝ける……、彼女も喜んでると思うわ」

「ああ、だから翼を……」

蜂嶺が息を吐き、浮かせていた腰をパイプ椅子に下ろしながらいうと、爽子は天板の傷を数えるように机を見たまま、後を引き取るように言った。

「与えてあげたのね」

「……ああ」

爽子と蜂嶺が机を挟んで向かい合う取調室に、沈黙が落ちた。

「――なぜそれ、を知っている」

爽子は童顔に似合わぬ峻厳な表情を浮かべて、容赦も妥協もない声で問うた。

それ――ベッド上で死亡していた財前聡美の背後の壁に、頸部からの噴出痕と対を成すように血で描かれた模様をどうして知り得るのか、と。

蜂嶺の顔から初めて動揺が滲みだし、すっと息を飲むのが分かった。

「壁の血痕については、マスコミには伏せられている」

爽子は蜂嶺の眼に錐のような視線を突きたてて続けた。

「それなのになぜ、あんたは〝翼〟と表現した？」

「……それは」

眼を泳がせる蜂嶺に、爽子は、かっ、と眼を見開いた。

「あんたが自分で描いたからだ！」

爽子の細い喉から呵責《かしやく》の叫びが迸る。

「財前さんの血で！　その手で！　どうなんだ！」

蜂嶺は突然、包帯の巻かれた右手で爽子の左腕を掴んだ。

「な……なあ、信じてくれよ……」

爽子は声を震わせる蜂嶺を見詰めたまま、手首を掴んだ蜂嶺の手を引き剝がす。そして、引き剝がした蜂嶺の右手と自らの左手を、互いの指を組み合わせて握りしめた。

「あんた、全部解ってるんだろ？　そう言ったよな？　そうだろ……？」

爽子は下唇をちいさく噛んで、渾身の力で握りしめられる左手の痛みに堪えた。そして、自らも握り返す手に力を込めながら、見開いた眼を被疑者から一刹那さえ逸らしはしなかった。

「……殺すつもりはなかった。殺すつもりなんか……」

蜂嶺の酷寒に晒されたように震える声が、血の気の引いた唇から漏れた。

「な、解るだろ？　殺すつもりはなかったんだ、解ってるだろ？　あんた、解ってくれてんだろ、な？　な？　俺、死刑になんかならないよな……？」

爽子は、すがるような蜂嶺を見詰める眼を一瞬、歪めた。悔悟も懺悔《ざんげ》もなく、被害者からの命乞いはゴミのように打ち捨てるくせに、自らのそれは受《う》け容《い》れられて然《しか》るべきだ……と、そう信じ込んでいる蜂嶺の同類への、抑えきれない嫌悪のためだった。

だが――口を開いたとき、出てきたのは爽子の捜査員としての言葉だった。

「これから調書を巻く」

爽子は、蜂嶺が肩を落としてうなだれ、署内の物音が微かに聞こえてくるだけの、世界から隔絶されたような取調室の静けさのなかで、続けた。

「あんたの言い分は、全部それに書くから」

「〝打ち消し〟、ですか？」

支倉は覗き込んでいた取調室の窓から、傍《そば》の爽子に眼を移して言った。

「そう。〝天使の翼〟は自らの血痕を隠すと同時に、蜂嶺にとっては心理的な負担を軽くしたいという願望の現れでもあった」

背の低い爽子は爪先立ちして、支倉とともに、爽子から引き継いだ捜査一課の取調官に蜂嶺が供述しているのを注視していたが、そう言うと取調室に背を向けた。

「あ、あの、ちょっと！」

支倉は、廊下を歩き出した爽子を慌てて追いかけながら言った。

「つまり、その……、蜂嶺は、自分は被害者に悪いこともしたけど良いこともした、と思い込もうとしたってことですか？」

「犯人が被害者の面識者《メングレ》だった場合にも多いけど、それは後悔の念があるから」

「後悔、ですか」

支倉は、エレベーターには乗らずに、その脇の階段室へと入った爽子に続きながら言った。

「じゃあ、あれですか？　犯人がマル害と濃鑑だと遺体の顔をなにかで覆ったりする――」

「似てるけど、違う」爽子は階段を上りながら、背中で答えた。

「支倉さんがいま言ったのは〝非人格化〟、デパーソナリゼーションで、これは敵対行為なの。だから、顔を布で覆う程度では済まない場合もあるし」

〝デパーソナリゼーション〟。

支倉は、その用語に聞き覚えがあった。それはたしか……犯行当夜、第一回の捜査会議で、吉村主任が〝打ち消し〟とともに呟いていた言葉だ。

――ということは吉村主任、早い時期に〝天使の翼〟の意味を理解していたんだ……。

あのときは意味が解らずに、デパートに取り消しですか、などと惚《ぼ》けた質問をしてしまった自分に猛烈な恥ずかしさを感じながら、支倉は言った。

「じゃあ、その〝非人格化〟って、ほかにどんなことをする場合があるんですか？」

「聞きたい？　御飯が二、三日まずくなるけど」

階段の数段先を行く爽子が、上りながら片頰を見せて振りかえる。肩の上で、その眼は少しからかうように笑っていた。

「あ……、グロい話みたいなんで遠慮します」

「ふーん、そう?」

支倉が苦笑してみせると、爽子はいかにも残念そうに答えて微笑む。

そうして話しながら足を運ぶうちに、二人は取調室のある三階から、四階の捜本がある講堂の両開きドアの前に立っていた。

脇の壁には、まだ〈戒名〉を記した長い紙が貼られたままで、ドアの内側からは、大勢の立てるざわめきが、潮騒《しおさい》のように聞こえてくる。――けれど、そのざわめきは緊張に尖ったものではなく、和やかなものだった。

「だって、これからマル被が自供したお祝いなんですから」

支倉はそう言って笑った。


「吉村主任、飲んでますかあ?」

支倉は、紙コップやビールが林立した大きなトレイを手に、談笑する捜査員たちのあいだを縫って講堂内を歩き回っていたが、そう声をかけた。

逮捕祝い――講堂内で行われている立食形式の慰労会は、宴《えん》もたけなわ、という状態だった。長机のほとんどが畳まれて床は広く空けられ、残ったいくつかの長机は真ん中に集められて、そこにはオードブルを満載したプラスチックの大皿が幾つも載っていた。

そして、酒やビールの入った紙コップを手に互いの労をねぎらい合う捜査員たちを、ひな壇の幹部席から被害者である財前聡美の遺影が、花瓶に生けられた花とともに見守っていた。犯人逮捕は重要な局面ではあったが終局にはまだ遠く、むしろ証拠を固め、起訴までもってゆく裏付け捜査の方がより困難だ。……とは捜査員誰もが心得ていることではあったが、それでも最初の難局を一つ越え、捜査に一段落ついたことは間違いない。

支倉はこういった場の慣例として、他の若い捜査員たちとともに酒やつまみの給仕をして飛び回っていたのだが、壁際のパイプ椅子に座りこんでいる爽子を見掛けて、声をかけたのだった。

「……人並みには」爽子は無愛想なのは相変わらずだったものの、頰をほんのり桜色に染めて答えた。

「ほんとですかあ？　もしかして飲めないいんじゃ？」

「違う」

支倉が揶揄を含んだ疑惑の眼差しで見やると、爽子は、むっ、として立ち上がりかけたものの、すぐに眩暈《めまい》でも起こしたように座面で尻餅をつく。

「身体は正直ですねえ」

ますます頬を赤くする爽子に、支倉はちょっと意地悪く笑ったのだったが、――その支倉の肩に、捜査員のひとりが少し足もとを縺《もつ》れさせながら近づいて、縋《すが》るように凭れかかった。

「いよっ！　飲んでるかいお嬢さんがた！　おっと、お嬢さんは失礼だな。――」

支倉の肩に腕を回したのは、捜査一課の磯崎係長だった。

「なんてったって、今回のヤマのヒロインだもんなあ！　こりゃ失敬！」

磯崎のあげた、アルコールに濁った声に、捜査員たちも振り返った。支倉も一課係長の腕を首に回されたまま、これセクハラでしょうよ、と内心で眉を顰めたが、当の磯崎は頓着しない。

「いやっ、お見事でした！　犯人《ホシ》を割ったってだけじゃねえ。自供《ゲロ》までさせるたあ、お見それいたしやした！　いやほんと！」

磯崎は支倉に凭れたまま、壁際でパイプ椅子に腰を落としたままの爽子に言った。

「ただよお、あんた一つだけ、プロファイリングで重要なところを外したよな」

そう続けた磯崎を見返した爽子の顔には、まだ酒精の赤みはあったものの、支倉と話していたときの、意地を張る子どものような表情は消えていた。

爽子は透明な表情が戻った童顔を、ゆるく傾げた。お話の続きどうぞ、というように。

「澄ましてるけどよ、あんたマル被が〝二十代半ば〟って確かに言ったよな、ん？」

爽子の態度が癇《かん》に障ったのか、磯崎がけんか腰に言うと、耳元でそれを聞いていた支倉も、酒臭さも、半ば抱きつかれている不快な状況も一瞬忘れて、そう言えば……と思い出す。

――あ、確かに会議で、吉村主任は。

「だろ？　忘れたとは言わせねえぞ。何しろ、ここにいるみんなが聞いてるんだからよ」

いつしか、そのみんなも……捜査員たちも同僚と話すのをやめて、捜査一課係長と、同じく一課から放逐された特別心理捜査官の方を見ていた。

「……はい」爽子は皆の注目が集まる中、口を開いた。

「確かにそう言いました」

「いや、べつに嫌味や皮肉で言ってるんじゃねえぞ」磯崎は言葉に出してはそう言ったものの、口調は妙に嬉しそうだった。

「だけど何でもお見通しのあんたでも、これだけは見抜けなかったってのが――」

「蜂嶺は九年間、黒羽で服役してましたね？」爽子は磯崎の言葉を遮って言った。

「あ？　それが――」

爽子は怪訝そうな磯崎の前から立ちあがった。

「蜂嶺の年齢の三十五歳から、服役年数を引いてみてください」

爽子は言って、その場で身体を回してひな壇へ向き直ると、被害者の遺影に向けて頭を垂れた。そして、見物していた捜査員たちの間を抜けて歩き出した。

——えっと、三十五ひく九……？

支倉は爽子を視線で追いながら一瞬で答えを得ると、それを叫ぶように、ドアへと向かっている爽子に告げた。

「二十六歳……二十代の半ば、ってことになりますね！」

爽子は出入り口のところで振り返り、正解、という風に微笑んだ。そしてドアを開けながら言った。

「服役期間中、精神年齢の成長が止まる事例がありますから」


爽子は講堂を後にすると、ひとり庁舎の屋上に出た。

夜空は晴れていて、赤銅色の、真新しい十円玉のような月が浮いていた。そんな淡い月を、爽子は屋上の手摺りに肘を置いて見上げながら、自動販売機で買った酔い覚ましのコーヒーのプルタブを引いた。

——私はどうしても、ひとの集まりからは足が遠のいてしまう……。距離をおこうとしてしまう……。

そんな思いがふと心をよぎり、爽子は長い睫毛を伏せたものの、それでも最善を尽くして犯人逮捕に貢献できたんだ、と思い直す。

そうして、ひとり祝杯をあげるように月へ缶コーヒーを掲げると、爽子は口元に缶を寄せて、コーヒーを飲んだ。


同時刻――。

爽子を照らしているのと同じ月光が、暗い部屋の、わずかに開いたカーテンの隙間から闇を斜めに裂いて射し込んでいた。

「子供たちは……空に向かい……」

灯りが消され、錆びた刃のような色の月明かりだけが床に延びる、装飾はおろか広ささえも窺えないその部屋に、――『異邦人』を口ずさむ女の声が、か細く漂うように流れていた。その歌声は、赤子に聞かせる子守歌のように優しげで、しかも愉悦を含んでいた。

「両手を広げ……」

女は闇を愛撫《あいぶ》するように、低く歌い続けた。

間奏曲《インターリュード》

……気がつくと、誰かに手を引かれて歩いていた。

けれどそれは、歩いている、というより歩かされているというのが適確で——、一歩踏み出すごとに運動靴の爪先が引っ掛かって、躓きそうになる。

肩が外れそうなくらい痛い。右腕の手首を手枷《てかせ》をはめられたように摑《つか》まれ、前にまっすぐ伸びた腕を引っ張られているせいだ。

爽子《さわこ》の腕を傘のように摑んでいるのは男だった。爽子を顧みることもなく、無言で大股に進み続ける男の背中は、年端のいかない少女には高層ビルのように高くみえる。

周りを見ると、道路の両側には、曲がり角どころか継ぎ目さえない不思議な塀が続いていた。

あたしをどこへ連れてくの……？　幼い爽子は、左右を塞がれた一本道を男に連れて行かれながら、左腕に抱えたボールを護符のように胸に押しつける。

——たすけて、たすけて、たすけて、だれか、たすけて。

爽子は白黒のモノクロ写真のような、いや、それがさらに色褪《いろあ》せ、鉛筆で描いた細密画のように色彩の消えた景色の中を、男に半ば引《ひ》き摺《ず》られながら、恐怖で凍りついた叫びを胸の内で上げる。

どうして、あたしを連れてくの……？　爽子の恐怖で凍りついた心が、軋《きし》むようにそう叫んだ途端、――男の足が止まる。まるで、爽子の心を覗《のぞ》いたように。

「……それはねえ、お嬢ちゃん」

男が舌なめずりをするような、粘ついた声とともにこちらを向いた。

爽子は、つんのめるようにして足を止めて見上げ、初めて男の顔を目の当たりにした瞬間、――その頃から円《つぶ》らだった眼《め》を見開き、心だけでなく幼い顔を凍りつかせる。

見上げた男の顔は、濃い鉛筆で塗りつぶされたように真っ黒だった。

そんな、口も鼻もない虚無のような黒一色に塗りつぶされた顔のなかで、――二つの眼だけが欲望と期待にぎらつきながら浮かびあがり、見下ろしていた。

まるで、どう扱っても構わないモノでも眺めるように。

「お前を連れてくのはねえ――」

男の続けた蛭《ひる》のように嫌らしい言葉を、爽子は唇を戦慄《わなな》かせて、下から男の顔を見詰めて聞いていた。恐怖が視線を捕らえていた。

そうして、凍りついたまま見上げる爽子の、見開いた、水晶玉のような眼から、絶望が形を変えた涙が、頬に筋を描いて、すうっと流れ落ちた。

爽子の腕が力を喪《うしな》い、お守りのように胸に抱えていたボールが、滑り落ちてゆく──。


ボールが地面に落ちる、たん……！　という音が、過去へと続く記憶の隧道《ずいどう》から響いたのが先か──それとも、上半身を跳ね上げるのが先だったのか。

「……！」爽子は声にならない呻《うめ》きを漏らしながら、背中を突き上げられたように布団をはね除《の》け、ベッド上に身を起こしていた。

爽子は、身を起こし、細い肩を波打たせて荒い息を繰り返しながら、いまだ自分が悪夢に囚《とら》われているかのように見開いた眼を、足掻《あが》いて乱れた布団の上に落とした。

爽子は小動物が身を守るようにして背中を丸め、握りしめた両手を胸に押し当てる。心臓が動悸《どうき》で破裂しそうだった。無力感に押し潰されそうな自分自身に、必死に言い聞かせる。

──これは夢だ……！　いま起こったことじゃない！

爽子は耳元で脈打つ鼓動と、喉から漏れる、か細い笛の音のような自らの息づかいを鎮めるように、硬く瞼《まぶた》を閉じて、強く強く強く、祈りに似た気持ちで念じる。

これは夢だ、いま起こったことじゃない……！　これは夢だ、いま起こったことじゃない……！

呪文のように繰り返すうちに醒《さ》めてゆく意識が、防衛機制の分厚いガラスとなって、悪夢を――忌まわしい記憶を現在から隔ててゆく。過去が遠のいてゆくにつれて身体《しんたい》感覚もまた、まだ幼い子どもから、成長した大人のそれへと、拡大するように戻り、そうなってはじめて、爽子は、寝間着が高熱にうかされていたかのようにぐっしょり寝汗に塗《まみ》れているのに気づく。

そうだ、私はいま安全な場所にいる……。爽子は胸に拳を押しつけたまま、滲《にじ》んだ汗で髪が額と頬に張り付いた顔を上げ、周りを見回す。

そこは小さな常夜灯が淡く照らし、主な調度といえばベッドの他には小さな机があるだけの、六畳ほどの部屋だった。床の片隅には直接、ハードカバーの専門書が積み上げられている。そんな簡素な部屋に、……夜明けが近いのか、ベッドを寄せた壁にある窓、そのカーテンの隙間から、まだ淡い光が忍びこみ始めている。

ここは間違いなく、――と爽子は思った。多摩中央署庁舎、単身待機寮にある自分の居室だ。

あれから十七年も経《た》つのに……。爽子は息を吐きながら思う。そうして、蠅《はえ》のように纏《まと》わりつく悪夢の残滓《ざんし》を振り払いながら、心の中で呟《つぶや》く。

――あれは私がまだ十歳の時のことだった……。

鉄板を乱打しているようだった心臓は正常に戻りつつあったけれど、今度は胸に酸で灼《や》かれるような痛みを感じつつ、爽子はカーテンの合わせ目から差し始めた朝陽《あさひ》に導かれ、物憂げな眼を窓へと向ける。

――この苦しみは、一体いつまで続くのか……。

爽子は、寝汗でじっとりと湿った寝間着から伝わる早朝の空気に震えながら、朝焼けの色を瞳にうつして、そう思った。


「被疑者逮捕、御苦労でした。――」佐久間が講堂のひな壇で口を開いた。

蜂嶺俊次逮捕の翌日、朝の捜査会議。爽子はそれを、捜査本部の席に着いていた。

……夜明けに眠りを奪われたあとも、爽子は慢性的な痛みに堪える病人のように布団の中で何度も身悶《みもだ》えするように寝返りを繰り返した。けれど時間が来ると、眠る前より重くなった身体を自らを追いたてるようにして起きだし、着替えて身だしなみを整え、寮の食堂で朝食を摂《と》り、出勤したのだった。

ひな壇へと向けられた爽子の表情からは、払暁に悪夢に責《せ》め苛《さいな》まれたのは窺《うかが》いようもなかったが、それでも何事かあったことを察した者が、ただ一人いた。

並んで席に着いた支倉だった。

「――事件は大きな山場を越えたが、本日から供述の裏取り、とくに投棄された凶器の検索、発見に全力を挙げてもらいたい」

吉村主任、どうしたんだろう？　支倉は、佐久間の指示に耳を傾けながらも、爽子をこっそり観察しながら思う。やっぱり、元気が少ないように感じるけど……。

支倉は、会議が始まる前から、爽子の顔色が優れないのに気づいていた。だから、会議の始まる前にちょっと聞いてみたのだったが――。

別に、というのが爽子の答えだった。

疲れが出てるんだろうか、となおも隣を気にしながら支倉は思った。なんといっても、蜂嶺を〝歌わせ〟たのは吉村主任なんだし……！

「――以上！　本日もよろしくお願いします！」

佐久間が張りのある声で散会を告げると、爽子の手柄を我が事のように内心で満面の笑みを浮かべ、上の空になっていた支倉は不意を突かれ、思わず声を上げそうになる。が、丁度、爽子を始め数十人の捜査員たちが一斉に椅子を鳴らして立ちあがったところだったので、粗忽《そこつ》な真似《まね》を見咎《みとが》められずに済んだ。これには胸を撫《な》で下《お》ろしたものの――。

またしばらく吉村主任とは別々か……。支倉はちょっと落胆しながら、どことなく表情に翳《かげ》りのある爽子と肩を並べて、ぞろぞろと講堂の外へとむかう捜査員の流れに合流しようとした。

「吉村」

その矢先、背後から爽子を呼ぶ声が掛かったのを聞いて、支倉は当の本人とともに振り返った。

佐久間が、ひな壇から爽子を見ていた。

はい、と答えて、ひとり捜査員の人波に逆らい、長机の真ん中に開いた通路をひな壇へと向かう爽子の背中を、支倉は羨望の眼差《まなざ》しで見送りながら思う。……なんだろう？　もしかして吉村主任、特命事項を……？

「お前はここへ行け」

爽子は、佐久間がそう言って幹部席ごしに差し出したメモ用紙を受け取ると、眼を落とした。

「奥津城《おくつき》メンタルクリニック、ですか」

爽子が用紙から顔を上げ、そこに記された内容を確認すると、佐久間はうなずいた。

「そうだ。確認事項は、解《わか》ってるだろうな」

「はい」爽子は短く答えた。

捜査の結果を左右する、というより、被疑者に犯した罪に相応《ふさわ》しい罰を背負わせるのを生き甲斐《いがい》にする捜査員にとって重要な事柄は、もちろん爽子も心得ている。

「相勤は――」

佐久間の指示はそこで途切れた。爽子は自分の頭越しに、管理官が背後に眼を止めていることに気づいた。

身体を回して見ると、そこにいたのは支倉だった。捜査員たちが流れ出していった講堂のドアの脇で、散歩をねだる子犬のような期待に満ちた眼差しで、じっとこちらを注視している。

「支倉さん……」爽子は呆《あき》れたように呟いた。

支倉は、今朝の様子も含めて爽子のことがやはり気になって、その場に残っていたのだった。

「……好きなのを連れて行け」

支倉の耳に、佐久間が爽子に素っ気なく告げるのが聞こえた。

――やった！

内心小躍りする支倉に、爽子は幹部席の前で、くすりと微苦笑を浮かべた。

「〝奥津城メンタルクリニック〟って、あれですよね？　蜂嶺が通ってた心療内科」

支倉が、署の近くの駐車場から道路へと走り出したワークスの車内で、ステアリングを戻しながら言った。

捜査車両は裏付け捜査の、証拠物捜索のために出払っていた。そこで爽子と支倉は、本来は褒められたことではないものの、公用車ではなく爽子の私有車で都内の目的地へと向かうことにしたのだった。

支倉は、爽子の疲れた様子から運転手役を買ってでている。本来の任務である地取り班からは抜けることにはなったものの、佐久間管理官のお墨付きであり、担当主任には統括班《デスク》から連絡されているはずだ。

「そう」爽子が助手席でうなずく。

「でも、通院してたのは蜂嶺自身の希望というより、同居させていた姉が望んでいたからみたい。定期的な受診が、居候させる条件だったらしいから」

支倉は運転しながら顔をしかめた。「治療を受けていたのに、あんなことをするなんて……」

「それはともかく、――別の重要な点を確認しないと」

重要な点って……？　と支倉は一瞬思ったものの、ああ、とすぐに思い至って答える。

「だから佐久間管理官、吉村主任に」

「それは判《わか》らないけど。もしかしたら――」

爽子は、独《ひと》り合点《がてん》して嬉《うれ》しそうにうなずく支倉に、無味乾燥とした声で続けた。

「単に手が空いているのが、私だけだったからかも」

ひねくれた爽子の返答に、支倉もさすがに呆れながら、ふとフロントガラスから信号機を見上げたとき、空模様に気づいた。

署を爽子と出たときには晴れ渡っていた空には、いつの間にか、鼠色《ねずみいろ》をした見るからに分厚い雲が浮かびはじめている。

――主任がそんなこと言うから、ほら。

支倉は、鮮やかな青色に変わって濃い灰色が目立ちはじめた頭上を、ワイシャツの胸がステアリングに触れるほど身を乗り出して窺いながら、心の内で呟く。

――天気までおかしくなってきちゃったじゃないですか……。


けれど空の機嫌は、目的地に着くまでは保ってくれた。

奥津城メンタルクリニックは、港区赤坂の、交通量のある表通りから一本入ったところにあった。

折良く、クリニックの入居しているビルのすぐ前にパーキングエリアがあった。ワークスをそこに停《と》めて降りると、爽子と支倉は目の前にある、オフィスビルとマンションに挟まれて建つ、細長いビルを見上げた。

階数は八階ほどで左右のビルより低かったものの、外壁は柔らかいクリーム色で、並んだ窓は上端がアーチになった、やや古風なアールデコ調を模していた。猫の額のような敷地《しきち》に建てられた雑居ビル、というには瀟洒《しょうしゃ》な感じがする建物だった。

奥津城メンタルクリニックは、三階にあった。

狭いエレベーターを降りたドアを入ってすぐにある、駅のキオスクほどの受付カウンターで用件を告げ、通された待合室で待っていた爽子と支倉の背後から、声がかけられた。

「お待たせしました」

待合室は外から見て取ったとおり、二十畳ほどと決して広くはなかったものの、患者への配慮からか縦長のフランス窓から差す光で明るい。ソファなどの調度も、樹脂やステンレスといった実用一点張りの事務的な物ではなく、温かみのある木製だった。それらは色もライトブラウンに統一されていて、ビルの外観とも調和がとれている。

インテリアを建物全体の雰囲気に合わせたのかもしれなかったが、もしかするとビルそのものを院長が所有しているか、あるいは所有者の関係者かもしれない。

爽子はそんなことを考えながら、壁に嵌《は》められたガラス製の〝セフィロトの樹《き》〟のレリーフを見詰めていたが、――呼びかけられてそちらを見る。

半袖の、ピンク色の制服を着た看護師が、半ば職業的に鍛えられた淡い笑みを浮かべて立っていた。

爽子は、それまで物珍しげに備え付けのパンフレットを手にしていた文倉を促して、案内する看護師のあとに従い、左右に診療室やカルテ庫のドアが連なり、フロアを貫通する形で延びた廊下を、奥へと進んだ。そして院長の診察室は、患者の精神状態を観察するため意図的に長く設けられた廊下の、その最も奥まったところにあった。

「先生、警察の方をお連れしました」

「あ、そう。入ってもらって」

看護師がノックしてからドアを細く開けて告げると、診察室の中から返ってきたのは、院内の雰囲気と同じく明るい女性の声だった。

患者のプライバシーへの配慮から音漏れを防ぐ高気密性ドアを開け、どうぞ、と身振りですすめた看護師の脇を、爽子は礼を言って通り過ぎようとして、――看護師が笑顔とともに室内へと伸ばした白い右腕、その手首に眼をとめた。そこには熊手で引《ひ》つ掻《か》いたよう傷跡があった。自傷による切創痕だ、と爽子は察したものの、気づいたことを透明な表情の下に隠して、支倉とともに診察室のドアを抜けた。

診察室は広さこそ待合室の半分くらいだったものの、待合室と同じくクリーム色とライトブラウンに統一された、趣味のよい部屋だった。表通りに面した大きな縦長の窓があるのも待合室と同様で、晴れていれば室内は柔らかい色彩に満ちただろうが、生憎《あいにく》とガラスの外の空は、ポタージュスープ色の曇り空だった。

こういう場所が初めての支倉は、非礼にならない程度に室内を見回しながら、なんだかホテルの部屋みたい、と思った。実際、心療内科の医院らしい造りなのは、患者が治療中に突如攻撃的になった場合を考慮し、いま自分たちが入って来たのとは別のドアがあること、それくらいだ。診察机の上にも、病院には付きもののモニターのような電子機器は置かれず、机が寄せられた壁にも、X線写真を見ながら患者に病状を説明するためのシャウカステンはない。

そしてその診察机の前に、女医の姿があった。

奥津城美鈴《みすず》医師は、肘掛け椅子を机とは横向きにして腰掛けていた。ワインレッドの薄いタートルネックのセーター、それにベージュのジャケットという装いが、細身によく似合っている。ジャケットと同色のタイトスカートから伸びた、黒いタイツで細さが強調された足を組んでいた。

そうして、手にしたカルテに目を通していたが、――爽子と支倉が室内を薄い絨毯《じゅうたん》を踏んで近づいてゆくと、顔を上げた。

歳《とし》は三十代に入ったばかりだろうか。整った理知的な顔立ちに化粧は薄く、長い髪も簡単にうなじで束ねているだけだったけれど、洒落《しゃれ》たフレームの眼鏡を細い鼻梁《びりょう》にのせていた。その眼鏡を指先で少しずらして、奥津城医師はフレームの上に杏《あんず》型の眼を覗かせ、こちらを見詰めている。

「突然お邪魔して申し訳ありません。こちらの患者さんのことでお話を――」

なんだか観察されている……というより好奇心だろうか……？　爽子がそう思いながら近づいた机のそばに立ち、取り出した手帳を開いて告げると、奥津城医師は赤いルージュのひかれた口を開いた。

「蜂嶺俊次さんのこと、ね？」

そう答えたとき、奥津城医師の眼は、何故《なぜ》か微苦笑するように細められていた。

「蜂嶺さんは一言でいうと……難しい患者さん、ってところかなあ」

そう話し始めた奥津城美鈴の口調には、どこか飄々《ひょうひょう》とした響きさえあった。殺人容疑で逮捕された自らの患者について話す主治医の発言というより、他の医師が受け持っている患者の症例でも検討しているようにさえ聞こえた。

爽子たちと奥津城医師は、診察室にあるカウンセリング用のテーブルを囲んでいた。

爽子と文倉は並んで座り、奥津城と向かい合っている。二人の捜査員と女医の間にあるテーブルには、案内してくれた看護師の女性が運んできたお茶と、爽子が奥津城に手渡した業務用の名刺、〝官名刺〟が置かれていた。

「先生は、蜂嶺俊次の過去については、御存知だったんでしょうか」

自分の患者が、それも治療中に事件を起こしたっていうのに……？　爽子は内心、目の前の精神科医の評論家然とした言い方に違和感を覚えたものの、言った。

「それは、もちろん」奥津城は、化粧気の無さがかえって若々しい顔でうなずく。

「そこを何とかしたくて、無理矢理、お姉さんに引っ張られてきたようなものだったし」

「そうですか……。蜂嶺の犯歴を御承知のうえで」

「うちは基本的に、患者さんを断らない方針ですから。そういう評判を聞きつけたのかも」

そう言って口もとを小さく笑わせた奥津城に、爽子は尋ねた。

「お断りにならない……。それは、何故でしょう？」

「ここへ来る人たちはみんな、心に積んであったものが何かの拍子に荷崩れを起こした、いうなればバランスを保てなくなった貨物船みたいなものなの」

何度も同じことを他人に聞かれて慣れていたのだろう。奥津城は身構えることなく、微笑を浮かべたまま言った。

「結果、世間っていう海で人生航路を見失ったり外れちゃったりして、座礁するみたいに傷ついたり、動けなくなったりする。——だから、精神科医の仕事ってのは、患者さんのなかで崩れた荷物をなんとか整理してバランスを取り戻してもらって、航路から逸脱したり他の船とぶつからないように手伝うことだと、私は考えてます」

そこまで言って、奥津城は理解の度合いをはかるように、爽子と支倉を等分に見詰めてきた。その視線に、ええ、と爽子がうなずいて先を促すと、奥津城は続けた。

「だったら、荷崩れの仕方が著しい……というより、最初の積み方からおかしかった蜂嶺さんみたいな患者さんこそ、治療のし甲斐がある、と思った。難しいかもしれないけど、そうすることが蜂嶺さん本人にはもちろん、社会的にも有意義なんじゃないか、とね。……ちょっと格好つけすぎかもしれないけど」

「いいえ、おっしゃるとおりと思います。では——」

爽子は、少し照れたように笑みを広げた奥津城にそう言ってから、本題に入る。

「蜂嶺俊次の具体的な診断名と治療の内容についてうかがいます」

「蜂嶺さんは……過去の罪を〝正当化〟し〝合理化〟するのが顕著で、……周囲への

〝外罰的〟な態度は間違いなくパーソナリティ障害だったわね」

奥津城は話が専門的な事柄に移ると、微笑を消した専門家らしい口調で答えた。

「精神疾患の、世界的な診断基準である『ＤＳＭ‐Ｖ』の分類でいうとＢ群、そのなかでも――」

「反社会性人格障害、でしょうか」爽子が言った。

「あら、刑事さん。精神医学に興味がおあり？　その通りだけど」

少し意外そうに聞き返した奥津城医師の眼鏡越しの眼に、一旦は消えていた霧のような微笑が戻っていた。それは揶揄《やゆ》、というより、純粋な興味を引かれたせいらしかった。

「そうなんですよ、吉村主任は特別心理――」

爽子は、ちょっと自慢げに口を挟みかけた支倉を眼で制してから、言った。

「いえ、学生時代に少しだけ。……失礼しました。それで、どのような治療を蜂嶺に」

「心理療法によるカウンセリングを」奥津城は爽子をじっと見て言った。

「面接は月に三回は重ねていて、蜂嶺さんの〝認知〟には多少の改善の兆しはあった。……といっても、じゃあ治療を続けてれば認知の歪《ゆが》みがなくなったかといえば、厳しいとしか言いようがないんだけど」

「先生は、蜂嶺の犯歴は器質性の性格からのもの、と考えておられたんでしょうか」

爽子が相手を正面から見据える刑事の眼をして尋ねると、これまで爽子を見詰めながら説明していた奥津城は逆に、曖昧に視線を逸《そ》らす。

「まあ、ね。ひとは千差万別の性格を持って生まれてくるから。たとえそれが他人を傷つけるものであっても。環境が後押ししてしまう場合もあるし」

「解りました。……いろいろと、参考になりました」

爽子が聴取の終わりと辞去を告げて椅子から立ちあがる。支倉も慌てて腰を浮かせながら、怪訝《けげん》な視線で爽子を窺う。

――吉村主任、肝心なことを聴取し忘れてるんじゃや……？

佐久間管理官から命じられた、被疑者の量刑を左右する重要な確認事項を。

そんな支倉の内心をよそに、爽子の背中は診察室のドアへと向かっていたが、その前までくると、急に運んでいた足を止めた。

「あの……、これは？」爽子は傍らを向いて言った。

爽子の視線を辿《たど》った支倉には、それはただの二人掛けのソファに見えた。爽子も診察室に入ったときには支倉と同様で、だから気に留めなかったのだが、いま見ると、肘掛けが片側にしかないレカミエ、いわゆる寝椅子だったのでそう尋ねたのだった。

「ああ、これ」

二人をドアまで見送るために続いていた奥津城は、少し気恥ずかし気に答えた。

「精神療法といえば患者さんを長椅子に寝かせる、ってイメージがあるでしょ？　だからまあ、患者さんにそれらしくみせる小道具っていうか」

奥津城は、くすりと笑って付け加える。「……一度も使ったことはないけれどね」

「なるほど、フロイトは有名ですものね」

爽子はそう答えて、ドアを開けた。そのままドアを抜けようとして——。

「ああ、忘れるところでした」爽子は支倉の後ろに立つ奥津城に言った。

「最後に一つだけ、よろしいですか？」

「責任能力、でしょ？」

奥津城はジャケットのポケットに両手をいれたまま、口の両端をあげて、にっと笑った。

「起訴できるかどうか、できたとしても精神鑑定で罪に問えない可能性は無いか……。警察の方が一番気にすることですものね」

精神科医が指摘したのは刑法三十九条、責任能力のことだった。犯行相応の罪を被疑者に背負わせようと血の滲む努力をする捜査員にとって、最も懸念することだった。

支倉は、爽子があえて、このもっとも重要な質問をこれまで口にしなかった理由に、いまさら気づいた。さりげなさを装って、相手の率直な回答を引きだそうとするためだったのだ。けれど、被疑者の主治医である女性精神科医は、予想していたらしい。

「蜂嶺俊次さんには――」奥津城は、黙って見詰めてくる童顔の捜査員に薄い笑みを向けて言った。

「責任能力を左右するような症状は、みられなかった。主治医だった私が保証するわ」

……爽子と支倉が出て行った後も、奥津城美鈴は診察室でひとり、ジャケットに両手を差し込んだまま佇《たたず》んでいた。まるで、プライバシー厳守のために防音処置の施された室内の静けさのなかで、背丈の対照的な二人の女性警察官――とりわけ、少女じみた顔立ちをしていながら硬質な眼を見据えてきた小柄な捜査員との一問一答を、脳裏で反芻《はんすう》しているように。

女医はやがて、細い鼻梁先に、ふっ、と息を吐いて、カーテンがセンタークロススタイルに掛けられた窓辺に歩み寄ると、壁に寄りかかるようにして、八の字に開いたカーテンの陰から外界を見下ろした。

丁度、眼下にあるビルの玄関から、二人の女性捜査員が現れたところだった。

　奥津城は、整った白い顔を半ばカーテンに隠したまま傾《かし》げるように動かして、爽子と支倉が、路肩からパーキングに停めた黒いアルトワークスへと乗り込むのを眼で追った。

　そうして、二人を乗せた軽自動車がウインカーを点滅させて走りだし、窓枠の外へ見えなくなると、壁から肩をつと離して、ずっとポケットに入れっぱなしだった手を抜く。

　その指先には、小さな白い紙片が摘《つま》まれていた。

「吉村爽子。さわこ、か。……可愛《かわい》い名前ね」奥津城美鈴は手にした名刺に、じっと見入りながら呟いた。

　それから、ほくそ笑むように細めた眼で、レンズ越しに白い紙片を執拗《しつよう》に見詰めたまま、カルテに書きとめるように囁《ささや》いた。

「――面白そう」


「なんか、変わったお医者さんでしたね」

「…………」

　走り出したワークスが車の流れに乗ると、支倉が運転しながら爽子にそう話しかけたが、助手席の爽子は、後ろに流れてゆく都内の風景へ向いたまま無言だった。

爽子の眼に映る街並みは、どこか均《なら》されたように陰影が欠けていた。それは、奥津城メンタルクリニックへと赴く間にはまばらだった雲が、いまは厚く低く、灰色の底をみせて空に蓋をしていたせいだった。署庁舎を出た際には燦々《さんさん》としていた陽の光も、いまは鼠色の雲に遮られ、真新しい銀貨のように鈍く光っているだけだった。

だが、爽子はそういった曇天特有の、色褪せた写真のような景色を見ていたわけではなかった。

先ほどの奥津城美鈴医師への聴取を反芻していた。

――あの精神科医は私たちが訪ねることを予測して、答えを用意していたような気がする……。

それ自体は、蜂嶺俊次が逮捕されたのを報道で知っていたのなら、取り立てておかしいことではない、とは爽子も思う。でも、それにしても――。

「自分の患者さんが事件を起こしたっていうのに、動じてないっていうか」

「……ええ」

爽子は、いままさに自分が考えていたことを口にした支倉へ短く答えた。そんな爽子に、支倉は可笑《おか》しそうに続ける。

「やっぱ、ひとの心理に興味を持つ人って、ちょっと変わってる人が多かったりして」

支倉が運転しながら、くすりと笑うと、爽子は走り出してから初めて運転席へ顔をむけた。

「そうね」爽子は言った。「心理捜査官の、私も含めて」

「え、……あ！　いえ、その……嘘《うそ》です、冗談です！」

慌てて打ち消す支倉に、爽子は言った。

「かなり実感が籠もっているように聞こえたけど」

「また、そんなあ……」

とは言いつつも、支倉は淡々としていたものの爽子の口調の中に、軽い揶揄の響きが混じっているのを敏感に聞き取ってもいた。これまでの関わりで、それくらいの聞き分けは出来るようになっている。

それで安心した支倉の目の前、フロントガラスに、ぽつん、と何かか落ちてきた。

それは水滴——雨だった。

「あちゃ、降ってきましたね」

そう言っている間にも雨は勢いを増し、たちまちフロントガラスは雨滴に埋め尽くされ、景色が滲んだ。

「通り雨っぽいですけど」支倉はワイパーのスイッチを入れながら言った。「凶器の捜索に出ている係長や伊原長たち、大変だあ……」

爽子は助手席からダッシュボードへ身を乗り出し、ワイパーが扇状に払う視界から頭上を窺っていたが、やがてそのままの姿勢で言った。

「支倉さん。――帰庁する前に、寄ってほしいところがあるんだけど」


夕刻――。

昼間、にわか雨が通り過ぎた空が紫色に暮れなずむ時刻になると、蜂嶺が遺棄した凶器の捜索を終えた捜査員たちが、多摩中央署に引き揚げてきた。

支倉の予想したとおり、ぞろぞろと廊下を行く捜査員の誰もが汗と雨に濡《ぬ》れ、遭難したような有様《ありさま》だった。

「まったくよ、中途半端に降りやがって」

タオルを首にかけた伊原が不機嫌さも露《あら》わに、講堂へと足を引きずる捜査員の群れの中でぼやく。肌に、半ば濡れそぼったままのワイシャツやズボンが纏《まと》わり付《つ》くのが不快そうだった。それは伊原だけでなく周りも同様で、捜査員たちの着衣は、どれも張りを失って皺《しわ》が寄り、雨と汗の入り混じった自らの身体から漂う異臭が鼻をつく。

「ですよねえ、下着までびしょ濡れですよ」

「まあまあ、本降りよりはましでしたよ。すぐ止《や》んだし」

すかさず伊原のぼやきに唱和した三森を高井が宥《なだ》めると、珍しく佐々木が口を開いた。

「それに」佐々木は表情を変えずに言った。「ブツが発見できて何よりでした」

幸い、蜂嶺が証言したとおり調布市内の深大寺に隣接する神代《じんだい》植物公園内を朝から検索した結果、凶器のナイフは発見することが出来たのだった。

「ああ、そうだね」堀田が歩きながら拭っていた眼鏡をかけ直して言った。「みんな御苦労だった。供述どおりで、立派な〝秘密の暴露〟だ」

「それにしたってよ――」

と、なおもぶつくさと文句を吐こうとした伊原の足が、講堂のドアを入ったところで突然、止まった。一塊になっていた堀田たち強行犯係の面々も、伊原に堰《せ》き止《と》められたように立ち止まる。そして、室内の有様に呆然《ぼうぜん》と立ち尽くす強行犯係の五人の脇を、不審そうに見やりながら講堂へ流れ込んだ捜査員たちも同様に、室内の有様を見て、おお、と驚きの声を上げる。

講堂内は、朝の会議時とは様子が違っていた。――長机のいくつかが出店のように寄せられている。そして、最も大きな違いは、そこに小型のサイロのようにみえる特大の寸胴鍋が二つ、ガスコンロに載せられて湯気をたてていることだった。

「お疲れ様でした！」

寸胴鍋の後ろにいた支倉が、エプロン姿をした頭の上で、特大の玉じゃくしを振りながら呼びかける。その頭には、三角巾を被《かぶ》っていた。

「特製豚汁、温まってますよ！」

捜査員たちは歓声とともに、我先に殺到していった。――

「なんだよ、支倉にしちゃあ、気が利くじゃねえか」

伊原は、豚汁の順番を待つ列が支倉の前までくると、言った。

すでに講堂内では、豚汁をよそった発泡スチロールの丼を受け取った捜査員たちの多くが、仲間と互いに一日の労をねぎらいながら席で談笑していた。供述を裏付ける凶器発見という成果も相まって、いくらか和やかな雰囲気が豚汁の匂いとともに漂っている。

「そんな……。それじゃまるで、私が無神経みたいじゃないですか」

支倉は寸胴鍋から丼に豚汁をよそいながら抗議したものの、言い添えた。

「……でも、当たりです」

「吉村の奴《やつ》が言い出したっていうのか？」

「ええ」

支倉は答えて、意外そうに聞き返した伊原の、その背後に視線をやる。そこには、ひな壇の幹部席に着いた佐久間が、白い丼を前に仏頂面を晒《さら》していた。

「管理官から許可を戴《いただ》いて。……でも、吉村主任、そのことをみんなには——」

支倉は声を低めると、今度は目くばせするように、同じくエプロンと三角巾姿で、もう一つの寸胴鍋から豚汁を配っている爽子を視線で示す。

爽子は、中年の捜査員に豚汁を手渡していた。

「有り難いね。これ、あんたの発案？」

丼を受け取った中年捜査員が尋ねると、爽子は微笑して眼を伏せたまま言った。

「いえ。……私は手伝っただけです」

爽子へと向けていた頭を岩石が転がるように戻した伊原の顔には、どういうことだ？　と言いたげな怪訝な表情が浮かんでいた。

支倉は、肩をすくめるしかなかった。

「ちっ、しょうがねえな。この時間ならスーパーもタイムサービスだろ」

磯崎《いそざき》が一課の捜査員が集まったなかで、財布を取り出しながら言った。

「これで惣菜《そうざい》でも買ってこい」

紙幣を受け取って出て行こうとした若い捜査員を、佐久間が仏頂面のまま呼び止めた。「おい、これも持っていけ」

係長だけでなく管理官からも金を受け取った若い捜査員たちが、長机の間を走り抜けて出て行く。

「余計な真似をしやがってよ」磯崎が財布を仕舞いながら、渋い笑顔を爽子にむけて言った。

言葉こそ憎まれ口を装っていたけれど、ささやかながらとはいえ感謝を忍ばせた口調ではあった。が――

「ま、〝例の事件〟でここへ来たお陰で、あんたも少しは大人になったってことか？」

そう続けた磯崎の声には、冷たい皮肉の棘《とげ》があった。

〝例の事件〟……？　支倉は今度は三森の為《ため》に豚汁を用意してやりながら、爽子が黙って三角巾に包まれた頭を小さく下げるのを、視界の隅に窺いながら思う。

――〝例の事件〟って、もしかして吉村主任が捜一から外れる理由になった事案……。

そんな噂《うわさ》を伊原から聞かされてもいたし、また、捜査一課の捜査員たちの忌避するような態度からも、爽子が一課からここ多摩中央署へ転属してくるには、具体的な内容までは判らないにせよ、何らかの〝不祥事〟があったのは事実だろう、とは支倉も思ってはいたが、それを一課の人間の口から聞くのは初めてだった。

――やっぱり吉村主任、一課にいた頃になにか……。

「なんだよ？　早くくれよ、腹減ってんだよ」

「やかましい」

三森の訴えに、支倉はいつの間にか止まっていた手を動かすのを再開しながら、鍋から顔も上げずに答えた。

……十数分後には、豚汁を全員に配り終えた。スーパーへ割引された惣菜の調達に出掛けていた若い捜査員たちも戻り、支倉は、臨時の慰労会の場と化した講堂内を満足げに見回したのだったが、――その時、賑《にぎ》やかなその場をひとり後にして、ドアへと向かう爽子に気づいた。

「あの……！」

支倉は、捜査員たちが豚汁と惣菜の夕食を摂っている机の間を抜け、講堂のドアから三角巾をしたままの頭を突き出すと、廊下を歩いて行く爽子の後ろ姿に声をかけた。

「主任は食べないんですか？」

「――ええ」爽子は肩からエプロンのストラップを外しながら振り返った。「私は復命書を書かないと」

「そんなあ……。一緒に食べましょうよ」

「片付けは私がするから」爽子は支倉の誘いには答えず、そう言った。

「そういうことじゃなくて……」支倉は少し困り顔になって続けた。「みんな喜んでたじゃないですか。それに――」

「手伝ってくれてありがとう」爽子は支倉の言葉を断ちきるように遮った。

「私は料理を一つしか作れないし……他のひとと食事をするのは苦手だから」

そう続けた爽子の眼の奥に、古びた木造アパートの台所の光景が蘇《よみがえ》る。

狭く薄暗いその場所で、踏み台に爪先立ちして、ガス台に掛けたフライパンに腕を伸ばし、昨夜の残り物である冷めた御飯とレトルトの炒飯《チャーハン》の素を、空腹に堪えながらかき混ぜている、幼い少女。その女の子は、そうして自分で作った物を、ほとんど家具も無い六畳ばかりの居間で、藺草《いぐさ》が黄ばんだ畳に置かれた小さなちゃぶ台にぽつんと座り、黙々とスプーンで口に運んでいる――。

――生まれた時から父がおらず、働きづめの母しかいない母子家庭で育った、私自身だ。

「そういうことだから」

爽子は支倉の誘いだけではなく、自分の記憶も封じるように言い置いて、廊下で背を向ける。

「あの……主任？」

支倉は一瞬、睫毛《まつげ》を伏せた爽子がどこか遠くをみていたような感じが気になったものの、それ以上に引き留める言葉を持たなかった。そして結局、廊下を立ち去ってゆくその後ろ姿を見送るしかなかった。

――どうして吉村主任はあんな風に……。それに、自分の気持ちを隠すみたいなことを……。

支倉は、捜査員たちの喧噪《けんそう》が立ち昇る講堂に戻りながら、爽子の態度について考え込んでしまう。その時ふと、以前、爽子が口にしたことを思い出す。

あれは車当たり捜査の際に昼食に立ち寄った、中華料理屋でのことだった。

爽子はこういった。〝私のことなんてどうだっていい〟……と。

あのときは組織捜査が優先、個人的な手柄など取るに足りない、――そんな意味だと受け取ったけれど、もしかして……。

支倉は、今頃は三階の刑事部屋に降り、自分の机について、ひとり復命書を作成しているであろう爽子の、その頑《かたく》なな顔を思い浮かべながら、心中で呟いた。

――もしかして吉村主任は、ひとから理解されるのを拒絶してるんじゃなくて、……ひとから理解されるのを諦めてるんじゃ……？

支倉はそう思い至ったものの、本人に直接、尋ねることのできる事柄でもなく、また、そうしたところで答えが返ってくるとは思えない。だから、ささやかすぎる慰労の宴《うたげ》の後片付けを手伝うあいだも、ともに給湯室の流し台に立った爽子を気にしながら、考え続ける。

――それに、〝例の事件〟って？

エプロン姿の支倉は、同じくエプロンをして、会計課からの借り物である寸胴鍋を黙々とタワシで擦《こす》っている爽子を盗み見て、知りたい、と思う。捜査一課時代の吉村主任になにがあったのかを。でも……。

――でも、これこそ吉村主任は答えてくれないだろうし……。

仕方ない。だったら直接、確かめてみるしかないか……。支倉は、爽子がちいさく礼を言って給湯室から出て行くのを見ながら、そう決心して、きゅっと音をたてて蛇口を捻って、水を止めた。


三十分後――。

支倉は一階へと下りると、署の玄関とは反対側にある自動ドアから、夜の帳《とばり》の下りた中庭に出た。

そこの署員の休憩兼喫煙所で、支倉の目当ての人物は、有害な煙を立ち昇らせながら、伊原たちと一緒だった。

「高井先輩、ちょっとお願いします」

支倉は、雑談に興じていた強行犯係の面々のところへずかずかと近づくと、高井の腕を取り、現行犯を確保するような口調で言った。

「な、なになに？　どうしたんだ」

「いいからちょっと！」

高井は驚きと抗議が半々の声を上げたものの、支倉は有無を言わせず腕を取ったまま、怪訝そうな伊原たちからは見えにくい庁舎の角へと、引っ張って行く。そうして、署と第三機動捜査隊の庁舎に挟まれた矩形《くけい》の夜空のもと、支倉は壁際に追い詰めた高井をじっと見詰めて言った。

「吉村主任が捜一にいた頃の話、……誰かに聞いてくれませんか？」

「な、なんだよ急に」

高井は支倉の剣幕に思わず身を引いて、背中を風雨にさらされた庁舎の壁に押しつける。事情を知らなければ、借金返済を迫られているようにみえただろう。

「そういうことなら、いま来てる一課の人たちに直接……」

「聞きましたよ！　でも――」

支倉としても当然、最も近くにいて事情を熟知しているであろう情報源については考慮した。そこで、ここでこうして高井を捕まえるまえに、ねぐらである道場へと引き揚げたかつての爽子の同僚、一課員たちのところへと直接に赴く――いわば〝直当《じか》たり〟を敢行し、それとなく聞き出そうと試みてはいた。食後のお茶出しにかこつけて。けれど……。

「〝余計なこと聞くんじゃねえ〟って雰囲気が、びしばし返ってくるだけで……！」

支倉は実際、道場の布団の上で車座になった磯崎ら一課員全員が一斉に向けてきた、湯呑み越しの眼光に震えあがり、お盆を抱えて即座に撤退したのだった。

「いや、だからって、なんで僕が……」

「豚汁、美味《おい》しかったでしょう？」

支倉は唐突に言った。普段の感じの良《い》い表情をかなぐり捨て、決意溢《あふ》れる顔を突きつける。

「あ、ああ。でも……」

「豚汁、美味しかったですよね？」

支倉が畳みかけながら、必死の形相をさらに突きつける。高井は、その剣幕に押されて追いつめられ、半分は諦め、半分はやけになった声を上げる。

「ああ、わかった！　わかったよ！……聞いてみるよ」

「やった！」支倉は先輩捜査員が〝落ちた〟途端、ぱっと身を離して万歳した。

……つい先ほどまでとは一転、大仰にはしゃぎはじめた支倉と、それとは対照的に肩を落とす高井を、伊原と三森は呆れて、佐々木はいつもの表情で見ていてた。

数日後。

「連日の捜査、御苦労でした」

佐久間管理官が講堂のひな壇に立ち、まず、そう労《ねぎら》ってから続けた。

「その甲斐あって、無事、蜂嶺俊次は検察によって起訴され、身柄は拘置所に送られた」

長机に居並ぶ、どこか晴れ晴れした表情の捜査員たちを見渡すと、佐久間は告げた。

「よって捜査は結了し、当本部は解散する。御苦労だった！」

「つけーっ！」

磯崎係長の号令がかかると、椅子の音とともに立ちあがった捜査員たちは、一斉に、ひな壇に飾られた遺影へと頭を下げた。……

「終わりましたね」

初めてで、要領も解らないままだったけれど、得難い経験だった。支倉は、そんな感想を抱きながら、講堂を後にする捜査員たちの流れのなかで、一緒に歩く爽子に話しかけた。

「ええ」

爽子は短く答えただけだったけれど、事件名——〝戒名〟を記した長い紙が外された講堂のドアから出たところで、先を行く捜査員の一人に声をかけた。

「堀田係長」

支倉は自分を置いて、廊下で振り返った堀田へと向かった爽子を見ていた。爽子は、堀田に何か許可を求めているようだったが、捜査員の流れを避けた廊下の端での立ち話はすぐに終わった。爽子は頭を下げて堀田から離れ、そのまま捜査員らに紛れて廊下を歩き出す。

どこへ行くんだろう？　捜査は結了したというのに……。

「吉村主任！……あ、すみません！　ごめんなさい」

支倉は、泊まり込み用の荷物を提げた捜査員たちを掻き分け、間を擦り抜けるようにして、爽子を追いかけた。


そうして、階段の途中で追いついた支倉が、爽子とともにワークスで向かったのは、稲城《いなぎ》市の第一犯行現場のアパートだった。

財前聡美の部屋は、ベッド上に遺体がないことを除けば、家具調度はそのままだった。ただ、ベッドの寄せられた壁に残る、遺体発見時には凄惨なまでに鮮やかだった血痕が、今は黒ずんだ褐色に変わっているのだけが、下卑た動機からひとりの女性の命が奪われた事件がこの部屋で起こったことを裏書きし、時間の経過を教えていた。

ベッドのそばで被害者の冥福を祈って手を合わせた後、支倉と爽子が立ち寄ったのは調布市の総合病院だった。そこで、入院しているもうひとりの被害者であり、自分たちが直接、救助した浦谷《うらたに》のぞみを病室に見舞った。

額には包帯が巻かれ、顔にも大きなガーゼの当てられた浦谷のぞみは最初、ベッド上で半身を起こしたまま、虚《うつ》ろな表情でうつむいているだけだった。けれど、爽子がベッドに寄り添うように置いた円椅子に座って語りかけ、さらに本人にはすでに報《しら》されてはいたものの、改めて爽子が犯人逮捕を告げると、浦谷のぞみは安堵と同時に拉致されたときの恐怖が同時に噴き出したのか、眼から押し出されたように涙が溢れ、口もとを震わせた。

「ケダモノはケダモノに相応しい檻《おり》に閉じ込めた。だから――」

爽子はそう囁くように言いながら立ちあがると、口もとだけでなく、ベッドで背を屈《かが》めて身体全体をわななかせはじめた浦谷のぞみを、横から抱きとめる。浦谷のぞみは嗚咽《おえつ》を漏らしながら爽子に縋《すが》り付《つ》き、その胸に止めどなく溢れてくる涙と鼻水に塗れた顔を埋めて泣き続けた。

「――だからもう、あなたを傷つけることは、絶対にないから」

爽子は抱きとめた、包帯を巻かれた浦谷のぞみへ優しさと哀《かな》しさの入り混じった微笑を落としながら、そう告げた。


「なんとか落ち着いて、良かったですね」

支倉は病室を辞去して廊下に出ると、歩きながら隣の爽子に言った。

「でも主任、服が……」

肩を並べて歩く爽子のワイシャツには、浦谷のぞみの涙と洟《はな》が斑《まだら》を描いている。

「こんなの、なんでもない」爽子はワイシャツの胸元にちらりと眼を落としただけで、すぐに前を向いて言った。

「むしろ――」

「え？」

「心の……辛《つら》い記憶を、これで洗い流せれば良かったのに。そうすれば……」

爽子は円らな眼を険しく細め、胸の底から絞り出すように囁いた。「穢《けが》れも痛みも、私が引き受けたのに」

だって、私はもう……。爽子は心の中でそう呟いたものの、口に出してはなにも告げずに廊下を歩き続けた。

支倉は、もう自分にとって上司上官というだけではなくなった爽子の、その口から吐かれた語気の強さに撲《う》たれて、足を止めた。そして、廊下を歩いて行く爽子の、華奢《きやしや》な後ろ姿を驚きとともに敬意を持って眼で追いながら、確信した。

――やっぱり吉村主任は、冷たい人なんかじゃない。

私なんか、捜査が結了したというだけで、事案を〝経験〟という一語に纏めてしまったというのに……。自分自身の未熟さを思い知らされながら、支倉は思う。あの血を吐くような言葉は一体、爽子の中の何がそう口に出させたのか。優しさか……、それとも覚悟か。でも、それだけではない、支倉はそんな気がした。何故なら――。

さきほど爽子の言葉には、強烈な憎悪が込められていたように感じられたからだ。

しかしなぜ……？　被害者の苦しみは自分が引き受ける……そう告げたなかに、なぜあんなにも激しい憎しみが伴うのか。もちろん、その憎しみは当然、犯人に対してだろう。それは解る。しかし爽子の憎しみはもっと別の、他の何かにも向けられていた、そんな気がする。でも……何に対して？……誰を？

この疑問もまた、これまで爽子に対して抱いた数々の疑問と同様に、正面切って尋ねたところで爽子が答えてくれないであろう事柄に思えた。

――でも、そんな吉村主任のことを、私はますます知りたくなってしまう……。

聞きたいことが、ミルフィーユのように重なってゆく。放っておくとウェディングケーキのような大きさになってしまうだろう。

困ったなあ……。支倉は、病院から署へ帰庁するためにワークスを運転している間も、頭を悩ませ続ける。

そして爽子の方も、急に口数を減らした支倉を、助手席から不思議そうに見ていた。


そんな支倉に朗報がもたらされたのは、それから数日後のことだった。

支倉はその間、もやもやと形を定めないまま膨らみ続ける爽子への興味を、自分でも扱いかねる思いで過ごしていた。

憧れの同級生を意識する女子高生じゃあるまいし、と自分を叱ってはみたものの、支倉は、相勤として街を捜査で出歩く間はもちろん、あるいは今のように刑事部屋で事務を執っていても、爽子の存在に、つい気を取られてしまうのだった。

しかし、今日、午後の業務が始まったばかりのこの時刻、隣り合わせた席に爽子の姿は無い。捜査員の嗜《たしな》みとして片付けられた机があるばかりだった。

「……これ、例の頼まれてた件」

これで気を散らさず、仕事がはかどるというものだよね……。などと、知人同士の口論が発展した傷害事案の調書をパソコンで作成しながら微苦笑した支倉に声がかかったのは、その時だった。

高井だった。脇で簿冊を読む振りをして立っていた。そして、眼を簿冊へ落としたまま、その下から手を伸ばし、支倉の机に封筒を置いた。

例の件。一週間前に豚汁にかこつけ、高井に爽子が転属した経緯についての情報収集を頼んでいたのだった。その結果がでたらしい。

「どうもです……!」

支倉も高井と同様に、モニターに集中している振りをしたまま押し殺した声で礼を言い、机の一番下の引き出しからカップ麺を取り出す。高井は、ささやかな報酬であるカップ麺を受け取ると簿冊の下に隠し、何事もなかったように離れて行く。

支倉は、公安部捜査員のフラッシュコンタクトじみた受け渡しを終えると、書類作成に没頭している演技を続けつつ、背を丸めてパソコンの陰に隠れるようにして、あたかも窃盗犯の犯行後《うしろあし》じみた仕草で周りを窺う。用心するのに越したことはない。幸い、いま強行犯の島にあるのは、反対側の机にいる伊原の、ノートパソコンと睨《にら》めっこをしている顰《しか》め面《つら》だけだ。さて——

吉村主任のどんなことが解ったのかなあ……? 安全を確信した支倉は、期待にほくそ笑みながら、手にした無地の封筒を見詰める。

──なんてったって、高井先輩は人脈が広いもんね……！

もっとも、いくら吉村主任のことを知りたいとはいえ、ここまでするのは、我ながらどうかと思うし、もっとはっきりいえば、人身安全事案の被疑者、早くいえばストーカーじみている。そこが少し気が引けるけど……。

──吉村主任のことを知るためだ、躊躇《ためら》うな！　いまだけ昼寝してろ、私の良心！

良心に咎《とが》められはしたものの、それを振り払って、支倉はいざ、とばかりに封筒を開けると、中から折りたたまれた紙片をつまみだす。

そして、それを目の前に広げて文面に眼を走らせて……支倉は衝撃を受けた。

〝みんな口が固くてなんにも聞けなかった。ごめんな〟──そこにはたった一行、高井の筆跡でそう記されていただけだった。

おのれ高井……！　支倉は小鼻を引《ひ》き攣《つ》らせ、紙を握りしめた両手を震わせる。あの役立たず……！

「私のかわいいカップ麺を返せ……！」支倉は椅子を後ろにはじき飛ばす勢いで立ちあがり、呻いた。

あれは都内では入手困難な地域限定商品だった。そんな貴重な物を引き換《ブツ》えにしたのは、吉村主任の過去が、たとえ断片でも知ることができると信じたからこそだ。それを──。

——よくも純粋な乙女心を弄びやがったな……！

「馬鹿野郎！　いきなり立ちやがって、びっくりするだろうが！」

伊原が声に出せば非違事案と誤解されかねないことを心で吼《ほ》えた支倉を叱咤《しった》したが、頭の中で頼り甲斐のない先輩への呪詛《じゅそ》が渦巻いている支倉の耳には入らなかった。こうなったら、もう最後の手段をとるしかない。

「吉村主任は！」

支倉が怒りの勢いそのままに尋ねると、伊原がモニターを睨んで頭を掻きながら唸《うな》るように答える。

「吉村なら当直明けで、勤務解除しただろうが！　単身待機寮《うえ》に帰って寝てんだろ」

そうだった。爽子が不在なのは、昨夜、捜査員におよそ六日に一度は回ってくる当直勤務だったからだ。

通常、捜査員は夜間当直中に発生した事案については、強行犯や盗犯といった本来の専門分野とは関係なく扱わねばならないが、それだけでなく、扱った事案の捜査も担当しなければならない。そういう事情もあって、宿直明けとはいえ捜査員が定時に勤務を終えられることはまず無いのだが、——昨夜は滅多にないほど平穏だった。

「どうも！」

支倉は書きかけの捜査書類を保存してパソコンの電源を落とし、刑事部屋を飛び出した。

――で、単身待機寮にいないのはいいとして……。

支倉は多摩市内の住宅地、桜ヶ丘《さくらおか》の緩い傾斜の坂を登りきると、ここか、という風に、高台に建つ白亜の建物へと顔を上げた。そして、屋根から突きだした尖塔《せんとう》と、その上の十字架を見上げて呟いた。

「……なんで疲れる当直明けの外出先が、教会なんだろ？」

刑組課の大部屋を飛び出した支倉が、爽子のいるはずの庁舎上階にある寮を訪ねたところ、爽子は部屋にいなかった。そこで、食堂にいた他の寮員に立ち回り先に心当たりは無いかと尋ねたところ、ややだらしないジャージ姿でくつろいでいた女子寮員のひとりに教えられて、やってきたのだった。

支倉はひっそりと佇む教会の雰囲気に気後れしながら、玄関にある両開きのドアを、そっと押し開いた。ぎっ……、と蝶番《ちょうつがい》を微《かす》かに鳴らして片方のドアが開き、その隙間から覗《のぞ》き込《こ》むと――爽子はいた。

高い天井を垂木《たるき》のアーチが支える、バシリカ式の静謐な堂内には、側面の窓から眩《まばゆ》い光が斜めに射《さ》し込《こ》んでいて、その板ガラスのような光の帯の向こうにある、奥の壁に十字架が掲げられているのが、目の前に並ぶ、堂内のほとんどを占めた会衆席の連なりの上に見えた。

そして、支倉が爽子を見つけたのはそんな会衆席の中に、だった。……爽子のショートボブの髪と白いうなじが、聖書を載せる台のせいでアップライトピアノのようにも見える会衆席の長椅子、その背もたれの波間から、マッシュルームが生えたように見えていた。

「……あの、ええと、主任？」

支倉は、捧《ささ》げられた祈りの蓄積が醸す静けさに躊躇いを覚えたものの、頭《こうべ》を垂れて座る爽子に声をかけた。

「あの――」

支倉が長椅子の列を左右に分けた通路に歩いて近づきながら、動かない爽子へと続けようとした言葉は、口の中で溶けた。

それは、うつむいたまま眼を閉じ、窓からの柔らかい光に照らされて浮かび上がった爽子の白い顔が、支倉には、あどけなくとさえ感じられたからだった。無垢《むく》な静けさを湛《たた》えたその表情は、そのまま、堂内の静けさに馴染《なじ》み――というより、溶け込んでいた。

知らない人が見れば新任の修道女と間違ってもおかしくない。だがそれは、つい何週間か前、腐臭を放つ汚泥のような性犯罪者の動機を読み解き、あまつさえ、その筋金入りの被疑者と取調室で対峙《たいじ》した結果、異様な迫力で〝歌わせた〟のと同一人物だと知らなければ、という但し書きのつく話ではあったけれど。

が、それも支倉がすこし戸惑いながら脇に立つまで、だった。支倉の影がさした途端、爽子から、妙に可憐な風情が吸い込まれるように消えた。そして、いつもの表情で瞼をあけると、水晶玉のような双眸《そうぼう》に咎めるような色を浮かべて、支倉を見た。

……

「このまえは、捜査で礼拝できなかったから」

爽子は、なぜ教会に？　と尋ねた支倉に答えて言った。

「それに、管轄の地理も把握しておきたかったから」

なるほど、だからここへ、と納得した支倉に、爽子は続けた。

「それで、なに？　わざわざ勤務を抜けて来てくれたのは、なにか大事な連絡でも？」

「あ、あの……！　吉村主任」支倉は会衆席の脇に立ったまま、意を決して言った。

「今度の休み、一緒にお出掛けとかしません？」

「そんなことを言いに来たの？」爽子は形の良い眉根を寄せ、呆れた表情をして言った。「支倉さん、仕事中でしょう？」

「いいじゃないですか、自分の仕事はちゃんとします！」

支倉は言い返し、食い下がる。「でも主任は、こうでもしないと、何も話してくれないじゃないですか！」

「だからって――」

爽子は上司として叱責を重ねるべく口を開きかけて、……やめた。

それは、支倉の執拗ともいえる好奇心への戸惑いが幾分かは含まれていたものの、その言い分にも一理あるのを認めざるを得なかったからでもあった。しかし――。

――私は私の心を誰にも見せたくない。私の心には、誰もが眼を背けたくなるものしかないから……。

そう思って唇をつぐんだ爽子へ、支倉は拝むように手を合わせる。

「ね、だからお願いします！　お出掛けしましょうよ」

「……私なんかに、どうしてそんなに興味があるの？」

爽子は大きく息一つ吐くと、まじまじと支倉を見返して問いかける。「本部の捜一にいたからって、そういう理由なら――」

支倉は爽子の態度に焦《じ》れてきた。苛立《いらだ》ちを露わにして前屈《まえかが》みになって声を上げる。

「あ、あのですね！　こういう恩着せがましい言い方は大嫌いなんで、言いたくなかったんですけど！　仲間だし！」

「仲間……」爽子は旧友と再会したようにそう呟いた。

仲間か、と爽子は思った。そんな言葉を面と向かって告げられたのは、警察学校を卒業して以来のような気がする。警察学校時代に同期は全体で四百九十九人、うち女子は百三十三人いたけれど……。でも、その内で本当の意味で〝同期〟と呼べるのは、爽子にとって、ほんの数人しかいない。

――それは私が、ひとの差し伸べた手に脅《おび》えてしまうから。疑い、ためらい……相手の真意を試そうとしてしまうから。

そんなことを思って睫毛を伏せた爽子の様子に、支倉は気づかなかった。それどころか、ますます声の調子を上げる。

「私、主任のお手伝いをしましたよね？　一緒に豚汁を作ったじゃないですか！　貸しだなんて言いませんけど、少しはかわいい同僚の――」

爽子は、十字架のイエスも顔をしかめかねないほどの勢いで続ける支倉の訴えを聞きながら、仲間か、と胸の内で繰り返す。

爽子は微苦笑を漏らすと、言った。「……わかった」

「頼みもきいてくれてもいいんじゃないかと――って、わかった、って言ったんですかいま？」

支倉は勢いよく回っていた舌に急ブレーキをかけて、驚いて爽子をまじまじと見詰めて聞き返す。そんな同僚に、爽子は微苦笑を浮かべたまま、うなずいて見せる。

「……ええ」

「やった！」

打って変わって声を弾ませた支倉に、爽子は照れ隠しのように付け加える。

「でも、私となんかじゃ退屈するだけだと思うけど」

「またまた、そんな……。じゃあ、仕事に戻ります！」

支倉は笑顔で告げると踵《きびす》を返し、浮き立つ足どりで会衆席の通路を玄関に向かった。そして、両開きのドアから外へ出たところで、両開きのドアの隙間から、満面の笑みを覗かせて駄目押しする。

「キャンセルはなし、ってことで！」

バタン、とドアの閉じられる音が響いて、堂内に静けさが戻る。

爽子は椅子の上から支倉を見送っていたが、そのとき初めて眩《まぶ》しさに気づいたように、光の射《さ》す方を見上げる。

見上げた窓にはステンドグラスが嵌めこまれ、さながら天上の宝物のように光り輝いていた。そのステンドグラスに描かれているのは聖書の一節――、大天使ガブリエルが驚くマリアにイエスを身ごもったことを告げる場面、受胎告知だった。

神の御使いの突然の来訪のせいか、それとも処女のまま受胎したことに対してか。

おそらく、その両方に驚いて胸を押さえたマリアの表情を、爽子は少しのあいだ、眼に陽光が滲《し》みるのも構わずに見上げていた。

私も驚いてる。爽子は書き留めるようにそう思いながら十字架の方へ向き直ると、再び頭を垂れた。


「へえ、あの主任さんとかい？　そりゃ良かったじゃねえか」

「そうなんですよ」

支倉は鑑識係の執務室で、胸元でデジタルカメラを構えたまま、近藤に嬉しそうに答えた。周りには鑑識資料の詰まったキャビネット、鑑識資機材を納めたジュラルミンケースの棚が、詰め込まれたように並ぶ部屋だった。

「でも、私のカメラ、調子が悪くって。スマホだと撮りにくいし、それで……」

押しかけた教会で爽子に約束をとりつけてから、数日が経っていた。互いの勤務やいま扱っている事案の捜査状況を考慮して予定を調整した結果、出掛けるのは明日、土曜日に決まっていた。

捜査員の勤務は〝毎日勤務〟——日勤が基本であり、週末は本来、非番ではある。だが、捜査員の勤務割りに被疑者があわせてくれるはずもなく、それはいわば建前に過ぎなかった。現実には土曜か日曜、そのどちらか一日しか休めないのが実際のところだ。

支倉は、せっかくなんだから吉村主任と写真も、と思い立ったものの、スマートフォンで自分を撮るのは得意ではないし、私物のデジタルカメラも古くて調子が悪い。そこで、出掛ける前日の昼休み、カメラを借りようと鑑識部屋へとやって来ていたのだった。

「ああ、かまわねえよ」机に座った近藤が、嗅《か》ぎ煙草《たばこ》のパイプを咥《くわ》えたまま言った。「そいつは俺の私物だかんな。持っていきな」

「はい、ありがとうございます！」

「あの……――」

遠足前の子どものような声で礼を言った支倉に、鑑識係員の土橋が声をかける。

「あの……僕もその日は暇なんだけど――」

「あ、そうなんだ。でも、また今度ね」

支倉は下心が透けてみえる土橋を残し、つむじ風のように鑑識部屋から逃げ出した。

その夜――。

「じゃあ主任、明日」

帰り支度をして通りかかった支倉が言った。

時刻は九時を回り、刑事部屋には課員の姿もまばらとなっていた。そんな閑散としたなかで、爽子は捜査書類の作成を続けていた。

「約束、忘れないでくださいね？」支倉が秘密めかして身を屈め耳打ちする。

「ええ、ちゃんと覚えてる」

支倉の念押しにも、爽子はモニターの画面上の文字を追ったまま、素っ気なくうなずいてみせただけだった。

けれど、支倉が大部屋から出て行ってから十数分後、報告書にも一区切りがつき、椅子に座ったまま背伸びをして、一息つこうと廊下の自動販売機へと足を運んだとき、爽子は自分自身の素直な気持ちを目の当たりにすることになった。

夜の帳に塞がれて、窓ガラスは磨いた黒曜石のようになっていた。そしてそこに映ったもう一人の自分は、……微笑《ほほえ》んでいた。

ちょっとはにかみを含んで、無邪気に。爽子が思いがけない表情に戸惑っておとがいを引くと、窓ガラスに映る少女の面差しを残す顔が、どうしたの？　とでもいいたげな眼を上目遣いにして、こちらを見返した。

——私、喜んでる……?

そんなガラスのなかの自分が浮かべた表情を珍しいものでもあるかのように、爽子は見入った。そう、私は明日を心待ちに、……楽しみにしてる。爽子は自分自身に認めるように思った。

なんだか、とても久しぶりの気持ち……。捜査一課に配属されていた短い間にも、こんな自分を見かねて連れだしてくれたひとも、いることはいた。女性の上司で、不器用な私に、なにくれとなく手を差し伸べてくれたひとだったけれど……。

でも、私の方からあのひとに連絡をとることはできない。それは、昔からずっとそうだったように拒絶されるのが恐《こわ》いから……だけでなく、近況を伝えるメール一通さえ送るのを躊躇ってしまう理由が、爽子にはあった。

それは、爽子が警視庁本部捜査一課から外された理由ともなった、皆が声を潜めて〝二月の事件〟と呼ぶ、あの事案でのこと。

私は藤島さんだけではなく、あのひとにも……。

でも、ここにもいてくれたんだ、と爽子はとめどなく湧き出す後悔を頭から追い出すように首を振りながら思う。

私なんかを思《おも》い遣《や》ってくれるひとが。

「……仲間、か」

爽子はそう呟いてから急に気恥ずかしくなって、陰影の濃くなった自分の顔から眼を逸らす。と、その時になって、窓枠の隅で光るものに気づいた。

月だった。夜空の漆黒を警察官の制服のような濃紺に薄めて浮く半月は、春の朧《おぼろ》に霞《かす》んで、赤みがかっている。そのせいか真新しい銅貨か、あるいは――。

あるいは、錆《さ》びた刃物のように見えた。

爽子は、ふと心をよぎった不吉な連想に、月を見上げたまま眉を寄せた。

赤い月に凶兆を感じてしまったせいか。

爽子は勤務解除後、刑事部屋から帰り着いた単身待機寮で眠りに就いてから――悪夢の続きを見た。

……すべてが白黒の、色彩を失った世界。継ぎ目も曲がり角もない、どこまでも延びる塀に挟まれた一本道。

二週間前、いや、それ以前から何度も何度も繰り返された悪夢の世界で、幼くなった爽子は手首を男に摑まれ、反対の手にはボールを抱えたまま、引き立てられるように躓きながら歩かされている。

――あたしをどこへ連れてくの……？

爽子は、恐怖に固まっているせいで、男が強引に手をひくたびに、小さな身体をがくがくと揺らしながら、ぎゅっと無意識にボールを護符のように抱え込む。桜桃のような唇も、喉も、それどころか声さえ凍りついていた。爽子の身体で凍りついていないのは、辛《かろ》うじて心だけだった。その心の中でさえ、凍えたように震えながら呟くのが精一杯だった。もっとも、この世界で声を上げたところで、誰も助けになど来てくれないのはよく解っていた。いや、この世界だけでなく、どこの世界であろうと。

——どうしてあたしを連れてくの……？

……ここまでは、夢魔のように襲いかかってくる、いつもの悪夢の再演といえた。そして、夢とはいえ防衛機制の固く厚い壁に押しとどめられて、これ以上の恐怖は味わわなくてよいはずだった。そのはずだった。

しかし——今夜ばかりは違っていた。

続きがあった。

「それはねえ……」

爽子の腕を摑んだまま歩き続けていた男が、立ち止まった。

振り返って見下ろす男の顔は、漆黒に塗りつぶされた黒い仮面だった。そんな鼻も口もない空虚な顔面に、欲望に血走った眼だけが白く浮かびあがっている。

そして男は、無機質に光る眼で爽子を見下ろして、こう告げたのだった。

「それはねえ……お嬢ちゃん。お前が……お前が可愛いからだよぉ……」

爽子は男のホオジロザメじみた眼に見据えられたまま、恐怖の氷柱《つらら》に全身を貫かれて立ちすくむ。

腕に抱えていたボールが地面に落ちた、だん……という音が絶望を告げて、どこか遠くから聞こえた。

……爽子はベッドで呻きとも微かな悲鳴ともつかぬ声を漏らしながら、何かから逃れるように、掛け布団の下の身体を巨人に捻《ひね》られたように悶《もだ》えさせる。

爽子の寝汗に塗れ、苦痛に歪む顔を、カーテンの隙間から入り込んだ朝陽が細い刃のように照らしていた――。


悪夢が訪れたのは、爽子のもとにだけではなかった。

遭遇したのは多摩中央署多摩センター駅前交番の勤務員、爽子と所属を同じくする警察官たちだった。

その二人の交番勤務員は、東の空が薄い橙色《だいだいいろ》に染まり始めた、丁度、爽子が居室のベッドで身悶えしていたのとほぼ同時刻に、警邏《けいら》の為、交番からほど近い公共施設へと差しかかっていた。

パンテオン多摩。

五階建ての大規模な複合文化施設で、駅前広場の交番からは歩行者専用の大通りを、三百メートルほど一直線に行ったところにある。

市街を含む多摩ニュータウンは高度経済成長期、丘陵を造成して開発されたため、パンテオン多摩も傾斜地に建てられていた。建物の前面が両翼に挟まれた大階段になっており、それが特徴であるのと同時に、古代ギリシャの建築を想起させることから、通称の由来にもなっている。この大階段は、そこを上った先に併設されている中央公園への入り口を兼ねている。

パンテオン多摩へと続く、四車線道路ほども幅のあるパンテオン大通りを警邏しているとき、二人の交番勤務員には何の異常も見受けられなかった。煉瓦《れんが》で舗装された歩行者専用の大通りには、まだ始発の電車もない時間帯、さらに週末ともあって、駅へ急ぐ歩行者の姿はなく、夜の名残である黒いレースのような薄闇のなか、通りを挟むホテルやデパートは静まりかえり、二十四時間営業のファミリーレストランの看板が映えているだけだった。

しかし、当直になれた身にはお馴染《なじ》みの、夜明けの光景だったのは、そこまでだった。

ふたりの勤務員がそれを発見したのは、橙色に変わり始めた朝陽に背中を押され、パンテオン多摩の長い大階段を上りきった、そのときだった。

「……おい、ありゃなんだ？」

円柱とアーチを組み合わせギリシャ遺跡を模した入り口を潜った途端、警察官のひとりが呟いた。

「いや、なんだろうな」もう一人の警察官も、相勤と同じ方向を見たまま答える。

パンテオン多摩の広い屋上には、人工の池が設けられている。池といっても広いものではなく、深さは大人のくるぶし程度しかない。その半円形をした池の真ん中には、イルミネーションを飾るためのポールを立てた小さな台が、ぽつんと設けられている。そこに——。

何かの黒い塊があった。

朝陽が反射しはじめたガラスのような水面に囲われた台の上で、時折もぞもぞと蠢《うごめ》くそれは、よく見ると群がった鴉《からす》たちだった。

異常を覚知し、屋上の敷石《しきいし》を踏む足を急がせた二人の警察官の気配に気づいたのか、そのうちの一羽《わ》が頭を上げ、カァッ！　と威嚇の鳴き声を放った。

そして、二人の警察官が池の畔《ほとり》に達すると、台上で何かを覆って啄《ついば》んでいた鴉たちは、ギャア、ギャア！　と不吉な鳴き声をあげ、焦げた紙が舞い上がるように、明るくなり始めた空へ一斉に飛び立つ。無数の旗がはためくような羽音が重なる。

「おい、あれ……！」警察官の一人が小さく叫んだ。

警察官たちの視線の先、黒い死衣のように群れていた鴉が吹き散らかされるように消えたあと、露わになった池の台上にあったのは――。

人間の生首だった。

切断された頭部《けいぶ》を下にして据えられたその首は最初、若い女に見えた。それは、長髪が濡れた海草のように頬へ張り付いていたからだが――、骨格からして若い男だと、これはすぐに見て取れた。

そして、蠟《ろう》のように青白い顔面を縁取る長い髪の隙間から、左の眼窩《がんか》に赤黒い線で描かれた記号か模様のようなものが覗いている。

よく見ればそれは、塗料で描かれているのではなかった。――瞼でX字状に交叉《こうさ》した、鋭利な刃物で深く刻まれた傷であった。

二人の警察官はこの場では気づかなかったが、向かって右の眼窩にも左目同様の傷があった。気づかなかったのは、男の頭部は、まっすぐこちらへと向いていたわけではなかったからだ。警察官たちが立っている位置からは、右半面は隠れて見えなかった。

しかし、正面から顔を逸らしたようにわずかに横を向いた男の口許《くちもと》、血の気を失って紫色になった唇がすぼめられ、わずかに開かれているのは見て取れた。まるで、口を尖《とが》らせて何か訴えようとしているように——。

男の頭部……部分死体の惨状だけでなく、それに込められた陰湿で強烈な悪意に打たれたように、場数を踏んだ二人の警察官もさすがに立ち尽くす。

そして、その周りでは、一旦は飛び去ったものの執念深く舞い戻った鴉たちが、獲物を取りあげられたことへの抗議の鳴き声を上げる。

十数羽の鳴き声は混然と重なって、払暁の空に響き渡った。

第二章　暗い森

一

――「暗倶覆《アングリー》さま、暗倶覆さま、僕の暗倶覆さま」

澱《よど》んだ闇に、男の声が流れてゆく。

そして、まだ若い声の主の、まだ成長しきっていない細い身体は、水底のような光景のなかで、地面を踏むことなく浮いていた。

――「いよいよ僕は、聖なる儀式を始めます。僕の用意した芸術品を、あなた様と偉大な先駆者……」

少年は、自らの想念の内側にいた。その虚ろで広大な暗渠《あんきょ》で一心に念じていた祈りを、ふと途切れさせる。自分に道を、宿命を、成すべきことを教えてくれた者がいたのだ。忘れるわけにはいかない。

――「それから、作り物の世界から暗い森へと迷い込んだこの僕に、強い意志を与えてくれた師に、捧げます。どうかお受け取りください。僕をお守りください。そして……」

思いを反映し、蜘蛛《くも》のように四肢の細い少年の背後に、薄墨が紙に染みるようにして、樹木の重なり合った影が浮かび上がる。それは、舞台の書き割りのように見えた。

――「そして、偉大な先駆者の偉業を、この僕の手で完成させられますように……!」


「……吉村主任!」

文倉はパンテオン多摩の大階段を駆け上がって屋上を見渡すと、息を切らせながら声を上げる。

爽子は、いた。――いつものパンツスーツ姿に腕章をし、黄色い通路帯のうえに片膝をついた姿勢で、近藤たち鑑識が池の中で行っている採証活動を見守る背中が見えた。屋上に伊原たちの姿はまだなく、単身待機寮住まいの爽子は、強行犯係では最先着したようだった。文倉も署の当直から早朝に連絡があると、すぐに両親と同居する練馬《ねりま》区の自宅を飛び出して駆け付けたのだった。

鑑識は、近藤と土橋だけでなく、立川《たちかわ》の多摩鑑識センターから第二現場鑑識の課員たちも臨場し、ゴム長靴を履いて足首ほどの深さの池に入り、まだ被害者の頭部が収容されていない台の周りで重点的に作業している。すでに屋上のコンクリートの地面には、鑑識により通路帯だけではなく、現場保存用の透明樹脂製の歩行規制板、数字やアルファベットが記された三角錐型の鑑識表示板も置かれていた。

「お疲れ様です。……うわっ」

支倉は通路帯を急ぎ、爽子の脇に立つと、その視線の先、――メジャーで計測したり画板を構えながら取り囲んだ鑑識課員たちの隙間に垣間見《かいまみ》えるものをみて、思わず声を漏らした。

捜査専務に任用されてから一年と少し。支倉も、自分なりに様々な事案を扱い、流血の現場にも踏み込んできたつもりだった。しかし、それらの事案と目の前の光景とでは、次元が違っていた。――それは、前回の捜本事件の際もそうだったが、現場に残る犯行の痕跡は、犯人の激情や混乱、あるいは被害者の抵抗を示す、ある意味で人間性の感じられるものであった。それらに比べると、いま目の当たりにしている、目立った滴下血痕《こんぺいとう》ひとつなく台上に陳列するように遺棄された被害者の頭部には、犯人の冷笑的な計算高さ、それに悪意が込められているようにしか感じられない。

「……あれ、ですか」

「ええ」爽子は呟きで尋ねた支倉に、しゃがんだ姿勢で前を向いたまま答える。

「マル被は部分遺体を隠蔽することなく、むしろ誇示している。ほぼ間違いなく――性的な動機の、特異事案ね」

「性的な動機、って……」

頭部離断、つまり首を切り離すことと性的な動機が、どう繋《つな》がるのか。支倉は爽子の説明に釈然とせず、被害者の頭部から引き剝がした視線を、爽子に向けた。それに、と思いながら続ける。

「でも、身許《みもと》は不明ですけどマル害は男性だと」

爽子は支倉からの問いに、遺体とその周りの水面で作業する鑑識課員たちを、まるで舞台の準備が整うのを見守る演出家のように見詰めたまま、答えなかった。

こういう時の爽子の沈黙が、不用意なことは口にできないという慎重さからくるものであって、決して意地の悪さからではない。……というのは、ともに捜査に当たるうちに理解しつつあったけれど、支倉は内心で、そっと溜《た》め息《いき》をつく。そうだ、捜査といえば——。

「あの、主任。身体は大丈夫ですか?」支倉は気づいて言った。

「転勤してすぐ事件で、ずっと休んでいないのに。今日だって——」

この事案でも捜査本部が、それも遺体の態様から前回と同様、特別捜査本部が設置されることになるのは間違いない。それは同時に、捜査本部の第一期、つまり捜査開始から少なくとも三十日間は休みはなくなる、ということだ。しかも、もし第一期期間内に被疑者を逮捕できなかった場合、〝発生署〟の責任として、爽子たち所轄の捜査員は継続捜査に当たらなければならない。

吉村主任は、転属してきたその日に、まるで待ち受けていたかのように事件が発生した。それは幸い、比較的早期に被疑者逮捕に至ったけれど、その間にはもちろん休みはなかった。さらに捜査本部が解散して署の通常業務に戻ってからも、爽子が本来は非番で休日である週末に刑事部屋で一件書類を纏めるなど事務処理をしたり、事件の被害者、主に若い女性たちの相談に乗っている姿を偶然、支倉は見掛けたことがあった。だから支倉は、支倉なりに気を遣《つか》って言ったのだったが——。

「そんなこと、どうでもいい」爽子は屈《かが》み込《こ》んでいた姿勢から腰を上げ、切って捨てるように言った。

「いまは事件のことに、五官のすべてを集中して」

立ちあがってそう告げはしたものの、爽子自身、疲れが身体を重たくしているのは自覚している。それに、束《つか》の間《ま》の休息である眠りさえ、昨夜は拷問に等しい悪夢で奪われてもいた。

支倉は、そうした一切を隠して肩先に並んだ爽子の、表面上はいつもと変わらないその横顔を、眉根をすこし翳らせた眼でちらりと見た。

〝そんなこと〟……か。支倉は、敬愛の情を抱きつつある上司の無味乾燥な言葉を胸の内で反芻し、視線を戻しながら思う。こんなの、臨場してるときに気にすることじゃないけど……、それに、吉村主任が自分のことよりも捜査を優先するひとだというのも解ってるけど……。解ってはいるけど、でも――。

――私の気遣いなんて、主任にとっては〝そんなこと〟に過ぎないのかな……。

今日の、私との約束も含めて。支倉はそう心の中で呟きはしたものの気をとられたのは一瞬で、いけないいけない、いわれたとおり事案に集中しなければ、と遺体に慌てて眼を戻した。

爽子は、頭部だけの無惨な遺体や現場全体を眼に溜《た》めるように見詰めていたが、支倉から伝わる気配の微妙な変化を、緊張で敏感になった頰が感じ取った。そこではじめて、爽子は自らの無思慮に気づくと、半ば閉じていた眼を、はっと見開き、支倉の方を向いた。

「あの、支倉さん――」

爽子が短く詫《わ》びようと唇を開きかけた、まさにその瞬間、――伊原をはじめ、遅れていた強行犯係の同僚たちの声が後ろから聞こえた。

「お、支倉、早《はえ》えじゃねえか。――うお、あれか」

「ええ？　あれ？」

「なんでまた……」

大階段を急いだせいで息を乱した高井が感想を漏らし、小太りの三森も喘《あえ》ぎながら呟く。佐々木だけは呼吸こそ荒かったものの表情を変えず、現場を見ている。

「……酷《ひど》いね」最後にやって来た堀田が、遺体を一目見て呟き、尋ねた。

「捜一の殺人犯係の出向は？」

「もうすぐだそうですが……」

高井がそう答えたのとほぼ同時だった。――背後の大階段の方から多人数の重なった靴音が響きはじめ、こちらに迫ってくるのが聞こえた。

「……来たな、〝神様連中〟が」

伊原が吐き捨てて身体を後ろへ回し、爽子も桜田門《さくらだもん》の警視庁本館庁舎から出向してきた係を迎えるべく池から振り返った途端、――ガラス細工の人形のように硬かった顔に、驚きが散った。その表情は、驚きは驚きでも、幾分か喜びを含んでいる。

「吉村さん！」

そう爽子を呼んだのは、こちらを目指す捜査一課の群れ、その先頭をやってくる背の高い女性だった。一課の猛者たちを引き連れたその姿は、長身にぴんと張った背筋も相まって颯爽《さっそう》としていた。

「柳原《やなぎはら》係長」爽子は驚いたままの顔で呟いた。

「それじゃ、〝事件番〟だったのは」

「ええ。あなたの古巣、私たち特殊犯捜査五係《とくごがかり》よ」

柳原明日香《あすか》は、爽子と向かい合うと足を止め、切れ長の眼に霧がけむるような微笑を浮かべた。長い髪をうなじの髪留めで纏め、年齢は三十路《みそじ》に踏み込んだばかりに見えた。

このひとが、吉村主任の一課時代の上司……。支倉は、特殊犯五係の捜査員たちが屏風《びょうぶ》のように立ち並んだ前で微笑んでいる、柳原をまじまじと見ながら思った。

支倉は、臨場してきた捜一の〝ナンバー係〟が女性係長に率いられていることにまず驚かされたが、さらに驚いたのは、その女性係長が爽子の元上司であること、さらに、爽子と柳原のやり取りからは、かつての部下と上司の関係というだけでなく、それ以上の信頼に裏打ちされた親しいものが感じられたことだ。

――でも吉村主任って、〝赤字〟で捜一から追い出されたはずだよね……？

ならば柳原もまた、前の事案で出向してきた捜一の磯崎らと同様、いや、それ以上に爽子を毛嫌いしても不思議ではない。むしろその方が自然な気さえする。

けれど、柳原が爽子に示した態度は、なんだか恩師と生徒が再会したような……。

そう思いながら支倉が横目で窺った爽子といえば、つい先ほどまで驚きと、ささやかな喜びを浮かべていた眼は伏せられて、かつての上司から視線を逸らし、桜桃みたいな唇は、きゅっと引き結ばれている。その表情は、柳原のみせた寛容さが一層、負い目を深めさせたというように。

柳原は、そんな爽子の表情に一瞬、眼を止めた。けれどすぐに、その背後の、鑑識課員が採証作業を続ける池へと顔を上げ、微笑を消して呟く。

「マル害はあそこか……。酷いことを」

それから、頭部だけの遺体を網膜に焼き付けるように見詰めてから振り返り、両手を腰に当てた。そうして、階段から涌《わ》き出《で》るように続々と集まりつつある、私服制服の全員を見渡して告げた。

「鑑識の採証活動終了を待つわけにはいかない。ホダくん！」

「保田《やすだ》です」

「それは失礼。すぐに〝地割り〟して」

慣例なのか、柳原は、にっこり笑って抗議した短髪にセルフレーム眼鏡をかけた若い捜査員へ素っ気なく詫びただけで、すぐにその若い捜査員――保田秀《しゅう》巡査部長に指示を下した。保田は〝部屋長〟でこそなかったものの、デスク業務における手際の良さでは、係内で一目置かれている捜査員だった。

「それに従い、各捜査員はそれぞれの担当地域を〝地取り〟！　すでに聞き込みや検索に当たってる機捜にも連絡とって！　ＳＳＢＣは周辺の〝防カメ〟映像の確保をよろしく！」

柳原の面前を半円状に取り巻き、指示する間も厚みを増してゆく制服私服の人垣の中で、捜査支援分析《ＳＳＢＣ》センター機動分析係の係員たちがうなずく。彼らは警視庁本館に隣接する警察総合庁舎別館五階に所在し、防犯及び監視カメラなどの画像解析をはじめ情報機器の解析及び鑑定などを担当する、分析捜査専従の捜査員たちだった。

「それから鑑識からマル害の身体的特徴を確認、人定の割り付け！　以上、二つの捜査項目を優先して行って！　なお、初動の拠点は〝機捜一〇一〟に置く！　なにか質問は？」

柳原は、自らの指示を爽子たちがそれぞれの執務手帳に控え、それが浸透したのを見て取ってから、手を打ち鳴らして告げた。

「ではかかって！」

初動の〝地割り〟を任された保田が、集まってください、と声を上げ、引率するように早足に歩き出した。捜査員たちの集団もそれに伴い、地取りの担当地域の割り当てを受けるべく、保田が先に立って促す屋上の片隅へと、ぞろぞろと移動し始める。

爽子もまた、動き出した捜査員たちに合流すべく、自分と柳原とのやり取りを胡散《うさん》臭《くさ》げに眺めていた伊原たちとともに、そちらへ向かおうとした。そして、元上司に一礼してその場を後にしようとしたとき、柳原から呼び止められた。

「吉村さん。あなたは私のそばにいなさい」

「えっ……」

爽子は人波のなかで振り向いたまま、驚きで足を止めた。

柳原は、大勢の靴音が離れてゆくと、ひとり残った爽子の前に立って微笑む。

「この捜本では、吉村さんには〝特別心理捜査官〟として働いてほしい」柳原は言った。

「もちろん、すべての責任は私が持ちます」

「……柳原係長」

爽子は柳原を見上げ、靴音の余韻にさえ掻き消されそうな声で呟く。

「つまり、私にのみ復命の義務を負う特命担当、独任官ってところね。あなたが疑問に感じたことは何でも、徹底的に追究してほしい」

「でも、私は……」

「いいから」柳原は、解ってる、という風にちいさくうなずく。

「それに、捜本の〝組閣〟は捜査主任官の専決事項なんだから、吉村さんが嫌だっていっても引き受けてもらう。いいわね？」

「……ありがとうございます」

爽子は、覗き込むように視線を注いでくる柳原へ、囁くように礼を言った。そして、このひとはまだ私を信じてくれている、と思った。あんな失態を犯した私を。嬉しい、と雨滴が乾いた地面にしみこむように、そう思う。しかし、それを面《おもて》に出して伝えることは、爽子の胸の中に居座る負い目の塊が許さなかった。なぜなら――。

あの時、一番迷惑をかけたのは係長……いえ、柳原主任に、だったから……。

「まあ、ひとりでは不都合なこともあるから、適当な相勤を――」

柳原は、元部下が表情の奥にわだかまらせる感情を察してはいたものの、気づかない振りをして、そう続けた。

支倉は、そんな爽子と柳原の様子を、保田を囲んで集合した捜査員の輪の外れに立ちながら時折、ちらちらと窺っては聞き耳を立てていた。

――なんか前の事案と違って、吉村主任、すごく信頼も期待もされてるみたい……。

支倉は、ため息とともに向き直り、視界を塞いだ捜査員の背中越しに聞こえてくる、届いた地図をもとに保田が地取りの担当地区を割り振る指示に注意しつつも、内心、ため息をつく。じゃあ、しばらく吉村主任とは一緒になれないってことか……。

「……解りました。では――」

爽子は、視界の隅に落胆した支倉を捉えていた。だから、ささやかな笑みを浮かべて柳原に答えると、続けた。

「では、私の相勤は本署の支倉由衣巡査をお願いします」

え……？　支倉は爽子の返答が耳に滑り込んできた途端、驚いて振り返る。

「あ、あああ、あの……吉村主任の相勤が、私ですか？」

支倉は、考える前に爽子と柳原のところへと駆け寄って、慌てたように尋ねた。

と、保田を囲んでいた捜査員たちの輪が崩れ始める。担当地域を割り振られた捜査員たちの組から順に、ばらばらと大階段の方へと駆け去って行く。そんな慌ただしい喧噪の屋上で、——思いがけない指名に思わず聞き返した支倉に、爽子はすこし意地悪な笑みで答える。

「嫌なの？」

「そ、そんな訳ないですけど……！」

「そう、なら決まりね。私は捜一特五係長、柳原明日香。よろしくね」

慌てて否定した支倉に、柳原が切れ長の目元をわずかに細めて微笑した。


「それで、吉村さんはマル被はどんな奴だと？」

柳原が改まった口調で、新緑の映える多摩市街を背景にして言った。

爽子たち三人は、鑑識が支柱とブルーシートで遮蔽した池の畔からすこし離れ、つい数分前、捜査員たちが水階段《カスケード》のようにして駆け下って行った大階段の近くへと、場所を移していた。

「被疑者が男性なのは間違いありません」爽子は言った。

「そして、長い間に抱き続けた殺人願望と、性的な〝ファンタジー〟が組み合わさった結果の犯行だと思います」

「なるほど、続けて」柳原が促す。

「そういった犯人で、しかも被害者が男性の場合、濃い薄いは別にして、必ずマル害とは〝鑑《かん》〟があります。女性や子どもなら、たまたま行き合わせただけでも犯人の好みに合致すれば被害者になりえますが、男性はその可能性が低く、それに――」

爽子は柳原の傍らで、市街の風景から池の方へと身体を向ける。張り巡らせたブルーシートに阻まれ、採証作業中の鑑識課員たちが影絵のように動いている。

「眼窩につけられた傷は、明らかに〝非人格化〟です」

爽子は、被害者の両瞼につけられた、呪術めいたバツ印の傷を指して告げた。

「あれは、被害者と犯人との間に関わりがあり、そのため殺害後も被害者に注視されているという妄想を、犯人が抱いたことを示しています」

「なるほど」柳原はうなずき、爽子につられて池に向けていた目を戻した。

「ということは、遺体の状況がいくら特異なものであっても、通常のバラバラ殺人と同じくマル害の人定を割れれば、その敷鑑の範囲内にマル被がいる可能性が高い、ってわけね」

「ただ、他の死体損壊と違うのは――」爽子は言った。

「この事案の場合、数日以内に、犯人から報道機関へ声明文が届く可能性が高い、ということです」

犯行声明……？　支倉は、爽子の予言めいた言葉に驚いたけれど、柳原は平然と耳を傾けている。

「おそらく――」爽子は自分の内側を凝視する表情で言った。

「達成感で得意の絶頂のなかで書かれ、社会や、そして私たち警察に挑戦し嘲る文面のものが。犯人しか知り得ない内容か、あるいは、自らの犯行だと証明する物を同封して」

爽子は透明な表情に戻ると、柳原に続けた。

「ですがそれは、有力な物証になります。声明文が届けられたら速やかに任意提出してもらえるよう、いまからマスコミ各社に呼びかけておいては」

「了解」柳原はうなずいた。

「課長に話を通して、報道関係者に根回しはしておく。――いまはこんなところね」

柳原は爽子と支倉を促し、大階段へと歩き出しながら続けた。

「鑑識さんの許可が出るまで、〝機捜一〇一〟へ」

支倉は爽子とともに〝機捜一〇一〟、機動捜査隊に所属し初動捜査における現地本部の役割を担う中型バスへと向かう柳原に続き、大階段を降りようとした。

と、そのとき爽子が何か思い出したように立ち止まった。そして踵を返すと、階段とは反対の池の方へと小走りに向かってゆく。

吉村主任、どうしたんだろう？　支倉は、通路帯の上を池へと戻ってゆく爽子の背中を、眼で追いながら思った。――

「近藤係長！」

爽子は池まで戻ると、折良くブルーシートを捲《めく》って現れた近藤に言った。

「おお、主任さんか。もうちょっと待ってくれ」

近藤が、鑑識資機材の入ったジュラルミンケースを地面に置いて、池の縁に片足をかけて言った。

「お疲れ様です。……あの、少しお願いが」

爽子が池から上がる近藤に手を貸しながら告げ、近藤は爽子の頼みごとの内容を聞くと皺を深くした、不思議そうな顔をして聞き返す。

「頭部の向けられた方位……？」

「はい」爽子はうなずいた。

「出来るだけ正確に、あの部分遺体が、どの方向へ何度の角度でむけられているのか、それを実況見分調書に記録しておいてほしいんです。遺体はまだ、犯人が遺棄したときのままですよね？」

「ああ、まだ動かしちゃいねえよ」近藤はそう答えたものの、怪訝そうに続ける。

「位置だけでなく角度までか？　そいつは重要なことなのか？」

「ええ。自分でもよく解りませんけど――」

爽子は再度うなずくと腰を屈めてブルーシートを捲り、三角形の隙間から見える水面の台上を視線で示す。鑑識課員たちに取り巻かれて鎮座する頭部の頬は、左側の方が反対側よりも広く見えた。そして、眼窩の無惨な傷跡も、左側ははっきり見えるものの右側は、正面からは鼻梁に隠れて見えにくい。つまり――頭部の顔面は、大階段のある入り口に対してわずかながら、右へと向けられているのだった。

「……あの中途半端な置かれ方が、なんだか気になって」

爽子は、脇見しているような頭部を見詰めたまま、呟いた。

「主任！」

支倉は遺跡を模した大階段の入り口のところから、ブルーシートのそばで近藤と何事か話している爽子に声をかけた。そして、すでに階段を半ばまで降りた柳原を気にしながら思う。吉村主任、なにしてるんだろ……？

「すぐ行きます！」爽子は支倉に首を巡らして答えてから、近藤に向き直り、自分でも理由がはっきりしないまま念を押した。

「よろしくお願いしますね」

そして目礼すると、駆けだした。

「いまどき変わった娘《こ》だね。……ま、いいけどな」

近藤は、屋上を駆け去って行く爽子の後ろ姿を見送りながら呟くと、池の方へ怒鳴った。

「土橋、ちょっと来い！　おら、たらたらするんじゃねえ！」

その夜――。

捜査会議が始まる時刻になると、特別捜査本部のある講堂に、捜査員たちが続々と姿を見せ始めた。

椅子ががたがたと引かれ、リノリウムの床を擦る音。それに、一日の捜査を終えた捜査員たちがそれぞれの相勤と交わす声が加わって、ざわざわと天井へと立ち昇っている。

支倉は、すでに体験済みの、そういった肌を刺されるような荒々しくも緊張した紙ヤスリのような騒がしさのなかで、前回同様に並べられていた長机に爽子と着席していたが――〝地取り〟に走り回った前回の捜査本部の初日以上に疲れ切っていた。それは、ほとんど精神的なものだった。

すごい日だったな……。支倉は本日二回目の会議を前にして、ふと息をつく。

一回目の捜査会議は、午前中に集中して実施された初動捜査後に行われたのだが、支倉は初動捜査のあいだはずっと、爽子の相勤として、初動の現地本部となった機動捜査隊指揮官車、通称〝機捜一〇一〟に詰めていた。

〝機捜一〇一〟はくすんだ銀色をした中型バスだ。車内には、乗客用のシートが取り除かれた床に指揮台と呼ばれるテーブルが据えられ、現場付近の住宅地図が広げられていた。

柳原はそこに陣取って、〝地割り〟で分散した捜査員たちと連絡をとりながら指示を下していた。爽子はその傍らで、押し寄せる報告の内容を地図や備え付けのホワイトボードに書き込みながら補佐した。

その間、支倉はといえば、――〝機捜一〇一〟に報告にやって来てはまた飛び出してゆく捜査員たちの邪魔にならないよう、決して広いとはいえない車内の片隅で小さくなっているしかなかったのだった。

頻繁に出入りしていたのは特殊犯捜査第五係の主任たちで、それだけでも支倉は緊張で食欲が吹き飛ばされそうになったものだが、その上さらに、取材に押し寄せた報道機関への〝現場レク〟――現場で事案の概要を説明するため平賀《ひらが》捜査一課長、東京地検の通称〝本部係〟と呼ばれる特捜本部事案専門の検事までが姿を見せるに及ぶと、居たたまれなくなるほどだった。

すごい経験だったな……。でもまあ、滅多にない経験ではあった気がする。普通、捜査専務二年目の下っ端は、あんなところにはいられないんだから。支倉が、掻き回されたような講堂の騒がしさのなかで、そんなことを思ったときだった。

「よう、もう来てたのか」

伊原の声が聞こえ、支倉が見ると、周りで伊原だけでなく三森、高井や佐々木、係長の堀田が椅子を引いて、席に着くところだった。

まずい、……かな？　支倉は銃弾が飛び交ってでもいるように頭を低くしながら、伊原の顔色を恐る恐る観察する。今日は一日、爽子とともに柳原係長のそばにいた。それを指して伊原から〝おい支倉、俺らと違って駆けずり回らなくてもいい身分になったとは、出世したもんだな〟……などと嫌味のひとつも吐かれるのでは、と思ったからだ。

が、予想は良い方に外れて、伊原の機嫌は悪くなさそうに見えた。悪いどころか鼻歌まで聞こえてくる。

「あれ、伊原長、なに嬉しそうなんですか」

三森も怪訝に感じたらしく、そう尋ねた。

「ああ？」伊原は岩のような顔を向けて言った。

「それはな、同じ〝神様連中〟でも、むさいおっさんどもに押しかけられるより、美人係長にやって来られる方が、ちったあましだからよ。中身は変わんねえとしてもな」

「僕、聞いたことがあるんです。その柳原係長のこと」

高井がぽつりと答えると、支倉は興味を引かれて机に身を乗り出し、伊原の向こうにいる高井に注目した。

「警察庁《サッチョウ》採用の準キャリアで、……それだけでも警視庁《ほんぶ》の現場にいるのは珍しいですが、それだけじゃなくて――」

そのとき、騒がしかった室内の空気が変わった。講堂の後ろのドアが開き、噂をしていた当の本人が入って来たからだった。

柳原係長が一課の幹部たちに混じり、タイトスカートに包まれた足をきびきびと運んでやってくる。

ざわめきが急速に引いてゆくなかで、高井が言った。

「柳原係長、刑事部《ジ》にくる前の所属は、〝ハム〟だったそうです」

――〝ハム〟って、……公安部？

驚いた支倉が、長机の列を左右に分けた通路を見ると、丁度、上座へと進む柳原の、その凜《りん》とした姿が通り過ぎるところだった。

刑事と公安は〝水と油〟、とよくたとえられる。

それなのに何故、柳原係長は刑事部に……？　人事交流かなにかかな……？

「それで、公安時代の渾名が〝女狐《めぎつね》〟、だったそうです」

ひな壇へと歩いて行く柳原を見続ける支倉の耳に、高井がそう告げるのが聞こえた。

女狐。どんな曰《いわ》くがあってそう呼ばれるようになったのか……などと支倉が想像を掻きたてられる間にも、幹部たちは正面のひな壇を横切るようにして席へと着いてゆく。

「では、始めましょうか」最後に着席した柳原が口を開いた。

「つけーっ！」

号令がかかり、講堂を埋めていた捜査員たちが間髪いれず椅子から立ちあがる金属音の怒濤《どとう》があがり、支倉は慌てて立ちあがった。

「――以上、本日の〝地取り〟ではめぼしい目撃者《マルもく》はなく証言《げん》もとれておりません」

起立していた特殊犯五係の主任は執務手帳から顔を上げた。「明日も範囲を広げ、引き続き当たります」

「解りました。それに加えて――」

夜の捜査会議開始から半時間ほど過ぎていた。

講堂には各担当主任からの報告と、柳原がひな壇から答える声が続いている。

「柳原係長って、会議の進行を自分でするんですね」支倉は長机の席で、隣の爽子に身を寄せて囁いた。

「普通は一課の係長がする。佐久間管理官は積極派だから」

ひな壇に注目したまま答えた爽子の小声に被さって、柳原の声が聞こえた。

「――明日は早朝より、本部員全員で現場付近の徹底した動態調査を実施します。遺棄現場は公園であり、従って、定時通行者以外にも早い時刻から散歩や運動をする付近住人が目撃している可能性がある」

それを聞いた捜査員たちから、明日は長い一日になりそうだ……という気配が漂う。だがそれも、柳原が幹部席から議題を次に進めるまでだった。

「次に、現場検証及び司法解剖の結果について」

照明が落とされ、用意されたプロジェクターのスイッチが入れられる。再び張りつめた講堂の空気を光の帯が貫いて、漆黒の闇にスクリーンを白く浮かび上がらせる。

と――

「被害者は男性、年齢は推定十代半ばから二十歳前後」

杏林《きょうりん》医大法医学教室で行われた解剖に立ち会った捜査員の説明と同時に、発見時における被害者の頭部の画像がスクリーンに映し出された。顔貌を正面から撮影したもので、頬に流れた長髪の脇には、大きさを記録するための伸ばしたメジャーが添えられ、それを保持する鑑識課員の手袋が映り込んでいる。

「死亡推定時刻は角膜の混濁度が高度であることから死後二日、とのことです。なお、死因については特定不能、頭部には直接死因につながる外傷は認められませんでした。ただ、毒物検査では血液中から睡眠薬の成分が検出されています」

朝方、現場で直接に遺体を見る機会の無かった、〝特捜開設電報〟を受けて召集された捜査員たちの口から、どよめきが上がる。

土気色の顔貌と、それを縁取った長髪。両方の瞼それぞれの、縫い付けるようなX字型の傷跡。苦悶《くもん》の呻きを訴えるようにすぼめられた唇……。支倉は被害者には申し訳ないと思いながらも、大写しにされた遺体写真からどうしても視線が伏せ気味になる。臨場したときも思ったものだが、自分の短すぎる経験を完全に超えた惨《むご》さだったからだが、吉村主任は……？　と支倉がちらりと盗み見ると、水底のような青ざめた闇の中で、爽子は水晶玉のような眼に画像をちらちらと反射させながら、深海魚のようにスクリーンを凝視している。

「両眼窩のバツ印状の切創は、二ミリ程度のごく浅いもので生活反応はなく、死後につけられたものです。また、左頬骨には骨折がみられますが、これは殺害時のものとると思料されるとのことです。頸部の切断面についてですが——」

支倉が爽子に遅れを取りたくない一心で、食道を胃酸と昼食の残りがこみ上げそうになるのに堪えながら、スクリーンへ眼を据え直すと、映っていた画像が切り替わる。


今度は頭部の顎先から首にかけてを撮影したものだった。切断されているのは喉仏のしたあたりだったが——、よく見れば切断箇所の皮膚には刃物を複数回、振り下ろした場合にできる、ぎざぎざとした段差が見られなかった。腕利きの肉屋が肉の塊を切り分けたように。そのせいで切断面は据えられていた台上とほぼ隙間が無く、死後経過で顔貌が灰色かがっているのも相まって、頭部は直接、コンクリートから生えているようにみえた。


「頸部には、紐《ひも》やロープなどを用いた絞殺をうかがわせる索状痕および手指で絞めた扼痕《やくこん》もなく、〝吉川線《よしかわせん》〟など被害者の抵抗した痕跡もありません。また、頭部離断に使用された成傷器は皮膚組織と頸骨《けいこつ》を一気に切断していることから、重量のある鋭器と思料されますが、刃物の種類など特定には至っていません。なにより特筆すべきは生活反応が認められること。つまり——」

海底の貝のように耳を傾けていた支倉たちは、捜査員の告げた一言に驚愕《きょうがく》した。

「被害者は生きながらにして頸部を切断された、……ということです」

おお、というどよめきが捜査員らの口から上がり、机に並んだその影が、強い潮の流れに晒された海藻のように揺らぐ。

「生きてるマル害の首を、か……」

「……ひでえ真似しやがる」

文倉は、周りで捜査員たちが交わす囁きを聞きながら、信じられないという顔を爽子へと向けて言った。

「生きてる人間の首を刎《は》ねた、って……」

「…………」

爽子もさすがに驚いた表情をしていた。だが、前髪の下の眼は小揺るぎもせず、スクリーンに映し出された遺体を凝視している。とはいえ、画像が薄く反射する黒目には思考の靄《もや》がかかり、焦点が曖昧になっていた。

「このように――」

柳原の声が響くと、講堂内に低く漂っていたざわめきは、波に洗われたように止んだ。

文倉も、思考に集中しているためにますます人形じみてみえる爽子から、ひな壇の幹部席についている捜査主任官へ向き直る。

「マル被は自らの犯行を誇示しようとしているわけだけど、その極めつきが――被害者の口に押し込まれていた、これね」
　そう続けた柳原の発言に伴って、スクリーンの画像が切り替わる。被害者の部分遺体に代わって映し出されたのは、……コピー用紙だった。血の気を失って干涸《ひから》びた被害者の唇が、何かに抗議するように尖って突き出ていたのは、犯人の手で筒状に丸められた紙を押し込められ、咥えさせられていたからだった。平らに伸ばされてはいたものの皺のよったＡ４のコピー用紙には、ワープロで印字された文字が並んでいた。

『さあ、儀式の始まりです！
愚かな軽死庁計殺官の皆さん、
ボクをつかまえてみなさい
ボクは殺しが楽しくて楽しくてしょうがない
つくられた偽りの世界でボクは殺戮《さつりく》を幻視する
価値のないゴミどもに鉄槌《てつつい》を！
慟哭《どうこく》の赤い血の流れを！

後継者たる　　暗倶覆　　』

文倉はまず、あからさまに自分たち警察を嘲笑し、かつ挑発する語句を綴《つづ》った文面に驚き、そして、それ以上に注意を引きつけられたのは、末尾にある署名だった。暗倶覆って……？　支倉は、得体のしれない字面に眉を顰《ひそ》めた。あれは一体、犯人はどう読ませたいのだろう？　〝くら〟……〝あん〟……？　それに後継者って……？

「主任、あれ……あの犯人の署名って、どう読めば……？」

「おそらく――」

身を傾けて尋ねた支倉に、爽子は声明文の記された紙の白さを、瞬きしない円らな眼に青白く反映したまま答える。

「〝アングリ〟、あるいは語尾を伸ばして〝アングリー〟……」

なるほど、昔の暴走族《マルそう》がましい、格好付けの当て字ということか。支倉は納得し、そして、爽子の呟きで答えたのが汐《しお》だったように、講堂の天井に灯《あか》りが戻る。

室内を塗りつぶしていた、犯行の異常性を強調し、網膜に焼き付かせる触媒のようだった薄闇が蛍光灯の平板な光に追い払われると、沈んでいた色彩とともに現実感が戻ってくる。

「被疑者がどれだけ犯行を誇示しようと、どう名乗ろうと関係ない」

息苦しくさせる闇から解放された捜査員たちが、一様に息を吐いて身じろぎし、支倉も、ふっと息を漏らすなか、柳原の声が聞こえた。講堂内の全員が手綱を絞られたように顔を上げ、ひな壇に注目する。

「私たちは一歩一歩、追い詰めるだけよ。確実にね。それには――」

幹部席でそう続ける柳原は、微笑んでいた。支倉は柳原の浮かべる、初めて会ったときのような優しさや親しみとは違う、したたかで不敵な笑みを見て、思った。まるで鋼鉄のモナリザみたいだ、と。

「――被害者の人定の割り付けが不可欠であり、よって、それを最重点捜査項目とします。また、犯行態様の特異性に鑑み、プロファイリングを含む分析を行うものとする」

柳原が、頭と背中の波間からこちらへ、爽子へちらりと視線を送ってくるのが支倉に見えた。

「なにか質問は?……無ければ散会! お疲れ様でした、明日からも頑張りましょう」

会議の始まりと同じく、気をつけ、が縮まった〝つけ!〟という号令に、数十人分のパイプ椅子が床を鳴らす音。次いで〝相互に礼、散会〟の声で、一日目の会議は終了した。ふうっと、誰もが息を吐く気配があった。

「あ、そうそう。言ったとおり、明日は早いから――」

幹部席から立った柳原が、一日の労を互いにねぎらう声で騒がしくなったなかで言った。

「この後の〝検討会〟でのお酒はほどほどに」

柳原は、新たな指示か、とわずかに緊張し注目してきた捜査員たちに、にこりと笑って幹部席から歩き出す。

「行きましょ、支倉さん」

爽子は支倉を促すと椅子から立ち、苦笑する捜査員たちの間を抜けてやってくる、柳原の元へ向かった。


「――支倉さん、もういいから。お疲れ様」

爽子が、調べていた簿冊から顔を上げて言った。二人が向かい合った机の上には、鑑識捜査報告書、現場検証調書といった簿冊が城壁のミニチュアのように積み上げられ、現場の採証写真で埋められている。

明かりのほとんど落とされた講堂には、二人の他は誰もいない。つい十五分前までは柳原たち特殊犯五係が会議をしていたが、それも時計の針が午前一時を回る頃には終わり、ひな壇わきに島を構える統括担当《デスク》の捜査員たちも、ねぐらになっている道場へと引き揚げていた。

「あ……そうですか？」

支倉はちょっと申し訳ない気持ちで言った。捜査会議が散会してから、ずっと爽子とともに膨大な書類を前にしていたが、自分が大して役立っているとは思えなかった。邪険に扱われることはなかったけれど、爽子は黙々と資料を読み込んでは分析に没頭し、支倉のしたことといえば、爽子の指示で書類を何枚か複写したことと、……お茶汲《く》みくらいのものだった。支倉にいえるのは、心理学は眠い、ということだけだった。

「じゃあ……、主任もお疲れ様でした」

支倉としてはそういったこともあって、少し後ろめたくはあったが、爽子の言葉に甘えることにした。

――吉村主任の、あの目付きで見られないでよかった……。支倉が、前の事件の分析のときに爽子の眼に浮かんだ、白い鬼火じみた光を見ずに済んだことに安堵しながら、講堂を出ようとドアを開けたとき、丁度、柳原がやって来たところだった。

ぺこりと頭を下げて通り過ぎた支倉に微笑んでから、柳原は爽子に声をかけた。

「お疲れ様。――吉村さん、まだ続けてたの」

「そういう係長も、お疲れ様です」

「ま、一応は管理職だから」柳原は微笑んだ。

「提出された報告書は、その夜の内に読んでおかないと」

「あの……、でも、帰りは。もう電車も……」

「そうね」柳原はすこし困った顔で言った。

「男と違って道場で雑魚寝ってわけにはいかないし、仮眠室は一杯みたいだし。おまけに明日、というか今朝は早いし」

「あの……」爽子は言った。「私の居室でよければ」

私は、誰に対しても身構えてしまう……。爽子は個人的な領域へと他者を招き入れることに一瞬、躊躇った自分自身へのやりきれなさを感じながら思った。私は誰に対してもそう感じてしまう。柳原係長だけでなく、……藤島直人《なおと》にさえも。

――あの二十年前の出来事の後、周りの大人たちや同級生が向けてきたあの視線、私から感情表現を削り取ったヤスリのような視線に晒されてから、ずっとだ……。

「あら、いいの？」

柳原は元上司として、ある程度には爽子の頑なさといった心情を理解していた。だから、意外そうに眼を笑わせて言った。

「ありがとう」

見上げた天井には、ナツメ球がひとつともっているだけだった。

「吉村さん、元気そうで安心した」

着替えて狭いベッドに横たわった柳原が、ぼんやりした常夜灯に照らされながら言った。

署庁舎上階の単身待機寮、六畳ほどの爽子の居室だった。

「明日からも、よろしくお願いね。期待してるんだから」

「いえ、そんなこと……」

ベッドを柳原に譲り、マットレスがわりの毛布を床に敷いて寝ていた爽子は、曖昧にそう答えてから、少し口ごもったものの、頭を枕の上で転がすようにしてベッドの方へ向けると、口を開く。

「あの……係長。どうして私なんかを、そんなに――」

「それは、あなたが私とは正反対だから」

柳原は爽子の呟きを押しとどめるように言った。爽子は片肘を突いて上半身を起こし、慣れるにつれて橙色に浮かび上がる居室の、ベッド上の柳原を見た。

「私は、私からみて正しいと感じることを信じるのに、迷ったりしない」

柳原は天井を見上げたまま言った。「でもあなたは――吉村さんは違う」

真意を測りかねて黙った爽子に、柳原は続ける。

「あなたは何が正しいことなのか、それ自体を、自分自身さえ疑いながら求めてる」

――そうだ、私は確かに正義の所在を求めてる。正義が、まだ幼かった私を助けてくれなかった、あの時から。

そう思い、薄いカーペットに眼を落とした爽子に、柳原はベッドの上で初めて顔を正面から見せて、言った。

「それでいいのよ。迷いながら答えを求め続け、安易な答えに飛びつかない……そういうひとも必要なの。私たち警察官の中にはね」

「で、でも、〝二月の事件〟では、そんな私のせいで、係長にはお詫びできないほどの御迷惑を……！」

爽子の口から堰《せき》をきったように迸《ほとばし》った、その小さな叫びが居室のドア越しに漏れ聞こえたとき――。

支倉は驚きのあまり、持っていたコンビニエンスストアのレジ袋を取り落としそうになった。入っていたビールの缶やつまみの乾き物が崩れ、がさっと音を立てたレジ袋を、慌てて持ち直す。支倉は、爽子が柳原を居室に泊めることを見越して、女だけのささやかな〝検討会〟でもと思い、やって来ていたのだったが、――二人が話している気配に、つい聞き耳を立ててしまっていたのだった。

なんか私、吉村主任が来てからこんなことばっかりしてる……。支倉は〝秘聴〟というほどではないにせよ、職務でもないのに詮索するということに、さすがに後ろめたさはあったものの、そんなものは爽子の声に吹き飛ばされた。

――〝二月の事件〟……！　吉村主任が一課から外された事案だ。

「確かにそうね」

柳原は、ドアの外で息を飲む支倉の存在を知らぬまま、爽子に表情を消した顔で灯りを見上げたまま告げた。

「吉村さんの心で、どれだけ強い気持ちが膨れあがったとしても、捜査を逸脱したあなたは捜査員ではなく、それどころか警察官でさえなかった。ただの、ひとりの女になってしまった」

爽子は、霧が流れるように静かに告げる柳原を、羞恥のあまり正視し続けることができずに、柳原が寝ているベッドの下の暗がりへと眼を逸らした。そして、明かりがついていなくてほんとうに良かった、と爽子は思った。薄暗がりのベールが隠してくれていなければ、私はきっと、恥ずかしさのあまり死んでしまっただろう。

「……でもね」柳原は、うつむいて下唇を噛《か》んだ爽子に続けた。

「あなたが正確なプロファイリングをしたことで、被疑者を割り付けるのに重大な貢献をしたのも、事実。それに――」

え……？　と、爽子が桜桃のような唇に歯形をつけた顔を上げると、柳原は月の光のように柔らかい笑みを覗かせる。

「それに、あの雪の夜……あなたが助かって、私は嬉しかった」

そうだ、あの時——このひとは、……柳原係長は泣いていた。

東京には珍しい、まるで無数の天使たちが舞い降り、白い翼で地上を覆ってしまったような大雪が降った、あの夜に。

爽子の脳裏に、情景がまざまざと身体中の痛みとともに蘇る。

……被疑者が潜み、そして、それを藤島とともに逮捕した現場となった江東区《こうとう》の廃工場。その敷地を埋めていたのは天使の翼と同じ色の雪ではなく、被疑者逮捕の至急報を受けて集結した多くの黒白、覆面を混ぜた警察車両と、それらのルーフ上で光る警光灯だった。

辺り一面で明滅する赤い光がぎらぎらと輝く、さながら溶岩の海のような有様と、まだ夜明け前の、薄刃のような寒さに肌を裂かれながら、……私は掻き合わせた男物のコートの襟を握りしめて震えていた。傍らに寄り添ってくれた、コートの持ち主に見守られながら。

そして、その時だった。駆け付けた、あの頃はまだ主任だった柳原係長が涙を見せたのは。

私たちの前に立った柳原主任は、まずショック状態でうなだれた私の、被疑者に断ち切られて短く振り乱れた髪を、痛ましげに撫《な》でた。腫れ上がって熱を帯びた頬に触れられて、私が顔を上げたとき、柳原主任は腕を伸ばして厳しい表情で私を見詰めたまま、泣いていた。

結果的に被疑者を逮捕したとはいえ、捜査規範はもちろん警察官職務執行法を大きく逸脱した私を、同じ警察官として認めるわけにはいかない……柳原主任の顔はそう宣告していた。

けれど、そんな厳正な警察官としての表情の奥で、柳原主任はひとりの人間として私の無事を喜び、安堵の雫《しずく》を流してくれた。出来損ないの部下である、私なんかの為に。

「あなたは自分の過ちの罰を、その髪と身体中の傷、そして捜一からの追放で贖《あがな》った」

柳原は、ベッド上で爽子と同じように片肘をついて身を起こして、続けた。

「反省はしなきゃならないけど――、私に負い目を感じる必要はないわ」

「……ありがとう……ございます」

長い睫毛を伏せてそう答えた爽子の声は囁くようで、ドアの厚みに隔てられた文倉の耳には聞き取りにくかったけれど、それで充分だった。

吉村主任と柳原係長の間には、互いへの、何か特別な信頼があるみたいだ、と支倉は思った。そんな二人の関係がすこし羨ましくなったが、……支倉にとってはそれ以上に、爽子がそういう絆《きずな》をちゃんと結べるひとだということが解って、嬉しかった。とはいうものの、……そういう二人のところへ押しかけて割り込める自信など無い。

支倉は笑顔で苦笑して、それから少し迷ってから、手に提げていたレジ袋をドアの脇に音がしないよう慎重に置いた。

「ところでえ……吉村さん？」

それまでとは雰囲気をがらりと変えた柳原が唐突に笑顔になり、歌うように言った。そして、廊下を足音を忍ばせて支倉が立ち去ってゆくのを知らないまま、ベッドで匍匐《ほふく》前進するように身を乗り出す。

「藤島くんとは、うまくいってんのかなあ？」

問われた爽子は、眼を見張っておとがいを引く。驚いたヨークシャーテリアの表情に似ていた。

「あ、あの……係長？　もう寝ません？」

爽子は、淡い光のなかでもそれと知れるほど真っ赤になった顔を隠すようにして布団をひっ被《かぶ》り、ベッドに背を向けてしまった。

数時間後――。

「春の盛りだってのに、冷えやがる」

「ですよねえ」

伊原が、警視庁本部文書課が作成した〝事件手配書〟――広報用のビラの束を手にぼやくと、三森がすかさず同意した。ビラには〈このひとを知りませんか〉と大きく書かれ、その下には鑑識課員の描いた被害者の似顔絵、さらに発生日時、場所、捜査本部の電話番号が記されている。

夜の明けきらない早朝。ようやく紫色に染まり始めた空の下で、まだ街灯が映えるなか、多摩中央署死体遺棄事件特別捜査本部の捜査員たちは、パンテオン多摩と隣接する中央公園を中心に要所要所へと立ち、定時通行者を把握する動態調査と同時に、昨夜の捜査会議での柳原の下命どおり、情報提供を募るビラ配りを実施していた。

その陣頭には柳原自身も立っていた。伊原、三森ら十数人とともに、パンテオン多摩の大階段の下で、捜一の文字を通称〝金筋〟と呼ばれる黄色い線が上下に挟んだ係長の腕章をして、犬の散歩をする高齢者に笑顔で手配書《ビラ》を渡している。伊原は、自分がビラを差し出したときには煩わしげに通り過ぎるだけだった通行者が、柳原からは受け取っているのを面白くなさそうに眺めたものの、抜かりなく、配るビラには前もって自分の印鑑を押し、さらに業務用の携帯電話の番号も手書きしてあった。有力な情報の入手は捜査員の功績となる。それゆえの古株捜査員の知恵だった。——

その頃、爽子と支倉は、柳原や伊原たちがチラシを配っている大階段を上った、パンテオンの屋上へとやって来ていた。

「いいんですかあ、手配書を配らなくて」

支倉は、前を歩く爽子に言った。確かに昨日、爽子が柳原から直々に疑問は徹底的に追及してほしいと、まさにここで申し渡されているのを聞いてはいる。けれど支倉としては、数十人の本部員が懸命になって情報提供を呼びかけているときに、こんなことをしていていいんだろうか……、と気が気ではない。

「動態調査の目的は、犯行と同時刻の現場を知るためでもあるから」

そう答えながら、鑑識が敷いたままにしている通路帯の上を、被害者の頭部が遺棄されていた池へと歩く爽子の手には、申し訳程度に数枚の手配書が握られ、もう片方の腕には、長靴が提げられていた。

「それにしたって、なんでわざわざ水の中まで入る必要が……って、主任！」

相勤の疑問には構わず、爽子は長靴に履き替えていた。そして、支倉が声を上げるのも構わず、墨汁のような池に踏み込んだ。

そうして爽子は、水面に白いさざ波を蹴立てて進んでゆき、被害者の頭部が置かれていた台状の島へとよじ登った。

〝当該被害者の頭部は顔面を北北西、三二九度に向けて遺棄されており……〟

爽子は近藤に頼んで詳しく計測してもらった、現場検証調書の記述を思い起こしながら、スマートフォンのアプリケーションで方角を確かめて、顔をあげる。

――遺体の顔面は、こちらへ向けられていた……。

爽子は島の上に立ち、真北からは若干は西に逸れた方向を見渡したものの、群青になり始めた空と、ホテルや商業施設といったいくつかの大きな建物が一つの黒々とした大きなシルエットになって見えるだけだ。とくに注意を引くものはない。

だが、この光景は、遺体を遺棄時に犯人が眼にしていたのと、ほぼ変わらないはずだ。

ではどうして……？　爽子は台上に立ったまま眉を顰めて、払暁の街を見詰め続けた。

「早朝からの動態捜査、お疲れ様でした」柳原がひな壇の幹部席から言った。

長机に居並ぶ捜査員たちの前には、それぞれ、官費で購入された朝食がわりの菓子パンとパック入り牛乳が配られ、支倉とともに席に着いた爽子の前にも置かれている。

「今後も引き続き動態捜査及び、付近住民への情報提供の呼びかけを継続してください。また、捜査方針に特段の変更はありません。〝地取り〟とマル害の人定の割り付け、この二つを最優先項目とします。それから鑑識からの報告では――」

柳原は言葉を切ってから、低めた声で続けた。

「犯人は遺体を遺棄する際、靴にタオルのような柔らかい布様《よう》のものを巻いて池に入った後、そのまま逃走しており、当該現場には対照可能な足跡痕及び履き物痕が印象されておらず、また、微物など足痕跡も、遺留物がまだ現場に潜在している可能性はあるものの、めぼしい資料はまだ発見には至っていない……とのことです。しかし逆に、犯人のそのような行動は通行者の注意を引いたり、記憶に残っている可能性があります。動態捜査時には留意してください」

柳原が告げると、捜査員らから唸るような息が漏れた。マル被の野郎、〝後足〟――犯行後の行動でブツもゲソも残さなかっただけじゃない、警察に砂を掻いてひっかけてゆくような真似をしやがって……と。ちなみに足跡痕は文字どおり足跡であり、足痕跡とは足跡も含む微物や工具痕《ツールマーク》など、犯人が現場に遺留した痕跡すべてを指す。

「このようにマル被はなかなか狡猾《こうかつ》なわけですが、……それについてプロファイリングが纏まったので、報告します」

爽子は幹部席の柳原から目顔で促され、また隣の支倉からは無言の声援を受けながら、パイプ椅子から立ちあがる。

「犯人は男性」爽子は口火を切った。

「これは犯行の目的が性行為である可能性が低い、つまり、女性がマル害になった場合のような、〝絶対的に支配しようとした結果としての死〟ではないからです。犯人にとって、殺害そのものが犯行の動機だったと考えられますが、同時に性的興奮を覚えているのは間違いありません。また――」

性行為、性的興奮……それらの単語は爽子が語ると、なんだか学術用語みたいだと思いながら、支倉は爽子の説明に耳を傾ける。

「遺体を衆人環視に晒して社会の動揺を誘い、万能感を満たしていることからみて、いわゆる快楽殺人の可能性が高いと思われます。以上の観点から犯人像を推定したところ――」

爽子は微かな寝不足の隈《くま》の浮いた目元を、手元の紙片に落とした。

「マル被は知能は平均以上であるものの、学業成績はあまり良くない。そしてホラー映画、とくにスプラッター系の残虐描写が売り物の映像や、犯罪に関する書籍の愛好家であり、現実の生き物の虐待にも慣れ、死体に抵抗感が少ない。また、そうして損壊した動物の死体を身の回りの友人に誇示するなどして、噂になっていると思われる。しかし、動物虐待を行っていることは一緒に住む家族には隠しており、家族もその性癖には気づいていない。そして、その被疑者の家族構成に関してですが、……両親は健在、兄弟もいるかもしれません。そして数年以内に――」

爽子は強調するように顔ごとあげた。

「同居していたか、あるいは、ごく近しい関係だった祖父母が亡くなっており、また、動物虐待はそれと同時期に始まった可能性が高いです」

そこまで言って息をついた爽子に、捜査員の一人が挙手した。

「ちょっといいか？」手を挙げた、青梅署から本部に出向している捜査員が言った。「分析に説得力はあるけどさ、あんた、さっきから奥歯にものが挟まったみたいな言い方をしてるよな？」

「ああ、もっと具体的に言ってもらわないとな」発言した捜査員の相勤も言葉を添える。「ホシの年齢なんかも判るんじゃないのか？」

爽子は立ったまま躊躇うように、離れている幹部席の柳原を見た。

「ここからは全員、心して聞いて」柳原は爽子にうなずいてみせてから言った。「その上で厳重に保秘。いいわね？――吉村巡査部長、続けて」

捜査主任官の厳しい口調に捜査員らが表情を改めた講堂で、爽子は言った。

「はい。推定される被疑者の年齢は……十代の半ばから二十歳程度──」

爽子がそう告げた途端、講堂内の空気が凝固する。それから、強い風が吹きつけたように、長机に居並ぶ捜査員たちが揺れた。それは、つまり──。

「つまり、未成年の可能性が高いと思われます」

爽子は、周りで捜査員らが囁き交わす、風に騒ぐ草むらのようなざわめきのなかで、そう結論づけた。

「……その根拠は」

「初めに言ったとおり、犯行の目的及び動機が性的暴行である可能性が低いこと」

捜査員の誰かが投げた質問に、爽子は答える。

「加えて嗜虐《しぎゃく》性の烈《はげ》しさ、強い自己顕示性。さらに、何かで読んだ単語を繋げているだけのような文言の声明文……」

「で、そいつの住居《ヤサ》は」前とは別の捜査員が尋ねた。

「はい」爽子は顔をややうつむけ、前髪の下で眼を光らせて口を開く。

「遺棄現場である、パンテオン多摩から徒歩あるいは自転車で移動できる範囲。そして住居周辺では高い確率で、既に通り魔的な事案を起こしているものと思われます」

吉村主任、あの時と同じ貌《かお》だ……と、少し畏怖しながら見上げている支倉に気づかず、爽子は続ける。

「そして、それが成功したために脱抑制、つまり箍《たが》が外れ、現実への優越感と万能感が暴走し、かねてより抱いていた加虐的な空想を実現させるべく大胆な犯行に及んだ、と考えられます」

「ちょっと待て」捜査員の一人が言った。

「あんたも遺体の首の切断面について報告を見ただろう。鋸《のこぎり》や出刃で時間をかけて切り落としたんじゃないぞ、ありゃ。睡眠薬を飲まされて抵抗不能だったとはいえだな、小僧が生きてる男の首を一刀両断にしたってのか」

「それによお、あんたも知ってるはずだろ」伊原が腕組みしたまま、厳《いか》つい顔をさらにしかめて口を挟んだ。

「俺らの管内で、通り魔なんざ起きてねえ。だいたいよ、なんで生首を据えたのがあそこなんだよ？」

「凶器——いえ、被害者の頸部を離断した成傷器や、その方法については判りません」爽子は素直に認めたものの、でも、と言葉を継ぐ。

「犯人が遺体をパンテオン多摩に遺棄したのは、当該現場が犯人にとって最も人目をひける場所だったからです。他にそういった場所が思い当たるほどこの辺りを知らない……、つまり、現場は犯人の心理的地図に含まれていない。それらから、土地鑑のある〝地ボシ〟ではない、と考えられます」

　爽子が席に腰を下ろすと、疑義と賛意が相半ばし、息を吐く捜査員たちに向けて、柳原が口を開いた。

「以上のプロファイリングの結論を踏まえ、隣接各署に該当する事案はないか照会したところ、府中《ふちゅう》署管内において下校中の小学生女児が襲われる事案が発生していた」

「ちょっと無理筋じゃないですか、うちとおたくの事案を結びつけるのは」

　朝の捜査会議終了後に、爽子と支倉が柳原係長に帯同して出向いた府中署の、課長代理を伴って応対した刑事課長は、最初から機嫌が悪かった。

　無理もない、と支倉は、刑事課長の語気に肩をすぼませながら思う。自分たち多摩中央署の捜査本部が〝刑事部長指揮の特別捜査本部〟であるのに比べて、府中署の小学生女児傷害事件のそれは〝署長指揮の捜査本部〟であり、両事案が同一犯の犯行であった場合には当然、部内での扱いの重い方が〝基立《もとだ》ち〟――捜査の主体となり、小さい方は取り込まれてしまう……というのは、経験が浅い自分にも予想できることだったから。そうなれば、管轄《にわ》を荒らされるどころではなく、いままで苦労してきた事件《ヤマ》も被疑者《ホシ》も取りあげられることになる。だから、刑事課長の吠《ほ》えかからんばかりの物腰は、捜査員にとって逃げる者を追うのと同じく本能であり、組織の免疫反応のようなものだ。

「捜査をすればわかります」

だから支倉は、通された刑事部屋の片隅の応接セットで、自分と爽子に挟まれてソファに座った柳原が、そうした〝刑事〟であれば誰もが抱く矜持《きょうじ》や意地に直結した感情を理解したうえでなお、薄い笑みを湛えてそう言ってのけた度胸に感心しながら聞いていた。

「なに言ってるんだ。うちの追ってるマル被は、おたくらが根拠にしてるプロファイリングとは、まったく重ならん」

課長代理も、支倉が〝女狐〟というよりやっぱり鋼鉄のモナリザだ、と改めて思った柳原に対し、噛みつかんばかりの勢いで言い返した。刑事課長と同じ警部だが、こちらは管理職試験合格前の警部だ。

「と、おっしゃいますと？」

警察庁一般職採用、いわゆる準キャリアである女性係長が悠然と聞き返すと、課長代理は口許を強張《こわば》らせて答える。

「こっちには被害児童の証言《ゲン》があるんだ」

府中署管内における通り魔事件は、一ヵ月前に発生した。——発生当日、午後三時頃、付近の小学校から下校中の小学三年生の女児が、住宅地を友だちと別れて一人で歩き出したところ、後ろから近づいてきた男にハンマー様の工具でいきなり頭を殴られたという事案だった。ただ、不幸中の幸いだったのは、女児の負傷は頭部に陥没骨折を負うほどの重傷だったものの、命に別状はなかったことだ。

そして、そのとき、女児は犯人を目撃していたのだった。

被害者となった女児は、路上の、殴られた拍子に頭から脱げた黄色い学童帽のそばに倒れ伏した。そして、痛みと衝撃で朦朧《もうろう》としながらも横倒しになった視界に、立ち去ってゆく若い男を見たのだった。

丁字形の、ハンマーか金槌《かなづち》を手にぶら下げた男の後ろ姿は不安定に揺れ、やや蟹股《がにまた》の足どりは、覚束《おぼつか》ないものに見えた。付近住民の通報で緊急搬送された女児の以上のような証言から、捜査本部は被疑者は十代後半から二十代男性の薬物常用者の犯行、という線で捜査を進めていたのだったが——もちろん、課長代理はそんなことを柳原に明かすつもりなど無い。

「大体、プロファイリングは〝見立て〟の一種だろう」刑事課長が部下の反論に乗じて、どうだ、といわんばかりの優越感を滲ませた口調で言った。

「なら、要するに見込み捜査でしょうが。それが正しいって保証もない。そんなのを根拠に、うちの〝帳場〟を掻き回されたらかなわん。いいか？　見込み捜査なんてのはな、あんたが昔いた公安《ハム》じゃ許されても――」

「マル害の証言からマル被に関する詳細な〝人台〟をお持ちで、しかも、私たちの分析をそれほどまでにおっしゃる以上は」

柳原は、プロファイリングを〝見込み捜査〟の一言で片付けられた爽子が、眼もとをぴくりと痙攣《けいれん》させた傍らで、刑事課長の言葉を叩《たた》き切るように言った。

「……こちらの本部では当該マル被の犯行を立証する、よほど確実な証拠《ネタ》が挙がってらっしゃるんですよね？」

そうでなければ酷い怠慢だ、と言わんばかりの柳原の口調に、唾を飛ばす勢いだった刑事課長と課長代理は、急に押し黙った。

「行動確認《こうかく》はつけてる……！」

「おい、いらんことを――」

課長代理が腕組みしながら日焼けした顔をしかめて吐き捨てると、刑事課長が慌てた。

「あら」柳原は幼児にするように大仰に眼を見張って言った。

「それはつまり、今のところあなた方の捜査線上にいるマル被には逮捕状を請求できるほどの物証はなく、別件《ひき》逮捕《ネタ》の容疑か現行犯を狙うしかない……、そういう理解でよろしいでしょうか？」

図星だったらしい。柳原は、刑事課長と課長代理が黙り込んだまま向けてくる敵意の籠もった眼で睨みつけられながら、ふっと息をつき視線を落として言った。

「……行確をつけたあなた方のマル被が、女児に重傷を負わせた〝本ボシ〟なら結構。ですが――」

柳原はことさらゆっくり、相手の頭に擦り込むように話しながら、眼を目の前に座った刑事課長と課長代理に戻す。口許こそ微笑んでいたが、その視線は槍《やり》の穂先だった。

「万が一、それが過ちであり、しかも刑事部長指揮の特捜本部事件で追っている私たちのホシが逮捕後に、こちらの管内での犯行を自供したとして、その場合……」

苦虫を噛みつぶしたような顔の刑事課長と、腕組みをしたままの課長代理に凄愴《せいそう》な微笑を向けて続けた。

「……一体どなたがどのようにして、責任をおとりになるのでしょうね？」

「帰庁したら詳しくリンク分析してみますけど、私たちのマル被と同一犯である可能性は高いです」

府中署小会議室ではほとんど口を開かなかった爽子が、多摩中央署へと戻る途上の捜査車両、アリオンの助手席で言った。膝の上には、黒表紙で綴《と》じた簿冊を載せている。府中署で複写した捜査資料の一部だった。

……後にしてきた府中署側との交渉は、そう呼ぶには殺伐すぎるものだったものの、結果として刑事課長は渋々ながら連続犯行である可能性を認め、捜査資料を提供してくれたのだった。

所轄の刑事課長としては、殺人、傷害といった強行犯の主管課である捜査一課の係長が乗り出して来た時点で、最初から諦めがあったのかもしれない、と爽子は思う。あるいは、保身のためか。保身とはいっても刑事課長の頭にあったのは、自分たちの捜査が間違っていた場合に犯人を取り逃がすという失点、さらには誤認逮捕するという大失点の恐れも勘案した、いわば正しい保身とも呼ぶべきものだっただろう。もちろんそれだけでなく、これでいたいけな女児を襲った犯人が挙がるなら、との思いも。そう考えてみると、あの刑事課長も口ほどには悪いひとではなかったのかも、と爽子は思った。

「でもですね、ちょっと違和感が」

ようやく運転係という役目が与えられたことで安堵している支倉が言った。

「女の子に重傷を負わせたのがハンマーかなにかの工具で、うちの犯行は特定されていない鋭利な刃物、っていうのが……」

「未成年の犯行では、段階を踏まずに手口がいきなり飛躍することがあるから」爽子が膝の簿冊から顔を上げて答えた。

「〝思春期サイコパス〟なんかがそう」

「でもまあ、これで府中署とは共同捜査の態勢になるのはいいとして――」柳原が後部座席で言った。

「未成年者がマル被となると、難しい捜査になるわ」

「と、言われますと？」

ちらりとルームミラーを見上げて問い返した支倉に、柳原は言った。

「その場合、学校関係者はもちろん、地域住民たちの口は重くなる。それはそうよね、誰だって内心では怪しいとは思っていても、当該少年の将来を左右するようなことは、私たち警察には言い出しにくいもの」

「でも、私たちのマル害はもちろん、小さな女の子まで狙うなんて許せません」

支倉は憤りを吐き出すように言った。爽子は、ステアリングを握りしめる支倉をちらりと見たが、なにも言わなかった。

「この辺りの子たちはみんな、恐い思いをしてるでしょうし」

「……そうか、その手があった」

柳原が、憤懣《ふんまん》やるかたない支倉の言葉から思いついて、言った。

「だったら、口が重くなりがちな地域住民には、こちらから人当たりのいい捜査員を選んで、自然と話を聞ける関係を築けばいい」

児童が被害にあった事案の発生で、住民は不安になり、犯行から一ヵ月経った現在でも、府中署は制服警察官の巡回や警邏を強化しているだろうが、そこをもう一歩踏み込んで、現場付近の小中学校の、事案の影響で集団で登下校している児童たちを、本部員が送り迎えをしているであろう保護者とともに見守る。また、町内や学校で防犯の説明会をするのも有効だろう。

地域に根ざす住民は情報の宝庫だ。顔見知りになって気安くなれば、聞き込みでは拾えない噂《うわさ》話《ばなし》を捜査員に漏らす可能性は高い。

「――ま、要するに〝世話焼き作業〟ってところかな。これなら管内の警戒も兼ねられて、少しは住民の不安も薄らぐし、一石二鳥ね」

柳原は爽子と支倉への説明を、元公安部員らしい言い方で締めくくった。

「それ、いいですね」

「……いい考えだと思います」

支倉は明るく即座に賛成し、爽子も前を向いたまま、口許だけでちいさく微笑んでいった。子供たちが恐い思いをしているときこそ、守ってくれる大人の存在が必要だ。

——あの時、それを教えてくれたあの人がいたからこそ、私も……。

そのとき、後部座席の柳原の胸元で、携帯電話の着信音が鳴った。

「……解りました」柳原は電話を耳に当てて言った。

「すぐ任意提出書を用意して新聞社へ行って。課長から話は通してあるから。……よろしく、それじゃ」

「係長、なにか」

爽子が尋ねると、柳原はスマートフォンを懐に戻しながら言った。

「吉村さんの予想通り、マル被を名乗る者からの声明文が新聞社に届いたそうよ」


「——で、どう思う?」

多摩中央署講堂の捜査本部。

ひな壇の幹部席についた柳原は、長机に広げられた紙片に視線を落としたまま、言った。爽子と支倉も立ったまま頭を寄せてそのコピー用紙を覗き込み、さらに二人の左右には統括班《デスク》の捜査員らが鈴なりになっている。

「一通り読んで気になるのは——」

爽子は片手を机につき、身を乗り出して見詰めていたが、柳原に問われて字面に指先をおいて答えた。

声明文は遺体の口腔《こうこう》内に丸めて押し込まれていた文書と同様、プリンターで印字されたものだった。十行ほどの、行間を大きく空けて並んだ文言も、自分は捕まらない、捕まえられるものなら捕まえてみろというもので、一見して、遺体に残されていた文書と内容が似通っている、というよりほぼ同じ内容だった。——そんな声明文の書面で、爽子が爪の先で示したのは、〝ボクは自在に街を跳躍する〟という一行だった。

「ここが間違ってます」爽子は言った。

「この場合なら、〝跳躍〟ではなく〝跳梁〟と書くべきでは」

「それがなんだ」人垣から誰かが言った。

「作文の授業してるんじゃないぞ」

「いえ」爽子は屈めていた背を伸ばすと、声のした方へ向いて言った。

「私が言いたいのは、これを書いた人間は身についていない言葉を無理に使っている、ということです。まるで、覚えたての難しい熟語を使ってみたくて仕方がないみたいに」

「……背伸びをしてる、ってことか」柳原が呟いて声明文をつまみ上げた。

「で、これの現物については？」

爽子たちが前にしている声明文は、証拠保全の為に、写真で撮って印刷したものだった。

「現在、科捜研で鑑定中です。詳しい結果までしばらくかかるそうですが」統括班《デスク》のひとりが答えた。

「先生の話では、遺体に残されていた文書を作成したプリンターと、同一機種の可能性があるそうです。遺体に残された文書を作成したプリンターを調べたところ、国内メーカーの中級機種で、発売から数年経ち、すでにカタログ落ちしてます」

科捜研――科学捜査研究所は刑事部の附置機関であり、その職員を捜査員は慣例的に先生と呼ぶ。

「文面と合わせれば犯人からのものである可能性は極めて高い、か。もっとも、マル被は自分が発送したと証明し担保するために、わざと似寄りの文言にしたんでしょうけどね」

呟いてから再び声明文に見入る柳原に、統括班《デスク》の捜査員が付け加えた。

「はい、なお消印については封筒に撥水《はっすい》スプレーがかけられていたために、擦れて判別不能だそうです――」

そのとき、講堂の外を靴音が次第に大きくなりながら近づいてくるのが聞こえて、やがて――吹き飛ばされるように講堂のドアが開く。

「係長、マル害の身許が割れました！」

飛び込んできた五係の保田が、叫ぶように告げた。


解剖室には消毒液の臭いが漂っていた。

杏林《きょうりん》大学三鷹《みたか》キャンパス。そこに所在する医学部法医学教室は、多摩地区における司法解剖だけでなく、行政解剖に準じた承諾解剖を一手に担っている。

爽子と支倉は文字どおりの〝首実検〟──被害者の身元確認に立ち会っていた。

「息子さんはこちらになります」

白い塗装とステンレスの銀色が、無機質なまでに清潔さを強調する臓器保存室。その壁を占めた冷蔵庫のひとつが白衣の職員によって開けられ、被害者の〝部分遺体〟を乗せたストレッチャー状のトレイが引き出されると、被害者身許特定担当である特五の主任が、その傍らで悄然《しょうぜん》と佇む、どちらも四十代くらいの夫婦に告げた。

──「被害者は、日野《ひの》市で両親と同居していた十八歳の少年でした」

爽子は支倉とともに、互いに支えあって何とか立っている両親を見詰めながら、二時間前の講堂で、保田がセルフレームの眼鏡を指で押し上げながらした報告を反芻した。

冷蔵庫から引き出された台には、布で覆われた部分遺体が、ぽつんと頭を寝かせて横を向いた状態で載っていた。布には、眼窩や鼻梁の形を窺わせる窪《くぼ》みや突起が浮かんでいる。

台上の頭部だけの遺体は、被害者の生前における面影を記憶から根こそぎ抹消してしまうほどの腐爛《ふらん》、あるいは腐敗網という網目状の模様が体表に浮かんだり、膨張した巨人様観などの惨状を呈しているわけではない。けれど台上の、本来は首から下の身体が存在しているはずの空白は、遺された者にとっては凄惨さと同じくらい残酷だった。

そして、その置き忘れられたような遺体に、震える腕が伸びた。それは、影のように気配を無くした母親の伸ばした腕だった。

——「被害者は大熊秋彦《おおくまあきひこ》。高校を人間関係のトラブルから中退。その後は自宅に閉じこもる状態だったそうです」

……母親が嗚咽を漏らしながら、小刻みに揺れる指先で、そっと被せられていた布をどけると、黒い髪の毛に覆われた頭部が露わになった。

両眼窩に刻まれた、瞼でX字状に交叉する傷跡こそ消しようがなかったものの、洗い清められて余計に蠟のように白くなった顔に浮かんだ表情は、現場での発見時より少しだけ硬直が弛緩《しかん》したおかげで、わずかに安らいでいるように感じられた。

――「そういった、いわゆる引きこもりの状態であったため、両親が当該マル害の不在に気づいたのが、今朝だったそうです……」

……消毒液の臭気に纏わり付かれたまま、保田の報告を反芻していた爽子は、突如、鼓膜に突き刺さった絶叫に、はっと眼を上げた。

母親が膝を曲げてストレッチャーに屈みこみ、被害者……いや自分の子どもの頭部を胸に押しつけるように抱きしめて、悲嘆の叫びをあげていた。

そして遺体に取りすがる母親の側《そば》では、父親が特五の主任の袖を摑んで懇願している。

「お願いします……！　どうか秋彦をこんな目に遭わせた奴を捕まえてください……！　どうか……お願いします、お願いします……！」

支倉は、どんなに強い消毒液でも消せない悲痛さに思わず目を逸らしたが、爽子は、被害者とその家族を凝視し続けた。

大熊秋彦さん、と爽子は厳粛な表情のまま、心の中で語りかける。

――あなたを殺した人間は、あなたの周りにいた。私たちはそいつを必ず捕まえる。

捜査本部にとって被害者の身許が確定したことは、犯人逮捕への大きな、そして決定的な一歩になる。

　自分のプロファイリングが正鵠《せいこく》を射ているのなら、犯行が性的動機では無い以上、大熊秋彦の〝識鑑〟のうちに犯人は存在する。そして大熊秋彦の鑑取り捜査を徹底すれば、これまで心理学的、統計学的に浮かび上がった輪郭《プロフィール》でしかなかった犯人が、実体を伴った被疑者として浮かび上がってくる——爽子がそう思ったとき、母親の声が聞こえた。

「あきちゃん……、あんた、近頃じゃ顔も見せてくれなかったのに……」

　母親が頭部を抱いていた胸から離し、顔を撫でながら言った。

「……それなのに、久しぶりにあきちゃんの顔を見るのが、……こんなところでなんて……！」

　母親は嗚咽混じりに言うと再び遺体を抱きしめて、泣き崩れた。


「マル害の人定を割り付けて二週間——」

　柳原がひな壇上で、長机についた爽子たち本部捜査員らと正対したまま、肩越しに背後のホワイトボードを拳で叩きながら言った。

　ホワイトボードには被害者の生前の写真、事案概要とともに被害者を中心とした相関図《チャート》が記された大きな模造紙が貼られている。それは捜査の状況を一見して如実に明示するものであり、そして被害者の名前から放射線状に延びた、被害者との関係性である鑑を表す線が、捜査の進展と成果を示している。

「これまでの捜査結果を踏まえ、検討会議を行います」

柳原はひとつの山場を迎えつつある捜査、その今後を決める会議の開始を告げると、幹部席に座った。

その幹部席には、五係の属する第二特殊犯捜査担当の管理官、鷹野《たかの》をはじめ、警視庁本部から捜査一課幹部たちも雁首《がんくび》を揃《そろ》えている。

「では、まず、〝地取り〟班から」

「動態捜査にあっては、有力な目撃者《マルモク》が挙がっております」指名された主任が立ちあがって報告を始める。

事件当日の早朝、現場となったパンテオン多摩屋上に隣接した中央公園を大型犬と散歩中の老人が、若い男と擦れ違ったことを覚えていた。老人の証言では、当該人は全身黒ずくめでキャップを被り、肩にスポーツバッグ様の鞄《かばん》を提げていた、という内容だった。

「目撃者《マルモク》によれば、第一印象は〝若い女かも〟……だったそうです。それは男が小柄で細身にみえたからというのもありますが、目深に被っていた帽子からはみ出した頭髪《ハツ》がパーマをあてているように見えたから、だそうです」

「連日、朝早くからの苦労が成せるわざね、お疲れ様」

柳原は一言労って続けた。「次、〝鑑取り〟」

「大熊秋彦の身辺捜査の結果――」別の主任が立ちあがった。

「マル害は完全な引きこもりというわけではなく、同居する両親には告げず、特定の友人と会いに、たびたび家を抜け出していたようです。そして、犯行当日と推定される二十八日の午後にも、出歩いているマル害の姿が近所の住人に目撃されています」

「その〝特定の友人〟ですが」鑑取りの別の主任が立ちあがる。

「犯行当日にもマル害と自宅近くの児童公園で一緒にいるところを目撃されており、以後、マル害の足どりは途絶えています。なお、当該の〝特定の友人〟と会った後に殺害、遺体を毀損されたとみても、時間的接着性に無理はありません」

報告の焦点はひとりの人物へ指向し始めた。被害者が死の直前に会っていたという〝特定の友人〟へと。

「遺棄現場周辺で目撃された人物とマル害の犯行前《まえ》の足《あし》どりが消える直前、つまり最終生存確認時に会っていたという〝特定の友人〟、そのふたつに合致するのが――」

柳原は、息を詰めたように黙り込んだ爽子たち捜査員に言った。

「この本位田優《ほんいでんまさる》、というわけね」

爽子はひな壇の前に並んだ長机の席で、配布された資料に眼を落とした。それはひとりの少年の首から上を撮った、卒業アルバムか証明写真の拡大コピーだった。少年、といってもまだ幼く、もし卒業アルバムから複写されたのだとしたら、そのアルバムは小学校卒業時のもののはずだ。

「はい。本位田優、十四歳。中学二年生です」保田が立ちあがって報告を始めた。「マル害の大熊秋彦とは歳は離れていますが幼なじみで、当該マル害は本位田が通う中学の卒業生です。なお本位田は現在、学校には登校していません。一ヵ月前、放課後に同級生を一方的に殴りつけ、それを学校で厳しく指導されたため、本位田の保護者である両親が決めたそうです」

「本位田と物証……、二通の声明文作成に使用されたプリンターとの繋がりについては」

「当該プリンターの製造メーカーから任意提出を受けたユーザー登録記録の中に――」

柳原に促されて、保田に代わって立ちあがった主任が言った。

「本位田の父親の名前がありました。また、当該人が同級生のためにワープロで清書した文書を入手して分析に回したところ、現場及び新聞社に郵送された声明文を作成したプリンターと同機種なのが判明しています」

「プロファイリングで挙がった項目については」

柳原の声に答えて立ちあがったのは、強行犯係の堀田だった。

「地域住民からの情報提供によると――」

柳原は、府中署から帰る車中で爽子と支倉へ話した思いつきを、実行に移していた。すなわち、捜査員による現場周辺にある小中学校の登下校時における防犯警戒と、地域の集会への浸透だった。実施するに際し、柳原は従事する捜査員らに自分の方からは絶対に事案の話題を出さないように、と厳命していた。児童たちを見守り集会に参加しても、いかにももの欲しげな〝刑事〟の目で話を聞き出そうとすれば、どうせ捜査のためなんだろうとばかりに誠意を疑われるだけでなく、ただでさえ身構えられがちな警察官には住民が口を閉ざすことを柳原は公安時代の経験上、知悉《ちしつ》していたからだ。このひとになら話してもいい、と住民に思わせる信頼関係を築くのが最優先だと。

――「どうもすみません」

――「いえいえ、こちらこそご心配をお掛けしたままで申し訳ないですな」

その観点からすれば、集団下校する児童に付き添う母親へ、柔和な〝優しい刑事さん〟然とした笑顔で接していた堀田は、適任といえた。

――「そう言われても、ひとのお家《うち》のことを告げ口するみたいで、……ねえ？」

――「ええ。……それに、単なる噂だし……」

「そこを！　そこをもう少しだけ聞かせてくれませんか？」

柳原はこちらから話題にするのは禁じ手としたものの、住民の方から事案を話題にした場合には徹底的に食いつけ、と指示していたが、民間の営業で鍛えられ、一般的に市民が想起する〝刑事〟の風貌ではない強行犯の高井も、堀田と共に特性を活《い》かした。

そして、その成果はあった。

「あの、いまお話ししたことは……余所《よそ》のお子さんのこと、あれこれ言いたくなかったから今までは黙ってたんですけど……。ねえ？」

「ええ。それに警察の方は、こんなのもうとっくに御存知じゃないかと思って……」

そして、講堂で立ちあがった堀田は、成果を具体的に報告する。

「保護者や子供たちの間で噂になっている〝気味の悪いおにいちゃんがいる〟、と」

堀田は言った。

「当該人は野良猫を殺してナイフで解体し、その際に切り取った舌を塩漬けにして子供たちに見せびらかしていたそうです。当該人、つまり〝気味の悪いおにいちゃん〟は本位田優でした。……なお、動物への虐待行為は三年ほど前、経営していた町工場を廃業し、当該少年の自宅で同居していた祖父が亡くなった時期から噂になりだしたようです」

「レンタルビデオ店の捜査は」

立ちあがったのは、伊原だった。

「あー、付近の店舗を当たったところ——」

伊原は後頭部の強《こわ》い髪をがりがりと掻きながら、うっそりと言った。口が重たくなったのは、レンタルビデオ店でのやり取りを思い出していたせいだった。

——「お客さんが何を借りてるかなんて教えられないっすよ、個人情報だし。でもまあ、どんなひとを探せばいいのか教えてくれるんなら、こっちでピックアップするのはいいですよ」

捜査で訪れた伊原たちの要求を、若い店員はそう言って突っぱねたのだった。伊原はそのもの言いに、生意気抜かしやがって、と岩のような顔をさらに顰めかけたものの、渋々、懐から捜査会議で配布された資料を引っ張り出したものだった。

——「あれ？　それ吉村巡査部長の分析でしょ？　伊原長、あいつの言うことは胡散臭いって……」

伊原は、相勤の三森が後ろから覗き込んで怪訝そうに言ったのを、うるせえ、と小声で毒づくように黙らせたことはおくびにも出さず、講堂で言った。

「未成年者で、特に残酷描写で有名な作品ばかりを借りてゆく者のなかに、本位田優の名前があった。以上」

　事件発生から半月。その間の捜査で得られた手札は、すべて並べられた。そしてその全てが、ひとりの少年を指し示している。

「事件が〝弾《はじ》けた〟とみていいわね」柳原が言った。

「あとは多摩《こ》中央署《こ》へ呼んで聞くしかない、か」

「しかし柳原、当該少年の犯行を裏付ける決定的な物証はない」

　机に身を乗り出した柳原に、同じく幹部席についた男が傍らから言った。

　警視庁本部から臨席している捜査一課長、平賀悌一《ていいち》警視正だった。

「いまだ凶器の特定はおろか、頭部以外の遺体さえ発見できていないんだぞ」

「それに、だ。犯行の特異性から――」一課長を補佐する桐野《きりの》理事官も言った。

「マスコミが注目している。たとえ任意《にんどう》同行であれ、未成年の被疑者をここへ連れてくれば大騒ぎだ。もちろん本館の調べ室でも同様だろう。張り付いているマスコミに写真でも撮られてすっぱ抜かれれば、人権問題になる」

　〝被疑者の取調要項〟には、被疑者が供述しやすい取調室を選択できると明記され、必ずしも多摩中央署で聴取する必要はない。警視庁本部の取調室は庁舎二階にあって、そこの廊下には、赤絨毯の敷かれた特別室から窓のない三畳ほどの標準的なものまで、百五室のドアがずらりと並んでいる。ちなみに百五室のうち二十室は参考人取調室で、事件の参考人からだけでなく非違事案、世間でいうところの不祥事を起こした警察官への聴取が行われるところでもある。

——退院したばかりだった私が、人事一課の監察係から調べを受けたのは、あそこでだった……。

爽子はそんな苦い記憶を蘇らせたものの、確かに本部の取調室なら地下駐車場とは直通エレベーターで結ばれているため、人目にも付きにくいという利点がある、とは思う。だが、それでもマスコミが本部庁舎への出入りを鵜《う》の目鷹《たか》の目《め》で見張っていれば、難しいだろう。

「凶器や遺体に関してならば、むしろ——」

柳原は、懸念を口にした上司への返答にしては、平然としすぎる口調で言った。

「被疑者少年が歌えば、犯人しか知り得ない〝秘密の暴露〟になります。もちろん、マスコミには、何らかの対策を考えます」

「しかしだな——」

果たして未成年被疑者への任意同行に裁可は得られるのか。ひな壇で交わされる幹部たちの応酬を、周りの捜査員らが緊張の面持ちで見守るなか——。

爽子は遠慮がちに手を挙げた。「あの、……よろしいでしょうか」

隣の支倉が向けてきた、珍しいこともあるもんだ、という驚きの表情に構わず爽子は続けた。

「少年係に協力してもらっては」

「……どういうことだ？」

平賀一課長が幹部席で眉を寄せて言った。


翌日――。

早朝の空に、ポタージュ色の雲が低く垂れ込めていた。

まだ静かな日野市の住宅地に、二人連れの背広姿の男たちが一組、また一組と現れると、路肩や電柱のそばに身を潜めるように立った。

多摩中央署特捜本部の捜査員たちだった。捜査員たちは住民に気づかれないよう離れたところに捜査車両を停め、徒歩でやって来ていた。

柳原は、要所要所で警戒する捜査員十数人の配置完了を知らされると、包囲した一軒家の狭い玄関ポーチに立ち、呼び鈴を押す。

朝早いこともあって、家人の応答と目当ての人物が起きだしてくるのに、若干の時間を要した。

「本位田優くんね？　おはよう」

柳原はドアを入った玄関の三和土《たたき》、わけも解らず呆然としている母親に呼ばれて階段を降りてきた、パジャマ姿の少年に声をかける。

「……はあ」

少年は赤みがかった縮れた髪をしきりに掻き上げながら、欠伸《あくび》混じりの生返事をした。その様子を、じっと眼に溜めるように見詰めてから柳原は続けた。

「これからちょっと一緒に来て、お話を聞かせてもらいたいんだけど」

柳原はそう告げて少年にちいさく笑いかけた。……慈母の如《ごと》き微笑みだったが、眼は笑っていない。

十数分後、本位田優はパジャマから着替えはしたものの寝ぼけた表情のまま、柳原ともう一人の捜査員に挟まれて家を出ると、門を出てすぐの路肩に滑り込んできた覆面捜査車両の後部席へと乗せられた。

被疑者の身柄を乗せた捜査車両は、すぐに住宅地の道路を走り去った。――が、そのまま報道陣が待ち受けている多摩中央署庁舎へは戻らなかった。

覆面車両は、まだ通る車も少ない道路を走ると、コンビニエンスストアへと寄ったのだった。

そして、その駐車場では黒白のパトカーが一台、待ち受けていた。運転席にいるのは制服の男性署員、助手席にいたのは多摩中央署刑組課少年係の私服捜査員で、後部座席にも制帽を目深に被った女性警察官が座っていた。そして、その女性警察官は、覆面車両が隣に停車すると黒白パトカーを降り、本位田優を覆面パトカーから黒白パトカーの後部座席右側へと移すと、自分も乗り込んだ。

本位田を乗せた黒白パトカーは、今度はどこへも寄ることなく、まっすぐ多摩中央署へと走り出す。

「なんだよ、朝から万引きかあ？」

黒白パトカーを庁舎正面の駐車場に停め、少年を連れた一団が自動ドアを抜けて署の公廨《こうかい》へと通りかかると、そこにたむろしていた報道関係者のひとりが、少年係の捜査員の顔を見て言った。

「そんなのより本部事件のホシ、挙げてもらいてえよ」

「そうそう、じゃないと俺らも家に帰れねえし」

どっと湧いた笑い声を聞きながら、制服私服の警察官は通り過ぎた。

そうして、本位田優を挟んだままエレベーターの箱に乗り込み、ドアが閉まって、まだ何か大声で話している記者たちの声が締め出されると、……女性警察官は初めて、ふうっ、と大きな息を吐いて、頭から制帽をとった。

——良かった。なんとか気づかれなかったみたい……。

そこには、安堵した爽子の顔があった。

「……はい、解ってます」

家から連れだされたときには、寝起きでまだ頭がぼんやりしていたけど、警察署の狭い取調室に入れられて椅子に座らせられたときには、もう醒めていた。だから僕は、安っぽい灰色の机の反対側に座った刑事が、どうしてここに来たかは解ってるね？　と聞いてきたとき、そう答えた。

そうだ。僕はこの瞬間をずっと待っていた。このときのために、いままで色々としなきゃならないことがたくさんあったんだ。そう思うと、僕の膝はスイッチが入ったみたいに震えだした。

僕の身体を駆け巡ってるのは歓喜だ。次のステージに移ったという純粋な喜びだ。だから、僕は続けた。

「ええ、僕がやったんです。大熊秋彦は、僕が殺しました」

そう告げたとき、少年は少年自身も気づかないまま、唇の端に冷たい嗤《わら》いを微かに滲ませていた——。

二

——暗倶覆さま、暗倶覆さま、僕の暗倶覆さま……。

僕は連れてこられた警察署の、狭い取調室にある椅子に座って、胸の中で大いなる存在に語りかける。

——いよいよ〝聖なる儀式〟は次の段階に進みます……。

「あなたは大熊秋彦さんにしたことを、殺害したことを認めるのね？」

誰にも聞こえない場所で祈りを上げる僕に、机を挟んだ椅子についた女の人が言った。この女の人は僕を起こしに来たひとで、同じ質問をしてきた男の刑事さんが、僕の答えを聞いて出ていった後、入れ替わりに部屋に入って来た。

「……はい」

僕は、おばちゃん、と呼んでもいいような歳なんだろうけど、なんだかそう呼ぶのが悪いような綺麗《きれい》な女の人に答えて、胸の中で続ける。

——僕がこの作り物の世界の、無意味な決まりから自由であるために。特別な自分であり続けるために。だから、どうか暗倶覆さま……。

決意が熱い電気みたいに身体中を走る、痺《しび》れるような高揚感。

「僕が……」

僕は口を開き、膝の上に置いた手を汗と一緒に握りしめながら祈り続ける。

――だから、どうか暗倶覆さま、僕を導いてください。〝暗い森〟で出会った女神とともに。

「……殺したんです」

僕は、僕の祈りが、遠くにいるのに身近にいつも感じている漆黒の存在へと届くのを確かに感じながら、吸い取るような眼で僕の顔を見詰め続ける女の人に、そう告げた。


「何の証拠があるって言うんですか！　うちの子は私が、それは厳しく育てたんです！」

爽子たち、本位田優の自宅で証拠品の捜索と差押に当たっている捜査員の耳に、階下から響く母親の金切り声が聞こえてきた。

特捜本部は、衆目をさけて早朝に多摩中央署へと任意同行した本位田優が犯行を認めたのを受け、裁判所に逮捕状及び捜索差押許可状を請求した。それらが発付されるや本位田優を殺人容疑で通常逮捕し、合わせて日野市にある自宅の捜索に着手したのだった。

爽子は、身分証である証票を表にした警察手帳を亡失防止ひもで首からさげ、捜査腕章に白手袋姿で、支倉と、それに特五の捜査員数人とともに、二階にある本位田優の部屋を調べていた。部屋は六畳ほどで、机にベッド、それにいま調べている本棚があるだけだったが、大人数人が入ると狭苦しく、押収品を詰めた段ボール箱を抱えて部屋を出て行く際、擦れ違うのも一苦労だった。母親の上げた抗議の叫びが聞こえてきたのは、開け放したままのドアからだった。

母親は認めたくないのだろう、と爽子は本棚の前で思った。自分が産んで何もかも解っている……いや、あの母親の様子では、自分が何もかもコントロールしていると信じていた子どもが、異常なやり方で人を殺したということを。……そして、それだけでなく、これから〝犯人の家族〟として生きていかなければならない、責め苦のような年月を。世間から向けられる非難、嫌悪、……さらに好奇の視線。そんな、肌を灼く酸のような視線に堪えなくてはならないのだから。

いや、強酸のような世間の眼差しに肌を灼かれるのは、犯人やその家族ばかりではない。

――被害者さえも……。

爽子は眉根を翳らせて、ちらりとドアへと向けた眼を戻した。それから本棚から引き抜いて手にしていた、カバーのされていない大判の書籍に視線を落とす。それは、表紙にモザイク状にいくつもの顔写真が並び、その上に派手な極彩色の太い活字で『実録！　凶悪犯罪者たちの素顔』という題名の重なった、いわゆる犯罪実録物のムック本だった。

「……やっぱり」爽子は呟いた。

やはりこういった書籍の愛好者だったか……と、爽子が片手を背表紙に添えて支えると、本位田は何度もそこを読み返していたらしく、開き癖がついたページが自然と左右に開いた。開いたページにモノクロの写真入りで取りあげられていたのは、過去、犯人の未成年者が起こした凄惨な事案だった。いまからもう二十年以上も昔に、関西地方で発生した事案だが、爽子が犯罪及び捜査心理学を学んでいた課程では、とくに凶悪な事例として、必ず取りあげられていたものだ。

「吉村主任！」

やっぱり……と、二度目の納得をして、胸の内でそう呟いていた爽子は、机を調べていた支倉に呼ばれて振り返った。

「これって……」

支倉が身体を捻って、見張った眼でこちらを見ている。

「ちょっと待って。——すいません。通ります」

　爽子が、ひしめきながら押収品を足下の段ボールへと納めている捜査員らの合間を縫って机のところまでたどり着くと、支倉は指先でつまみ上げた、名刺大のプラスチックカードを示して、呟くように告げた。

「…………」爽子は、支倉の白手袋を嵌めた指先にあるそのカードを、無言で見詰めた。

　そのカードは、表面に淡い桜色と白色のグラデーションがデザインされていて、この部屋では場違いに明るい光沢を放っていたものの、爽子が見詰めながら眉を寄せたのは、そんな洒落た意匠が理由ではなかった。

　そこには、〈奥津城メンタルクリニック診察カード〉と記されていたから、だった。

　看護師殺人事件の被疑者が通院し、さらに爽子と支倉自身が院長である奥津城美鈴医師の聴取のために赴いた、あの医院だった。

「――そう。本位田くんは自分が大熊秋彦さんにしたことを、認めるのね」

　取調室で柳原は、まだ幼い被疑者を見詰めて確かめると、続けた。

「では、これからその時の状況を聴かせてもらうわけだけど、本位田くん……なんだか呼びにくいわね、優くんと呼んでもかまわないかしら」

「ご自由に」

「ありがとう」

柳原は、能面のような表情を変えずに短く答えた少年に、口許だけで微笑んでから、口調をわずかに改めて言った。

「では、優くん。最初に説明しておきます。あなたには弁護人を依頼する権利があります。それから供述拒否権といって、これから聴かれることに答えたくなければ黙っている権利があります。つまり――」

一通り被疑者の権利について告げ終わると、柳原は言った。

「……それから、これは刑事訴訟法という法律で決まっているんだけど、ここでこうしてお話ししてる様子を、ビデオで撮らせてもらうことになってるんだけど――」

〝密室で行われる取調は冤罪《えんざい》の温床〟と世論に指摘されて改正された刑訴法では、取調の可視化が求められ、被疑者の取調室における供述の経過をビデオ録画することになった。

これは被疑者の権利を守るために設けられたものだったが――、本位田は、まだ幼い頬を強張らせた。

「……そんなの嫌です」

これまで感情の窺えなかった本位田が、初めて口調を硬くして言った。

「もしそうするんなら、僕は何も話したくない」

改正刑訴法では、被疑者がビデオ撮影を拒否する権利を認めている。それに、いまはとにかく本位田と信頼関係を築くこと、そして供述させることを優先すべきだ。

——柳原は、額に癖毛のかかった顔を強張らせた本位田を見ながら、そのように判断した。

「そう。では優くんは、ビデオに残さないかわりに自分のしたことを正直に、ありのまま、隠さず話してくれるつもりなのね？」

「もうばれちゃってるんでしょ、みんな」

本位田は、念を押すように尋ねた柳原に、ふて腐れたように答える。

「そうね。でも私たちは、優くんの口から直接、確認しないといけないの」

口を閉じたまま、急に警戒した小動物のような表情になった本位田に、柳原は続けた。

「まず最初に聴きたいのは、……どうして、ああいうことをする相手に大熊秋彦さんを選んだの？」

「大熊さんとは昔っからつるんでるけど——」

「〃——高校を途中で辞めちゃうような駄目な奴だから、殺しちゃってもいいかな、と思って〃」

柳原は未成年被疑者を刺激しないよう慎重に、殺し、殺害といった直接的な言い方こそさけていたものの、それでも犯行動機の核心に迫る質問には違いなかった。けれど、そんな質問を突きつけられたにもかかわらず、本位田は淡々と好きな漫画の話でもするように話していた。

そして、その様子を、壁一つ隔てた隣の取調室に設けられたマジックミラーの前で鈴なりになった、伊原たち捜査員も見ていた。捜査員らは本位田の自宅の捜索を終え、最後まで喚《わめ》き続けていた母親に押収品目録交付書を渡して帰庁した後、被疑者の顔を一目拝もうと集まっていたのだった。

「言いたいことというガキだな」伊原が顔を歪めて吐き捨てた。

「ああいうのは初っぱなに机をどかんとやって、さんざん泣かせてからの方が、手間がかからねえのによ」

「ですよね」

三森がすかさず同意すると、高井が取りなすように言う。

「まあまあ、相手は未成年ですからね。その為のソフトムードじゃないんですか？」

「……警察よりエクソシストが必要な奴だ」

佐々木がぽつりと感想を述べるのと同時に、ドアが開いて、爽子と支倉が取調室に入って来た。

「お疲れ様です……！」

爽子は、支倉が数十センチ四方のマジックミラーに群がった伊原たちに小声で囁くのを聞きながら、爪先立ちしたり逆に腰を屈めて、なんとか押し合いへし合いする捜査員たちの隙間から取り調べの様子を文字どおり垣間見ようとしたものの、眼に入るのは頭と背中ばかりだった。

ここからじゃ私には無理。爽子が自らの小柄な身体を呪って顔をしかめたとき、拡声器を通して隣室から本位田の声が聞こえた。

「…… 〝だから大熊さんにしたことは、ゴミを片付けるのと同じ感じ〟」

「酷い」支倉が、捜査員たちの塞いだマジックミラーの方を見据えたまま、憤りを抑えた声で呟く。

「同じ人間を、どうしてそんな風に思えるの？」

「そう思わないと、自分自身の憤懣に押し潰されるから」

爽子は言った。本位田とその同類は、人間の形をした〝捕食者〟であり、その情緒的特性である極端なまでの共感性の欠如から、他者の痛みや命の重みを感じることができない。

――だから容易に〝被害者が悪い〟と合理化し、免罪符として振りかざす……。

自らが傷つけた被害者の痛みなど、顧みることもなく。

そう思いながら、捜査員の人垣や壁を貫いて直接、本位田優と対峙しているような険しい眼を向けた爽子を、支倉はちらりと見る。

表情はいつもどおりだったが、爽子の口調に、前の事件の際、プロファイリングについて語ったときと同様、警察官としての憤りだけではなく、極めて個人的な、憎しみにちかい感情が込められているように聞こえたからだ。

「〝あのお……僕、ちょっとトイレ〟」

「〝そう。じゃ、一息入れましょうか〟」

それまで平然と動機を語っていた本位田が、初めて年相応な口調で申し出、それに応える柳原の声が続くと、伊原たちマジックミラーを覗いて聞き耳を立てていた捜査員たちは慌ててドアを開け、取調室から退散し始める。

爽子は、身体の前後をかすめてドアの外へと向かう捜査員たちを一顧だにせず、ようやく見えるようになったマジックミラー、それだけを見詰めて動かなかった。支倉はそんな、川の中に立った棒杭《ぼうぐい》のような爽子と廊下へと流れ出てゆく捜査員たちの背中を見比べて、自分はどうしたものかと、一瞬迷ったとき――入れ違いに、少年被疑者の世話を男性捜査員に任せた柳原が、急にがらんとした取調室に入って来た。

「お疲れ様です」爽子と支倉が声を揃えて言った。

「そちらもね」柳原は微笑んだ。「捜索差押《ガサ》のほうは？」

「はい」爽子が言った。

「本人のノートや書籍など数十点を押収、領置しましたが、本人の使っていたパソコンには、〝声明文〟のテキストは残っていませんでした。捜査支援分析センター《SSBC》の技術支援係によれば、当該パソコンにはハードディスク内の記録を完全に抹消するフリーソフトがインストールされていて、復元できる可能性は五分五分とのことでした」

「そう。……こちらは見ていたとおり」柳原が言った。

「上辺は素直そうだけど、何を考えているのか……捕らえどころがない」

「そのようですね」爽子はちいさくうなずいた。

柳原は束の間、おとがいに指先をあてて思案していたが、やがて言った。

「……一応、ビデオ録画しておいてもらいましょうか、取り調べの様子」

「え？　してないんですか？」支倉が驚いて聞き返す。

「ええ、本人が嫌だっていって拒否したわ。撮るんなら何にも喋《しゃべ》りたくないんですって」

「あの……でも、それって」支倉が言った。

「公判では証拠として認められないんじゃ……？」

被疑者が承諾していない録画を裁判所が証拠として採用してくれるとは、さすがに支倉にも思えなかった。

「まあね」柳原は、そんなことは先刻承知だ、とでもいうように薄い笑みを浮かべて言った。

「でも、気になるじゃない？　普通は被疑者の方から希望するのに、あの子が拒否したのって。それに……調べ官が女だから歌った、なんて思われるのも癪《しゃく》でしょ」

柳原はワイシャツの襟元をつまんで冗談っぽく告げると、ドアに向かいながら告げた。

「それじゃ、録画の準備をよろしく」

どうして係長、あんなに冷静でいられるんだろう……？　支倉は軽い足どりで出て行く柳原の後ろ姿を見送りながら感心したものの、すぐに命じられたことを思い出す。

「あ、ビデオ録画の準備しなきゃ！」

爽子は、支倉が急いで飛び出して行くと狭い取調室にひとり残されたが、拡声器から柳原の声がすると、視線を上げた。本位田がトイレから戻ったようだ。

「〝お帰り。――ところで、さっきはゴミを片付けるようなもの、って言ったわね？　どうしてそう思うの？〟」

「〝僕にはオリジナルの思想があるんで。僕以外の命は、みんな平等に無価値。蟻《あり》やゴキブリみたいに。だから……〟」

爽子はマジックミラーの枠の中に見える、摂理でも説くように得々と話す本位田優の横顔を、凝視し続けた。


「優くん、おはよう」

柳原明日香は、記録係の捜査員とともに取調室に入ると、椅子を引いて座りながら言った。

「昨夜はよく眠れた？」

「別に。……ふつう」

柳原が微笑みとともにかけた一日の第一声に、スチール机の反対側、格子の塡《はま》った窓を背に座った被疑者少年は顔を上げて、抑揚なく応えた。

逮捕から一夜明けた二日目。

取り調べは、勾留中に出される〝官弁〟と呼ばれる食事のうち、唯一の温食である朝食の後に始まった。

柳原は、記録係の捜査員が壁際の補助官席に着いて準備するまでの間、寝癖が目立つ縮れ毛の、その下にある本位田の顔を、笑みの及んでいない眼で観察した。

全体的に少年期特有の華奢な体格の少年だったが、肉の薄い本位田の顔には、特に動揺も怯《おび》えもない。まだ目立たない喉仏のあたりに、僅かな緊張による硬さが感じられる程度で、柳原はそのことに、犯行の全容を被疑者自身の口から供述させねばならない調べ官としては、少し安堵した。

昨夜は念のため、署の警務課留置管理係には本位田を特異留置人扱いとし、看守勤務員には厳重な看視を要請していた。それはもちろん、被疑者事故――自死防止のためであった。本位田は未成年、それも中学生という年齢であり、勾留されている留置室も同房の者はなく単独で、しかも他の留置人たちからは見えないよう隔離する措置がとられている。釈放される留置人の口から情報が漏れないようにするためだ。

とはいうものの、ただでさえ逮捕勾留された留置人は、これまで堅固な建物のように感じていた人生が音を立てて崩れ、将来までもが漂白されたように感じるものであり、〝留置場《トメバ》〟での最初の夜は特に、薄暗い闇の中で眠れないまま、自分の胸の内から湧き上がる絶望と、さらに薄い布団の上からものし掛かってくる不安に押しつぶされそうになる。それに堪えようやく長い夜を越えてもそこは、自らと同じ〝被疑者〟〝身柄〟である留置人たちが、看守の指示で狭い〝鳥かご〟で日課の喫煙や運動をし、あるいは検察庁での検事取り調べのための〝押送〟や捜査専務の〝出入れ要請〟

に応じて、腰縄を打たれたうえで取調室へ連行されるという光景だ。逮捕が夢などではなく、自分の今いる場所がこれまでの日常とは隔絶した異界である、という現実を思い知らされる。初犯の者ほど応えるものだ。

にもかかわらず、本位田優は眠れたと答え、肌の色艶がそれを裏書きしている。反抗的な態度をとるでも、極左の活動家のように完黙を決め込んでいるわけでもない。

——罪の重さが解ってないのか、……そもそも罪の意識が希薄なのか。それとも、警察官相手にポーカーの勝負でもしているつもりなのか。いずれにせよ——。

「そう」柳原は、被疑者少年の情動を推し量るように細めていた眼を戻して、言った。

「では、取り調べの続きを始めるわね。……昨日、話してくれたのは、優くんが殺した猫を見せた女の子が泣き出して、その子のお母さんに大きな声で注意されて、逃げ出したところまでね」

「僕は、あの子が見たいっていうから見せただけなのに、まるで僕が悪いみたいに」

本位田は言った。やや不満げな響きが混じっている。

「それで腹が立って、その子とは違う女の子を……？」

柳原は府中市での女児路上傷害事件について、水を向けた。

「うん、ハンマーで。……試しに殴って壊してみたんだ」

本位田はうなずいた。まるで、ゴミ捨て場に捨てられていた電化製品にしたことでも話しているような軽い口調だった。

「そしたら上手《うま》くいったんで、今度は本格的にひとを壊してみたくなって。じゃあ、大熊さんなら丁度いいかなと思ったんです。ウザかったし」

「そう。そう決めてから、大熊さんとはいつ会ったの？」柳原はあらゆる感情を封じ込めて先を促す。

「うちの近所に、昔、事件があってひとの来ない空き家があって、そこに呼び出して――」

本位田は、自らの供述が犯行の核心に差しかかったにもかかわらず、緊張や自己嫌悪で喉を塞がれることもない様子で、よどみなく言った。

「でも、その空き家ってお気に入りの場所だったから、あいつの血なんかで汚すの嫌だったんだよね。だから、ずっとまえに台風で雨漏りしたとき屋根に被せたブルーシートがあったのを思い出してさ。大熊さんを呼び出す前に、そのシートをうちの物置からさっき言った空き家まで持っていって、あらかじめ部屋に敷いといたんだ。それでね――」

本位田はそこで、目元に笑みを浮かべた。何か意義ある所業を成し遂げたとでもいうように。誇らしげでもあり、同時に挑発しているような、小狡《こずる》げな眼をしていた。

「用意しといた眠剤入り缶コーヒーを飲んで、眠り込んじゃったあいつの――」

柳原は、スチール机ひとつ挟んで差し向かった被疑者少年の得体の知れない笑みと、その供述から脳裏に浮かんだ光景を、二重写しに視《み》ていた。

……どことも知れない空き家。その柱から壁まで色褪せた部屋の、埃《ほこり》の積もった床に広げられたブルーシートの青さは、場違いなほど鮮やかだったはずだ。そして、その用途からすれば害虫の模様のような毒々しささえ感じられるブルーシートの上に座りこんで、談笑しながら、本位田優は大熊秋彦に睡眠薬を混ぜたコーヒーを勧めた。そしておそらく、自分は何も混ざっていないコーヒーを口に運びながら、被害者に薬物の効果が現れるのを、じっと窺っていたに違いない。笑っていない眼で、冷徹に。残酷な好奇心をもって。そして、被害者が眠気に襲われて眠り込むと、本位田優はシートの上を躙《にじ》り寄ってゆき、横倒しに床に伸びた大熊秋彦の寝顔を覗き込んだのだろう。睡眠の度合いを確かめるために。

爽子のプロファイリングでは、犯人は犯行時に性的興奮を覚えていた可能性が高い、とされていた。とすれば、被害者を間近から見下ろしたときの本位田は、男が性交を間近にして欲動を抑えかねた、あの時の顔をしていたのだろうか、と柳原は思った。切羽詰まったような、爆発寸前の性欲というボイラーを抱えた男の顔に。

そして――。

「――大熊さんの首を、一気に斬り落としたんです」

そう犯行を認める供述をした本位田の表情には後悔はおろか、悪びれた様子も無かった。柳原には、歓喜と興奮に血走った眼をぎらつかせ、凶器を振り上げる本位田の姿が、見えるようだった。

「……頭がごろんと横に転がって、首から血が、どばっと吹き出しました。人間には血がいっぱい詰まってるんだなあって、びっくりした」

柳原は、本位田が得難い体験でもしたかのように語るのを聞き、胸の内で忿怒《ふんぬ》や嫌悪といった感情が熱を帯びはじめるのを感じながら、端麗な顔立ちをいささかも崩さなかった。

柳原は、刑事捜査員としての経験はまだ浅かったものの、公安部時代には〝作業〟――協力者獲得工作の為に行う対象者との面談で、感情を隔離する方法を体得していた。

「そう」柳原は静かに言った。

「それで……大熊さんの首を斬るのに使ったものは、なに？　その後、どこへやったの？」

「使ったのは、うちの近所のホームセンターで万引きした鉈《なた》です」

本位田は前髪の下から柳原にまっすぐ視線を返して言った。

「浅川《あさかわ》へ滝合橋《たきあいばし》から投げ込みました。そのとき一緒に、ブルーシートも丸めて捨てました」


柳原の取り調べが多摩中央署で進む一方で、裏取り捜査は始まっていた。

爽子は日野市内を流れる浅川、それに架かる滝合橋にいた。

報道のヘリの爆音が降ってくる快晴の空のもと、爽子は欄干から身を乗り出し、川面《かわも》を覗き込んでいる。歩道からは一段高い欄干の横棒に足をかけ、身体をくの字に曲げて上半身のほとんどを宙に晒していた。

「あのう、主任……！　危ないですよ」

見かねた支倉が、初めて展望台に登った子どものような危っかしい姿勢で水面に目を凝らす爽子に、注意を促す。欄干に引っかけた靴底が滑ったら最後、爽子はシーソーのように足を跳ねあげて、数メートル下の水面まで文字どおり真っ逆さまだ。

「――大丈夫」

爽子はそう短く答えただけで、川面で行われている作業を見守り続ける。

橋から見下ろした水面には、ウエットスーツのフードに包まれた頭が五つ、餌を求める水鳥のように浮き沈みしていた。本位田優の供述に基づき凶器を検索する〝カッパの二機〟こと第二機動隊の、通称の由来となった水難救助隊のダイバーたちだった。

と、――一旦は水中に消えたダイバーのうちの一人が浮かび上がると、シュノーケルを咥えたまま、頭上で大きく片腕を振った。そうして、水の中から上げられたもう片方の腕には、――木製の取っ手のついた菜切り包丁に似た刃物が握られている。鉈だった。それは一瞬、薄緑がかった水の上で、白銀のように光った。

供述どおり凶器を発見したダイバーのもとへ、ゴムボートが舳先《へさき》で白波を切って水面を跳ねる勢いで疾走してゆく。

「発見！」

橋のたもとの河川敷《かせんじき》で見守っていた捜査員の一人が上げた声が聞こえた。

「――あ、お疲れ様です。投棄《ちやり》された凶器、見つかりました」

支倉が取り出したスマートフォンを耳に当てて報告するのを聞きながら、爽子は、それにしても、と心の中で呟いた。

――前の事件でも凶器は水棄されて、この事案でも……。転属してから何だか急に川と縁が深くなったみたい……。

溺れそうにもなっちゃったし。表情は変えず、くすっと笑った爽子に、支倉は電話を差し出す。

「吉村です。……はい、凶器は発見されました。ですが――」

爽子は、受け取ったスマートフォンで柳原に報告した。それから言葉を切って、川面で二機のダイバーが頭上で両腕を交叉させ、発見できないという合図をつくるのを確認すると、電話口に続けた。

「――ブルーシートは見つかりません。河口に向けて、両岸を検索します」


「正直に話してくれてるのね、ありがとう」

一旦席を外した柳原が、取調室の椅子に戻って言った。

凶器の投棄場所の供述はいわゆる〝秘密の暴露〟にあたり、かつ当該地点において発見された凶器は、これだけでも被疑者の犯人性を裏付ける重要な証拠となる。

「優くんの言った空き家もいま調べてる。……そこから大熊秋彦さんの首から下を、どこへ運んだの？」

「……それは、言いたくない」

少年は逸らすように机に視線を落とし、細い両腕をまっすぐ膝に立てて言った。

「そう。無理強いはしない、最初にそう約束したものね。でもそれが――」

柳原は、肩を強張らせてうつむく本位田を見詰めて言った。

「恥ずかしいこと、例えば性的なことだから話したくない、って優くんが思ってるんだったら——」

「そんなんじゃない！　そんなんじゃや……。ただ——」

本位田は林檎《りんご》のように紅潮した顔を上げた。柳原は取り調べが始まってからの二日間で、珍しく少年らしい羞恥心を見たように思った。そんな柳原に、これまで澱みなく供述していた本位田は一転して、ぽつりと言った。

「……ただ、言いたくないです」

同時刻——。本位田が殺害現場だと供述した、本位田の住居にほど近い空き家には、多摩鑑識センターの第二現場鑑識の第五係と多摩中央署鑑識係が臨場していた。

空き家は二階建てで、新築時には切り分けたケーキのように映えていたであろう白い外壁も、住民が絶えたまま風雨に長い間さらされていたせいか汚れ、陰気に黒ずんでいた。小さな勝手口程度の門を塞いで、鑑識車両の白いワンボックスが横付けにされていた。そこから大人の足で数歩のところにある玄関まで、鑑識の敷いた黄色い通路帯が、雑草の生えた敷地を繋いでいた。

玄関を入った屋内では、かつては居間であったろう十畳ほどの部屋で、紺色の作業着に同色の帽子、その下に毛髪脱落防止のために被ったヘアキャップを被った鑑識課員が、ズボンの裾を押し込んだ靴下に〝足カバー〟を履いて、採証活動を始めたばかりだった。鑑識課員たちは手に手に光量の強いハンドライトで真昼の暗がりを追い払いながら、足跡を発見すればそれを保護するアクリル製の透明歩行板を、遺留資料ならば机上のネームプレートに似た三角錐《さんかくすい》型の鑑識用表示板を、それぞれ埃のカーペットで灰色一色に覆われた床に設置しながら、検証を進めてゆく。写真係のフラッシュが、薄汚れたメッシュのような薄闇を、立て続けに閃光《せんこう》で裂いた。

そんな、鑑識課員たちが各々の役目に従って床に這《は》いつくばり、腰を落とした居間で、最後に現場に入った多摩中央署鑑識係長、近藤はひとり立ち尽くしていた。長年、現場を踏むうちに培われた経験が、違和感を発していたのだった。

一体、なんだ……？　近藤は色褪せて妖怪の舌のように垂れ下がった壁紙、ところどころ撓《たわ》み波うっている床を見回しながら、白いものの混じった眉を寄せた。

「近藤さん」

そんな近藤に、しゃがんで作業していた課員を監督していた第二現場五係の係長が立ち上がり、近藤に近づいて言った。

「供述どおり、床にはスニーカーらしい履き物痕が二人分、それに何かを敷いた痕跡がありましたよ。指紋《モン》もこの状態なら鮮明に印象されてるでしょうね。……どうかしましたか？」

「いや」近藤は寄せていた眉間を離して言った。

「なんでもねえ。歳のせいかな、ぼうっとしちまった」

熟練の鑑識係長は気を取り直し、肩からジュラルミンケースのストラップを外すと、靴下とビニールの足カバー越しに埃のざらざらした感触を足裏に感じながら、採証作業に没頭する課員たちに加わった。


その日の夜。

日没とともに浅川河川敷で検索に当たった捜査員たちが、多摩中央署に引き揚げてきた。

「……今日は見つかりませんでしたね。ブルーシート」

支倉は、エレベーターを待つ人溜まりの中で爽子に話しかけた。

照明が半分に落とされた庁舎一階の公廨は、昼間のように相談や各種申請に訪れている市民の姿はもちろんなく、交通課の当直が数人いるだけで、気の抜けた寂しさのような気配が漂っている。

「ええ」爽子は見上げていたエレベーターの階数表示から、眼を移して言った。

本位田の供述どおり、凶器の鉈は二機のダイバーによって発見されたものの、結局、犯行の際に使用したというブルーシートは、発見できなかった。

捜査員らは手に手に軍手をし、浅川両岸の河川敷を下流に向けて終日、検索した。もちろん爽子と支倉も同様で、警戒や見張り勤務時に使う警杖《けいじょう》を使い、草むらがあれば掻き分けて踏み込み、川にゴミが浮いていればそれを押しのけ、被疑者少年の供述を裏付ける物証の発見に努めたものの――。

初夏の陽気のもとで流した汗に見合った成果は、得られなかった。

「やだもう、汗だっくだく……！　勤務解除まで堪えられそうにない……！」

支倉はワイシャツの襟元を摘むと、そこから立ち昇る自分自身の臭気に悶絶《もんぜつ》せんばかりに顔をしかめて、ふと、思いつく。

「ね、主任。単身待機寮《うえ》でお風呂はいりましょうよ」

支倉は爽子の正面に回りこみ、そう提案してみた。夜の捜査会議の開始時刻までは、まだすこし余裕がある。

「え？」

支倉は、嫌がられるかな、と思った。なぜなら、転属してきた当日に更衣室で目にしてしまった、身体の傷のこともあるし、と。――けれど爽子は、エレベーターの階数表示との間に割り込んできた、すこし押しつけがましい支倉の笑顔を見上げて眼を瞬《しばたた》かせたものの、あっさり言った。

「……いいけど」

「主任、湯加減はいかがですかぁ、って……え？」

支倉は、入り口の磨《す》りガラスを、がらり、と開けて歌うように呼びかけて——たちこめる湯気に曇った浴場を一目見て、絶句した。

多摩中央署の単身待機寮である中央寮、その女子寮浴場は六階にある。爽子と支倉は、更衣室から着替えを抱えてやって来るところまでは一緒だったものの、そこから爽子の方は、さっさと汗で湿った服を籠にまとめて棚へ押しこみ、身体にタオルを巻くと、お先に、と浴場へと一足先に入ってしまったのだった。

ちょっと待ってくれたっていいじゃないですか。支倉としては、そう思わないでもなかったものの、少し安心もしていた。

それは、支倉が脱ぐのが遅れた理由でもあったのだが、——爽子の身体への気遣いのためだった。〝二月の事件〟で爽子は受傷し、そしてそれを、支倉は爽子がここに配属されたその日に、実際に目にしていた。だから、支倉は自分もシャツのボタンを外しながら、半ばこちらに背を向けて服を脱ぐ爽子を、つい気にしてしまったのだ。

シャツの襟が滑り落ち、露わになった爽子の肉の薄い背中からは幸いなことに、痛々しいまでに白く、幾重にも巻かれていた包帯は消えていた。そこには薄緑色になった内出血の痕が残っているだけで、良かった、と支倉は密《ひそ》かに安心した。そして、なおも視界の端で爽子の後ろ姿をちらちら見ながら、それにしても、と思った。

——吉村主任、こんなに華奢な身体つきのひとだったんだ……。

痩せて小柄なのは服の上からも見て取れていたが、こうして裸を目の当たりにすると、爽子の細くて硬い身体の線は、まだ成長途上にある十代の女の子のようにさえ感じられた。とはいえ、爽子も警察官である以上は、警察学校入校後の〝団結マラソン〟をはじめとした体力錬成、合気道や逮捕術などの教練で鍛えられたはずだが、相当に苦労したのではないだろうか。いや、そんなことよりも——。

——プロファイリングをしているときの集中力、取り調べで犯人を落としたあの気迫が、こんな小さな身体のどこから……？

そんなことを考えるうちに、いつのまにかボタンを外す手が止まっていたらしい。支倉は、浴室に向かう爽子に声をかけられると慌てて服を脱ぐのを再開し、爽子に湯加減を聞きながら浴場の引き戸を開けた途端、——氷柱でも呑んだように言葉を失って、浴場の入り口で立ち尽くしている。

「……！」

支倉は、驚きのあまり喉に声を詰まらせ、爽子の他は誰もいない浴場、その大きな浴槽を凝視していた。様々な所属の独身警察官が入寮する統合寮とは違い、中央寮の寮員は多摩中央署員のみであり、従って入浴施設も相応の規模ではあったものの、ステンレス製の浴槽は数人が一度に入浴できる大きさがあった。そんな、熱い霧のような湯気のなかで鈍く銀色に光る浴槽には――。

爽子の生首があった。

波紋の輪ひとつ無い湯の表面で、爽子の首は、力なく不安定に傾いでいた。いつもは円らな双眸は、いまは半ば垂れた瞼のしたに虚ろな白目が見えるだけで、これもいつもなら引き結ばれている、薄くはあっても柔らかそうな唇も力なく、私はなぜこんなことに……とでも問いたげに、ぽかんと開いている。

それは、パンテオン多摩の屋上、池の台に据えられていた大熊秋彦の遺体の惨状に、そっくりだった。少なくとも一瞬、支倉の目にはそう見えた。

見えたのだったが――。

「もう、脅かさないでくださいよ」

もちろん気のせいだった。立ちつくしていた支倉は爽子に、どうかした？　と、声をかけられて我に返り、ようやく浴槽の湯の中に滑り込むと苦笑混じりに言った。

「……私はずっと考え続けているんだけど――」

爽子は、支倉の軽い抗議が聞こえなかったように、透明な表情に戻った顔に湯煙を当てながら言った。

「本位田はどうして、あそこを——パンテオン多摩の屋上を遺体の遺棄現場に選んだんだろう、って」

どうやら、吉村主任は大熊秋彦の部分遺体のことを考えすぎていたらしい。それはともかく、と支倉は思いながら言った。

「でも、それについては主任自身がプロファイリングの報告で言ってましたよね？犯人にとって最も人目をひける場所だから、って」

「ええ」うなずいた爽子のおとがいが湯に触れ、細い針金の輪のような波紋が広がる。

「それはそうなんだけど……。でも、何故それが、自宅や拠点である空き家の近くではなく、あの場所なのか」

「そういえば、本位田にこの辺りの土地鑑があるって話、挙がってませんもんね」

そう言って漂う湯気に霞んだ天井を見上げた支倉に、爽子は言った。

「犯人が遺体を離断する理由は？」

「え、ええと……、いまはＤＮＡ型鑑定がありますけど、ばらばらにしてマル害の身許を隠すため、ですよね」

支倉は唐突な質問に面食らいながら答えると、爽子は前を向いたまま言った。

「そう。それと重い遺体を運びやすくする、つまり〝運搬容易〟のため。……一般的には」

でも、と爽子は続けた。「本位田のような快楽殺人の場合、性的な動機もある。マル害の頭部を離断した際、本位田が性的に興奮していたのは間違いないと思う。絶頂感さえあったかも」

性的、興奮、絶頂感。前にもそう思ったが、濡れた前髪のしたで眉を寄せた爽子の口から語られると、まるで学術用語みたいだ、と支倉は思う。

「……そこまでは解るの。それに」爽子は浴槽の底に何かを探しているような眼をして続けた。

「それに、こういう事案では犯行の周期は短くなってゆく半面で、犯行のために移動する距離は延びてゆく」

それは、犯人の嗜虐欲が亢進《こうしん》するうえに犯行にも慣れてゆき、さらに逮捕されないことで万能感が満たされ、より大胆な行動をとるようになるからだ。

「ということは、本位田の自宅からの距離から考えれば、この辺りも行動範囲に含まれる。でも、何故あの場所……パンテオン多摩でなければならなかったのか」

説明を聞くうちに、支倉もようやく爽子が遺棄現場にこだわる理由を朧気《おぼろげ》ながら解りはじめた。

被疑者である本位田が〝地ボシ〟、つまりは土地鑑をもった犯人ではない、とは爽子自身が作成したプロファイリングでも指摘していたが、ならば、どうして本位田は頭部を切断した現場となった空き家からは距離があり、しかも土地鑑のない、ここ多摩中央署管内へ大熊秋彦の頭部をわざわざ運んで遺棄したのか。当然ながら運ぶ距離が延びるほど途上で露見するリスクは増すし、くわえて、よく知らない地域で遺体の遺棄に及ぶのは相当な不安感を掻きたてられるはずだ。なにしろ地理が判らなければ、犯行が露見した場合に逃亡するのも難しいからだ。

「それに――」と爽子は言った。

「現場に遺体を遺棄……いえ、据えたとき、本位田は何に対して意識を向けていたのか」

「本位田の意識、……ですか？」

支倉は肩に湯をかけていた手を止めて、傍らの爽子を見る。爽子もまた、支倉へ顔を向け、視線を捉えて続けた。

「マル害の瞼につけられた切創、見たでしょ？」

「は、はい。両眼につけられた、バツ印みたいな……」

「あれは、本位田が被害者から〝見られている〟〝非難されている〟と妄想して、それから逃れようと――」

「あ、それ！　ええっと、主任が前に話してくれた……、あっ、〝非人格化〟ですね？」

支倉が勢い込んで答えを響かせると、爽子は小さな花が咲いたような、微かな笑みをのぞかせる。

私は分析の結果だけを求められる、と爽子は思った。捜査員たちはみんな、結果ばかり聞きたがる。その過程にまで耳をかしてくれるひとは、滅多にいない。だから――支倉が形ばかりのお愛想ではなく、きちんと胸に留めて置いてくれているのが、少しだけ嬉しかった。

「ええ」爽子は笑みを浮かべたまま肯《うなず》いて続ける。「でも、それだけじゃない。この種の事案の犯人にとって、遺体は命や魂の象徴でもあると同時に、欲望を解放した記念品、あるいは勲章でもある」

「勲章ですかあ……」

支倉は、顔をしかめて言った。

「ええ」爽子は眼を上げて答える。

「そして人は、それを見せたいと望む誰かに向けて飾るものよ。だとすれば、本位田は遺体を誰に対して誇示したかったのか。もちろん、自分を受け入れなかったと感じている世間に、でしょうね。でも、遺棄したのがなぜ土地鑑のないこの辺りの、あの場所なのか」

「それってつまり、本位田は不特定多数の通行者だけではなく、特定の誰かに見せたかったのかも……ってことですか？」

支倉は、うーん、と唸って、天井の霞んだ灯りを見上げた。ようやく爽子の頭を占める疑問を理解したものの、皆目見当がつかない。

「…………」爽子はそんな支倉の傍らで、自身もまた、相勤者には告げなかった疑問を反芻しながら、考え込む。

爽子の脳裏に釣り針のように引っ掛かっている疑問。それは、パンテオン多摩屋上での発見時において、大熊秋彦の頭部が若干とはいえ正面から顔面を逸らした、微妙な角度をとらされていたこと、だった。まるで脇見でもしているように。それが臨場したときから気になって、近藤には精密な角度の計測を頼んだのだったが。そうして、遺棄されたあの場所から眺めてみても、特に気になるものは見当たらなかった。

――一体、何を大熊秋彦に見せようとしたの……？　いえ、何を見ていたの？

遺体の眼窩に刻まれたバツの字状の切創は、犯人が被害者から責められているという妄想を抱いたことを物語るが、それは犯人自身の意識を投影し、遺体を自己同一視していた、ということでもある。つまり、遺体と視線を共有していたのではないか――爽子はそう考えていた。

だが、常識的に考えれば、まだ夜の明けきらぬ払暁の薄闇のなかでもあり、通行者に目撃されるのではないかという状況下で遺体を据えたため、本当は正面に向けたかったのが角度を誤っただけなのかもしれない。それに、離断された頸部の創面の形状から、うまく据えることができなかった可能性もある。犯人の行動から過剰に意味を読み取ろうとすれば、強引に意味づけることに繋がる。その危険性は、一般的な捜査であろうとプロファイリングであろうと同じだが、特に爽子の学んだＦＢＩ方式では陥穽《かんせい》になりうる。けれど、頭部の角度が意図的な、意味のあるものだったとしたら。

――もしそうだとすれば……？

本位田優、いったい……、と爽子は肩まで湯につかりながら、考え続ける。

――なにを考えているの……？

爽子が支倉とともに女子寮の浴場で湯と思考に沈んでいた、同時刻。

女子寮と同じ多摩中央署庁舎内にある留置場。――そこで、異変を察知した看守係が声をあげた。

「おい、どうした！」

留置場には、リノリウム張りの通路に沿って、被疑者である留置人が勾留される鉄格子入りの房が並んでいる。そして、そのうちの一つの房の鉄格子の内側からは叫びが、火事の起きた家の窓から火炎が噴きだすように、通路まで響いている。

狂乱した声が聞こえてくる房の留置人は〝特異留置人〟扱いとされ、房内勤務につく看守係たちが特に注意して看視していた。

その留置人は本位田優、だった。

房内勤務に就き、横並びに設けられた房を見渡せる、カウンター形式の看視台で動静監視に当たっていた看守係は、相勤とともに、箍の外れた叫びのこだまする通路を急ぎ、房へと駆け付ける。

そして、鉄格子の内部に見えたのは——割れた声を上げながら、頭を天を仰ぐようにして振り上げては房内の壁に叩きつけている、本位田優の姿だった。

「おい、どうしたんだ！」

「止めろ！」

二人の看守係は口々に制止しながら鉄格子の鍵を開けて房内に飛び込むと、うがあっ、うがあっ……！　と何かに取《と》り憑《つ》かれたように叫びたてながら、なおも頑丈なコンクリートの壁を血の滲んだ額で打ち続けようとする、さながら狂気のキツツキと化した少年を、それぞれ肩と腕を摑んで押さえつけた。

「大人しくしろ！　どうしたんだ」

「暴れるな！　落ち着け！」

看守たちは、少年を両脇から引き摺って、血の痕が残る壁から離す。そして、なおも喚き散らして暴れ、高い水圧がかかったホースのように身体全体をくねらせ抵抗する本位田を、半ば身体全体を持ち上げて床に押し倒した。

本位田は、足をすくわれたように踵《かかと》を宙に跳ね上げ、背中から倒れ込んだ。そうして、警察官二人に押さえつけられたまま天井に向け、溺れた者が喘ぐように荒い息を繰り返していた。

だが、——蒸気機関車のような息づかいを繰り返していた口許が、ふと緩んだ。少年の唇の端から、一刹那だけとはいえ漏れたのは、笑みだった。

そしてそれは冷笑であり、嘲笑だった。


「おはよう」

柳原明日香は取調室に入ると、机の椅子を引きながら、すでに座っていた被疑者少年の顔を覗き込むようにして声をかけた。

「額の怪我《けが》は大丈夫？　優くん」

「はい、僕——」

留置場での自傷騒ぎがあった翌朝。本位田優は、昨夜の錯乱したような気配など微《み》塵《じん》もない顔を上げて言った。留置場での狂乱《ばんそうこう》を窺わせるものといえば、癖のある前髪に半ば隠れた額で盛り上がった、特大の絆創膏くらいだった。

「急にわけ判らなくなっちゃって……。すみませんでした」

そう、とドアを背に椅子に着いた柳原は答え、本位田の顔色を観察する。――落ち着いている。自傷行為を報されたときには驚いたが、凄惨な事件を起こしたとはいえ未成年には違いない。ひと一人の命を奪った自らの罪の、その冷え冷えとした鋼鉄の塊のような重さに、ようやく思い至ったのかもしれない。

「そう、じゃあ続けるわね」柳原は本位田の様子を見定めると、言った。

「あなたは言いたくないっていったけど、……大熊さんの首から下の身体は、どこにあるの？　お家の近所にある空き家で切り離したあと、どうしたの？」

「……言いたくないです」本位田は机に眼を落として、前日からの答えを繰り返した。淡々としていながら、明確な拒絶が込められた声だった。

「黙秘できるって、柳原さんは言いましたよね」

そして、その頃、――殺害現場であり死体損壊の現場となった空き家では、多摩中央署鑑識係長の近藤が、本部鑑識に混じって採証作業を続けていた。

近藤は昨日から引き続き、他の課員とともに埃にまみれた居間の床へ屈み込んで作業していたが、……やがて活動服の腰に片手を当てて立ちあがる。そうして眉を顰めた顔を巡らせると、汚れて曇り硝子のようになった窓ガラスの外の狭い庭でも、課員たちが雑草を掻き分けて証拠を検索しているのが見えた。

近藤が眉を顰めているのは、痛む腰のせいではなかった。

何か妙だった。例えば空き家に遺《のこ》された〝足痕跡〟。これは足跡痕に限らず指紋、工具痕《ツールマーク》など現場に存在する犯行の痕跡すべての総称だが、それらから判断すると、本位田優と被害者である大熊秋彦がここに出入りしていたのは間違いない。

しかし、それだけなのだ。……被疑者の少年は、この場所で被害者の頸部を離断したと供述しているそうだが、床からは滴下血痕《こんぺいとう》ひとつ検出できない。ひとつもだ。さらに供述どおり被害者が生きているうちに切断したというのならば、その時点では心臓が動いていて、鼓動に押し出された血が〝吹き痕〟――霧状に散った飛沫《ひまつ》血痕となって、床はおろか天井に付着していてもおかしくないはずだが、天井はおろか、床にさえない。念のため屋内を暗くして暗幕を張り、天井板の〝ルミ検〟、ルミノール検査もやらせてみたが結果は陰性であり、呈色反応はなかった。もっとも、供述によればマル被は床にブルーシートを広げ、その上で犯行に及んだということだし、〝吹き痕〟にしても殺害時に被害者がどういった姿勢だったかにも関係することだから、一概には言い切れなかったが……。

居間に血痕が皆無なのについては、それで一応の説明だけはつくものの、今度は被害者の首の創面、つまり傷口には、何度も刃を入れ直した跡がないのが気にかかる。何故かといえば、切断が一気に行われたのは間違いないが、それならば渾身《こんしん》の力で成傷器の鉈を振り下ろしたはずであり、その際、勢い余った鉈の刃が床に食い込んでもおかしくはない。だが……、床板にはところどころ踏み荒らされた埃が積もっているだけで、鉈の刃が食い込んだ痕跡は無い。

ロカールの法則を持ち出すまでもなく、犯行現場には必ず、その現場にしかない固有の痕跡が残る。いわば、犯人が現場に存在したこと、とった行動を示す、引き換えの半券か領収書のようなものだ。それは近藤自身、本部現場鑑識《げんじょう》時代にも、難しい現場では口を酸っぱくして若い鑑識課員たちに説いてきたことでもあった。

――ホシは幽霊じゃねえんだ、絶対に何かを残してる。ホシの身になったつもりで検体を何度も見直して、そいつを捜せ。

痕跡を見つけられないとすればそれは、捜し方に問題があるのだ、と。しかし、この現場ばかりは……。

近藤は立ったまま無意識のうちに、腰に当てているのとは反対の手を、灰色の髪を覆ったヘアキャップ、その上に被った鑑識帽に載せた。そんな、少し途方に暮れたような仕草で、床に屈んだ鑑識課員たちの紺色の甲虫のような背中を見渡しながら、呟く。

「あのガキゃ、ほんとにここで事件《ヤマ》を踏んだのかねえ……？」

「……とはいえ」

夜の捜査会議の席上。――長机から立ちあがった捜査一課の主任が、昼間の裏取り捜査について報告を始めた。

「本位田優の自供どおりの日時、〝防カメ〟の録画に、凶器となった鉈を当該人が万引きする姿が映っているのが確認できました」

本位田の姿を映像に捉えたのは、多摩市内の中規模ホームセンターの防犯カメラだった。

店の出入り口に近いレジ周りを、斜め上方より撮った白黒の画面のなかで、特徴のある癖毛を野球帽で隠した本位田優が、プラスチックの買い物籠を下げた客が列をつくり、その会計に追われる店員のいるレジを迂回《うかい》するように通り過ぎ、店外に向かうのがはっきり映っていた。凶器の鉈は着衣のしたに隠しているのか見えなかったが、モノクロ画面の端の表示は犯行前日。

裏取りは、取り調べで得た供述と合致している。けれど、当の調べ官である柳原はといえば、捜査員を前にした幹部席でボールペンを手に、どこか上の空という表情をしていた。顔はそちらに向けていても、視線は報告者の背後へ素通りしているようだった。

「ああ、その鉈についての鑑定結果ですが……科捜研から届きました」

ひな壇を占めた幹部から漂ってくる雰囲気は、インフルエンザなみの感染力がある。なんとなく緊張感の欠けた講堂に、別の捜査員の声が上がった。

「それによりますと、遺留指紋は検出されず、ルミ検でも水中にあったせいか陰性、反応はなかったとのことです。また、顕微鏡検査では目立つ刃こぼれは無いとのことです」

「続いて、ブルーシートの捜索ですが――」

特五係の、比較的若い主任が立ちあがった。鑑取りをはじめとする、事案の核心に近い範囲の捜査には一課の熟練者が充てられることが多い。これは捜査に慎重な見極めが必要とされるのはもちろんだが、同時に、手柄をあげた証明である総監賞を得やすいからであり、いわば警察部内における年功序列の一種でもある。報告を始めた警部補が三十代後半の、一課では若手と見なされる年齢なのはその為で、その指揮下で物証の検索など汗を流す捜査項目を担うのは指定捜査員、つまりは所轄署から召集された捜査員たちだった。

そして勿論《もちろん》、発生署の捜査員である爽子と支倉たちも。

この日は朝から、爽子と支倉を含む二十人が、浅川の両岸で物証であるブルーシートの捜索に当たった。動きにくいスーツではなく、独身警察官の普段着ともいえるジャージを着込み、軍手を嵌めた手に握った警杖で、河川敷の草むらや漂着したゴミと格闘した。そうして丸一日、自分の汗の臭気と雑草の汁に塗れたジャージを着たまま、捜査会議の席を埋めているのだった。

「当該物証は現在のところ、発見に至っていません。投棄した地点から、さらに下流に捜索範囲を広げ、機動隊《マルキ》の応援を要請して続行します」

予定されていた報告が終わった。――普段なら、すかさず今後の方針を示すはずの柳原は黙然としたまま、口を開く気配もなく、手にしたボールペンに眼を落とし続けている。

「遺体捜索に、空き家の敷地へ警察犬をいれてみてはどうかと思うのですが」

上司の様子を見かねたのか、ひな壇に近い席から特五の保田が、座ったまま提案した。警察犬の運用は多摩センターの第二現場鑑識が担当している。立川市に所在し、ここからはほど近い。鑑識に依頼すればすぐに出向いてくれるだろう。

爽子は、臭気追跡は有効かもしれない、と聞きながら思った。それにしても、柳原係長どうしたんだろう……？

いつもの柳原らしくない。

「あの、係長。どうでしょうか」

「え……？　ええ」

柳原は重ねて問われて初めて、自分に対しての発言だと気づいたように答えた。まるで、目の前で手を打ち鳴らされて、催眠術から醒めたような表情を浮かべている。

「そう……ね」

柳原は、妙に白々した眼で見返す捜査員たちを、幹部席から見渡して答えた。

「中学生が、……それもたったひとりで遺体を処分するのは難しいでしょう……ね。何らかの痕跡が発見できるかも」

柳原の言葉は、とりあえず何か言わなければならなかったから口にした、その程度の重さしかなかった。それを聞いた捜査員の中からは憤懣を吐き出す息に加えて、机に置いたノートや手帳の紙面にペンを投げ出す小さな音が、いくつも聞こえた。そうした無言の諫言《かんげん》があがるたび、幹部席と捜査員らの着いた長机との間にあった幅が急に広がってゆくように錯覚させる気配が漂うなか、誰かが言った。

「だが、あの空き家が本当に供述どおり犯行現場なんですかね？　いくらブルーシートを敷いたといっても、遺体を解体した痕跡一つ検出できないってのは――」

「では、本日は散会！」柳原が発言を断ち切るように告げた。「お疲れ様でした」

号令の後、捜査員らが、やれやれ……、とばかりに掻き回された鍋の中身のように動き出した講堂のなか――爽子はひとり、幹部席で書類を揃える柳原を見詰めていた。

「おかしな事案よね。どうして殺害は素直に認めておきながら——」

車道を見下ろしながら、最初にそう言ったのは柳原だった。

多摩中央署庁舎の近くにある陸橋。陸橋とはいっても道路を跨《また》ぐ一般的なものでなく、文字どおり、歩道より低い位置を通る道路上に架けられた橋だった。

爽子と支倉、柳原の三人は一息入れようと庁舎を抜け出し、途中のコンビニエンスストアでそれぞれ購入した飲み物を手に、自動車のテールランプが流れてゆく車道を眺めていた。

「——マル害の遺体の遺棄現場だけは吐かないのかしら」

柳原が欄干に肘をついて続けると、その傍らから支倉が言った。

「あの……、でも、他の証拠は挙がってるじゃないですか？　検察に送致はできるんじゃないかなあ」

「ええ、確かにね」柳原は細い鼻梁の先で、ふっと息を吐いた。

「現場付近での目撃者の証言。ＰＣ内のデータは完全に抹消されているとはいえ、声明文の作成に使用されたのと同型のプリンター。凶器に関しても、万引き時の防カメの映像、及び投棄《ちゃり》したと自供した地点での発見。なにより——」

柳原は微糖紅茶で唇を湿してから、言った。「大熊秋彦殺害を認めてる」

「大丈夫じゃないんでしょうか、これだけ揃ってれば」支倉は元気づけるように言った。

支倉さんは楽天的だ。爽子は柳原を挟んだ支倉とは反対側で、光の川を跨ぐ橋の欄干にもたれながら思った。皮肉ではなく、支倉のそういうところが爽子にとっては好ましく、羨ましいとさえ思う。しかし、支倉は気づいていないのだ。柳原が言外に示した懸念――、先ほどの会議での、およそ集中力を欠いた様子を見せた理由を。

だから爽子は、くすりと笑みを漏らすと、走り去るテールランプの行き先を見定めるように眺める柳原へ向けて言った。

「でもほんとは、いまおっしゃったくらいの証拠では全然足りない、……そう思ってるんですね？――柳原係長は」

「まあ、ね」

柳原は、くるりと身体を回すと欄干にもたれて胸を反らし、夜空を見上げて言った。

「もっとも、本部捜査員は、ほぼ全員がそう思ってるんじゃないかしら？」

「そ、そうなんですかあ？」支倉はさすがに頬に血が昇るのを感じながら慌てて言った。

「私が並べ立てたのは状況証拠だけ」柳原は夜の空へ薄い笑みをむけたまま言った。

「彼の犯人性をもっとも裏付ける、つまり犯人しか知り得ない〝秘密の暴露〟は遺体の頭部以外の部分の所在なわけだけど——さっきの会議で私に向けられたみんなの眼、気づかなかった？　決定的な供述を引き出せない私への苛立ちが噴き出したのね。さらに、遺体に次いで重要な物証である、マル害の血液がそれこそ大量に付着している筈《はず》のブルーシートは、未発見ときてる」

「で、でもですね。凶器の鉈は供述どおり、浅川で発見されたじゃないですか」

支倉は少しムキになって、夜空に映える柳原の白い顔に抗弁する。さすがに、柳原が会議の席上で注意散漫になっていた懸念は理解できたものの、凶器の鉈も立派な物証のはずだ。

「確かにね」柳原は無味乾燥に言った。

「でも……何日も水中にあったせいで指紋《モン》が採れないのは仕方ないとしても、血液反応まで陰性っていうのは、おかしいと思わない？」

鉈は鑑識によって徹底的に検査されていたが、テ《T》トラ・メ《M》チル・ベ《B》ンジジンを使用しても血が付着した手が触れた証拠である血液指紋、その片鱗《へんりん》ひとつ検出されず、ルミノール検査にも反応しなかった。いずれの試薬も敏感で、二万倍に希釈した血液にも反応するにもかかわらず。

「以前、特殊な洗浄の仕方をして反応がなかった事例はあるにせよ、それにしたって硬い骨を切断しておきながら刃こぼれ一つないのは、不思議を通り越して不自然よ。それになにより——あんな貧弱なクソガキが、眠剤で抵抗力を奪ったとはいえ若い男の頸部を、鉈であんなにきれいに落とせたとは、最初から思っていなかった」

「確かに、医学的知識があれば安全剃刀《かみそり》一枚で解体は可能、とはいわれてますけど……」

爽子は考えながら言った。「でも、あの少年にそんな知識があるとは思えません。なにより、遺体の状況と合致しません」

頸部の創傷は、〝重量のある鋭器で一気に切断された〟という鑑定結果が出ている。

「ええ」柳原は忌々しそうに言った。

「でも私たちは、彼が頸部を切断した凶器を特定し切れていない。だから、その供述が疑わしいと感じつつも、ひっくり返すことができない……。ああ、もう」

柳原はそこで、少し芝居がかった調子で頭を掻いて続けた。

「お子様だと思って、優しくしすぎたかしらね？」

爽子は、苦笑する柳原へ、閃《ひらめ》くような笑みを返したものの、すぐに眼を前に戻す。頭の中で、事実の輪ひとつひとつが繋がって、鎖になろうとしている。

「……犯行を早い段階で認め——」爽子は呟いた。

「あとは、もっともらしい曖昧な証拠を、私たちに与え続ける……。けれど秘密の暴露に当たるものには、口を閉ざしてしまう……」

爽子の独白めいた言葉に、柳原は缶を口許に運んでいた手を止めて怜悧《れいり》な視線を流して爽子を見詰め、支倉も欄干に身を乗り出すと、柳原ごしに爽子を見た。

「あ、あの……それって――」支倉は戸惑いと驚きが混じった声で尋ねる。

「警察《わたしたち》を嵌めようとしている、ってことですか？」

中学生が、警察に挑戦する……？　そんなことが現実にあり得るのか。それに、もし本当だとしても、その目的は……？

「マスコミに届いた声明文には〝聖なる儀式〟を始める、って書かれてたでしょ？」爽子が言った。「おそらく、警察を出し抜くことも、その〝儀式〟に含まれているのよ」

「すべて事前の計画のうちか……」柳原が吐き捨てるように言った。

「素直なはずよね。私としたことが……」

「いいえ、係長」爽子は嘆じる柳原に顔を向ける。

「少なくとも彼の計画の一部は、係長が潰してます」

「え……？　私が？」

柳原は怪訝な表情で爽子を見返したものの、指摘に思い当たったのか、寄せていた眉を開いて苦笑する。

「あ、そうね、……そうだった」

「え？　どういうことですか？」

「係長」

爽子は、訳がわからず身を乗り出した支倉に答えず、欄干からを身を離して柳原に向き直る。

「マル被の身上調書を、一から洗い直してみます」爽子は言った。


爽子は支倉を連れて捜査本部に戻ると、早速、取りかかった。

すでに捜査員たちが道場に引き揚げた講堂で、供述調書、現場検証調書を中心に、その字面から立ち昇る本位田優という人間を読み込んでゆく。

時間が、調書が捲られる音と、時折、ペンが紙の上を滑ってメモをとる音とともに過ぎてゆく。――

……爽子は、ふと何かの気配を感じて、簿冊の書面から眼を上げた。

窓の外で、空が黒いインクが薄められるように白み始めている。

爽子の目の前の机には、水害に備える土嚢《どのう》のように積み上げられた簿冊とともに、コーヒーの空き缶が林立していた。支倉が眠気覚ましにと、署内の自販機を何度も往復して買ってきてくれたものだ。

調べを始めてしばらく経ったとき、爽子は支倉を帰らせようとした。私一人でも充分だから、と。そんな爽子に支倉は、いえ、私は主任の相勤ですから、と力強く答えたものの――、いまは机に突っ伏して、重ねた腕を枕に眠りこんでいる。

徹夜か……。爽子はさすがに疲れから目頭を押さえ、息を吐く。

――でも、恐い夢をみるよりはましかもしれない……。

そうして、もう何度も読み返した供述調書に眼を戻し、再び読み返し始める。と――。

『……町工場を廃業して同居していた祖父が……』

縦書きで記された、その一行が、熱いピンのように爽子の網膜に突き刺さった。

「……？」

爽子は額を弾かれたように顔を上げる。その眼は見開かれていたものの、室内に漂う薄闇を映してはいなかった。自分の頭の中だけを見ていた。

――これは……どこかで……。

そうか。そういうことか。灼熱《しやくねつ》の溶岩のような答えが、頭の芯から溢れ出した。そして溢れ出してきたのは、心の奥底にあって、乾いた血糊《ちのり》のような赤錆《あかさび》だらけの分厚い扉と太い鎖で封印してある、あの小部屋からだった。

爽子は、頭に一瞬渦巻いた熱の奔流と、さらに答えらしきものにたどり着いた安堵とで、ふうっと、長い息を吐く。その途端、重ねた腕に額を押しつけて眠り込んでいる支倉が身じろぎした。

「……か、替え玉」

爽子は、そう呟いたきり、また幸せな夢に戻っていった支倉を見て、くすりと笑った。そうしてから、いつもの透明な表情に戻って供述調書に目を落とすと、もう一度、自分の仮説を検証した。

調べてみる価値はある。いえ、——

その必要があるんだ。爽子は結論づけると、茜色《あかねいろ》の朝陽が射し込み始めたなか、相勤に声をかける。

「支倉さん」

「は、はい！」支倉は腹筋運動でもするように、がばっと身を起こした。

「へ、へてまふぇんよ……！」

支倉は訴えるようにそう言ったものの、言語不明瞭、おまけに口の端に涎《よだれ》の筋がついていては、あまり説得力はない。

「朝一番に出掛けましょ」爽子は、そんな支倉の様子を気にもとめずに告げた。

「ひとつ、調べておきたいところがあるから」

「で、ここが……？」

「ええ」

支倉が爽子の私有車であるアルトワークスを路肩に停めて、運転席から降り立ち、見上げながら聞くと、爽子は助手席のドアを閉めながら、やはり顔を上げて答えた。

出勤してきた柳原に事情を説明し、朝の捜査会議後、二人がやって来たのは、東大和《ひがしやまと》市郊外にある住宅地だった。周囲の家々は、いずれも築三十年以上というところだった。

そして、爽子と支倉が、撓《たわ》み、ところどころ破れているフェンス越しに見上げているのは、そんな家屋に挟まれるように建つ小さな町工場だった。

その灰色の建物は波形スレート造りで、二階建てだったものの、壁が完全に垂直な分、周りの民家よりも高さがあるように感じられた。その外壁は風雨に汚れ、昔は明るい灰色だったであろう外壁は黒ずみ、スレートを留めた金具から雨滴の垂れた痕が、まるでおばけ屋敷《やしき》の看板にあるおどろおどろしい文字だった。正面にあるシャッターは、デスマスクの瞼のように閉じられている。……そんな建物が、百坪ほどの敷地のほぼ目一杯に、隣家との隙間に生えた雑草の帯に取り巻かれて、建っていた。

操業していてもおかしくはない時間帯だったが、物音はおろか、人の気配もない。廃工場だからだ。それを示すように、フェンスの門扉の閂《かんぬき》には、古びた南京錠《なんきんじょう》が引っ掛かるようにして鈍く光っている。

「で、でも主任……！　まずくないですか……？　これって不法侵入じゃ……？」

支倉が、フェンスに取り付いた爽子の腰を押し上げながら、質問というより抗議するような声を上げると、爽子は菱形《ひしがた》の編み目に、手と足の爪先をそれぞれかけてよじ登りながら答える。

「いいから押して」

支倉が、フェンス頂上の枠に爽子が不器用にしがみつくのを見定めてから、致し方なく自分も登り始めた途端、――鈍くさそうに乗り越えようとしていた爽子が、向こう側へ墜落した。

支倉は、あっ、と声を上げ、大急ぎでフェンスの内側、敷地内に降り立つと、地面に倒れた爽子に屈み込む。

「主任……！　大丈夫ですか！」

「平気――行きましょ」

爽子は、地面に打ち付けた腰の痛みを表情を変えず痩せ我慢して、枯れ草を踏み、町工場のスレート造りの建物へと歩き出す。

「あの……」支倉が爽子に続きながら言った。

「でも、本位田のお祖父《じい》ちゃんがやってた工場の跡に、なにがあるんですか？」

「……解らない」

爽子は前を向いて正直に告げた。支倉は内心、だったらなんでこんな真似を……と息を吐いて続けた。

「確かに、本位田はここを廃業して同居していたお祖父ちゃんが亡くなってから、動物への虐待行為が始まったとはありましたけど……」

正面のシャッターは開きそうもなかったが、その脇に、ところどころペンキの剝げかけた鋼鉄製のドアがあった。爽子が白手袋を嵌め、錆びてざらざらする取っ手を摑んで動かしてみると、ぎいっ……と恨み言のような軋む音をさせて、ドアは開いた。

建物の中は吹き抜けで、がらんとしていた。壁際に並ぶ鉄骨の柱が剝《む》き出《だ》しになった屋内は、意外なほど明るい。三十平方メートルほどの広さのあるコンクリート打ちっ放しの床に、四角く切り取られた陽の光が落ちている。爽子が見上げると、屋根には外からは見えなかった天窓があった。その下の鉄骨の梁には、ホイスト式クレーンが撤去されず残され、そのレールから細いワイヤーが垂れさがっている。一般家屋なら二階の床よりも高い位置に外廊下のようなキャットウォークが設けられ、壁に沿って建物の内側を一周している。

爽子と支倉が戸口から一歩踏み込むと、気温に蒸された、妙に甘いような機械油と埃の入り混じった臭いが鼻をつく。

「……なんにも無いですね」支倉が、かつて置かれていた工作機械の輪郭を示す油汚れが目立つ床を見回して、前を歩く爽子に言った。

「…………」

爽子は答えず、ところどころ床から突き出している工作機械を固定していたボルトに躓かないよう注意しながら、奥へと進んでいたが――。

「……ん？」

爽子は、奥の壁際、キャットウォークの落とす影に差しかかると、足を止めた。パンプスの爪先が、床の染みを踏んでいた。

爽子は細い眉を寄せて、スラックスに包まれた足を折り、埃が薄く積もったコンクリートの上に屈み込む。白い手袋の指先で、それに触れた。

その染みは、他の埃と機械油の混じった茶褐色の汚れとは異なり、一際濃い海老茶《えびちゃ》色がかった黒色をしていた。さらに油の汚れとは形と大きさも違っていて、ここで誰かが小さなバケツかなにかをひっくり返し、入っていた液体をぶちまけた痕のように見えた。床に落ちた液体は三リットルくらいだろうか。そしてそれは、……体重六十キロ程度の人間が失えば死亡する血液量とほぼ同じだ。

――――！　爽子は驚愕に眼を見開いて、指先で触れた染みを見詰めた。それから、驚きに打たれた表情のまま頭上を振り仰いだ。そして、天窓から注がれるスポットライト、あるいは〝天使の梯子《はしご》〟のような光の柱の中で、無意識に立ちあがっていた。

「……そうか、……あれか……！」爽子の唇から、呟きが漏れた。

ここが廃工場ではなく教会であれば、爽子は天啓を受けた信徒にみえたかもしれない。そんな爽子の尋常でない様子に、支倉はおずおずと声をかける。

「あの、主任……？　どうかしました？」

爽子は、宙を漂う埃が雲母《うんも》のように光る中で振り返ると、鋭く告げた。「すぐ係長に連絡して！」

「へ……？」

「いいから早くっ！」

「は、はい！」

支倉は、爽子の向けた眼光の強さに気圧《けお》されながら、慌てて内ポケットからスマートフォンを摑みだした。

「なるほど、やってくれるわね」

柳原が立ったまま腰に手を当て、長机に置かれたノートパソコンのモニター画面を覗き込みながら、感心と呆れが入り混じった声で言った。

その傍らでは、東大和市の廃工場から戻った爽子と支倉も同じように画面を覗き込んでいた。さらにその周りを、およそ捜査本部員の半数ほどの捜査員らが、半円に囲んでいる。

その場にいる全員が注視する画面は、防犯カメラの映像だった。……午前中、爽子からの〝至急報〟を受けた柳原は急遽《きゅうきょ》、会議を終えて出払っていた捜査員のほぼ全員を捜査本部に呼び戻し、そして、改めて日野及び多摩市にあるホームセンターや金物店を当たるよう指示した結果、捜査員が日野市内のホームセンターで入手したものだった。

画面には、同じレジ周りを撮ったものではあったものの、本位田優が凶器を万引きしたと自供し、防犯カメラでも確認されたのとは、まったく別のホームセンターの店内が、映し出されていた。

店だけでなく、画面の隅からレジへと現れた本位田優の着衣にも、以前の映像とは変化があった。目深に被った野球帽で頭髪や顔を隠すことなく、鉈を手にして堂々と歩いている。そしてなにより、――レジを迂回するのではなく、店員の女性に代金を払って精算し、レシートまで受け取っていた。

「これも〝半落ち〟の理由、か」

独り言のように呟きつつ、覗き込んでいたパソコンの画面から身を起こした柳原に、爽子は言った。

「……間違いないようですね」

柳原は切れ長の眼を細め、しばらく口許に手を当てて考えていた。が、やがて手を下ろし、微笑んでいるようにみえる表情のまま、口を開く。

「吉村、――」

爽子を呼び捨てた柳原の声は低く、内心の激昂《げきこう》を物語って辛辣だった。

「――あのガキに、猿知恵は通用しねえってことを叩き込んでこい」

「解りました」爽子は小さく笑ってうなずく。

「調べ室に入ります」

半月型の人垣を抜けてゆく爽子の背中を慌てて追いながら、支倉は声をかける。

「あ、あの、主任?」

「さあ、行きましょ」

爽子は支倉を従えるように歩きながら、言った。

留置場で官弁の昼食を済ませ、手錠と腰紐をされた本位田優が看守に伴われて取調室へ戻ると、机にはこれまで無かったノートパソコンが置かれており、椅子には、小柄な私服の女性捜査員が座っていた。

「ちゃんとお昼は食べた？　本位田くん」爽子は立ち上がって振り返ると、被疑者少年に言った。

「さっき下で食べましたけど、あんまり食欲がなくって……」

本位田優は、机の反対側の椅子に、窓を背にして座りながら言った。そして、看守係が腰紐《こしひも》を椅子に結んで室内から出て行くと、訝《いぶか》しそうな顔で続けた。

「でも、なんでそんなこと聞くんですか？」

「そう、食べたくないのね」爽子は、問いには答えず本位田を見詰めて言った。

「でも大丈夫。すぐにまた、食べられるようになるから」

「なんでですか？」

「本当のことをすっかり吐きだした被疑者は、お腹《なか》が空くものだからよ」

二人の間に、チェスの盤面を前にしたかのような沈黙が落ちた。

「吉村さん、だったよね？　ここに連れてこられるとき、一緒にパトカーに乗った」

本位田は挑発を滲ませて、語尾をあげて言った。

「それって僕が嘘を吐《つ》いてるって言いたいの？　僕は僕のしたことをちゃんと話して

るけど？　それに、取り調べは柳原さんじゃないんですか？」

その柳原は、三脚に固定されたビデオカメラを挟んで立った支倉とともに、隣室の取調室からマジックミラーを通し、少年を見詰めていた。

「いいえ、君はちゃんと話してなんかいない」爽子は本位田に視線を据えたまま言った。

「だから、今度は私に教えてほしい」

「……なにをですか」

「犯行のありのままを。そして——」爽子は重ねた手を机に置いて、身を乗り出す。

「君の本当の計画を」

「犯行のありのままって、ちゃんと話してるじゃん」本位田は昂然《こうぜん》と言った。

「それに計画ってなに？　そんなのないんですけど」

「そうね」爽子は表情を変えずに言った。

「本位田くん、君が大熊秋彦さんを電話で呼び出し、頸部……首を切断して殺害したのは間違いない。でも、意図的に嘘をついた点が二つある」

白けた声で本位田は言った。「なにそれ」

「犯行現場、つまり大熊秋彦さんを呼び出した場所と、犯行に使った凶器」

顔にみえないシャッターを下ろした本位田に、爽子は続ける。

「君は犯行当日、大熊秋彦さんを自宅近くの空き家に呼び出したんじゃない。あそこからは、どんな痕跡も鑑識は発見できなかった」

「それはブルーシートを敷いてたから……」

「君はそう供述したけど、血飛沫《ちしぶき》になって飛び散ったはずの大量の血痕、それに振り下ろした鉈の痕跡までは防ぐことはできないわ」

「でも、鉈はちゃんと僕の言ったところから見つかったよね？」

「ええ」爽子は小さくうなずく。

「君の供述どおり、鉈は浅川から発見された。君がその鉈を万引きしたと供述したホームセンターの防犯カメラ映像にも、君の姿は映っていた」

「全部、僕の言ったとおりでしょ？」

「いいえ」爽子は被疑者少年に眼を据えたまま、首を左右に振った。

「鉈には被害者の血液、刃こぼれといった、凶器として使用された痕が無く、そもそも君が万引きしたという日の映像には、鉈そのものは映っていない。さらに、大量の血痕が付着しているはずのブルーシートは、見つかっていない。――つまり、君のこれまでの供述を裏付けるものは何もない、ということね」

　本位田は、爽子が書類に書き留めるように話すあいだ、ウツボが巣穴に引っ込むように黙っていだが、やがて揶揄するように言った。

「えー、じゃあなに？　僕がやってもいない事件の犯人になりたがっているっていうの？」

「いいえ、君が大熊さんの首を切断して殺した犯人よ」

「じゃあ吉村さんさあ。鉈を使ってないっていうんなら、どうやって僕が大熊さんの首を切ったっていうのかなあ」

本位田が嘲笑《あざわら》うように言った途端、爽子の口許がほころんだ。

「そう、それが君の計画」爽子は白い歯を覗かせて言った。

「私たちには、さっきいったような供述をしておいて――」

爽子は脳裏で、目の前にいる小狡い少年が、署の接見室では一転して無邪気な子どもに返った顔をして、透明アクリル板をとおして訴える姿を思い浮かべながら続けた。

「〝あの鉈を入手したのは事実だけど、それは犯行より後の日です！〟――と弁護士にはいうつもりだったのよね？」

爽子は言いながらパソコンを開くと、指先でタッチパッドを操作しながら言った。

「そうなれば犯行の凶器ではあり得ない。そして君は、それを確実に保証してみせるために……鉈を購入したホームセンターの店員の印象には、わざと残るような行動をとった」

爽子は映像を再生する操作をしたパソコンを、ぐるりと回して本位田に向けた。

モニターに映し出されているのは、本位田が代金を払って鉈を入手したホームセンターの防犯カメラ映像だった。ただそれはレジ周りではなく、売り場を映したものだった。

……両側を商品の棚に挟まれた通路で、店のお仕着せらしいエプロンをした男性と、痩せた少年が立ち話をしている。少年は身振り手振りを交えながら、熱心に話しかけているように見えた。

「店員さんは製品についていろいろ質問されて、それでよく覚えていたそうよ、君のことを」

まだ大丈夫だ……！　眼をモニターの中にいる自分の姿に釘付《くぎづ》けにしながら、それでも自らを励ます本位田の心を見透かしたように、爽子は続けた。

「でもそのせいで鉈が凶器なんかではなく、君が計画に沿って私たちを誘導するための小道具に過ぎないということも、証明してしまった」

「だったら今すぐ僕を釈放してよ！」本位田は突然、暴発した銃のように叫んだ。

「凶器は鉈じゃなくて、空き家に殺した痕がないっていうんならさあ！」

「……と、裁判で主張するのが、君の計画だったのね？」

爽子が氷の欠片のような声で指摘すると、本位田は、駄々をこねる子どものように椅子の上で身体を揺らし、交互に踏み鳴らしていた足をぴたりと止めた。

「起訴されたあとの公判で、君は全ての供述を百八十度ひっくり返すつもりだった」

爽子は言った。「だから本位田くん、裁判で君はこう証言するつもりだったんでしょう? 〝大熊秋彦さんを殺してなんかいません。本当です。僕がそんなことを警察でいうしかなかったのは――〟」

そこまで言ってから、爽子は目顔で本位田自身の額、そこに貼られた絆創膏を示して続ける。

「〝取り調べで暴力を振るわれたからです!〟」

感情の滑り落ちた顔になった本位田に、爽子はくすりと笑いかけて続ける。

「残念だけど、そんな主張は通らない。なぜなら――君は拒否したけど、逮捕されてからの取り調べの状況は、ほぼ完全に録画されているから」

これが昨夜、爽子が柳原に、柳原は本位田の計画の一部をすでに挫《くじ》いている、と告げた意味だった。

「こちらに証拠がある限り、君がどう言おうと裁判所は信じてくれないでしょうね」

爽子は能面のようだった顔に驚きを散らせた本位田に告げた。

「で、でもさ。僕が犯人だって物的証拠が無いのには、変わりないよね？」

本位田はしばらく黙ってうつむいていたが、やがて顔を上げて言った。

「凶器が何かも、解ってないんだものね」

被疑者少年はようやく、張り巡らせてきた詐術が看破され、追い詰められつつあることに気づいたようだった。

「……と、公判で弁護人に主張してもらうつもりだったんでしょう？」

爽子は頭の中でまたも、法廷に立った弁護士が、身振り手振りを交えて主張する姿を想像しながら続けた。

「〝こんな細い非力な少年が、鉈で被害者の首を切断した場合、あれほど鋭い切断面で、それも一気に切り落とせるものでしょうか？　手間取った痕がないのは不自然では……〟とね」

爽子は、鉈が自分たち捜査本部を誘導するための撒き餌《まえ》であるだけでなく、本位田にとってもう一つの最重要な役割である、罪を逃れるための小道具であることを指摘した。

「だから君は、一見すると創面が……傷の断面が、鋭い刃物で切ったのと同じようになる凶器を用意した。——」

爽子は深い湖のような瞳で本位田を見据えた。

「いえ、もしかすると……、無関係な下校中の女の子に怪我をさせたあとに、この凶器が試したくなって、ずっと考えていた計画を実行し大熊秋彦さんを殺害したの？」

本位田の、爽子の眼を見返していた視線が滑り落ちるように、机の上に落ちた。そのまま、額の絆創膏が前髪に隠れてしまうほど、頭を垂れる。両肩がさざ波のように震え始めた。

泣いている……？　いえ、違う。爽子は、近藤がセルロイド人形にたとえた表情で見詰めながら思った。この少年は――。

「だからあ！」

本位田は突然、拳にした両手で机を叩いて顔を振り上げて喚いた。その顔は、嗤っていた。高揚に笑み崩れていた。

「だから、鉈じゃねえんなら、あんたがさっきから言ってるその凶器って一体、なんなんだよお、あ？　俺に聞かれたって、こっちは、はあ？　って感じ！　え？　なんなんだよ、その凶器って？　ほんとにそんなもんあるんなら、教えてくれって！」

本位田は、ぎゃははは……！　と調律の狂った楽器のような不快な哄笑《こうしょう》を上げたが、それも、爽子が口を開くまでだった。

「――ワイヤー、でしょ？」爽子は言った。

「はは……、え？」

爽子は、噴出させていた哄笑を飲み込んで眼を瞬かせた本位田を強い視線で見返しながら、身を乗り出す。

「君は犯行当日、大熊秋彦さんをあの場所に呼び出すと、面白い物がある、といって高いところへ誘った。そして、大熊さんに眠剤入りのコーヒーを飲ませた」

爽子は、自分の推測した情景を思い起こしながら続ける。大熊秋彦は、以前からの付き合いもあって、疑うことなく、言葉巧みに誘導する本位田に従って、本位田の祖父の廃工場、そのキャットウォークへ昇っていったのだろう。

いま目の前にいる本位田と、狭い外階段のようなキャットウォークの床に座り込み、眠剤の作用でうつらうつらとし始めた大熊秋彦と、それを笑みを浮かべながら実験動物を観察するように窺っている本位田の顔が、重なって見えた。

「それから、大熊さんが寝込むのを見計らって首にワイヤーをかけ――」

やがて倒れ伏すようにキャットウォーク上で寝込んだ大熊秋彦の首に、屋根の梁から垂れ下がった細いワイヤーの先端に結んだ輪を、潜らせるように掛けた。そして――。

「突き落とした」爽子は言った。

手摺《てす》りから押し出された大熊秋彦の身体は、泥酔者のように正体を無くしたまま空中を、廃工場の打ちっ放しコンクリートの床へと落下していっただろう。その首に掛けられた細いワイヤーも後を追い、海蛇が泳ぐように延びていっただろう。

そして、その、空中でぐねぐねと踊っていたワイヤーが、ぴん、と手が切れそうなほど鋭く張った瞬間。ワイヤーの先で、床に落達する寸前だった大熊秋彦の頸部に掛けられた輪が締め上げられた。肌に食い込み肉を裂き、一瞬で頸骨は切断され、頭部と胴体は別々に、汚れたコンクリートの地面に叩きつけられた。

司法解剖の所見にあった頬の打撲は落下時のものであり、爽子が廃工場で発見した海老茶色の染みは、このとき、頸動脈《けいどうみゃく》から扇形に噴き出したおびただしい血の痕だった。

「ブルーシートをいくら捜しても出てこないのは当然よね」

爽子は、本位田もまた脳裏のスクリーンで犯行の模様を再現しているのを見定めて、言った。

「そんなもの使ってないんだから。君が犯行現場は空き家だと嘘を吐いたのは、本当の殺害現場を調べられたら、痕跡からワイヤーを凶器にしたと気づかれると思ったからでしょう？　遺体の首から下がどこにあるのか言えなかったのも、同じ理由よね？　なにより、遺体のありかは犯人しか知り得ない事実、つまり〝秘密の暴露〟だから、起訴後、裁判でひっくり返して無罪になる計画だった君は、自分の犯人性を決定づける遺体のありかだけは、供述するわけにはいかなかった……」

本位田は爽子の視線に応えるのが精一杯の様子で、ただ黙っていた。

「遺体はばらばらに損壊すれば君にも運べたでしょうけど、加虐欲を殺害だけに向けていた君には、そんな度胸はなかった。だから、頭部以外の遺体は、あの場所か近くで処分したのね？」

爽子は、自分は不条理な暴力に堪えている、とでも言いたげな顔で黙り込む本位田の方へ身を乗り出すと、言った。

「遺体の他の部分は発見されていない。だから私たちは、あの場所を徹底的に捜すそこら中の地面を掘り起こし、建物を徹底的に、ばらばらに取り壊してでも――」

「やめろ！」

本位田は、歌うように告げた爽子に形相を一変させて叫び、腰紐で繋がった椅子が床から跳び上がる勢いで立ちあがろうとした。

「なんでそんなことをする必要があんだよ！　あそこはなあ、じいちゃんの大事な場所だったんだ、勝手なことすんな！　てめえ、殺すぞ！」

爽子は座ったまま、喚く本位田を見上げていた。そして、ふっと息をつくと、口を開く。

「そう、大事なところなのね。でもね、本位田くん。私――」

爽子はおとがいを引き、視線に錐《きり》のような威力を込めて、続けた。

「さっきから〝あの場所〟としか言っていないけれど、どうしてそこが〝じいちゃんの大事な場所〟だって解ったの？」

室内の気温が、急にさがったように感じられた。

「あっ……」

本位田は漂白されたような表情になって、へたりと椅子に座り込んだ。

――まだ終わってない……！　まだ終わってない……！

本位田は狭い取調室で童顔の女性捜査員と対峙したまま、意識だけを精神の領域に逃げ込ませようとした。〝暗い森〟へ。……そこで微笑む、女神のもとへと。

――暗倶覆様、暗倶覆様……！　僕の暗倶覆様……！

しかし――。

「〝暗倶覆様〟なんて、いないわよ」爽子は無味乾燥な声で告げた。

心を見透かされた驚愕の表情で、本位田は爽子を見た。

「それは君の醜さ、弱さの象徴」爽子は言った。

「誰にも受け容《う》れ《い》られないと思い込んだ自分自身を正当化するために、君自身が生み出した、もう一人の自分に過ぎないわ」

「ち、違う！　暗倶覆様は僕をいつも導いてくれて、すげえヴィジョンを与えてくれて……！」

本位田は抗弁したものの、〝暗い森〟はもう心のどこにも感じられなかった。

「その結果が自分より弱い者を傷つけ、手にかけることか！」

爽子は眼を見開いて一喝した。そして、やや声を落として続けた。

「……殺そうと思えば、人は簡単に死んでしまう。そんなことをしたところで、それのどこが凄《すご》いことなの？　君は〝自分以外の命は平等に無価値というオリジナルの思想を持ってる〟って言ったわね？　でも、君のしたことにはオリジナリティなんて微塵もない」

「なんでそんなこと言い切れるんだよ！」

「〝人を手に掛けることは凄いことだ〟〝自分以外の命はどうでもいい〟と感じ、〝弱い者を一方的に暴力で支配したい〟。その結果を世の中に晒して、〝自分はこんなことができるんだぞ〟と悦にいる。……そんなの、私の知ってる数十人の連続殺人犯たちと一緒だからよ」

自らは分類できない存在。爽子は、そう信じてきた優越感が崩れてゆく本位田に続けた。

「君は――自分の価値観を押しつけてくるお母さんに、支配されてきたのかもしれない。お父さんも、君を理解してはくれなかった」

爽子は、本位田の自宅を捜索した際の、半狂乱になって喚く母親と、ただ呆然としていた父親の様子を思い出しながら言った。

「でもお祖父ちゃんだけは、君を優しく受け容れてくれた。お祖父ちゃんのいるところだけが、君の安心していられる場所だった。……でも、そのお祖父ちゃんは亡くなってしまった。君はその辛さと、なにより命の在処が知りたくなって、――生き物たちを殺しはじめた」

話し続ける爽子の声は、断罪も説得もなく、ただ静かだった。

「君はやがて、命を切り刻むことが性癖となってしまった。でもその半面で、君はしていることの罪深さと、この性癖こそが、周りの人間関係の輪に入れない理由だとも気づいていた。それに加えて、今度は人間を試してみたいという欲望、というより衝動も、確実に強くなってくる。だから君は、臆病さを隠す言い訳を並べ立て、小心さを根拠のない優越感で誤魔化すために、頭の中に〝暗倶覆様〟をつくり上げるしかなかった」

爽子は、力なく肩を落としてこちらを眺めるだけの本位田を、見詰めた。

「本位田優くん。――君は結局、堪えられなかったのよ。目に見えず手にも取れないからこそ大切であるという、命の本質に」

爽子は乗り出していた身体を戻して、続けた。

「でも、これだけは覚えておいて。命の本質やありかが知りたければ、自分自身の中に捜しなさい。それを人を傷つける理由にするな！」

爽子の声が響くと、少年は再度うなだれ、落とした肩を小刻みに揺らした。こんどこそ泣いているのだろう、と爽子はそんな少年を見ながら思う。ただそれは、悔恨の情からではなく、計画が成就しなかった悔しさからだろう。本位田のような少年が罪を自覚するには、長い治療が必要だ。

私に出来るのは捕まえることだけ――。そう改めて思った爽子の背後で、ドアが開いた。

「調書は巻き直しね」戸口に立った柳原が、むせび泣く少年を冷然と見下ろしていった。

「今度は少し厳しくなるわよ、本位田くん」

柳原に調べ官の席を譲り、隅にある補助官席の椅子を引いた爽子に、本位田は涙と鼻水に塗れた顔をもたげて、言った。

「あんた、……なんなんだよ。……なんで解るんだよ」

「私は特別心理捜査官……だから」

爽子は口ではそう言って補助官席に着いたが、心の中では別の答えを告げていた。

私のなかにも、獣はいるから、と。

「――で、そうやって、あのあんちゃんはすべてゲロった、と」

文倉は、取り調べの顚末《てんまつ》を聞き終えた伊原が、缶コーヒーを片手にぼそりと言うと、うなずいた。

「ええ、吉村主任が歌わせたお陰で――」

本位田優が完全に自供してから数日が経った多摩中央署庁舎、自販機と喫煙所のある中庭に、係長の堀田以外の強行犯係の面々が揃っていた。向かいの九方面自ら隊庁舎前では、制服の隊員たちが黒白パトカーの洗車をしている。

「供述どおり大熊秋彦さんの遺体は見つかりましたし、凶器のワイヤーも押さえられたってわけです」

「ああ、知ってるよ」伊原は面白くもなさそうに言った。

「俺も穴掘りしたんだからな」

本位田優の祖父の廃工場では、鑑識による現場検証が行われていた。採証活動の結果、爽子の発見した建物内の床の染みは人血、それも大熊秋彦のものであることが確かめられた。本位田の新たな自供をもとに、廃工場の敷地内を、鑑識課員たちとともに伊原たちが手作業で掘り返したところ、大熊秋彦の首から下の遺体が発見されたのだった。

支倉は、現場検証時の爽子の姿を思い起こす。――爽子は、天窓から射す光の中で、目の前の高さまで降ろされたワイヤー、その先端の輪に、白手袋を嵌めた手の指先を、そっと触れるよう添えて、じっと見入っていた。

なんだか厳粛で、被害者の痛みに思いを致しているような顔をしてたな、と支倉は思う。でも、飲まされた眠剤で意識がなかった大熊秋彦が、その痛みを感じなかったのがせめてもの救いだ――と、爽子に倣ってしんみりと思った支倉の耳に、三森の不平たらたらな声が聞こえた。

「ほんと苦労しましたよねえ」

「苦労って……」支倉は気分を逆撫《さかな》でされて食ってかかる。

「伊原長はともかく、三森、あんたは大したことしてないでしょ」

「なんでそういうこと言うかなあ。見ろよ、この手。スコップを握り続けてマメだらけで……。ねえ、伊原長？」

「支倉の言うとおりだろ」

「ですよね、ですよね。……って、ええ？」

三森が、コーヒーをすすりながら吐いた伊原の一言に抗議するのを聞きながら、支倉は、それにしても、とひとり考え込む。

――吉村主任はどうして、あんなに被疑者の心の中が解るんだろう……？

その日の夜。

爽子はひとり、捜査本部のある講堂で、長机に捜査資料の簿冊や領置品を並べて、整理していた。捜査結了を前にして、取り調べをした関係上、柳原から捜査記録簿作成の手伝いを指示されたのだった。本来は一課の統括担当《デスク》が中心になって行う業務であったが、本位田優の検察への送致も決まって、捜査員たちのほぼ全員が道場で無礼講の慰労会をして騒いでいる。恒例の〝起訴祝い〟、その前夜祭といったところだったが、そういった席に馴染めない爽子は、仕事を続けていた。

爽子は、立ったまま捲っていた、分厚い現場検証調書の記述に眼を止めた。

大熊秋彦の部分遺体――頭部が遺棄されていたパンテオン多摩の屋上、その見取り図だった。

『当該被害者の頭部は顔面を北北西、約三百二十九度に向けて遺棄されており……』

――これだけは結局、私の力では解らなかった……。

もっとも、事件のことは犯人《ホシ》に聞け、という言い習わしが捜査員にはあるくらいで、こうなれば、いかなる理由で大熊秋彦の頭部をあんな中途半端な角度に据えたのかは、本位田優本人の口から聞き出すしかない。

あの場に遺棄された同時刻に立ってみたが、特に気になるものは見当たらなかった。

そこで、ふと爽子は簿冊の紙面から眼を上げる。

……見当たらなかった……？

――見ようとしていたもの、見せたかったものが、目の前にあるとは限らない。なぜならそれは、本位田の意識の指向性を示すものだからだ。

爽子は簿冊を机に置くと、何かを探し始める。

「あれ、吉村主任。どうしたんですか？」

重ねた簿冊をどかしたり、書類の束をめくって覗き込んでいた爽子の耳に、支倉の声が聞こえた。

酒宴の場に爽子の姿が無いのに気づいて、探しに来たのだった。

「……なんでもない。ただ、地図がないかと思って」

爽子がやって来た支倉に言うと、支倉は机の隅にある、折りたたんだ市街地図を見つけて、差し出した。

「あ、これですか？」

「ありがとう」

爽子は礼を言って、机の上に地図をがさがさと広げた。

「地図がどうかしたんですか？」

「お風呂で、マル害の頭部が向けられた方向が気になる、って私が言ったのは覚えてる？　それを確かめようと思って」

爽子は言いながら、広げられた地図の、パンテオン多摩が示された一点に指先を載せた。

——ここから、首が向いていた方向だと……。

爽子は地図上を、頭部の〝視線〟の延長線上へと、人差し指の先を滑らせてゆく。

やがて、その指が止まった。

——！　爽子は眼をこぼれそうなほど開き、そして息を飲んでいた。

ここが……？　なぜ……？

それは、そんな爽子を眺めていた支倉も同様だった。不得要領だった顔が、いまは地図を見たまま驚きに染まっていた。

「あの……主任。ここって……？」

「ええ」

爽子は、窺うように尋ねてきた支倉に、眉を寄せた厳しい表情で答えた。そして地図の、ある地点を文字どおり指し示していた細い指を離した。

警視庁多摩中央警察署。——爽子の指があったその地点には、そう記されていた。

犯行時、本位田優の意識はここ、多摩中央署に向けられていた……？

爽子は、はっと思いついて、領置品の纏められた茶色の文書箱へ向き直って、なかを掻き分けるように捜す。――あった。

「主任、それ」

爽子がつまみ上げた名刺大のカードを見て、支倉が言った。

「ええ」

爽子は手にしたカードにじっと見入ったまま、答えた。

ふたりの視線の先にある、そのカードには〝奥津城メンタルクリニック〟と記した文字が、洒落た書体で記されていた。

同じ夜――。

奥津城美鈴医師は、都内港区赤坂にある〈奥津城メンタルクリニック〉の診察室にいた。

ほとんどの照明が消され、黒い靄のような薄闇の覆った室内で、奥津城は診療机の椅子を横に回し、スカートから伸びた足を組んで座っていた。そうやって深く椅子に凭《もた》れたまま、縦長の窓へと向いた女医の横顔を、窓の外、桟すれすれから覗き込む月の光が、白々と象牙色に浮かびあがらせていた。

見下ろした。

「大丈夫よ、……英里子《えりこ》」

奥津城は囁いて、半月のように照らされた顔をうつむけると、淡い月光を反射して、楕円《だえん》形の黒曜石のように眼もとを隠していた眼鏡のレンズが、透明に戻る。そして、胸と高く組んだ足との谷間、そこへ被さるように取りすがった女を、杏型の眼で見下ろした。

女は奥津城の座る椅子の脇で、直接、床の上に足を寝かせて座り込んでいた。そうして、片側へずり落ちかけた大きな膝掛けのような姿勢で、女医の半身へと愛《いと》しげにしなだれかかっていた。胎児の鼓動を聴くかのように。

「……私たちは、大丈夫」

奥津城は、仄《ほの》かな、黒い羽毛のように柔らかい闇のなかで、女の——昼間はクリニックで看護師として働く木口《きぐち》英里子の横顔の、憂いを締め出すように固く閉じられた眼を見詰めながら、囁きを繰り返す。

そうしながら、夜より黒い女の髪を愛しげに撫でると、女は答えるように身じろぎした。互いの体温に甘く蒸された生地から、湿りを含んだ淫靡《いんび》な温《ぬく》もりが伝わってくる。乳房の柔らかな重み、生地の内側で滑る肌の感触も。

奥津城は木口英里子の髪を撫でていた手を、自らの腹の上で重なり枕となったその腕、それから手首へと伸ばす。そして、そこにある傷痕を、そっと撫でた。爽子が捜査で訪れて案内された際に眼を止めた、自らの命を絶とうとした痕だった。

「子供たちは……空に向かい、両手をひろげ……」

真一文字に盛り上がった皮膚の線をそっと撫でつづけながら、女医は艶《つや》やかな唇を開いて歌を口ずさむ。闇に低く細く漏れる歌声を吸わせる女性精神科医の表情は、どこか恍惚《こうこつ》としていた。

抱きとめた看護師と一つの影になりながら、女医は物思いに耽《ふけ》っているようにも、あるいは、……こちらの方がより適切かもしれなかったが、何かを待ちわびているようにも見えた。

第三章　正気の仮面

一

埃っぽいアスファルトの路上を、風に飛ばされた落ち葉が横切ってゆく。

住宅地の道路を、丈の短いコートを着込んだ背広姿の男が二人、歩いていた。一人は痩せた中年、もう一人は三十を過ぎたばかりのがっしりした体格で、明らかにセールスマンとは異なる硬い雰囲気を纏《まと》っている。

二人の男が、塀の表札を確認しながら歩いていたのは、一車線ほどの幅しかない狭い道路だったものの、その両側に延びる塀はどれも高い。その塀よりもさらに高い樹木が、それぞれの敷地《しきち》からは伸び、葉のない枝で冬空を掃いている。

世田谷区《せたがやく》、成城《せいじょう》。高級住宅地であり、緑の多い町でもあった。

そして、二人の男は、この町を管轄する成城警察署交通課、交通捜査係の捜査員だった。

前を歩いていた中年の捜査員が、門柱に目指す表札を見つけて立ち止まる。そして、塀越しに洋館の切妻《きりづま》屋根と二階部分を見た。

「ここだな」

中年の捜査員は、自身に確認するように呟《つぶや》くと相勤を促し、アールデコ調の凝った装飾の施された鍛鉄製の門扉を押す。

「……学者ってのは、そんなに儲《もう》かるものなんですかね」

敷地は他と比べてとりたてて広いわけではないものの、木立に囲まれ、赤茶けた落ち葉がところどころで小さな山になっている前庭を、石畳のアプローチを踏んで歩きながら、三十代の捜査員が言った。

「さあな」中年の捜査員が、靴底で落ち葉を鳴らしながら言った。

確かに目の前のヴィクトリアン様式の洋館は、瀟洒《しょうしゃ》な、といってもいい佇《たたず》まいをしている。ただ、建ってから相当な年数を経ているらしく、外壁の煉瓦《れんが》は建てられてからの年月を物語って、黄土色に近い褐色になっている。元は黄色だったのかもしれない。けれど、それが薄汚れている風には見えず、むしろ、建物に風格を与えている感じだった。

二人の捜査員は短いアプローチを歩き、ヴィクトリアン様式の特徴である外壁から奥まった玄関、その軒下に行き着くと、中年の捜査員がドアの脇にある呼び鈴のボタンを押す。

ドアは四枚のパネル入りのもので、特大の板チョコに見えた。

少し待たされたあと、屋内を軽い足音が近づいて来る気配がして、濃い飴色《あめいろ》をしたドアが開く。

中年の捜査員は、がちゃ……、という解錠の音とともに、周囲を無意識に観察していた、捜査専務としてはもはや習性になっている視線を前に戻したが、――ドアと戸口に開いた隙間には誰もいなかった。

ん……？　中年の捜査員は一瞬、不審に思ったものの、眼《め》を落とすと、まだ幼い少女が、扉に半ば身を隠すようにして立っていて、低く可愛《かわい》らしい鼻梁《びりょう》にのせた眼鏡のレンズを通して、こちらを見上げている。

見るからに利発そうな顔立ちの女の子で、背丈はドアノブに届く程度しかない。まだ小学校低学年というところか。

「こんにちは」中年の捜査員は意識して笑顔になって言い、上着の内ポケットから手帳を取り出して開き、女の子に証票を見せた。

「成城警察のお巡りさんなんだけど、お家《うち》の人は誰かいるかな」

「誰もいない」女の子は首を振り、西日を受けたレンズが水滴のようにちらちらと光った。

「お父さんもお母さんも、大学に行ってるの。お手伝いさんも、今日は来ない日だから」

「そうか、一人でお留守番しているんだな。偉いね」

中年の捜査員は、女の子の過度な警戒心を解くつもりで、そう言った。経験上、子どもの多くは警察官から褒められれば幼い自尊心をくすぐられ、満更でもない顔になるものだ。けれど、女の子は表情を変えずちいさく首を振って、一言つぶやいただけだった。

「いつものことだから」大人びた口調だった。

中年の捜査員は少し調子を狂わされたものの、うなずくと言った。

「ところでね、田崎清太《たざきせいた》ってお兄ちゃん、知ってるよね。ここへバイクに乗って配達に来ていた店員さんだけど」

女の子は上目遣いで見返して、こくりと頭を上下させた。

「そのお兄ちゃんのことなんだけど――」

言いにくいことを告げるときの、慎重な口調で続けようとした中年の捜査員に、女の子はフランス人形のような可愛らしい口を開いた。

「あのひと――」

女の子が囁《ささや》くように告げるのと同時に、玄関先に立つ二人の捜査員の背後で、一陣の乾いた風が吹いた。庭で巻いた風は、木立と落ち葉を、がさがさ……と騒がせただけでなく笛のような風音で、女の子の言葉も吹き散らす。

「――だの？」

少女が中年の捜査員に問いかけた囁きは、風のせいもあって、そのすぐ後ろにいた三十代の捜査員の耳には届かなかった。少女の声は、それくらい小さかった。しかし、中年の捜査員の耳は辛《かろ》うじて捉えていた。

いま、この子はなんて言った……？　中年の捜査員は自分の耳を疑いながら、一心にこちらを仰ぎ見ている女の子の顔を、見直した。

風のせいで聞き間違えたのだろうか……？

そんな怪訝《けげん》さに眉を寄せた中年の捜査員の顔を、女の子は恐れ気もなく見上げる。そして、ずれた眼鏡のフレーム上にのぞいた黒目がちな瞳には、プレゼントの箱の中身は何か尋ねたときのような光が、ちらちらと瞬《またた》いていた。

言葉に詰まった中年の捜査員の背後で木立に梳《す》かれた風が鳴り、——女の子は顔を上げたまま眼鏡のブリッジに指先をあてると、くい、と押し上げた。

黒い法服を纏った裁判官が閉廷を告げると、周りの傍聴席を埋めた人々が息を吐く気配があった。

腰縄をつけられた被告人が、廷吏に挟まれて法廷から退出してゆき、固定式の座席を埋めていた傍聴人たちが帰り支度をして立ちあがりはじめると、低い柵の向こうに見えていた、被告人が場慣れした態度で弁護士や検察官、裁判長からの質問に答えていた証言台は、傍聴人から市民へと戻った人々の背中に隠れてしまった。

奥津城美鈴《おくつきみすず》は、法廷の出入り口近くにある最後列の傍聴席に座ったまま、こちらへ流れてくる人波、その頭上で、台上から退出してゆく裁判官や裁判員たちを眺めていた。

一塊になった喧噪《けんそう》が外の廊下を遠ざかってゆき、無人になった法廷が静けさに包まれる。奥津城はなお座ったまま、法の裁きが下される場の空気を味わう。なんだか、過去にこの場へと来ざるを得なかった人々の思念がまだ宙に残っていて、それを感じられそうな気がしたから。

悲嘆、怒り。それだけでなく、打算や狡猾《こうかつ》も。

まるで、と奥津城は思う。

――まるで、言語化されることのない意識下の欲求みたいに。

馬鹿馬鹿しい。自分の心にふと兆したユングじみた妄想を鼻先で嗤《わら》うと、奥津城は幼い頃から変わらない仕草で眼鏡のブリッジに指先を添え、くいっと押し上げる。

奥津城は膝に載せていたハンドバッグを手に立ちあがって法廷を出るとエレベーターで一階へ降りた。そして、入館するときには通過を義務づけられた金属探知機ゲートのそばを通り過ぎ、エントランスのガラスドアを抜けて、蜂蜜色の陽光が降り注ぐ建物のそとへと踏み出した。

東京地方裁判所立川《たちかわ》支部。

東京都下、立川市。かつては航空関係の軍都として栄えた町に相応《ふさわ》しく、秋へと移ろい始めた空は高く、頭上に広がっていた。奥津城はそんな空の下を、司法の象徴のような四角四面の裁判所庁舎を後にして、歩き出す。

庁舎内の使い古しのような空気とは比べものにならないほど、乾いた風は爽やかだった。


——爽やか、か。

吉村爽子《よしむらさわこ》。……奥津城は裁判所の門を出て道路の路肩を歩きながら、クリニックを訪ねてきた、女性刑事の名を心の中で呟く。〝刑事〟という厳《いか》めしい肩書きとはおよそ不釣り合いな、可愛らしいとさえいえる顔立ちに、硬質な、堅固な盾のような表情を浮かべてこちらを見詰めてきた、小柄な女性警察官。

もっとも、奥津城が爽子のことを想起したのは、頰を撫《な》でる風の感触や夏が去りつつあるのを教えるように深みの増した空の蒼《あお》さ、それらばかりではなかった。

職業的によく鍛えられてはいるけれど……、と奥津城は思う。その奥には揺らぎを秘めた、あの眼。外的人格《ペルソナ》で守っているのは、過去の自分……ってところかしら。

そんな考えを弄びながら、裁判所から歩くこと数分。そこからは、三階建てのビルほどの高さを南北に横切る多摩《たま》都市モノレールの高架と、高架上に跨《また》いで建つ高松《たかまつ》駅の駅舎が見えた。

奥津城はふと、このままＪＲの立川駅まで歩いてもいいか、と思う。どうせ一駅分の距離で、大したことはないのだし。それに、都心生活者としては、郊外でしか胸を満たすことができない、この清々した空気をもう少し吸っていたいという、ちょっとした未練もあった。けれど結局、長い階段を上った先の高松駅からモノレールに乗り、来たときと同様に車窓から昭和記念公園の緑を眺めて、立川北駅へと着いた。

モノレールの立川北駅は、隣接するＪＲ立川駅と広大なテラス状のペデストリアンデッキで繫《つな》がっているので、乗り換えに便利だ。奥津城がデッキへと降りる長い階段に差しかかると、下からは大勢が歩く靴音や自動車の排気音といった、街の喧噪が湧き上がってくる。それだけでなく、軒を連ねた飲食店から漂う油や埃《ほこり》っぽい空調の排気、いがらっぽい自動車の排気ガスが混然となった、典型的な繁華街の臭気も。

わずか一駅で、適度な静けさも清潔なシーツのような空気も消え、途中まで降りた階段からは、周辺のビルとの空中通路を兼ねる広いデッキを、スーツ姿をした男女の勤め人や、カジュアルな服装をした若者たちといった大勢の人々が、フライパンの上で煎《い》られている豆のように混雑しながら行き交っているのが見えた。駅舎の前に屹立《きつりつ》する、急角度の放物線を描く四本の赤い鉄柱は、まるで巨大なモニュメントだ。

奥津城はデッキに降りると、人々の流れの合間を縫って駅舎へと向かい、絶え間なく人の波が流れ込み、また流れ出し続ける、四角いトンネルのように開いた自由連絡通路へと入る。駅構内を貫通しているだけでなく、併設されている商業施設へも繋がるその通路はデッキ以上の混雑で、人いきれのなかを、無数の靴音と話し声が薄く反響しながら漂っている。

と、――奥津城はそんな人混みの中で、レンズの隅に見知った顔がよぎった気がして、一定のリズムで運んでいた足を止めた。顔をそちらへ向けて見直すと、間違いなかった。

「あら……」赤いルージュも艶やかな唇から漏れた呟きが、喧噪に紛れた。

奥津城が、立ち止まった自分を中洲《なかす》のようにして追い越し、あるいは逆にこちらへと流れてきて擦れ違う人々の、入り乱れていながらも奇妙に秩序だった人波の合間に見ていたのは、少し離れたところを歩いてくる、二人連れの若い女性だった。

そのうちひとりは、女性としては背が高く、自分と同じくらいの身長だろう。もうひとりは対照的に、女性としても低い方で、それを周りの人垣が余計に際立たせている。

シンクロシニティってところかしら……。思いがけない再会に足を止めたまま、思わず笑みをこぼす。裁判所で抱いた感慨といい、今日はユング先生に縁があるみたいね……などと呑気《のんき》なことを考える半面で、奥津城の理性は、身を隠せ、やり過ごせと警告を発してきた。いまここにいる姿を見られただけでも、どうして自分が立川までやって来たのかという、疑念の片鱗《へんりん》くらいは与えてしまうだろうから、と。

でも――、これはスリルだ。背筋がぞくぞくするほどの。それに、湧き上がる興味を抑えきれない。なぜなら、二人連れの女性のうち、背が高い方はたしか支倉《はせくら》とかいう刑事であり、そして、その半歩前をやってくるのは……あの吉村爽子だったからだ。

――あなたとはまた逢《あ》いたかったのよ、爽子さん。是非とも。

その爽子も、雑踏の中から向けられた、自分への注視に気づいたようだった。急に強い光で照らされたように顔をあげた。

左右から行き交う人垣に遮られるせいで、コマの飛んだフィルムの映像のように見えていた爽子が、軽い驚きで眼を見張るのが、奥津城にも判《わか》った。


爽子と支倉が立川駅を通りかかったのは、出先からの帰りだった。

「ようやく涼しくなってきましたよね」

支倉は改札を抜けると、自由連絡通路へと歩き出した爽子に言った。

二人は朝から小金井《こがねい》市へと捜査に赴いていた。事案は傷害罪。とはいっても学生同士のちょっとした諍《いさか》いが原因で、被害者の負傷も深刻なものではない。もともとは支倉が宿直中に扱った事案だった。

警視庁管内の所轄署において、捜査員は六日に一度、泊まり込み勤務がある。警察署は夜間、昼間の三分の一程度の勤務員で本署の機能を維持しなければならず、それだけでも当直の署員にとっては負担が大きいが、捜査員の場合はもっと大変で、それは宿直中に発生したあらゆる事案を、強行や盗犯といった専務——自分の専門分野や係に関係なく取り扱わねばならないことと、さらには当該事案は扱った捜査員が担当しなくてはならないからだ。これがなにを意味するかといえば、本来業務の事案に加えて、宿直のたびに手持ちの事案が積み上がってゆく、ということであった。ただでさえ疲れ切る宿直をこなすたびに、高利貸しの利子なみに増えてゆく担当事案は、全所轄捜査員にとって頭痛の種であり、実際、首が回らなくなる捜査員もいて、これが非違事案、いわゆる事案のもみ消しなどといった不祥事の元になることさえある。

……支倉はそういった破産、とまではいかなくとも、大きな赤字を抱えていた。

——でも吉村主任は、そんな私を見かねて……。

支倉は、感謝の眼差《まなざ》しを爽子の背中に向けて思う。爽子は、自分から強行犯係の堀《ほっ》田《た》係長に支倉の応援を申し出て、こうして捜査を手伝ってくれているのだった。……そのときも、恩着せがましい態度をとることも、傷口に塩を塗り込むような正論を吐いて叱責するでもなかった。申し訳なさで縮こまりながら、刑事部屋の隅で礼を言った支倉に、爽子はちいさく笑ってみせてから、こう口にしただけだった。

「私は一応、上司だから」

自分もかつて労《いたわ》りを受けた。それを今度は他の誰かへ繋げているだけ――そういいたげな爽子の笑みだった。

支倉はその時ふと、そんな爽子の表情にも、――その下にあって普段は隠されている優しさにも、慣れはじめているのに気づいたものだ。そして、こうしてともに出歩くときには無意識に、自分より頭一つ分は身長の低い爽子に歩調を合わせていることも。

「ええ、そうね」

爽子は人混みを歩きながら季節の移ろいに感謝する支倉へ片頬を向けて答えた。

実際、夏は大変だったな、と爽子は顔を戻しながら思う。――日射《ひざ》しが肌を刺し、靴底が溶けてアスファルトに張り付くような炎天下を、捜査に歩き回った。そうして、自らの汗に溺れるような思いで署に戻れば、大量の調書や報告書の作成が待っていた日々。幸い、暑い盛りに捜本が設置されるような大きな事案が発生しなかったのが、救いといえば救いだった。

――〝大きな事案〟、か……。

そう考えた爽子の頭に思い浮かんだのは、二つの事案だった。

ひとつは、転属してすぐに起こった看護師殺人事件。もう一つは、未成年被疑者による殺人及び死体遺棄事件だった。いずれも、心の備忘録には極太のゴシック体で事件名が記されている事件だ。

爽子にとってはそれだけではなく、二件目の事件簿作成の準備をしたときからずっと、取り憑《つ》いて離れない疑問があった。二件の殺人事件には、共通する要素がある。

――蜂嶺俊次《はちみねしゅんじ》、本位田優《ほんいでんまさる》。二人の被疑者はふたりとも、同じ精神科医の治療を受けている……。

奥津城美鈴医師に。これは、偶然なんだろうか……？

「あれ？　どうかしたんですか？」

支倉が、急に黙り込んだ爽子の表情を、脇から窺《うかが》いながら言った。

「……いえ、別に」

爽子は短く答えただけで前に顔を戻したが、支倉にしても察しは付いている。

「また例の件を考え込んでるんですか？」

「…………」爽子は無言だった。

「確かに気にはなりますけど……考えすぎじゃないかなあ」

支倉は爽子と肩を並べると、歩きながら続けた。「あの先生、難しい患者さんも断らない主義だって、自分でも言ってましたし」

「ええ、そうね」爽子は素っ気なく聞こえないよう注意しながら言った。

それはそうかもしれない、とは爽子も思ってはいる。一件目の看護師殺しの被疑者、蜂嶺が多摩中央署管轄内で犯行に及んだのは偶然かもしれない。

しかし、二件目の殺人及び死体遺棄の被疑者、本位田優の場合については？

なぜ部分遺体を衆目に晒《さら》す地点が自宅や空き家といった拠点から離れた、多摩パンテオンだったのか。――自宅や空き家といった拠点の近傍は、地理的プロファイリングでいう〝バッファゾーン〟、つまり犯行を行うには主観的なリスクが高すぎる地域であり、遺棄地点が殺害地点から距離があるのはそれで説明できるものの……ではなぜ、駅前ではなく多摩パンテオンであったのか。もしくは、多摩パンテオンでなければならなかったのか。

そして何より、部分遺体が――被害者の頭部が向けられていた方角だ。被害者の頭部は多摩中央署庁舎のある方位に、ほぼ正確な角度で据えられていた。これも偶然だろうか？　偶然ではなく、もし意味があるとすれば、……それはなにか。

これらについて、本位田優は何も語らなかった。爽子自身、柳原《やなぎはら》の取り調べの合間に、本位田本人に質《ただ》してはみた。

――「あそこに大熊《おおくま》さんの首を置いたのは、あそこなら目立つと思ったからですよ。それに、顔は見えさえすればよかったんで」

それが、本位田が薄笑いとともに返した答えだった。さらに追及したところで、本位田は言を左右にして適当な答えしか返さなかったのではないかと、爽子は思う。

——二人の被疑者の主治医が共通していること、遺体についての違和感のある態様……。

この二つに繋がりはあるのか。あるとすれば、どう繋がるのか。

頭を悩ませながら歩いていた爽子はその時、点けたままの電球に顔を近づけたときのような微《かす》かな熱が、頬を撫でる感覚がした。反射的に目線を上げた爽子は、人の流れのなかで杭《くい》のように立って、こちらを注視する女性を見て、足を止める。

その女性は眼鏡の似合う端正な顔立ちをして、長い髪を纏めて片側の肩に垂らしている。ブラウンのジャケットにワインレッドの薄いタートルネック。

シックな装いの奥津城美鈴医師だった。

「あれ……？」支倉も、足を止めた爽子の視線を辿《たど》って気づき、声を漏らす。

爽子は、シンクロシニティ……？　と図らずも奥津城と同じ用語を思い浮かべ、軽い驚きに眼を見開いたものの気を取り直して、奥津城の方へと歩み寄って行った。

「奥津城先生——ですね」

爽子は、人通りを妨げないよう通路の壁際で待っていた女医に近づくと、声をかけた。

「もしかして、って思っちゃったんだけど」奥津城は、にっ、と笑って言った。「うちのクリニックに話を聞きに来たお二人さん、よね？」

あくまで記憶の片隅にあっただけ、なにしろ捜査員が訪ねてくるなんて滅多にないことだったから——そう言いたげな奥津城の口調だった。まるで、親しげではあってもガラス一枚隔てている、接見室での会話のような。けれど爽子は、どこか飄然《ひょうぜん》と韜《とう》晦《かい》している風の女医が、自分のことをはっきり記憶に留《とど》めていたのではないか、と直感した。

「はい」

だから爽子は、目礼するように軽く頭をうなずかせたものの、捜査員の眼で、相手の視線を捉えたまま言った。

「その節はお時間を取っていただいて、助かりました。多摩中央署の、吉村です」

「ええ、爽子さん、でしょ？」奥津城は微笑み、眼鏡のブリッジに指先を当てて言った。

「可愛いお名前ね、と思ったから覚えてるわ」

特別心理捜査官と精神科医師のあいだで一瞬、視線の綱引きがあった。が、その見えない綱を切ったのは、支倉だった。

「あ、どうも。支倉です、主任と一緒にお邪魔した――」

「ええ、そうだったわね。お久しぶり」

「ご無沙汰してます。先生はどちらにお出掛けなんですかあ？」

「ええ、この近くにちょっと用事があって」

「あの……先生？――」

奥津城と支倉の快活な受け答えに割り込むようにして、爽子は言った。

「奥津城先生、もしよろしければ……お昼をご一緒しませんか？」

え？　と奥津城の整った顔に驚きが散った。――が、やがてフレームの楕円《だえん》のなかで杏型《あんず》の眼を細めた笑顔になって、言った。

「ええ、喜んで」

「この近くで、どこかいいところを知ってる？」

爽子は、奥津城とは別の意味で驚いている支倉に向けていった。

「へ……？　あ、じゃあ――」

「ラーメン以外で、ね」

爽子は、ここぞとばかりに口を開いた支倉に言った。

「……美味《おい》しかった」

パスタのソースが斑《まだら》に残るだけの皿にフォークを置くと、奥津城は微笑んだ。

支倉はその感想を、たまには庶民的な食事も悪くない、という意味かな、などと思いかけたものの、これは自分の偏見だなと思い返す。

そこは立川駅に近いビルの一階にある、個人経営の店だった。支倉が、壁紙や椅子、テーブルといった一切が、どこか懐しい感じに色褪せたこの店に案内したのは、ランチが評判だからで、席は男女とり混ぜた会社員たちで八割がたは埋まっていた。

爽子と支倉、そして奥津城が囲んでいるのは、奥まった窓際のテーブルだった。窓から、街を真鍮《しんちゆう》色に鍍金《めつき》する秋の陽差《ひざ》しが、柔らかく射《さ》し込《こ》んでいる。

「先生にお聞きしたいことがあるのですが」爽子は言った。

「あら、恐《こわ》いわね」奥津城は、皿を下げにきたアルバイトらしいウエイトレスに食後の紅茶を頼んでから、言った。

「何かしら？　なんだか職務質問みたいね」

「いえ、そういうわけでは……。ただ、以前にお尋ねした際、うちはどんなクライアントでも断らない方針、とおっしゃってましたけど、……それはなぜでしょう」

「説明しなかったかしら？」

「ええ、お聞きしました」

爽子は奥津城を見詰めて小さくうなずいた。それから皿の下げられたテーブルのうえで手を重ねると、熱意を示すように身を乗り出す。

「でも――もう少し詳しくお聞かせ願えたら、と思って」

「持って回った、婉曲《えんきょく》な聞き方をするのね。なんだか私がカウンセリングを受けてるみたい。吉村さん――」

奥津城は唇の両はしを上げる、半月の笑みを浮かべて言った。「あなた、臨床心理士を目指したことはないの？」

「性格上の問題で、諦めました」

そう口もとに限定した微笑とともに答えた爽子の視界の隅に、噴きだしそうになった支倉が慌てて脇を向くのが見えた。

「そう」と奥津城は特に笑みを広げることもなく言った。

「ま、それはともかくとして――、吉村さん。あなたが聞きたいのは、私のクライアントにはどうしてサイコパシー傾向が多いのか、ということじゃないの？」

「…………」

爽子は無言で奥津城の反問を肯定すると、その答えを促すように、すこしだけ首を傾《かし》げてみせた。

「私は彼ら彼女らを、一種の才能の持ち主、と考えているの」奥津城医師は言った。

爽子は、店内のちょっとした騒々しさが、急に遠ざかってゆくように感じながら、調書に書き込むように呟く。

「才能——ですか？」

「ええ」奥津城は落ち着き払った顔でうなずいた。「吉村さん。あなたは、彼ら彼女らをそう感じたことはない？」

サイコパス——反社会性人格障害は、目的のためなら社会通念や道徳律といった倫理を顧みず、また、緊張や不安といったストレスにも耐性があるのが特徴だ。海外の研究では、富裕層や社会的地位が高い者にはサイコパシー傾向が強い、との研究結果もある。

「……罪を犯さなければ、そう思えるかもしれません」

だから爽子は、そう答えるに留めた。

爽子は、サイコパスの犯罪行為の原因として、いくつかある仮説のうち〝低い恐怖感情仮説〟を個人的には支持していた。彼らは、マスコミが煽《あお》りたてるような〝怪物〟ではなく、自らの犯罪行為が露見して処罰される恐怖や不安といった感情、さらに共感性が欠落しているだけではないか、と。いわば人間を人間たらしめていると爽子が考えているもの、良心を司《つかさど》る部分が空白なのだ。何も書かれていないノートのように。そして空白は空白であって、天から与えられた能力とは違う——そう思っていた。

「罪、罪ね」奥津城医師は、舌の上で単語を転がすように言って続けた。「他人を傷つけ、社会の秩序を乱す行為……。確かに彼ら彼女らのうち、扁桃体《へんとう》や前頭前皮質、脳梁《のうりよう》や海馬の不具合で、罪を犯す者もいる。……でも、吉村さん。あなた、腐敗と発酵の違いがわかる？」

「同じものですよね」爽子は言った。

どちらも細菌が有機物を分解する過程だ。しかし──。

「でも、それを人間に当てはめるのは」

「それはもちろん、私にも解ってる」奥津城は薄い笑みのままおとがいを引いた。「でもね、吉村さん。罪を犯そうと犯すまいと、彼ら彼女らはずっと昔から存在したのよ。〝譫妄《せんもう》なき狂気〟〝背徳症〟〝精神病質〟〝反社会性人格障害〟……どう呼ぶかは、その時代時代で医療が決めてたとしても。──そして現在《いま》も彼ら彼女らは、人口の数パーセントとして存在し続けている。なぜかしら？」

そのとき、ウエイトレスの娘が盆を抱えて現れた。それぞれの前に湯気の立つカップを置いたウエイトレスが離れるのを待ってから、爽子は言った。

「先生のお考えは？」

「必要とされたからよ、人類にとって」奥津城は即答した。「そう思ったことはない？」

奥津城はレンズの奥で杏型の瞳を挑発するように細め、唇をつり上げて笑みを大きくした。その唇は半月ではなく、ふと、死神の大鎌のように見えた。

「進化心理学の考え方ですね」

爽子は口ではそう答えただけだったものの、心の中で続けていた。……そうだ、私も目の前の女医と同じことを考えたことがある。あれは――、もう八ヵ月も前、私が警視庁本部捜査一課を外される理由になった、〝二月の事件〟のときに。

あの夜、天使の翼のように白い雪が降りしきり、東京の街を覆った夜。雪の白さとは対照的に、闇が真新しい喪服のような漆黒に感じられた夜に。

――私は死を偽装して逃亡した被疑者の潜伏場所を、手作業の地理的プロファイリングで割り出した。そして、それを報告せず、相勤だった藤島《ふじしま》さんにだけ知らせて、捜査本部には無断で犯人逮捕へと赴こうとし、その結果、私の身上調査票に赤字で記されることになった、あの夜に。

「ええ、そうね」

爽子は、奥津城がそう答える声に、我知らずテーブルに落としていた眼を上げる。するとと、目の前の女性精神科医の顔と、薄くなりかけた古い写真のような記憶の残像――闇に白い斑点が無数に舞い落ちる風景とが一刹那、重なった。

「健常者が躊躇《ちゅうちょ》しないではいられないことを平然と行い、自己防衛本能も強い彼ら彼女らの存在を——」

奥津城は眼鏡の縁を、窓から入り込んだ蜂蜜色の光を反射させながら告げた。

「か弱い人類は過酷な自然環境のなかで生き残り、次世代へと命を繋げてゆくために必要としたのよ」

「……私には、彼らの特徴を才能と呼んでいいのかは解りません」爽子は言った。「それに、仮に才能だったとしても、罪を犯せば……捕まります。法律が問うのは、行為とその結果だからです」

奥津城は含み笑いをした。いかにも秩序を守る仕事の人間らしい言い草だ、とでも言いたげに。

「どうかしらね？　異常性が際だっていれば、逆に罪には問われないかもしれないわ。だって、この国の法体系は心神喪失や耗弱を認めてるんですもの。誰でも理解できる動機で三人の人間に手を掛ければ極刑でも、彼ら彼女らが十人を手に掛けた場合、責任能力の観点から罪に問われない可能性もあるんじゃない？　常人には理解できない、という理由でね」

持説を述べ終わると、女性精神科医は冷め始めているティーカップを手に取った。

「なんだか、ひとりで喋《しゃべ》りすぎちゃったみたいね」奥津城はカップをソーサーに戻しながら苦笑する。

　気がつくと、店内の賑《にぎ》わいは消えていた。席の大半を占めていた勤め人たちの姿はなくなり、常連らしい客がまばらに点在しているだけの、昼下がりの気だるさが漂っている。

「いえ」爽子は言った。「面白いお話でした」

「そう。お世辞でもそういってもらえると――あ、ごめんなさい。私、そろそろ帰らないと」

　奥津城は腕時計をちらりと見て、椅子から立ちあがりながら言った。

「あ、そうですか」爽子が言った。「突然お誘いしてしまって」

「いいえ。私こそ、吉村さんに、あなたたちに会えて嬉《うれ》しかった」

　そう言ってハンドバッグを開けた奥津城に、爽子は言った。

「ここは私が」爽子は微笑んだ。

「あら、いいの？」奥津城は動作をとめて爽子を見る。「もしかして……そのお金は税金から？」

　まあ、月々わずかながら捜査費は支給されるけど、と思いながら爽子は言った。

「いいえ。個人的に」

「そう」奥津城はちょっと眼鏡に手をやって、笑顔で言った。「ごちそうさま」

女医が言葉とは裏腹に、それほど急ぐでもない様子で帰って行った数分後、爽子と支倉も中身の無くなった茶器をテーブルに戻して、席を立った。

「あ、私、自分の分は払いますよ」

「……いい」

レジの前で、支倉が財布を取り出した爽子に言ったものの、爽子は三人分の食事代を支払いながら、半ば上の空で短く答えた。思考の大半は、先ほどまでの眼鏡美人の女医との対話に割かれてしまっている。

――奥津城医師の反社会性パーソナリティへの関心は、果たして臨床医としての職業意識からだけなんだろうか……？

研究者が対象に愛着を持つことはあるだろう。でも、春にクリニックを訪ねたときの飄々《ひょうひょう》とした話しかたとは異なり、感情のこもった奥津城医師の口ぶりからは関心以上のもの、共感、いや賞賛じみたものを爽子は感じたのだった。それに――。

「なあんか、やっぱり変わった先生でしたね」

ウエイトレスの、ありがとうございました、という声に送られて喫茶店を出ても、爽子は考え続けた。そんなことなど解らない支倉が、駅前の大通りへと戻る道すがらに可笑《おか》しそうに言ったが、それを爽子は耳から耳へすり抜けてゆくように感じながら、思った。

それに、あの別れ際の一言は……？

奥津城医師はこういったのだ。〝私こそ、吉村さんに、あなたたちに会えて嬉しかった〟……と。

まるで、私との再会を望んでいた、とでもいうように。

そこまで考えたとき、脳内に青白い閃光《せんこう》が奔《はし》ってシナプス同士が繫がった。繫がったのはそれだけでなく、ずっと頭を悩ませていた事柄も。

じゃあやっぱり、あれは……？

「まさか……そんな」

爽子は額を弾《はじ》かれたように上げて、そう呟いたのだが、支倉は相変わらず別れたばかりの女医について喋り続けている。

「相変わらずっていうか。やっぱり――」

「支倉さん」

爽子は楔《くさび》を打つように言うと、足を止めて支倉に向き直った。

「奥津城先生はどうして今日、立川にいたの？」

爽子の抱いた疑問は、多摩中央署に帰り着いた途端、あっけなく解けた。

「……本人の言ってたとおりかも、って私は思いますけど」

支倉は帰る道すがらでは、まだそんなことを言っていた。

「もしくは、美味しいものでも食べるために、馴染《なじ》みのお店に行く途中だったとか」

いかにも支倉らしい推測だったけれど、爽子は言った。

「だったら、お昼の誘いを断ったと思うけど」

「そ、それはですね、あの先生も主任の魅力に惹《ひ》かれて……とか」

「……バカ」爽子は眉を寄せて苦笑した。

そんなことを話しながら多摩都市モノレールに乗り、爽子と支倉は多摩中央署へと帰庁したのだったが——疑問の答えが見つかったのは、三階の刑事部屋に入り、自分の席に着こうとした、まさにその時だった。

刑事部屋の一方の壁には、様々な掲示物が張り出されている。もっとも目立つのは多摩中央署管内を示す大きな地図だったが、その他にも第九方面本部や警視庁本館の各所属、それに検察庁などの電話番号が記された一覧表、勤務表や各種当番の告知。そして——月間予定表のホワイトボード。その月間予定表には刑事組織犯罪対策課全体に関わる事柄が書き込まれている。そして——そこに油性ペンでこう記されていた。

〝10／12　看護師殺人、公判開始　立川地裁〟

その文字は、爽子の網膜に飛び込んで突き刺さり、机から椅子を引き出そうとしていた手をとめさせた。

日付はまさに今日だ。爽子たちが邀撃《ようげき》捜査の結果、多摩川の河川敷《かせんじき》で逮捕した蜂嶺俊次。そして、奥津城美鈴医師のクライアント、患者でもあった蜂嶺の裁判が今日、モノレールに乗れば立川駅から目と鼻の先の、東京地方裁判所立川支部で始まったのだ。

それにしても、と爽子は思った。起訴から半年で裁判とは早い。いつ裁判が始められるかは法律上の規定はないが、小さな事案ならおおむね二ヵ月後というのが一般的で、殺人罪ともなると起訴から一年後に始まるのも珍しくはないからだ。それがこの早さとは、現場の所轄署捜査員には窺えない何か事情があるのか、あるいは、物証から供述まで完全に揃《そろ》っている状況では事実を争いようもない以上、弁護側が量刑のみを争点にしたため準備期間が短く、公判開始が早まったのか。いや、いまはそれよりも――。

――奥津城美鈴医師は裁判所に行っていた……？

その帰りに自分たちと遭遇したのではないか。地理的接着性は充分ある。

「どうか、しました？」

爽子は引き出した事務椅子に座りながら、支倉に視線でホワイトボードを示す。

「あっ……」

爽子は、支倉が月間予定表を見てあげた声を頭上に聞きながら、思う。

もし奥津城医師が裁判所に行っていたと仮定して、なぜそれを自分たちには告げず、誤魔化したのだろう？　元患者が気になって、または責任を感じて、……とでも言えば自分たちは納得しただろう。あるいは裁判に証人として、蜂嶺を治療していた精神科医として出廷したのなら、それを正直に告げればよかったはずだ。もっとも、第一回公判は冒頭手続――被告人となった被疑者への裁判官からの人定質問、検察官の起訴状朗読や冒頭陳述、その内容を被告人が認めるかどうかの罪状認否に費やされる。証人や参考人が呼ばれるのはその後、証拠調べの段階だけど――と、爽子がそこまで考えたときだった。

罪状認否。

奥津城医師は、その耳で確かめたかったのではないか……？　蜂嶺俊次が自らの犯した罪を自らの意志にのみ従った結果だった――本人が法廷でそのように認めるのを。あくまで蜂嶺俊次個人の、抑制できない衝動の結果としての犯罪だと。

だとすれば、その理由は――自《おの》ずと明らかだ。

とはいっても……と、爽子はキャスターを鳴らして椅子の位置を直しながら思い返す。我ながら想像に走りすぎている感は否めない。まず第一に、前提となる奥津城医師が本当に裁判所へ行ったのかどうか、それもまだ未確認なのだ。

「私、明日、裁判所へ行って確かめてみます」

ふと息をついた爽子に、支倉が言った。爽子がちょっと驚いて隣を見上げると、立ったままでこちらに向けられた支倉の顔に、もう笑みはなかった。——

次の日。刑事部屋の自分の机に座って、事務を執っていた爽子の携帯電話が鳴った。スマートフォンのディスプレイが表示されたのは、捜査にかこつけて東京地裁立川支部の庁舎へと出向いた支倉だった。

「あ、どうも……お疲れ様です、支倉です」

爽子の耳に、スマートフォンから支倉の抑えた声が聞こえた。

「……当該人、ここへ来ていたみたいです」支倉は言った。

爽子は、やや戸惑いを忍ばせた支倉の声を聞きながら、蓋然性の高さは認めたとはいえ、やはり半信半疑だったんだろうと思いながら、口を開く。

「——解った。ありがとう」

爽子は胸の中で、重いものが、ごとり、と音を立てて塡《はま》ったような、文字どおり、腑《ふ》に落ちたのを感じつつ短く答えた。通話を終えたスマートフォンを重ねた簿冊の黒い表紙の上に置き、向き直ったパソコンのモニターで点滅しているカーソルを見ながら考え込む。

　これから、どうすればいいんだろう？

　このことを報告──警視庁本部の主管課に申報《しんぽう》すべきか。奥津城医師の元患者二人が起こした事案の基立《もとだ》ちは、かつての所属である捜査一課なのだから。

　──でも、なんの嫌疑で……？

　元患者の裁判を傍聴し、それを自分たちに隠していたとはいっても、当然ながら、それ自体が罪になるわけでもない。むしろ、当該医師が法廷までわざわざ足を運んだのは、主治医としての元患者に対する責任感であり、それを自分たちに告げなかったのも、やはり精神科医として自ら治療の至らなかったことへの羞恥からではないか、と指摘されるだけで、取り合ってもらえないだろう。そして、こちらの方がより可能性が高かったが、すでに出来上がった事件に嘴《くちばし》を突っ込んで、掻《か》き乱《みだ》そうとしているると一課幹部に見なされることもあり得る。

　──でも、だからといって……。

　ひとたび犯人の臭いを嗅ぎつければ、それをどこまでも追う猟犬たる捜査員には、最初に端緒を摑《つか》んだ者がそれを追及する資格なり権利がある、との不文律がある。けれど爽子の念頭にあったのは、そういった手柄を競うことではなく、不文律の持つ意味、だった。

　それは、自らが嗅ぎ出した事実に対しては責任が伴う、ということだ。

そして爽子もまた、警視庁本館六階にある一課の大部屋、シェパードやドーベルマンたちの群れる巨大な檻《おり》から放逐されたとはいえ、猟犬の一頭ではあった。たとえ、同じ猟犬とはいえ、ヨークシャーテリア程度だとしても。

どうすればいい……？

爽子は、モニター上で催促するように現れては消えるカーソルを眼に映したまま、考えに沈んだ。


「ごめんなさいね」

爽子が、私有車のワークスを運転しながら言うと、助手席の支倉が怪訝そうに答える。

「え？　なにがですか？」

爽子と支倉を乗せた軽自動車は、世田谷区成城に向かっていた。

結局、爽子は決めたのだった。まずは自分の手で奥津城医師を調べてみよう、と。

——何らかの感触があれば、報告はその時に……。

そう思い定めはしたものの、捜査権を行使して公然と〝捜査〟するわけにはいかず、週末の休日を利用して〝調査〟するしかなかった。そして、それを知った支倉は、一も二もなく同行を申し出たのだった。

「――主任がなにか、私に謝らなきゃならないことって、ありましたっけ？」

「いえ、だって……」爽子は前を向いたまま口ごもる。

「……約束してたお出掛けが、こんな形になってしまったから」

支倉はそれを聞いて、あはっ、と笑いを弾けさせた。

「いいんですよ、そんなこと」

支倉は、ほんとに妙なひとだなあ、と感心する。鉄面皮かと思えば繊細で、慎重なのかと思えば無鉄砲……。これから身辺を調べに行く女医さんもそうだが、やはり心理学をやってるひとは変わったひとが多いのかもしれない。もっとも、もし吉村主任の推測するとおりなら、奥津城医師の場合は、変わってる、というだけでは済まないかもしれないが。

「いいの？」

爽子が、幹線道路の風景から視線を流して言うと、支倉は、にんまりと笑った顔のまま言った。

「いいんです」

「……ほんとに？」

「これで、いいんです」

爽子の窺うような囁きに、支倉は前を向いたまま大きくうなずく。強行犯に署内異動する前にいた盗犯の頃も、休日には質屋《ぐにゃ》を回っていたものだ。

ワークスは、国立府中インターチェンジから中央道に入って一路、世田谷区までひた走り、成城に着いた。

成城は、全国的に高級住宅地として知られているだけあって、建ち並ぶ家々は立派なものだった。そんな町並みを網の目状に区切っているのは、並木道や、縁から木々を溢《あふ》れさせている塀に挟まれた、通行する自動車や歩行者もまばらな道路だった。

適当なところにワークスを停《と》めると、爽子と支倉は人影のない道を目的の場所へと歩いた。

「道、わかります？」

「前にも来たから」

肩を並べて歩きながら、爽子は答えた。

「それは捜査で、ですか？」

「ええ……〝二月の事件〟で」

爽子は前を向いたまま言った。都内連続女性殺人事件の際、重要参考人であった少女もこの町に住んでいた。

「――ここが、ですか」

初めて爽子の口から一課時代の事件のことを聞いたような気がした支倉が、草木を意匠化した鍛鉄製の門扉の前で足を止め、扉の柵の間から、庭木に囲まれたヴィクトリアン様式の洋館を見上げて呟く。

「ええ」爽子は隣でうなずいた。

そこは、奥津城美鈴医師の実家で間違いはなかった。赤味のくすんだ煉瓦には、奥津城、と浮き彫りされ、緑青の吹いた青銅製の表札が塡《は》め込まれている。だが一階の窓は雨戸で閉じられ、人が生活している気配はない。といって、荒れているわけでもなかった。事前に、奥津城医師の居住先が実家ではなく、職場に近い、同じ港区内のマンション住まい、というのは判っていたものの、では彼女の両親はどこで暮らしているのだろう、と思うと不思議だった。彼女の年齢から考えて、両親が健在である可能性は高いのだから。——もっとも、身辺調査を奥津城医師本人に察知されにくいという点では、好都合ではある。

そんなことを考えながら、爽子はそこから数軒離れたところにある邸宅の、門柱にある呼び鈴を押していた。

「突然、申し訳ありません。警察の者です」

爽子は、ドアが開くと顔を覗《のぞ》かせた中年の女性に、ジャケットに紐《ひも》で繋がれた警察手帳をひらいて証票と徽章《きしょう》を示して言った。

「防犯連絡でうかがったんですけど」

まるで、昔に流行《はや》った消火器詐欺の手口である、〝消防署の方から来ました〟と告げるのと同じだった。住民に防犯連絡カードを配布して記入してもらう巡回連絡は本来、その地域を所管区とする交番勤務員か専従員の業務であり、それを日曜の午前中、しかも私服の爽子たちが装うのは苦しい。が、他にうまい口実は思いつかなかった。窃盗事件の捜査で、などと下手に告げた場合、後で成城署に問い合わせでもされれば、ただでは済まない。なにしろ当該署には仁義を切らず――つまり断りも入れずに聞き込んで回るのだから。警察は〝発生署主義〟からも判るように、縄張り意識が強い。同じ理由で、防犯連絡カードを基に作成される住民カードを交番で見せてもらうこともできない。

「あの……奥様でらっしゃいますか？　何か最近、困ったことはありませんか」

「いいえ、特にございませんけれど」

このうちの主婦らしい女性は平板な口調で言った。

「例えば、ご近所でなにか気になることでも」

「ええ、それも特には」

「あ、ちょっといいですか」

支倉は割り込むように言ってドアを引いた。そして爽子を肩で押しのけるようにして、戸口に開いた隙間から、主婦の脇を抜けて玄関の中へと入り込んだ。

「あの、ちょっと……！」

「あ、綺麗《きれい》なお花ですね」

支倉は玄関に敷かれた黒い大理石に立って、声を上げる。爽子も支倉に続きながら、その強引さには少し、戸惑わないでもない。

――ちょっと無神経なところはあるけど、こう厚かましくはなかったはずだけど……。

下駄《げた》箱の上には見事な蘭《らん》が高価そうな花器に生けられ飾られている。

「これ……奥様が？」支倉は振り返って、困惑顔の主婦に言った。

「池坊流《いけのぼうりゅう》、それとも小原流《おはらりゅう》ですか？」

「いえ、桂古流《かつらこりゅう》なんですけれど……」主婦がくすりと笑って言った。

「あ、そうなんですか？　やっぱり、素人が知ったかぶりするものじゃないですね」

支倉は笑顔のままぬけぬけと言って、あはは、と明るく笑い、主婦もつられたように笑顔を見せた。そして、場の雰囲気がほぐれたところで、告げた。

「ところで奥さん、ちょっとだけお話を伺いたいんですけど――」

「あれくらい強引にやらないと駄目なんですよ」

支倉は、最初の聞き込みを終えて邸宅の門を出ると、爽子に言った。

「こういうお屋敷町《やしきまち》では、聞き込みしてもちゃんと答えてくれない住民っているんです。門前払いされることって多いし」

「そ、そう」

爽子は眼を瞬かせながらうなずく。いつもとは立場が逆になっていた。

「盗犯捜査《うかんむり》で被疑者《マルヒ》を連れて実地《ひきあたり》の被害の確認に出るじゃないですか」支倉は先に立って歩きながら爽子に続ける。

「マル被がこの家で盗《と》ったっていうんで聞きに走ったのに、話をろくに聞いてくれない被害者もいるんです。そうなると時間ばかりかかっちゃって。〝引き当たり〟でマル被にできるだけたくさんの犯行を思い出させるには、テンポというか、リズムが大事ですから。……って、これは盗犯の玄田《げんだ》長の受け売りですけど」

水を得た魚のような支倉と爽子は、奥津城家の周囲の家を一軒一軒、聞き込んで回り、そうして判ったことはいくつかあった。まず、奥津城家に誰も住んでいる気配がないのは、国内の大学で教えていた奥津城医師の父親が海外の大学に招聘《しょうへい》され、研究者である母親も夫に同行し、夫妻は外国で暮らしているためらしい。その間、洋館は不動産会社が管理している。肝心の一人娘である美鈴医師に関しては——。

「奥津城さんのところのお嬢さんは、ご両親が学者さんだからってわけじゃないでしょうけど、小さなころから、そりゃあ利発な子でしたよ」

聞き込んだ際、家政婦として長く働いているという女性は、孫を自慢するようにそう言った。そしてそれは、近所の住民が幼少の頃の奥津城美鈴医師について抱く、共通した印象のようだった。

「頭のいい、しっかりした子、……か」

爽子は、支倉を送っていく道すがら、運転しながら言った。

陽が落ちる頃、二人は調査を打ち切った。茜色《あかねいろ》の空が紫のベールに変わり、前を行く車両のテールランプが映えてくる時間帯だった。

「こういう時ってやっぱり、褒めることしか言いませんよね」

支倉は薄暮の、建物の窓や看板に灯がともる街の風景から、爽子へ向いて言った。

「どうします？　次は学校の同級生に当たります？」

こちらの意図を隠して聞き出せることには限界がある、とは爽子も思った。しかし——。

「……もう少し、粘ってみましょう」

爽子はそろそろ交通量が増しはじめた道路を見ながら、そう告げた。

気になることを聞き込んだのは、一週間後の日曜日、二回目の防犯連絡に回ったときだった。

話してくれたのは、一回目の最初に訪ねた邸宅の主婦だった。再び訪ねた爽子と支倉を、よほど職務熱心な警察官と誤解したらしい。そのときは庭の隅のサンルームまで招きいれ、香り高いコーヒーまで出してくれた。これには、爽子と支倉も恐縮した。ある意味、職務熱心なのは確かではあったものの、直接、この町の治安に寄与するものではなかったからだ。いささか居心地の悪さを味わいながら、話を聞く羽目になった。

「奥津城さんのお家のことで、あまり印象的な出来事もないのだけれど……。御夫婦そろって学者さんでらっしゃるでしょ、温和な方だし……」

そろそろ秋の気配が深まる時季ではあったが、ガラス張りのサンルームの中は薄く汗ばむくらいで、花々の甘い香りでむせるようだった。主婦は、水やり用の霧吹きで時折、棚に並んだ鉢植えに水を与えながら話しはじめ、爽子と支倉はそれを、屋外用の椅子に座って聞いている。

二人の間にあるテーブルには、刑事部屋ではお目にかかれない雅《みやび》なマイセンのカップが置かれていた。

「でも、ひとつ覚えていることがあるとすれば、……奥津城さんのお宅に直接、関わることではないんだけれど……」

「かまいません」爽子は即座に言った。

「そう、だったらお話しするけれど。——昔、奥津城さんのところに配達していた酒屋さんが、その帰り道に事故に遭ったこと、かしらね」

「その酒屋さん、怪我《けが》をされたんですか？」爽子が言った。

「いいえ、それが……亡くなったの」主婦は言った。

「亡くなったのは、この辺りのお宅をお得意にしていた近江屋《おうみや》さんっていう、古くからのお店の息子さん。いずれ跡を継ぐつもりでお店を手伝ってたらしいんだけど……聞いた話では、奥津城さんのところからの帰り道に、バイクで赤信号を無視して交差点に、ってことらしくって。でも、お気の毒だったのは、近江屋さんの御主人、まだ二十歳そこそこの、しかも跡取り息子を突然、亡くしたものだから、がっくり来てしまったらしいの。事故から数年後には、お店の方も畳んでしまわれて」

「その事故は、いつ頃……？」

「もう二十年数年も前にはなると思いますよ。美鈴ちゃんがまだ小さかった頃ね。配達に寄ったその息子さんと美鈴ちゃんが、よく庭でボールを投げて遊んでたわね」

主婦は、手元で霧吹きをしゅっしゅっと鳴らしながら、記憶を手繰るように宙を見据えた。

「さっきもお話ししましたけど、ご両親はお仕事でお忙しくて。それに、お手伝いさんはいるにしても昼間だけだし、美鈴ちゃん、寂しかったんでしょうね。そんな時期に可愛がってくれたお兄さんが突然亡くなって、美鈴ちゃんもきっと、幼いなりにショックだったと思うわ。そういえば美鈴ちゃんがお医者さまを目指したのも、そういう辛《つら》い別れを、子どもの頃に経験したからかもしれませんわね」

爽子と支倉は、礼を言って邸宅を辞去した。

「なんか微妙な話でしたね」支倉が道路を歩きながら話しかけた。

「あんまり関係のない気もしますけど……」

「――ええ」

爽子は白線をたどるようにして歩きながら答える。

幼い頃に経験する身近な死は、必ずといっていいほど心に影を落とす。それは死にゆく者からの最期のメッセージでもある。死者たちのうちで、ある者は命の儚《はかな》さを、ある者はその尊さを、身をもって説いて去ってゆく。残された者は別離の悲嘆とともに、それを受け取る。

では、と爽子は思った。――まだ幼かった奥津城美鈴医師は、なにを受け取ったんだろう……？　慕っていたらしい若者の死から。

「でも、主任は気になるんですよね」支倉が爽子に言った。

「ええ」爽子はうつむき加減のまま言った。「だけど、そんな古い事故の一件書類、どうやって調べれば……」

捜査資料はおおむね三年間は署内のキャビネットで保存され、一定の期間を過ぎると署の倉庫に保存されてはいるものの、それを参照するのは難しい。当時、事故処理に当たったのは成城署なのだろうが、業務上の、しかも正当な理由がなければ、面倒な記録照会には応じてくれないだろう。

「なんとかなると思いますよ」

爽子は、支倉の自信ありげな口ぶりに、足を止めた。

「え？　でもどうやって……」

「紙じゃなくて、人に聞くんです」

支倉は笑顔で振り返り、立ち止まったまま眼を瞬かせる爽子に言った。

「ちょっと貸しのある相手がいるんで」

半月後――。

「懸巣《かけす》幸司《こうじ》、元巡査部長か……」爽子は呟いた。

「それにしても、よく探しだしてくれたわね」

二十数年前の、配達中だった酒屋の息子が奥津城家からの帰路に死亡した事故。それを捜査した所轄署員と会うべく、京王《けいおう》多摩センター駅から乗った京王相模原線《さがみはらせん》の車内だった。

「高井《たかい》先輩のツテを頼ってみたんです」支倉は言った。

「ちょっとした貸しがありましたから」

「貸しって、なに？」並んで座っていた爽子が不思議そうな顔をする。

「ええまあ、ちょっと……」支倉は口の中で答えてお茶を濁す。

まさか当人を前にして、吉村主任が多摩中央署に来たばかりのとき、捜査一課から転属してきた理由が知りたくて情報通の高井に探ってもらったものの、それが不発に終わったことです、とは言えるはずもない。

それはともかく、支倉は四月の事件の捜査中に心づくしの豚汁を振る舞ったこと、さらに、爽子の件に関して手渡した報酬であるカップラーメンが、九州地方限定発売で、かつ都内ではネット販売経由でも入手困難な貴重な商品であることを言い立てて、奥津城美鈴の名前は伏せたまま、〝過去に成城署管内において酒屋の跡取り息子が死亡した事案を担当した警察官〟を探し当てるのを頼み込んだのだった。

「……たかがカップ麺一個で、なんでそこまで……」と高井はぶつぶつ文句を言ったものの、最後には引き受けてくれた。

そうして二週間ほど掛かったものの、二十数年前——正確には二十五年前の当時、事故を担当した成城署交通課、交通捜査係員であった捜査員の氏名と、現在の所在が判明したのだった。

「そう……」爽子は、ごにょごにょと呟いて眼を逸《そ》らした支倉に言って、座席に座りなおす。

支倉が高井を頼ったのならば、この調査も、いずれは伊沢《いざわ》ら強行犯係の同僚たちに漏れるだろう、と爽子は思った。しかしそれは、やむを得ないという気がする。いくら警察官という立場が利用できるとはいえ、私的な調査活動では限界があるのだから。

「でも、ありがとう」爽子は言った。

「いえ、そんな……。時間がかかっちゃって、すいません」支倉はちょっと首をすくめるようにして、恐縮してみせる。

週末の公休を使っての調査を開始してから、もう一ヵ月が過ぎ、十一月になっていた。向かいの車窓には時折、葉を黄色くした木が現れては後ろに流れてゆく。

「髪、伸ばしてるんですか？」支倉が、急に時の経過を意識してそう聞いた。

転属時には、頭や顔の輪郭に沿ったウルフカットほどに短かった爽子の髪は、いまはうなじまで届き、中途半端なセミロングくらいになっていた。

「暑いあいだは短い方が楽だったんだけど……、前と同じ髪形に戻そうと思って」

ははあ、と支倉はにやにやしながら、爽子に流し目をくれて言った。「それは藤島さんに何か言われたからとか？」

「そ、そんなんじゃない……！」爽子は不必要なまでに力を込めて答えてから、少し慌てて周りを見て声を落とす。

「ただ、以前はずっとそうだったから」

ほんとうは……と爽子は心の中だけで続けた。黒くまっすぐな髪が、自分で自分の唯一の好きなところだから、かもしれない。

――もし自分で自分の姿形を選ぶことができたのなら、私は決していまの自分を選ばなかった……。

醜形恐怖症ではないにせよ、子どもの頃から痩せっぽちで発育不良のこの身体《からだ》は、私を閉じ込める牢獄《ろうごく》であり……私の抱える全ての元凶なんだ。爽子はそう思う。

途中、調布《ちょうふ》駅で特急に乗り換えて、新宿《しんじゅく》駅に着いた。

駅舎を出ると、休日なのも手伝って、都心の人や車の混雑は相変わらずだった。郊外の開けた風景に比べると、駅前を頭上の空を削って取り囲むビルは、アスパラガスの缶詰のように密集し、凝縮しているように見える。もっとも、それは都内のどの駅から降りても共通する印象ではあったが、新宿の場合は、それにある種の猥雑《わいざつ》さが加わる。

懸巣幸司元巡査部長は、三年前に警視庁を定年退官していた。その際に東京を離れていれば、爽子は話を聞くためなら〝他行願〟を提出してでも、その転居先まで赴くつもりではあったものの、幸い、元巡査部長は東京で暮らしていることが判った。そして、都内の不動産会社に、駐車場の管理人として再就職していた。

「こんにちは」

懸巣の職場は、新宿駅前から新宿通り沿いに進み、靖国《やすくに》通りを渡った新宿五丁目にあった。

そこは窓のないビルの、タワー形式の機械式立体駐車場だった。爽子は着くとまず、能面のようなビルにくっつくように設けられた、電話ボックスほどの大きさしかないプレハブの詰め所、その受付窓に腰を屈《かが》めて声をかけた。

がらりと小さな窓が開き、爽子は続けた。

「お仕事中に申し訳ありません。私、吉村と申しますけど、あの……懸巣幸司さんは――」

「ああ、俺だよ」

開いた受付窓に、陽に焼けて髪が半ば白い男の顔が覗いて、そう答えた。

「ちょっと待っててくれ。いま出るよ」

詰め所から出てきた懸巣元巡査部長は痩身だった。

ドアを閉めると、懸巣は、ビルの脇の自動販売機の置かれた場所へと爽子と支倉を促した。気を利かせた支倉が財布を取り出し、硬貨を自販機に投入する。

「お仕事中にお邪魔してしまって……」

爽子が改めて礼を言って頭を下げる後ろで、支倉が自販機の前から言った。

「あ、懸巣さんは何がいいですか？」

「いや、それは構わないんだが。――ああ、じゃあ、コーヒーで」

懸巣は爽子の肩越しに支倉に答えてから、また爽子に顔を戻して言った。

「……昔の事故で、何か聞きたいことがあるとか。もっとも……、この頃は昨日より前にあったことはすぐに忘れるもんだから、覚えてる範囲内でしか答えられないけどな」

「ええ、それで結構です」爽子は小さくうなずいた。

「お聞きしたいのは二十五年前、懸巣さんが成城署勤務時に扱われた、交通死亡事故のことなんです。事故当時、世間で流行っていたのは――」

爽子は、懸巣の記憶を喚起するために当時の世相にも触れてから、続けた。

「同じ時期、酒類販売店の店員が配達中の事故で死亡した事案です。亡くなったのは相模屋《さがみや》という酒屋の、まだ若い息子でした」

「いや、屋号は近江屋じゃなかったかな。——ああ、すまん」

懸巣は支倉が差し出した缶コーヒーを受け取りながら言った。支倉は、といえば缶を持った手を伸ばしながら、少し意外に思った。吉村主任が確認事項を間違えるなんて……。

「あ……、そうでしたね」爽子は微苦笑して首をすくめた。

「すいません。——それで、どんな事故だったんでしょうか」

「事故そのものは……正直、あんまり覚えてはいないんだ。なにしろ発生件数が多かったしな。だけどまあ、珍しいもんじゃなかったってのだけは、覚えてるよ」

懸巣は缶のプルタブを引き、一口、中身をすすって続けた。

「——たしか……そうだな、その店員……酒屋の息子だが、事故当日は朝から風邪で体調が悪くて、薬を飲んでたんじゃなかったかな。いや、病院で処方されたやつじゃない。普通の市販薬だったが、……そいつには飲むと眠くなる成分が含まれていた」

抗ヒスタミン剤の成分か、と爽子は思った。

「で、それを原付バイクで配達に行く前に飲んだらしくてな。その結果、配達先を回って帰る途上で強い眠気に襲われて、そのまま赤信号の交差点に進入した。そこで運悪く、通りかかったトラックの前に飛び出した、と。亡くなったのは何日か後じゃなかったかな。遺体の血液から風邪薬の成分が出て、薬も着衣のポケットから出てきた。俺が知ってるのは、これくらいだよ」

懸巣は、口もとに上げたコーヒーの缶を傾けながら、顔を通りの方へ向けて言った。

「死亡事故ということは」爽子は言った。

「死亡者の事故前の足どりも確認されたんですよね」

「ああ。一通り聞いて回ったが、何もなかったよ。薬の注意書きをよく読まなかったせいで起きた、不幸な事故だったんだな。まあ、気の毒ではあるが、よくある事故で珍しくはない。だから、あんまり覚えてないんだ」

「よく覚えてらっしゃらない……」

爽子は聴いた内容を咀嚼《そしやく》するように言葉を口にしてから、懸巣の浅黒い横顔に視線を据えて言った。

「そうでしょうか」ガラスでできた切っ先のような硬い声だった。

「どういうことだ」

懸巣は不審げに寄せた眉のしたから、爽子を横目に見て言った。

「よく覚えてないとおっしゃる割には、お店の名前を覚えてらっしゃいましたから」

「おいおい。あんた、元デカにカマかけたのか？」

浅黒い顔を、苦笑の形に歪《ゆが》めようとした懸巣に、爽子は続けた。

「なにか、深く記憶に残ってることがあるんじゃないですか」

「言っただろう。お——」

爽子は、懸巣の、覚えていないと繰り返そうとする声に被《かぶ》せるようにして、畳みかけた。

「私たちが知りたいのは、亡くなった酒屋の息子さんが事故の直前に立ち寄ってたはずの、奥津城というお宅にいた女の子のことなんです」

「あの子を……？」

驚き以外の表情が消えた懸巣の口から、呟きが漏れた。それは思いがけない過去に、それも懐古の情を微塵《みじん》も感じない過去へと、思いが至った者の顔だった。そして、それは爽子にとって馴染みの表情だった。取調室の被疑者の顔にも、——鏡の中の自分自身の顔にも。おそらく、懸巣は退官してから数年経《た》ち、刑事の防壁が薄くなっていたのかもしれない。何にせよ、爽子は、そんな心の内にあるものを思わず吐露した懸巣の顔を網膜に転写するように凝視した。支倉も同様に、懸巣を見詰めている。

「ええ、奥津城美鈴、という名前の」爽子は言った。「この子について、思い出したことを話していただけませんか」

途中、入庫してくる客への対応のために何度か中断を挟みながらも、爽子と支倉は、懸巣の口から酒屋の息子であり店員であった田崎清太二十二歳の事故と、まだ幼かった奥津城美鈴との関わりについてを聞き出した。

そしてその内容は、爽子の予想の範疇を超えていた。

「……主任、さっきの話って――」

支倉は、懸巣の職場である立体駐車場から駅へと新宿通りを戻る道すがら、しばらくは無言で爽子の隣を歩いていたが、やがて、胸の中で渦巻く感情を抑えかねるように言った。

「あれは……その、やっぱり……？」

「ええ。私の結論も多分、支倉さんと同じなんだと思う」

爽子は支倉の方を見ないまま、深く思いに入り込んでいる顔でうなずいた。

痛ましさとおぞましさ。爽子がはまりこんでいたのは、そんな冷たい泥濘《ぬかるみ》のような感情だった。

「――これから、どうします？」

文倉が、京王線の車内に乗りこみ、つり革に摑まると、爽子に言った。

「うん……」

爽子もつり革を手にして曖昧に答え、目の前の座席の、スマートフォンの画面に夢中になっている若いサラリーマンを見下ろす。

懸巣から聞き出した話は、奥津城美鈴医師の過去になにがあったのかを強く示唆するものではあっても、証明されたわけではない。

それになにより、奥津城美鈴医師の元患者たちが起こした事件は、捜査一課が基立ちとなって扱ったヤマだ。

「――信用できる人に話してみる」爽子は言った。


「それが本当なら、確かに気になる話ね」柳原明日香《あすか》は言った。

多摩中央署管内で発生した二つの殺人事件の犯人、その両方の主治医であった奥津城美鈴医師は、二つの事件になにか関わっているのではないか――。爽子がそう告げた直後だった。

西荻窪《にしおぎくぼ》駅《えき》前の通りにあるダイニングバーの、シャビーシック風に白色を基調にした個室。爽子が三日前の日曜日、新宿で懸巣元巡査部長から話を聞き出したその日の夜に連絡をとった際、柳原は〝在庁番〟だった。会って話したいことがある、と告げた爽子に、柳原はそれなら、と中央線沿線にあるこの店を指定した。そうして、爽子と支倉は水曜日の勤務解除後、時間差をおいて別々に庁舎を出て現地集合という形で、洒落《しゃれ》た雰囲気のダイニングバーへとやって来たのだった。

「吉村さん。あなたがいい加減なことを言うひとじゃないのはわかってるんだけど……」

柳原が、三人で囲んだテーブルに身を乗り出し、食前酒のグラスを前にして言った。

「そうだとして、その根拠は？　あの少年……本位田優は取調中、奥津城医師には一言も触れなかったけど」

「はい――」爽子は奥津城美鈴医師との関わりと、疑いを持つに至った経緯を説明する。

最初の接触は、四月の看護師殺人事件において、被疑者である蜂嶺俊次が受けていた治療の内容、なにより責任能力の有無を確認するためだったこと。

そして五月の、柳原自身も捜査主任官として指揮を執った殺人及び死体遺棄事件。犯行そのものは本位田優の、かねてから抱いていた当該人自身の衝動に従ったものではあったものの、パンテオン多摩屋上に置かれた遺体の特異な状況から鑑みて、それをある種の媒介にして、爽子個人に対して誇示、あるいは顕示したいとの意図があったのではないか、という可能性。

「ちょっと待って」柳原は言った。

「そもそも、なぜ奥津城美鈴は、吉村さん、あなたに興味を持ったのかしら？」

「あー、それは……」支倉が言いにくそうに、手を胸の前に挙げた。

「奥津城先生を最初に聴取したときに、吉村主任が部内で心理学関係の教養を受けているって、私がしゃべっちゃったもんで……」

実はこのことを、支倉は爽子から考えを聞かされて以来、気にしていた。自分の不用意な一言のせいで事件が起こり、被害者がでたのではないかと。自己嫌悪に陥りそうになった支倉に、爽子はきっぱりと否定したのだった。

——「支倉さんが、言った言わなかったかには関わりなく、本位田は計画を実行したと思う」

ただ、本位田に部分死体を遺棄する場所とその状況を変更させただけだ、と。それで支倉は随分と救われた。とはいえ——。

「すいませんでした……！」

支倉がテーブルに平身低頭する正面で、爽子もうつむく。

「謝ることなら、私にも」爽子は呟いた。「係長に黙って……勝手に、その……、こんな〝ケツを洗う〟ような真似《まね》をしてしまって……」

「いいのよ」

柳原は噴き出して笑みを浮かべた。ケツを洗う、とは、事件を洗い直すという意味だが、爽子の口から聞くと、なんだか可笑しい。

「刑事なら、疑義があれば誰だってそうするでしょう。それに、――こうやって話してくれてるんだから」

柳原明日香は元公安部員であり、刑事警察の現場を預かるようになっても、それほど経験を積んでいるとはいえない。けれど捜査には百点と零点、つまりは逮捕か〝お宮入り〟という結果しかないとしても、その過程まで百点とは限らない、――そのくらいはわきまえている。

「話の腰を折っちゃったわね、続けて」

「はい。――」爽子は、そろそろと上目遣いで窺うようにテーブルから顔を上げる支倉を視界の端に見ながら、説明を続ける。

立川駅で偶然に再会した日、奥津城美鈴医師は看護師殺しの犯人である蜂嶺俊次の公判を傍聴していたこと。そして、昼食の席で滔々《とうとう》と述べた、いわゆるサイコパスに

りますり
共感するかのような言動。
それと……、と爽子は一旦、言葉を切ってから、続けた。
「それともう一つ。奥津城医師は幼いとき、ある人物の死に関わっていた可能性があります」

それは、懸巣幸司元巡査部長から聞き出したことだった。

「事故の翌日、俺は相勤と死亡者……田崎清太の配達先を、確認のために回ったよ」

懸巣は言った。

「聞き込み先では、ほぼ全員が田崎清太は咳《せき》やくしゃみを繰り返していたと話していて、これは田崎の家族が当該人は風邪を引いていた、という証言に合致していた。だから俺も、不幸ではあってもよくある事故だと、回りながら結論づけてたよ。あとは帰庁して報告書にまとめるだけだ、とな。そうやって、事案が半分片付いたように考えながら着いたのが、……田崎清太が配達の最後に立ち寄った、奥津城って家だったんだ。ああいうのはどう呼ぶかは知らないが、風情のある洋館だったな。あとで聞いた話なんだが――」

そこで、駐車場の敷地内に外国製セダンが入って来た。元巡査部長は一旦は言葉を切ってそちらを見たものの、耳を傾ける爽子と支倉にまた顔を戻し、束の間《つかのま》、視線を注いでいった。

「田崎清太は事故発生日だけじゃなく、配達に出たときは必ず、奥津城って家に寄るのを最後にしてたそうだ。……たとえ遠回りになっても、必ずな」

懸巣は何故《なぜ》か念を押すよう言い置いてから、丸いターンテーブルに駐車したセダンの方へと歩いて行った。

支倉が、セダンをビル内のパレットと呼ばれる台に誘導し、戻って来た懸巣に水を向けるように言った。

「田崎さんってひと、よく奥津城美鈴さんの遊び相手になってあげていたようですからね」

懸巣はそれに答えず、曖昧にうなずいただけで、続けた。

「玄関の呼び鈴を鳴らしたらドアが開いて、あの子が……美鈴って子が出てきた。背はまだドアの取っ手くらいしかなかったが、眼鏡の似合う賢そうな子だったよ。これも後で知ったんだが、当時八歳だった。俺は身分を告げて、家人はいないかと尋ねた。いない、と答えたんで一応、あの子にも聞いたんだ。〝田崎清太ってお兄ちゃんを知っているね〟とな。そしたら――」

爽子は、言葉を切った懸巣に、表情のない声で促した。「なんと答えたんです」

「〝あのひと、死んだの〟」懸巣はぽつりと言った。

「え……？」爽子は眉を顰《ひそ》めて聞き返す。「なんて……？」

「あの美鈴って子は、そう言ったんだよ。〝あのひと、死んだの〟……ってな。ドアに隠れるようにして」

子どもは剝《む》き出《だ》しの好奇心から、ときに残酷な問いを発することもある、と爽子は思った。しかし――。

「なにも判らんガキが、好奇心から、そういうことを口走ることがあるってことなら俺だって知ってるよ」

懸巣は言った。「確かにあの時、ドアを盾にしながら見上げたあの美鈴って子の眼にも、強い興味を持ってるのを窺わせる表情はあったよ。だがな、それは好奇心じゃなくて、――期待だったんだ」

顔見知りで、よく庭で遊んでもらっている姿を目撃されていたにもかかわらず、幼い奥津城美鈴は、田崎清太を〝お兄ちゃん〟でもなく名前でもなく、突き放すように〝あのひと〟と呼び、その死を願っているような表情さえ見せた――。

奥津城美鈴が、田崎清太が事故で死亡することを望み、何らかの方法で風邪薬を飲ませた、ということか。しかし何故、まだ十歳に満たない少女が、それほどの殺意を抱くに至ったのか。

そこで、爽子の脳裏に、先ほどの懸巣の言葉が浮かび上がる。懸巣は念を押すようにこういったのだ。

〝配達に出たときは必ず、奥津城って家に寄るのを最後にしてたそうだ。……たとえ遠回りになっても、必ずな〟――と。

「まさか……」爽子は呟いた。「田崎清太は……奥津城美鈴を……？」

田崎清太は配達にかこつけて、家人の目が行き届かないのをいいことに、まだ幼かった奥津城美鈴を性的虐待していた……？

「主任、それって……」

支倉も察して小さく息を飲んで、爽子を見る。爽子はそれに答えず、懸巣を見詰め続けたが、懸巣は顔を逸らした。

「さあな」懸巣は投げ出すように言った。「俺は何も言ってない」

仄《ほの》めかしておいて、そんなはずはない。爽子はそう思ったものの、言った。

「田崎清太が服用した薬の入手先は調べなかったんですね」

風邪薬の購入先や、そもそも、それが当該人の入手物か判明しなければ、担当の捜査員以外にも疑念を持たれたはずだ。しかし――。

「そんな必要はなかったからな」懸巣は言った。

「薬は事故当時に田崎本人が所持してたんだし、購入先についても近所の薬屋とは限らんから、特定のしようが無い。それにだ、田崎の家族も、当該人が風邪を引いて服薬していたのは知っていたが、商品名までは知らなかったよ」

つまりは、それらを理由にして、ひとりの卑劣な小児性愛者《ペドフィリア》に対して仕組まれた死に、事故という偽りの衣装を与えて一件書類に纏め、書類ロッカーに封印した、ということか。

——身を穢《けが》されながらも誰にも言えず、たったひとり、文字どおり必死の知恵を絞った、いたいけな少女を守るために……。

だとしたら、私が、目の前にいる、この元捜査員にいえることはなんだ？　賞賛か？　いいえ、違う。私は、警察官だ。そして同時に——。

「……田崎清太が意識不明の重体のまま、病院で死亡したのは、あの子の家を訪ねてから三日後くらいだったたな」

結局、葛藤のために黙したままでいるしかなかった爽子に、懸巣は、大して面白くもなかった本の感想でも告げるように、そう言った。

「俺が知ってるのは、ここまでだ」

柳原明日香は爽子が話し終わるまで黙って聞いていたが、やがて言った。

「奥津城美鈴が幼い頃に、どうにかして自分を守ろうとした結果が、……今に繋がっている可能性がある。そういうことね」

「……ええ」爽子はちいさくうなずく。「ただ、あくまで可能性です」

「そうね。裏付けられた事実とはいえないわけだけど……」柳原は鼻梁の先で憤りを抑えるように短く息をついた。

「でも、過去にそれがほんとうに起こったことだとしたら……現在の奥津城美鈴と、どう関わるの？」

「はい」爽子は白いテーブルクロスに落としていた眼を柳原に戻して、言った。

「あくまで懸巣元巡査部長の推測が正しかったとしたら、ですけど……。犯行を決意したとき、まだ幼かった奥津城美鈴には強い葛藤があったと思います。それこそ……心が潰されてもおかしくないくらいの。でも、田崎清太の、その……排除が成功したとき、奥津城美鈴は大きな安堵《あんど》と同時に、おなじくらい大きな万能感も得てしまった――のではないでしょうか」

爽子は途中から、柳原を見ている眼の焦点がぼやけて、自分の胸の中に口を開けている、暗い淵《ふち》を覗いているような気になりながらも、続けた。

「そして、長じて心理学を学ぶうちに精神病質……反社会性人格障害、いわゆるサイコパスあるいはソシオパスの存在を知った。強い葛藤の末に、自らを守るためとはいえ罪を犯し、その十字架を背負った自分と比べて、自らの欲望にのみ忠実で、願望を叶《かな》えるためなら躊躇しない存在である連中に共感、同化――つまり、惹かれていったのかもしれません。立川の喫茶店での会話から、そう思います」

爽子は、テーブルのうえのウーロン茶の入ったグラスを持ち上げて一口飲み、ふっと息をついてから言った。

「あくまで、仮定の上に仮定を重ねれば、ですけど」

柳原は、爽子が中身が半分ほどに減ったグラスを置くのを待って、言った。

「それで――そんな奥津城美鈴医師に、吉村さんはどんな嫌疑があると考えてるの？」

「……教唆、です」爽子は言った。「奥津城医師は治療ではなく、むしろ彼らの器質を肯定し亢進《こうしん》させたのではないのか、と」

「六十一条か、……難しいわね」柳原は腕を組んで顔を上に逸らし、天井を見上げる。

「あれは基本的な構成要件に、明確で具体的な指示があったことを示す証拠が必要になるけれど……、蜂嶺も本位田も犯行を自供しながら、奥津城美鈴医師についてはなにも供述していない。そのうえ、吉村さんの推測どおりだとしても、カウンセリングという、ほぼ密室といえる状況下で行われたのなら、そもそも証拠が得られるかどうか、ね」

爽子は、柳原に言われるまでもなく、教唆罪で奥津城美鈴医師を逮捕するのが困難だとは解っている。爽子は柳原の切れ長の眼を見たままうなずく。

「はい」爽子は言った。

「係長がおっしゃったこともそうですが、カウンセリング中にしたのなら〝過失による教唆〟ということになって、罪に問うことはできないかもしれません……。それに私も、奥津城先生があの二人に人を殺せ、と言ったとは思えません」

〝過失による教唆〟とは、意図はないのに他人に犯罪の実行を決意させてしまうことだ。例えば二人が道を歩いていて、一人が何気なく、家屋の窓が開けっ放しであることを指摘したとする。それを受けて、もう一人が空き巣に入ったような場合だ。この場合、故意犯処罰の原則により、窓が開いていることを指摘した一人は罰せられることはない。

同じように、奥津城美鈴医師がカウンセリング中に二人の犯人の抱える嗜虐性《しぎゃく》を肯定したとしても、それは〝自己の受容〟を促したことに対する二人の誤った反応だった、と言い抜けられる恐れがある。蜂嶺に行っていたという認識の歪みを正す認知療法とは、相容《あいい》れないが。

「そうね、やっぱり難しい案件だけど……」柳原は腕組みをといて言った。

「とはいっても、知ってしまったからには見過ごすわけにもいかないわね」

「はい」

爽子は小さく、けれど強くうなずく。

「〝ペン〟には――いえ、方面記者クラブにはヅかれてない？」

「はい、まだ大丈夫です」

そう、と柳原は答えて、視線を脇に流して黙考した。爽子は、そんな元上司を見詰め続けた。

「解った」柳原は爽子に眼を戻すと言った。

「この件は私から鷹野《たかの》管理官や佐久間《さくま》管理官に報告する。それから後は、課長の判断次第ね。おそらく一課の医療事故担当の特殊犯が引き継ぐことになると思うけど……。それまでは、当該医師に関しての一切は秘匿事項とする。マスコミに動きを悟られないようにしないとね。――一課の保秘にはいろいろと穴がありすぎるから」

「解りました」爽子は言った。

「でも、あの……、もし奥津城医師の方から連絡や接触を求めてきたら、どうすれば……」

「そうね、そういった場合には、対応してもらわなきゃならないわね。いわば、正規の業務外の、私からの特命、ってことになるかしら」

爽子が、解りました、と再び答えると、柳原が案じる顔で言った。

「でもそうなると、あなたたち多摩中央署の刑組課長さんにも、話を通さざるをえなくなるけれど……、それはいい？」

「はい、構いません」

爽子はまっすぐ視線を返してそう答えたが、その正面の席にいる支倉は、内心、頭を抱えないではない。公休日とはいえ、所属長に黙って管轄外で調べ回っていたのだから。どんな小言や嫌味を浴びせられることになるか。休みにぞう品を捜して質屋回《ぐにゃ》りをしていたのとは訳が違う。が、まあ、仕方が無いと諦める。

「じゃあ、そういうことで。あ、そうそう。事後とはいえ、他人の庭を探し回ったんだから、成城の方には私から仁義を切っておくわ」

「お手数をお掛けします」爽子は頭を下げた。

「どういたしまして」柳原はグラスを手にしながら微笑んだ。

「ところで……、お腹《なか》がすかない？　今日はスペアリブがお勧めだそうよ」


「これで、うまくいけばいいですね」

支倉が、柳原と相談したダイニングバーを出て、夜の表通りを荻窪駅へと歩きながら爽子に言った。

「ええ、そうね」爽子が肩を並べて歩きながら、伸びた髪に横顔を半ば隠して答える。

「でも、主任はいいんですか？」

支倉は、ふと思いついていった。「本部に引き継いだら、その……、手柄まであっちに持っていかれちゃうんでは……。端緒は主任がつかんだっていうのに」

「仕方ない、かな」爽子は前を向いたまま、小さく苦笑した。

「所轄の捜査員に出来るのは、ここまでだもの」

支倉の足が、爽子がぽつりと告げた言葉を聞いた途端、止まった。

所轄の捜査員。……支倉はアスファルトに釘《くぎ》付けにされたように、離れて行く爽子の小さな背中を見送りながら、心の中で呟く。吉村主任、もしかして……？

「どうしたの？」爽子が気づいて、振り返った。

支倉は、いいえ！　と慌てて答え、平日の夜の、まばらな人通りのなかを小走りに追う。

「ごめんなさいね」再び肩を並べると、爽子が言った。

「――何の得にもならないことに、付き合わせてしまって」

「あ、いいえ！　立ち止まっちゃったのは、そういうことじゃなくて、ただ、その

──」

支倉は、先ほど頭をかすめた問いを直接、爽子に尋ねようとした言葉を、何とか飲み込む。

そんな支倉へ、爽子は、ただ、なに？　と答えを促すように首を傾げた。揺れた前髪の下から、街灯の光でアクアマリンのような青みを帯びた円《つぶ》らな眼が、こっちを見ている。

「あ、いえ、その……スペアリブ、美味しかったなあ、と。ごちそうさまでした！」

ダイニングバーでは、爽子が食事代をもった。だから、我ながら下手な言い訳だとは思ったが、支倉はそう誤魔化した。

「そう」爽子はくすりと笑って言った。「なら良かった」

支倉は、爽子とともに歩きながら、やれやれと内心で胸を撫《な》で下《お》ろした。聞かなくて良かった、と思う。

──もしかして吉村主任は、過去へ……捜査一課《そういち》へ戻りたいと思ってるんですか……？

それが、支倉が爽子に告げるのを思いとどまった質問だった。

先ほどの爽子の〝所轄の捜査員〟という呟きには、いま己の立場への、ほろ苦い諦念が混じっているように、支倉には聞こえた。そしてそれが、先日の、懸巣幸司元巡査部長のもとへゆく途中の電車内での会話と重なった。

あの時、爽子は言った。前と同じ髪型に戻そうと思って、と。話していたときは、どうということもない、他愛のない雑談のつもりだった。けれど――。

〝過去の自分を取り戻したい。業務歴も含めて〟。そういう願望が、つい口を突いてでてしまったのかも……。

そんなことを思い巡らすうちに、爽子とともに歩きながら、支倉は自然と言葉少なになる。


でも、考えてみれば……と、支倉は、多摩中央署の待機寮まで帰る爽子と三鷹駅《みたかえき》で別れ、両親の待つ家路を、ひとり辿りながら思う。

爽子は転属早々から二つの、それも捜本が立った重要事件の解決に大きく貢献した。そんな実績に加えて、もし仮に、爽子が抱く奥津城美鈴医師への嫌疑が事実だったとしたら？

大変な手柄となり、爽子が〝花の一課〟へと復帰するのも、充分あり得ることのように支倉には思える。ただ――。

――もし問題があるとすれば、みんなが声を潜める〝二月の事件〟……捜査一課から多摩中央署へと転属する原因になった事情だよね……。

〝二月の事件〟の結果として爽子の受けた処分が、警視庁警察官である限り、たとえ離れ小島に転属しようとついて回る身上調査票、つまり人事記録に、はっきり赤字で特記されているのは間違いない。警察官人生における傷口から流れた血のような生々しさで。

だけど、初めの事案の捜査指揮をとった佐久間管理官は存在そのものは疎んじていたようだったけれど、それでも特別心理捜査官――プロファイラーとして爽子の実力は評価していたようだし、柳原係長に至っては全面的な信頼を寄せていた。

――これだけ条件が揃っていて、しかも吉村主任自身が、捜一への復帰を望んでいたら……。

支倉は考えがそこへと至ると、黒い鏡と化した電車の窓に映る自分自身を見て、小さく息をつく。爽子がそう思うのも当然だ、と思った。吉村主任は優秀なのだし、そして優秀な〝刑事〟は、不謹慎な言い方ではあるけれど〝いい事件〟、捜査員にとって活躍のしがいのある大きな事件に携わりたいと願うものだ。もとより被害者にとって、事件に〝いい〟も〝悪い〟もないけれど、支倉に限らず、それが現場の捜査員たちの本音であり、だからこそ支倉自身も、盗犯係から強行犯係への署内異動を希望したものだった。

捜査一課による奥津城美鈴医師への内偵、捜査で成果がもたらされたとき、それは爽子との別れを意味することになるのかもしれない――。

それでも、私は、と支倉は思った。

――吉村主任を追い出した一課の人たちに、今回は吉村主任が正しかったと認めてほしい。

支倉は車窓に映る、モノクロ写真のような自分の顔を見ながら、そう願った。

けれど、その願いは届かなかった。


「え、……駄目……なんですか」

爽子は警察電話を耳に当てて言った。

「それは、どうして……?」

――西荻窪で柳原に相談をもちかけてから三日が経過した、その日の朝。

支倉はいつもどおり、七時過ぎに多摩中央署刑組課の刑事部屋へと出勤した。新人捜査員たるもの勤務開始まえに大部屋の掃除、さらには出勤してきて課員たちへ朝一番に出す湯茶の準備を済ませておかなくてはならない。いささか徒弟制度じみた刑事部屋の慣習ではあったものの、いつもどおり部屋には疲れた当直者がいるだけ、と思い込んで大部屋のドアを開けた支倉に、挨拶の声が掛かった。

「あ、おはよう」

「おはようござ――」支倉の、反射的に答えた快活な返事が途切れる。

呼びかけてきた声は確かに爽子だった。童顔に見合った、少し舌足らずな感じの声。にもかかわらず支倉は、強行犯係の爽子の机からこちらを見ているのが誰なのかが、一瞬、判らなかったからだ。

爽子の髪が変わっていた。顔の輪郭を隠していた髪が後ろで纏められ、すっきりした頰の線が、細いおとがいを強調している。それで見違えてしまったのだ。

「あ……はい。おはようございます……」

支倉は何故か窺うような声で挨拶を返しながら、夜の間に大部屋に沈殿した、まだひんやりした雑多な臭いのなかを、歩いて行った。

「――なに？」

爽子が、そう尋ねたのは、支倉が机の雑巾がけと床の掃き掃除を済ませ、大部屋の隅にあるお茶汲《く》み場で湯茶の支度に取りかかったとき、それを手伝いながらだった。ちなみにここは現場見習いの捜査員たちの定位置でもある。

「いえ、その……髪形が変わってたから、どうしたのかなって」

支倉が急須に茶葉を入れていた手を止め、思い切って聞いてみると、爽子は、棚から取りだした、そのほとんどが結婚式の引き出物らしい課員たちの湯呑《ゆの》みを、流し台にぎっしり並べながら、口もとだけで微苦笑した。

「別に。——戻しただけ。もうちょっと長くなってからでも良かったんだけど……今朝起きたらなんとなく、こうしてみたかったから」

確かに、後ろで束ねられた爽子の髪は、ポニーテールというには、まだ短すぎる。支倉は、そうですか、と答えて急須に注意を戻しながら、爽子に何かあったんだろうか、と思った。髪形を変えて気合いを入れなければならないような何かが。それとも、自分の考えすぎだろうか。

そうするうちに勤務開始時刻が近づくと、出勤してきた課員たちが続々と姿を見せ始める。にわかに活気づきはじめた大部屋で、支倉と爽子は二人して、課員がそれぞれの席に着くのを見計らいながら、大きな盆に載せた湯呑みをせっせと配って回る。これも昔ながらの慣習だが、湯呑みに記名するのを忌み嫌う古手の捜査員も多いので、持ち主を間違えないようにするのも一苦労だった。慣習といえば、誤って割ってしまったとしても、それほど叱責はされない。犯人を割る、に通じるからだ。

それはともかく、支倉にとってすこし可笑しかったのは、支倉が淹《い》れた茶には必ず、濃いの薄いの、熱いの温《ぬる》いのと小言を垂れる盗犯のデカ長が、爽子が出したお茶には何も言わず黙って口をつけたことだった。女の子のような見た目を裏切って、爽子がただ者ではないと察しているらしい。

そうやって、いつもの多摩中央署刑組課の日常は始まったのだったが、問題の電話が掛かってきたのは、午後一時を回ったときだった。

昼休みが終わったばかりで、その余韻のようなざわめきが刑事部屋に漂っていた。そんな中、強行犯係の島で電話が鳴った。鳴ったのは一般加入回線の電話機ではなく、無線に対して〝有線〟と呼ばれる〝警電〟――警察専用回線の電話機だった。

「多摩中央PS、強行犯係の吉村です」

爽子はすでに椅子に着いていたが、弾かれたように腰を浮かし、受話器を攫《さら》うようにつかんで耳に当てると、言った。

「ああ、吉村さん。丁度良かった、柳原だけど」受話器から聞こえた。

「柳原係長」

爽子が答えると、隣り合わせの机にいた支倉が、さっとこちらを向く。捜査一課係長の名前が出たことで、その用件も察した表情だった。それだけでなく、爽子が髪形を変えた、というより戻した理由も。支倉は、爽子の緊張した面持ちを見詰めながら思った。……吉村主任は、だから気合いを入れたくて……。

「ごめんなさい」柳原の声が受話器を通じて、爽子の耳に聞こえた。

「吉村さんには、残念な知らせになってしまうんだけど……」

「え、……駄目……なんですか」

そうして爽子は頭の中を漂白されたような思いで、握りしめた受話器に向かって言ったのだった。

「それは、どうして……?」

柳原は、あえて感情を抑えた、淡々とした口調で理由を挙げていった。

奥津城美鈴医師が関わったとされる二つの事案のうち一つは公判中、もう一つが公判開始を控えている現在、あえて着手するのは公判維持の観点からも得策ではない。また、その容疑である教唆罪も立証はきわめて困難と思料される。——そのように課長以下の幹部たちは判断したということだった。

「それに、取り調べの段階で当該医師のことがマル被の供述には出てこなかったのが大きいわね。——これは、私の力不足ね」

「いえ、そんなことは……」爽子は何も考えられなかったものの反射的に、電話口の向こうの柳原へ、そう答えていた。

それじゃ、と告げた柳原に礼を述べて、爽子は警電の受話器を置き、呆然《ぼうぜん》と事務椅子に腰を落とした。そうして、開いたノートパソコンのモニターに映る書きかけの復命書を、焦点の合わない眼で眺めた。自分が作成していた書類なのに、見知らぬ古代文書に見えた。

一課が奥津城美鈴医師への内偵及び捜査に着手しない理由は、おおむね、爽子も想定したものではあった。そして、それは要するに――。

――せっかく事件が綺麗に纏まっているのに、ってこと……？　しかも難しいから、と。

爽子は、眉を険しくした顔をキーボードにうつむけて、思った。

けれど難しい事件に取り組んでこその警視庁捜査一課、であるはずだ。

その捜一が動かないとなれば、どうすればいい……？

「――すこし出てきます……！」

爽子は音を立ててノートパソコンを閉じ、椅子を鳴らして立ち上がると、係長の堀田に告げた。そして、返事も待たずに係ごとの島の間を抜けて、刑事部屋を出て行く。

「あ、ちょっと！」

支倉は、警電を置いて表情を空白にして座り込んだ爽子の様子を心配しながら見ていたが、後ろを爽子が脇目もふらずに通り過ぎてゆくと、慌てて後を追おうとした。

「待ってください、主任！　吉村――」

「おい、支倉」

伊原《いはら》が、座っていた椅子を机の下に押し込み、バッグを引っつかんだ支倉を呼び止める。リノリウムの床を蹴って駆けだしかけていた支倉は、何かに躓《つまず》いたようにつんのめりながら、振り返る。

「あいつとあんまりつるんでると、良《い》いことにはならねえぞ」反対側に並んだ机から、伊原が言った。

支倉は顔が強張《こわば》るのを自覚しながら、強行犯係における両輪の一方である主任の、採石場に転がる岩のような厳つい顔を見返した。その隣の机では、三森《みつもり》もさすがに気遣うような顔をしている。

支倉にも、伊原が善意から忠告してくれているのは解る。たしかに成城での調査の件では、捜一の柳原から事情を知らされた刑組課長の河野から、爽子ともども説明を求められ、注意も受けた。もっとも、捜査員には〝檀家《だんか》〟、つまり個人的な繋がりの情報提供者とのやり取りや、自らネタを摑んできた案件の捜査など、上司の眼の届かない、いわば水面下で動くことも多いため、形式的なものではあった。

伊原長、私は……と、支倉は伊原の金壺眼《かなつぼまなこ》を見詰め返しながら、思う。――吉村主任に視《み》えているもの、それを私も視えるようになりたいんです。

けれど――。

「……はい」しらないうちに嚙《か》んでいた唇から出たのは、従順なその一言だった。

支倉は自分の不甲斐《ふがい》ない表情を一礼で隠すと身を翻し、爽子を追って刑事部屋から駆けだした。

「……ついてこなくても良かったのに」

爽子が、走り出した黒のアルトワークスの運転席で、フロントガラスから眼を逸らさずに言った。

「そういうわけにはいきませんよ」

刑事部屋を飛び出し、爽子が署庁舎近くの月極《つきぎめ》駐車場に停めている私有車に乗り込む寸前で追いついた支倉は、助手席から答えた。

「この案件に関しては、私が主任の相勤なんですから」

ただ、案件とはいったものの正規の業務ではない。だからこそ爽子も、捜査車両ではなく、本来は業務上の使用が認められていない私有車を使っているのだった。

「それで……どうするつもりなんですか？」

「奥津城先生へ直当たりしてみる」

支倉が、後ろへと流れて行く、ウィンドー越しの秋の街並みに眼を逸らしたまま問うと、顔を前へ向けたまま爽子は言った。

「そんな、……無茶です！」

文倉は驚いて運転席へ振り向き、頑《かたく》なな爽子の横顔に訴える。

「すぐに一課が着手しないからって、いまそんなことしたら、内偵対象になるかもしれないって、あっちに教えるのと同じじゃないですか」

そうなれば、これから先、もし一課が着手した場合には、捜査の支障となってしまう。そんなことは爽子にも充分に解っているはずだ。なにより——。

「……それに、落とせるだけのネタがないです」

小声で付け加えた文倉に、爽子は言った。

「状況証拠はある。それに……一課が事件化を見送る可能性だってある」

「だからって……！」

「マル害が——被害者が、いるのよ」

そうだ、何はなくとも、犯罪には必ず被害者がいる。爽子は奥津城美鈴の元患者二名の手に掛かった被害者たち、その一人ひとりの面影を蘇《よみがえ》らせながら言った。爽子は特別心理捜査官として、犯人のみならず被害者の内にも入り込もうと努めたが、その結果、彼女たちの味わった恐怖がいまも、残響のように心を震わせている。いや、残響ではなく、いまも爽子の心は被害者たちに共鳴しつづけている。

爽子は溢れそうになる感情に蓋をして、もし奥津城美鈴医師が事件の背後にいるのなら野放しにはできない……と、自分自身に確かめた。捜一が手をこまねいているあいだにも、その影響下で罪を犯す者が現れるかもしれない。そうなれば、また新しい被害者が出てしまう……。

「それはそうですけど……でも、どうやって」

足下に向かって呟いた支倉に、爽子は言った。

「こっちに有利な点がひとつだけ、ある。──ひとつだけ、ね」

「あの、ちょっと！」

爽子は、クリニックのドアを入ってすぐにある受付、その小さなカウンターから投げつけられた制止の声に構わず、明るい待合室を通り過ぎた。支倉は、カウンターから身を乗り出した係の女性に警察手帳を提示し、それから爽子に追いついたものの、爽子は振り返りもせず、クリニックの真ん中を貫き、左右にカルテ庫や処置室の並んだ短い通路を、奥へと歩いて行く。やがて診察室のドアに行き着き、……すこし冷静さを取り戻した爽子がノックすると、室内から返事があった。

「どうぞ」

「失礼します」

ドアを開けた爽子を、奥津城美鈴医師は診察机に着いたまま迎えた。

以前に訪問したときと同じく、ヴィクトリアン様式を模した診察室は明るく、女医もまた初めて会ったときと同じように、肘掛け椅子を後ろに引いて足を高く組んで座り、片手にはカルテを顔の高さまで上げていた。

治療の方針について相談していたのか、そばには看護師の木口英里子《きぐちえりこ》が立っている。春先に訪れた際に爽子が眼を止めた手首のリストカットの傷跡は、袖に隠れていた。

奥津城美鈴医師は、カルテの上端から街並みの上に昇った双子の月のように眼鏡を覗かせ、面白がるような目付きで闖入《ちんにゅう》してきた二人の女性警察官を見やっていた。が、やがて眼鏡の奥の眼を細めると、ルージュのひかれた艶《つや》やかな唇を開いた。

「あら、吉村さんに……そちらは支倉さん、だったわね？　いつかはごちそうさま」

奥津城はカルテを膝に置き、微笑したまま親しげな口調で言った。

「診察をご希望なのかしら？　だったら、予約してもらわないとね」

「いいえ」爽子は人を食った態度の奥津城を見詰めたまま、抑えた声で言った。「奥津城先生にお聞きしたいのは、二人の元患者についてです」

「もうお話ししたわよね？」

爽子は細い鼻梁の先で、すっと息を吸ってから言った。「あなたはあの二人に……蜂嶺俊次と本位田優に、一体なにをしたんですか」

「治療よ、もちろん」

奥津城が平然とそう答えたのが聞こえなかったように、爽子は続ける。

「私が何故こんな事を訊《き》くのか、心当たりがあるはずです」

「……そうね」奥津城は眼を合わせたままうなずいた。

「蜂嶺さんと本位田くんに関しては、結果的に患者の役に立てなかった藪医者《やぶいしゃ》としての良心の呵責《かしゃく》は、もちろん感じてるけど」

「良心の呵責……」爽子は書きとめるように繰り返して細いおとがいをひき、錐《きり》で刺し通すような視線を向けて続けた。

「それを感じるのは、あの二人にだけ、……ですか？」

吉村主任は当てるつもりだ。と問答を見守っていた支倉は思った。

良心の呵責を感じるべきは二人の患者ではなく、蜂嶺と本位田が手に掛けた財前聡《ざいぜんさと》美《み》や大熊秋彦《あきひこ》、性的暴行を蒙《こうむ》った女性たち、路上で襲われた少女にではないのか、と。

それだけでなく、――成城署の交通捜査係だった懸巣元巡査部長から聞き出した、奥津城美鈴がまだ幼かった頃、酒屋の店員だった田崎清太から性的虐待を受け、……そして田崎清太を交通事故を装って殺害したのではないか、という疑念を。

幼く無力な自分を守るためだったとはいえ、人の命を奪ったその痛みがまだ胸に残っているのではないか、と。善悪の判断は別にしても。

爽子の、過去への扉を開くステンレス製の鍵のような硬い声に、診察室に沈黙が落ちた。

「……何だか難しい話がしたいみたいね、吉村さん」

薄いガラスのような無音の空気を壊したのは、奥津城だった。

「いいわ。英里子さん、クライアントさんたちに少し待ってもらってくれる?」

「でも先生……!　予約は一杯で――」

木口英里子が、いきなりやってきた挙げ句に無礼な問いを発し続ける捜査員へ当てつけるように、奥津城ではなく爽子と支倉の方を向いて言った。

「いいから、いいから。クライアントさんたちには私からも謝っとくから」

奥津城は微苦笑しながら手を振ると、爽子に向き直る。

「で?　私とどんな話がしたいって?」

「私と二人だけでお話しできませんか」爽子は言った。

「奥津城先生……いえ、美鈴さん」

支倉がちらちらと後ろを気にしながら、看護師の木口英里子は眉を顰めて不承不承、それぞれ戸口を抜けてゆき、診察室のドアが閉じられると、奥津城は言った。

「お望みどおり二人きりになったわね」

奥津城は身振りで爽子に手近な椅子を勧め、足を組み直した。

「で、なんの話？　あの二人の治療に関してなら……、特に蜂嶺さんのような反社会性人格、そのうちでも彼のような〝男性的〟型には、認知行動療法でも認知バイアスを修正することが著しく困難なのは――」

「知ってます」爽子は椅子に座って相対しながら、短く言った。

「――〝彼ら〟にはそもそも、治療を受ける動機となる〝不安〟そのものがないんだもの。彼ら彼女らにあるのは、飢えや渇きに似た絶え間ない捕食者としての衝動と、それによってもたらされる希薄な人間関係、その結果としての孤独ね」

「その孤独につけ込んで蜂嶺と本位田の欲望を操作した……。そうなんですか？」

爽子が簡潔に告げると、奥津城の顔から感情が消えた。表情こそ笑みを形作ったままだったものの、あらゆる情動の消え失《き》せ《う》た仮面となっていた。

「奥津城先生、……いえ、美鈴さん」爽子はもう一度、女医を名で呼んでから続けた。

「私たちは、美鈴さんが育った家まで行ってみました」

爽子は続けながら、ここ診察室と成城の洋館が同じ様式であることに、今更ながら気づいていた。

「あの家で二十五年前、いつも配達に来ていた田崎清太と美鈴さんの間に、何があったんですか」

爽子と奥津城が、それぞれ座ったまま互いの眼の奥を覗き込んでいる診察室に、世界から隔絶したような沈黙が落ちた。息詰まる緊張した空気が満ちはじめた室内に、縦長の窓からレースのカーテンを透かして射《さ》しこむ光は、まだ午後の早い時間だというのに、黄昏《たそがれ》のような橙色《だいだいいろ》を帯びて床に伸びている。

「吉村さん」

奥津城は不意に、半面を暮色に淡く染めて言った。

「私、あなたのことを知ってるわ」

「……どういう意味ですか」

爽子は女医の真意を測りかねるのと同時に、――何故か、視線を伝って心と心が触れあったような不思議な感覚に一瞬、捕らわれたものの、平静な口調で聞き返した。

こっちを揺さぶってるつもり……？

「同じなのよ、あなたと私は」

爽子は、奥津城が眼鏡のレンズ越しに切れ長の眼を細め、唇を半月の形にして微笑むのを見据えたまま、思った。

――なにを言ってるの……？　まさか、私の……？

それは、つまり……過去を認める、ということか。少なくとも、卑劣な小児性愛者に傷つけられた過去は。

でも、なぜ、私の——。そこで気づいた。今回もそうだが、最初に訪れたときも私有車のワークスだったことに。

「さて……吉村さん」

奥津城は人形が急に命を吹き込まれて動き出したように、いつもの飄然とした物腰と口調を取り戻して告げた。

「いろいろと興味深くはあったんだけど、仕事に戻ってもいいかしら？　クライアントさんたちをこれ以上、待たせられないし。医者も客商売なのよね、一応」

「……解りました」

爽子は、薄い笑みを浮かべる奥津城から眼を逸らさずに、椅子から立ちあがる。

〝落としネタ〟がない以上、できるのはここまでだ、と爽子は思った。

しかし、少なくとも警告にはなる。今後、自らの影響下にある患者に良からぬことを教唆すれば、必ず、奥津城美鈴という名が捜査線上に浮かぶ、ということを。

……私は、そんな風に納得したくて、ここへ押しかけたのだろうか。爽子はふと、思った。二十五年前、まだ幼かった奥津城美鈴の無垢《むく》な魂を穢す行為があったのかを確かめずにはいられなかったのも、もしそれが本当にあったのだとしたら、田崎清太の偽装殺人を許すことはできないが理解はできる、と。

まさか、この女医も、それを私に期待して……？

「英里子さん、刑事さんがお帰りよ」

爽子がそんなことを考え、背中で奥津城が素っ気なく告げるのを聞きながらドアを開けると、そこには、険悪な表情をして腕組みする木口看護師と、首をすくめて恐縮する振りをしている支倉が待っていた。

「お時間を取らせてしまいました」

そう詫《わ》びた爽子の表情から、支倉は奥津城との面談が予想どおり不首尾に終わったのを察し、木口英里子看護師の方は、そんな爽子を無視して診察室に入る。

肩先をかすめて木口が通り過ぎた途端、爽子は何故だが、もう一押ししてみよう、という気になった。

「ところで、この寝椅子なんですけど」

爽子は、壁際にあるソファを目顔で示して言った。それは初めて訪れたときも目を止めた、診察室よりもホテルのロビーか、外国映画に出てくる舞踏会、その会場の片隅に置かれているのが相応しいデザインの調度で、英国リバイバル様式のシェーズロングだった。

「奥津城先生は確か、診察に使ったことはない、とおっしゃいましたね？」

爽子は振り返り、肘掛け椅子の奥津城とその傍らに立つ木口に言った。

「ということは当然、蜂嶺俊次や本位田優の治療の際にも使っていない。……そういうことですね？」

「ええ」奥津城は言った。「でも、それが？」

「いいえ。ただの確認です。気にしないでください」

爽子は精々、思わせぶりな口調で告げてから廊下に出ると、支倉を促して歩き出す。二人は無言でクリニックを、それから細いビルの玄関を出た。

「帰り際のあの質問って、なんなんですか？」

支倉が口を開いたのは、前と同じパーキングエリアに停車したワークスの、助手席のドアを開けたときだった。

「ちょっと引っかけたつもりだったんだけど……」

爽子もドアを開けて乗り込みながら、軽自動車の低いルーフ越しに答えた。

あの質問こそ、ここへ来る途上の車中で支倉に告げた、ただひとつ自分たちが有利なこと、だった。

「奥津城先生は当然、蜂嶺や本位田が供述した内容を知らない」

爽子は運転席に座ってエンジンを掛け、シートベルトを身体に回しながら言った。

「だから、臭わせたの。蜂嶺と本位田のどちらか、あるいは両方が〝当該人から教唆されたのは、寝椅子に横になって治療を受けたときだ〟と、調べ官にそう自供したのかもしれない、って」

「でもそれ――」支倉はシートベルトを締めながら言った。

「――実際にあの二人を教唆したときに使われてなかったら、意味ないんじゃ……？」

「ええ」爽子は言った。

「でも当たっていたら？　それに、もし外れていたとしても、さっきも言ったとおり、蜂嶺と本位田が他にも取り調べで何か重要なことを供述してるかもしれない、と奥津城先生に疑念を植えつけることくらいはできる」

もっとも、たとえ、寝椅子が教唆時に使用され、蜂嶺俊次と本位田優のＤＮＡ資料や着衣の繊維片、そういった痕跡が検出されたとしても供述が無い以上、なにも証明しない。

――でも、今後は患者を教唆するのを思い留まらせる、もう一押しくらいにはなったかもしれない。

爽子はドアミラーで後方を確認しつつそう思い、ウインカーを出してワークスを発進させた。

……そして、爽子と支倉を乗せたワークスが通りを走り去るのを、奥津城と木口は窓辺に立って、カーテンの陰から凝視していた。

「美鈴先生――」

木口は、ビルの角にワークスが消えると、憂慮に曇らせた顔を上げて奥津城を見詰め、囁いた。その声は微《かす》かに震えていた。

「…………」奥津城は答えず、両手をジャケットのポケットに差し込んだまま、残映でも追うように、ワークスが走り去った通りを凝視し続ける。

そんなことは知らぬまま、爽子は多摩中央署へとワークスを走らせながら、奥津城美鈴に対して警告にはなったはず……、と考えていた。

けれどそれは後日、思いも寄らない反応を引き起こした。

それも激烈な。


その日――、というのは、奥津城美鈴医師との面談から二日後、その結果が災厄の形をとって現れて、爽子だけでなく多摩中央署全署を巻き込んだ日。

とはいっても、刑組課の刑事部屋は朝から穏やかだった。昼を過ぎても重大事件の発生はなく、爽子と支倉は、学生同士の喧嘩《けんか》から発展した傷害事件の捜査書類作成に追われていた。

支倉は、奥津城クリニックへ赴いて以来、爽子が、あの大きな眼で宙を見据えて考え込んでいる様子がなくなったことに安心していた。いまも隣の席で、証言を聞き取ったノートとパソコンのモニターを見比べながらキーボードを叩《たた》いている爽子をちょっと窺ってから、支倉は思う。

——まあ、あの直当たりは捜査上の観点からすると、褒められたことではなかったけど……。

「——どうかした？」爽子が視線に気づいて、ポニーテールというには短い、小型犬の尻尾のような髪を揺らしてこちらを見る。

「いえ、別に」

支倉は慌てて、被害者の調書作成に戻りながら、——でも、爽子が奥津城医師への疑念に区切りをつけられたという意味では、良かったのかもしれない、とも思う。

そして——災厄の予兆が鳴り響いたのは、その時だった。

緊急配備を告げる非常ベルだった。

「隣接日野《ひの》PS管内でコンビニ強盗が発生！　マル被は一本立て、車両にて逃走！よって十キロ圏配備発令！」

壁のスピーカーが告げた。「なお、マル被にあっては短銃様の凶器を所持しているとの情報あり。各警戒員にあっては受傷事故防止に特段の留意、装備資機材の着装を徹底されたい！」

聞き耳を立てて静まっていた刑事部屋の空気が、急に緊張をおびて慌ただしくなる。

「行こう」

係長席から立ちあがった堀田に続いて、爽子たち強行犯係も一斉に、刑組課の他の捜査員たちに混じって大部屋から流れ出す。爽子たち捜査員の奔流は、靴音を響かせると階段を黒と紺のカスケードへと変えて、庁舎の一階へと降りてゆく。それから公《こう》廨《かい》を仕切るカウンターの奥、無線室へと急ぐ。

無線室の前にはホワイトボードが用意され、その側に指揮者である地域課長が立ち、続々と集合しつつある署員たちが、制服私服の人垣になって囲み始めている。すでに交番の勤務員たちは自転車を漕《こ》いで、それぞれの持ち場に急行しているはずだ。

「配置は私が聞いてくる、君らは――」堀田が言った。

「〝腰道具〟を用意しときます」伊原が厳つい顔でうなずいた。

腰道具、つまり拳銃のことだった。凶器所持事案であり、しかも逃走中の被疑者は〝短銃様〟の、つまり拳銃で武装している可能性がある。

そして拳銃保管庫は、無線室から近い場所にあった。いつもは厳重に施錠されているドアが開け放たれ、捜査員たちが出入りしている。

堀田をのぞいた爽子たち強行犯係も、二十畳ほどの、四方の壁に灰色のロッカーでならぶ保管庫へ入った。そして、出庫台帳に使用目的と現在時刻、返却予定時間を手早く記入すると、管理責任者である係長の監視の下でロッカーを開いた。

ラックに立てて置かれた拳銃が、白々した蛍光灯のもと、黒光りしている。

伊原をはじめ、それぞれが自分の拳銃を取りあげるなか、爽子もまた自分の拳銃の握把《グリップ》を手に取り、反対の手に持っていた拳銃交換札を、拳銃のあった場所に置く。

爽子の拳銃は回転式のM37エアウェイトだった。保持しやすいよう指の形に覆ったラバーを通して、ほぼ一年ぶりの冷たさが手の平に伝わってくる。爽子の慣れることができない冷たさが。

——私は……。

爽子は射撃訓練時に〝弾倉を改め〟の号令がかかったときと同じく、腰の高さで右手に握把をにぎって銃口を左斜め下に向け、拳銃の用心がねに左手を添えながら思った。

そうして、握った右手の親指で指掛け、つまり安全装置を押して解除し、円筒形の弾倉を開ける。銃の横へ転がり出るように現れた弾倉、その蓮根《れんこん》に似た底面にある五つの穴、薬室に弾が入っていないことを確認すると、胸の中で続けた。

——私は、人を傷つけることしかできない拳銃が……、お前が嫌いだ。

けれど私は、この人を傷つけ命さえ奪う威力を秘めたものを、確たる覚悟もなく人に向けた……。

爽子は、掌《てのひら》の中にある拳銃に凍りついた男根のような嫌悪を感じ、顔を紙のように白くさせながら、支倉たちとともに執行実包、つまり弾丸の保管されたロッカーへと向かい、そこから真鍮色に鈍く光る執行実包を取り出して、作業用の机を皆と囲む。

「弾を五発、込め」

爽子たち強行犯係の面々は、緊張した厳粛な表情で銃口を下に向けて弾倉を開き、取扱規則でいう〝弾倉開け〟の状態にした銃本体を左手で下から支えつつ、開いた右手の手の平に団栗《どんぐり》型をした五発の執行実包を一旦広げてから、それをひとつずつ、蓮根のような弾倉の穴、薬室に装塡する。

――私はあの時……〝二月の事件〟の時、嫌いなはずのお前に頼ろうとした。

爽子は、微かに震える、爪が紫色になった右手の指先で、秋の夕暮れの色をした薬《やっ》莢《きょう》をつまんで薬室へと込めるたび、拳銃本体を保持している左手、その人差し指と親指を使って円筒形の弾倉を左へ回転させながら思う。

――お前があれば、何とかなる、そう思ったから。

それは、何故なら。

――藤島直人《なおと》への思いが……、生まれて初めて湧き出した強い感情が、私のなかで溢れて、理性のダムを決壊させたからだ……。

指先が震え、うまく装塡できない。爽子は、銅に覆われた弾丸のゆるく尖《とが》った先端で、何度も薬室の穴の縁をかちかちと小刻みに鳴らしたものの、ようやく四つの穴は薬莢で塞がり、残る薬室は一つだけになる。

しかし、最後の執行実包がなかなか薬室に入らない。

余計なことを考えたからだ……！　それに、あの時に貸与されていた拳銃とは違う……！　爽子は焦燥に胸の底を灼《や》かれながら自分を叱った。警察学校入校中、拳銃操法の術科の際、生まれて初めて拳銃を手にしたときでさえ、こんなことはなかったのに。

「おい、何してる！　行くぞ！」すでに弾を装塡し終えた伊原が、拳銃入れ《ホルスター》をベルトに通しながら苛立《いらだ》った声で促す。

「まだですかあ」

「まあまあ」高井が、不満げな三森をなだめた。

「主任……？」支倉も心配して、そばから手もとを覗き込む。

「――やってます……！」

爽子は拳銃を見据えたまま、小さく叫んだ。大きくはなかったが、それは爽子自身にも意外な、感情の露《あら》わな声だった。爽子が自分の口から飛び出した声に驚いて顔を上げると、机の周りで同じように驚いた表情の支倉たちが、爽子を見ていた。

「あの……、すいません」

爽子が呟いて拳銃に眼を落とすと、震えは止まっていた。右手の指に挟まれた執行実包は薬室に滑り込んだ。

私にとって愛情は、狂気の別名だった。爽子はそう結論づけると、酸味のする記憶に蓋を――いや、それだけではなく、心の奥底にあって、この保管庫以上に固く閉ざされ、憎悪という名の悪鬼を閉じ込めてある小部屋へと追いやり、太い鎖をかけた。

――マインドチェンバーへと。

それからは手早かった。爽子は、握把の下部にある吊環《つりわ》の金具に電話機のカールコードのようなコイル式の吊《つ》り紐を結着し、スラックスのベルトにホルスターを通し、手錠ケースとともに腰の右側に着装した。捜査員は必ずこの位置で拳銃を携帯する。これは警察官個々人の利き腕に関わりなく、拳銃取扱規範に定められているからだ。

「我々刑組課は捜査車両に分乗し、遊動警戒《ゆうどうけいかい》だそうだ」

保管庫から出たところで、爽子たちと鉢合わせになった堀田が告げた。

「いくぞ、気を引き締めろよ」伊原が、このような危急の際には頼もしい厳つい顔で爽子たちを見回す。

爽子が無言でうなずき返すと、それが合図だったように、一団となって署の玄関へと駆けだしていった。緊張と義務感、その両方に急《せ》かされるように。

だが——。

事態は、爽子たち隣接署の人間にとっては唐突に終息した。……日野市内のコンビニエンスストアから車両で逃走した犯人は、その直後に事故を起こして負傷し朦朧《もうろう》としているところを、駆け付けた日野署員にあっさり身柄を確保されたのだった。狙われた店の店員にも怪我はなく、また犯人の事故も、慌てて運転操作を誤って電柱に突っ込むという、犯人以外に負傷者のいない完全な自損事故だった。爽子たちはそういった事案解決に至る経緯を、犯人逮捕後に無線へと流された一斉指令によって知った。

「警視庁から各局、既報の日野PS管内コンビニ強盗事案にあっては、同署のウチヤマPMの果敢な対応によりマル被を制圧、検挙した。よって現時刻をもって緊急配備は解除——」

緊急配備は事案にもよるが、おおむね二時間程度なのが普通だが、発生から逮捕まで一時間もかからない、スピード検挙だった。爽子たちにとっては単にくたびれもうけではあったものの、自業自得の犯人以外に誰も傷つくことのない、最良の終わりではあった。爽子たちは詰め込まれた捜査車両の車内で、やれやれ……、と各々が息を一つついて、帰庁にかかったのだった。

だが、爽子たちにとってはまさにここからが、災厄の幕開けだった。

「ま、ちょっとあっけなかったけど、これで良かったんですよね」

「ええ。誰も傷つかないのがね」

爽子と支倉はそんなことを話しながら、署庁舎正面の駐車場に停めた捜査車両から降りて、他の強行犯の面々とともに玄関の自動ドアを通り抜けた、その時――。

「あのう、吉村部長……！」公廨を入ってすぐ受付から、制服姿の女性警察官が呼び止めた。

「はい」

爽子は、ぞろぞろと拳銃を格納するべく保管庫へ向かう強行犯係たちのなかで振り返り、気づいた支倉も足を止めた。

「私に、なにか」爽子は立ち止まって言った。

「さっきからお客様がお待ちなんですけど」

「私に……？」

細い眉を寄せた爽子に、声がかけられた。

「――吉村さん」

公廨のソファから立ちあがり、近づいて来るのは上背のある女性。

奥津城美鈴だった。

「奥津城先生……」

爽子は見迎えながら呟き、支倉が小さく息を飲むのが解った。

「どうされたんですか？」

爽子がそう言って見上げた女医の顔には、いつもの飄然とした明るさはなく、どこか思い詰めたような沈毅《ちんき》さがあった。

「吉村さんに話したいことがあって」

奥津城はレンズを透してまっすぐ爽子を見詰めて言った。「いいかしら？」

「……はい、構いませんが」

戸惑いはあったものの、これが好機だということは、もちろん爽子にも解っていた。何しろ、〝はい出し〟が利くような間柄でもないのに、奥津城は自分の方からやって来たのだから。

「主任……？」

「支倉さんは先に行ってて」爽子は奥津城から眼を逸らさずに言った。

「私は、先生を上に案内してくるから」

爽子は咄嗟《とっさ》に、拳銃を保管庫に返却することよりも、自分にとって有利な場所へと奥津城を連れて行くのを優先した。物事には流れがある。クリニックでは口を割らなかった奥津城美鈴医師が告げようとしていることが何であれ、ここで一旦離れてしまうと、気が変わるか怖《お》じ気《け》づくかして、いなくなってしまう可能性がある。……そう思ったのだが、あとになってから、爽子はこのときに奥津城を伴って刑事部屋のある三階に行かなければ、どう事態がかわっていただろう、と考えこんだものだ。

それに、些細《ささい》な問題ではあったが、刑事部屋の慣習というものもある。他署の捜査員への対応であれば取調室へ通してもかまわないが、容疑対象者と睨《にら》んではいるものの、一応、来客である女医を、そんなところで待たせるわけにもいかない。――そういった理由で、爽子は拳銃と手錠入れを着けたまま、受付と反対側にあるエレベーターへと奥津城を促したのだった。

「今日は、クリニックはお休みなんですか」

爽子は内心の緊張を女医に気取られないように、エレベーターの矢印のついたボタンを押しながら言った。

「……ええ、休診にしたわ。どうしても、あなたに会いたかったから」

奥津城は、ドアが開いてエレベーターの箱に乗り込むと、切れ長の眼をすっと流して言った。

その頃、爽子と別れた支倉は、公廨の奥にある保管庫で、大急ぎで拳銃を返却しているところだった。

「ちょっと、どいてよ……！」

「なんだよ、一体……！」

ロッカーの前で支倉に肩で押しのけられた三森が、丸い顔をしかめて言った。

「急いでんのよ！」

自分を先に行かせたということは、拳銃を保管ロッカーに返却し次第、すぐに刑事部屋に上がり奥津城美鈴医師への対応を交代するように、という爽子の無言の指示だとは支倉にも解っていた。だから、執行実包を抜いた拳銃をロッカーの支持架に安置し、換わりにそこに置いていた丸い拳銃交換札を引《ひ》っ摑《つか》むと、保管庫を飛び出し、一階の大半を占める公廨を早足に通り抜け、エレベーターへと向かった。

そして――いらいらしながら待っていたエレベーターの扉が開き、箱に飛び込んだ支倉を飲み込んでドアが閉じられた、その途端だった。

庁舎正面の駐車場で、ギュギュギュ……！　と、怪鳥の悲鳴のような、急ブレーキの音が響いた。

なんだ……？　公廨のカウンターの内側にいた警察官だけでなく、その外側にいた市民も、驚いて窓の外を見た。

玄関の車寄せの近くに、白いライトバンが斜めに突っ込んでくるところだった。急停止したライトバンの運転席のドアが開いて、素早く降り立ったのは、女性の看護師だった。そして、後ろのスライドドアを滑らせて大きな医療バッグを肩に掛けると、小走りに玄関の自動ドアを通過して、庁舎に入ってきたその女性看護師は、今どき珍しいナースキャップまで頭に乗せていた。

「あの、ちょっと……！」

爽子を呼んだのと同じ受付の女性警察官が、早足に通り過ぎようとした看護師に慌てて声をかけた。

「急患が出たって聞いたんですけど」

看護師は受付に近づきながら言った。

「いえ、そんな話は……。誰が連絡しましたか？」

「ちょっと待って」

看護師は後ろを振り返るようにして医療用のバッグのファスナーを開けると、腕を差し込んだ。

そして、それが再び現れたときには、手には二連装の猟銃が握られていた。

「動かないで」

看護師は――奥津城メンタルクリニックの木口英里子は、驚愕《きょうがく》に凍りついた受付の女性警察官の顔に、銃口をぴたりと突きつけて言った。

「美鈴先生はどこ？」

受付のカウンターを挟んで、女性警察官は二つの銃口を覗き込んだまま、言葉を失っていた。

代わりに異常事態に気づいた市民の間から上がった悲鳴が、いつの間にか静かになっていた公廨に響いた。

二

私を救ってくれたのは、美鈴先生だった。

都内にある大学病院の付属看護学校を卒業し、私は子どもの頃から憧れ、念願だった看護師になった。そして、大学病院での病棟勤務に就いて――そこで、現実と理想の差に打ちのめされた。

もちろん、私も、看護学生だった頃には実習も経験して、実際の勤務の大変さや責任の重さは、少しは知っているつもりだった。――〝白衣の天使〟〝笑顔の奉仕者〟……私も含めて、そんな漠然とした憧憬だけで看護学校に入学する者がほとんどだけれど、二年生へと進み、医療現場での実習を経験すると、美しいだけの幻想は消え、かわりに、自分たちが目指している職業が医療従事者、患者の生命をケアする専門家であることを体験から理解する。子どもの頃には白衣以上に輝いて見えた看護師さんたちの笑顔も、患者に回復を促す一環なのだと。

覚悟はしていたつもりだった。けれど、……病棟勤務の過酷さは、それを上回っていた。

私は就職するまえは、患者さん一人ひとりと丁寧に向き合う仕事がしたいと思っていた。しかし現実の病棟は、数分単位で業務が組まれ、病室のベッドサイドで患者さん個々人の訴えに耳を傾ける暇もなく、医療機器の数値を調べ、病室から病室へ、ナースシューズを鳴らして動き回る日々だった。そんな職場環境の中でも、なんとか、私は一人の人間として患者さんたちと向き合いたいと願い、できるだけそう努めていた。

そして、私のそういった看護への姿勢が、私をさらに追い込むことになった。患者にできるだけ寄り添った丁寧なケアを、と業務に当たる私を、数人で構成されるチームの同僚たちは、遅い、チーム全体の足を引っ張ってる、と非難した。そして、それは次第にエスカレートしていき、私は虐《いじ》めをうけるようになった。仕事中、チームの同僚たちには無視され、リーダーである主任にはやるべきことをやっていない、と叱責された。何の指示も受けていないにもかかわらず。そして、仲間内の集まりにも呼ばれなくなった。私はナースセンターのなかで、孤立していた。

朝、仕事に行くことを考えただけで身体が鉛のように重く感じられたときも、患者さんが待っている……という思いだけが心の支えだった、そんな毎日で、転機になったのは私の担当していた、ある患者さんの死だった。

その患者さんは私の勤務時間中に病状が急変し、私は出来るかぎりの救命措置を行ったが、その際に不手際があったために死亡した可能性がある、と周りは私を責め立てたのだった。主治医だった医師が院長とは近い間柄で、その男に累が及ばないようにしたい、という事情もあったのだろう。

私は勤務を終えて自宅に帰ると、衝動的に剃刀《かみそり》で手首を切った。

幸い……、患者さんのご遺族は日頃から私の働きぶりに感謝してくれていたし、また長患いであったこともあって、その死に納得してくれていて、私の傷もまた、落ち込んだ私を心配して自宅まで様子を見に来てくれた看護学校同期が発見してくれたおかげで、命に別状はなかった。

しかし、私はもう限界だった。看護の現場にも、かつてはあんなに憧れた白衣で身を固めた女たち、その人間関係にも。

私は休職扱いになり、病院側から心療内科に通院するよう勧められ、あるクリニックを紹介された。

そうして出会ったのが——奥津城美鈴先生だった。

「英里子さんは、悪くないよ」

奥津城先生は、私の話を丁寧に聞いてくれたあと、あの、春の陽差しのような明朗な笑顔で、そう言ってくれた。眼鏡の奥の笑みで細めた眼をぼんやり見返しながら、私は目頭が熱くなり、涙が出そうになった。

「でも、居場所がよくないかもね」

それから私は、奥津城先生のもとに通ってカウンセリングを受けるたびに、彼女に傾倒していった。そして私の気持ちを、奥津城先生も気づいていたと思う。だから、通院を始めてから三ヵ月が過ぎて休職期間も明ける頃、先生にある提案をされたとき、私は驚かなかった。

「英里子さん、よければうちで働いてみない？　もちろん、その気があれば、だけど？」

私に心療内科の経験はなかったけれど、一も二もなく、その申し出に飛びついた。休職していた大学病院には、申し出のあったその日に退職願を提出した。

私は白衣を着ないナースになり、そして、奥津城メンタルクリニックで働くのは、天国だった。病棟勤務のような、わずかな人数の看護師で数十人の患者に対応する過酷な夜勤がない、というだけではない。奥津城先生は、精神的な問題を抱えた患者さん――クライアントたちの苦しみに、真摯に応えた。私が看護師になり立ての頃に夢見た姿、そのままに。私はそんな奥津城先生を精一杯、支えた。

そうするうちに、私と奥津城先生の関係も、院長と看護師というより、姉と妹のようになってゆき……、やがて肉体的にも結ばれて、パートナーになった。

奥津城先生は……美鈴先生は……、いえ美鈴は、私のすべてだ。

その……私の先生が、自ら警察署へと出掛けていったと知ったのは、つい一時間前のことだった。しかも向かったのが、二度も押しかけてきた子どもみたいな顔をしたチビと、やたら元気なのっぽの女刑事二人組のいる、多摩中央署だという。

私は、私の美鈴が、あの二人のクライアント……受診するたびに嫌らしい目付きと視線でじろじろ眺めることで私や美鈴を穢した蜂嶺俊次、それに生意気で可愛げのない本位田優に、自らの幼い頃の酷い体験を乗りこえる支えになった古い流行歌を低く口ずさみながら、ソファでなにを囁いたのかは知っている。

だけどそんなこと、私には関係ない。あの二人の獣が何をしようと。私は、私の手の届かないところへ行ってしまうかもしれない美鈴を取り戻したい……ただそれだけ。それだけが私のなかで、溜《た》まった溶岩のように熱くうねっている。

……だから、私はいま、過去へと脱ぎ捨てたはずの看護服に身を包み、美鈴の実家から持ち出した猟銃の銃口を、多摩中央警察署の受付にいる女性警察官へ向けている。

「美鈴先生は……、美鈴はどこ？」

木口英里子は二つ並んだ銃身の先を、受付カウンターの内側で椅子に座り込んだままの、まだ若い女性警察官の顔に突きつけて言った。

公廨のあちこちから、所用で訪れていた市民の悲鳴が上がる。衝撃のあまりしゃがみ込む女性もいた。そして、その場にいた署員たちのうち拳銃を携帯していた者は咄嗟に、腰の拳銃入れから拳銃を抜いた。そして、手に手に拳銃をカウンターの向こう側で、猟銃を腰だめにした木口の白衣に包まれた上半身へ向けて構え、怒鳴った。

「止《や》めろ！」

「武器を捨てろ！」

「ここは警察だ、わかってんのか！」

けれど、ナースキャップを頭に戴《いただ》いた木口英里子の顔には、金属を引っ掻いたような市民たちの悲鳴、警告と怒りの入り混じった警察官たちの吠《ほ》えるような声に取り巻かれても、動じる色はない。猟銃を女性警察官の方へ向けたまま、まるで病棟で患者に接しているかのような淡い微笑を浮かべていた。

「もう一度聞くわ」木口は、臨終の患者にかけるような優しげな声で繰り返す。

「美鈴先生はどこ？」

「……知りません」

受付の女性警察官は、遮蔽物としてまったく用をなさないカウンター、その内側の事務椅子に釘付けにされたまま、恐怖のあまり噛みしめていた唇を開くと、そう気丈に答えた。声も、血の気が失《う》せて紫色になった唇も震えていた。

唐突に、木口が腰で構えていた猟銃の、やや下がっていた銃身がシーソーのように跳ね上がり、次の瞬間、ドン！　という銃声が炸裂《さくれつ》する。身動きも出来ないまま見守っていた市民たちが悲鳴を上げ、耳を塞いで床にしゃがみ込む。署員たちも、拳銃を構えた者は構えたまま身をすくませ、その他の署員たちは反射的に机の陰に、急速潜航する潜水艦さながらに沈んだ。

「これが最後よ」

木口英里子が、散弾が撃ち砕いた天井から建材の破片が、カウンターの内側、受付の女性警察官の背後にある交通課の机の上に降りかかる、ばらばら……という音に重ねて言った。猟銃は一瞬、女性警察官を射線から外しただけで、片方の銃口から薄く細い硝煙を立ち昇らせながら、受付の女性警察官に再び向けられていた。

「——美鈴先生は、いまどこにいるの？」

「…………」

受付の女性警察官は座像のように固まったまま、口をつぐんでいた。それは警察官としての義務感と、そして——髑髏《どくろ》の眼窩《がんか》のような銃口と重なった、本来は清潔や医療の象徴であるべき白衣が、まるで死衣のように見えていたからだった。

「君、答えなさい！」

女性警察官の後ろから響いたのは、南部《なんぶ》署長の声だった。騒ぎを不審に思って、公廨の奥の署長室から出てきたのだった。

襲撃犯の凶器が散弾銃とはいえ、数丁の拳銃が向けられている以上、後れをとることはない。しかし、銃撃戦となれば逸《そ》れ弾《だま》や跳弾で確実に市民に被害がでる。そう判断して命じたのだった。

「みんな何をしてる！　市民を避難させなさい！」

カウンターの囲いの中から、交通課や警務課の署員たちが腰を屈めながら走り出て、床にへたり込んだ子連れの主婦や、壁際で立ち尽くしたままの若い男を、抱きかかえるようにして玄関や中庭へ出る通用口へと向かい、連れだして行く。拳銃を構えた署員も、銃口を据えたまま、背中で押すようにして動けなくなった老人を下がらせる。

「……上にあがっていきました」

受付の女性警察官が、混乱の坩堝と化した中で、ぽつりと木口に告げた。

「上の、どこ？」

「……知りません」女性警察官は硝子《ガラス》のように強張った表情で、かろうじて踏みとどまるように言った。

「そう。――まあいいわ」

口もとを歪めて木口は答えると手首を返し、再び銃口を上げて発砲した。

庁舎の外へと流れ出していた、制服、平服姿の人の流れから吹きあがった悲鳴が、狂犬のように公廨のなかを駆け回るなか、木口は白衣を翻した。そうして、受付の反対側にあるエレベーターホール、その脇にある階段の入り口へと駆けだした。


「それではここで、すこしだけ待っていてもらえますか」

爽子は、奥津城を案内して三階にある刑組課のドアを入ると、身振りで刑事部屋の隅にある応接セットを示して言った。

大部屋の、係ごとに机の寄せられた島には、緊急配備が敷かれたせいで、課員の皆は出払ったままで、まるで真夜中のようにがらんとしていた。

「……ええ」奥津城は多少、異質な刑事部屋の雰囲気に戸惑いを見せたが、どこか上の空の表情で答えた。

私に何か、本当に話したいことがあるのかもしれない――。爽子は、クリニックではいつも飄然と内心を韜晦していた奥津城の、その表情にさした影を見ながら思う。だとすれば、それは？　私になにを？

「あ、主任！　お待たせしました」

そんなことを考えている間に大部屋のドアが開いて、支倉が顔を出した。

「あ、それじゃ――」

パン……！と階下から何かが弾ける音が微かに響いてきたのは、爽子がそう告げて、足を踏み出した時だった。

「――なんの音？」爽子は足を止めた。

「さあ……、なんでしょうね」

爽子は、そう答えて小首を傾げた支倉と奥津城を残して、ドアを開ける。廊下を歩きながら、まさか〝盲発〟……？　と思った。丁度、緊急配備が解除されて、署員たちが帰庁してくる頃合いだと考えたからだった。盲発とは、いわゆる暴発のことだった。日本の警察官は臨場に際して拳銃を使用することなく、そのほとんどが退職してゆく。扱い慣れているとはいえない。

まさか、と爽子は思ったものの、拳銃が危険なものであるのは間違いない。奥津城を大部屋で待たせているのもあって、爽子は呪われたホープダイヤを金庫室へ運んでいる心持ちで、エレベーターのドアが左右に開くと、腰の着装拳銃を保管庫に返却すべく箱に乗った。

非常ベルが鳴り響いたのは、エレベーターが下降を始めた直後だった。

――！　なにが起こったの？

そしてそれは、一階に着いたエレベーターのドアが、悲劇が上演される舞台の緞帳《どんちょう》のように開くと露わになった。

「なにが……あったの？」

爽子の中に立ったまま、エレベーターから見通せる公廨の有様《ありさま》に、そう呟いていた。こぼれそうなくらい見開いた爽子の眼に飛び込んできた光景は――。

銀行に似た、一階のほとんどを占める公廨の天井に、緑のギザギザした大きな穴が開いていた。人気《ひとけ》が消えた廃墟《はいきょ》じみた光景の中、いつもなら相談や各種の手続に訪れている市民たちの姿もなく、やはり銀行に似ているカウンターの受付では、先ほど帰庁した際、奥津城がやって来たことを教えてくれた女性警察官が、傍らの同僚に肩を抱かれて身を震わせながら泣きじゃくっている。

一目で異常事態の発生が見て取れる光景だった。さらに――

「よ、吉村部長……！」

受付の女性警察官が、エレベーターの物音に気づいたのか、垂れていた頭を上げて叫んだ。嗚咽《おえつ》を繰り返しながら声を迸《ほとばし》らせたその顔は、恐怖の涙と鼻水で、雨の日の道路のようになっている。

「か、看護師の格好をした女が……！　奥津城先生はどこだ、と――」

そこまで聞けば、全てを察するには充分だった。

奥津城メンタルクリニックにいた看護師、木口英里子が猟銃を携え、奥津城美鈴を連れ戻しに来たんだ……！

爽子は状況を把握すると、エレベーターの内部で身を翻えし、爪が白くなるほど強く、操作盤にある三階へのボタンを押した。一度ではなく、二度も三度も。がちゃがちゃと乱打されたボタンの鳴る音が響くなか、ようやくドアが閉まり、箱が上昇を始めると、爽子は焦燥の熱に胸底を炙《あぶ》られながら、天井を――仲間と奥津城のいる三階、刑組課の大部屋がある方を見上げた。

「支倉さん……！」爽子は自分の口から漏れた、絞り出されるような声を聞いた。


爽子を載せたエレベーターが三階へと向かい始めた頃――。

木口英里子は階段を駆け上って、庁舎内に鳴り響く非常ベルに追われるように、二階へと侵入していた。

多摩中央署庁舎の二階には、第三機動捜査隊と第九方面自動車警ら隊の分駐所執務室があり、木口英里子がまず襲ったのは、三機捜だった。

「美鈴先生はどこ？」

木口は、開け放ったドアの前に白衣に包まれた全身を晒し、胸の高さに上げた銃身を、刑組課の大部屋と同じく捜査員のほとんどが緊急配備のために出払った事務室の、室内に残っていた数人に向けて告げた。手術室でモニターの数値を執刀する医師に伝えるような冷静さだった。

居残っていた私服の機捜隊員たちには、完全に不意を突かれた一階の署員たちに比べれば、階下で突発した異変を察知して身構えるだけの、若干とはいえ時間的余裕があった。

「なんだお前は！」

「武器を捨てろ！」

機捜隊員らは腰に手を回し、制服警察官のそれよりは簡素な拳銃入れ《ホルスター》から拳銃を抜こうとした。けれど機捜隊員たちが握把《グリップ》を握った、その瞬間、——ドアの前で猟銃を構える木口英里子の、その胸の前に浮いていた黒い銃口で音が炸裂し、散弾を吹いた。頭上で砕けた蛍光灯が細かい破片となって、慌てて机に隠れた機捜隊員の上に落ちた。

「美鈴先生はどこなのよ！」

「そんなやつ知るか！」

「武器を捨てろ！　本当に撃つぞ！」

木口が初めて感情も露わに眉を逆立てて吠えると、機捜隊員たちが遮蔽物にしたそれぞれの物陰から口々に喚《わめ》いた。

「あ、そう。じゃあいいわ」

木口英里子は言い捨てて、──動く者のない執務室内に、また散弾を撃った。

「動くな！　武器を捨てろ！」

いがらっぽい硝煙の臭いが漂い、まだ猟銃の銃声の余韻が室内の空気を震わせているなか、機捜隊員の一人が隠れていた机から拳銃を両手で構えて、跳び上がるように立ちあがる。──看護服の女の所持していたのは水平二連の猟銃であり、すでに二発とも発射している。そう判断したのだった。

しかし、機捜隊員の構えた拳銃の短い銃身の先、狙いを定めるための突起である照星の向こうには、白衣に猟銃を構えていた木口英里子の異様な姿は、すでに無かった。

「くそ、追うぞ！」

真っ先に立ちあがった機捜の巡査部長が怒鳴って駆け出し、物陰から出てきた隊員たちもそれに続こうとした、まさにその時。

目前に迫った戸口に、木口英里子の白衣姿が、ドアが閉じるようにくるりと現れた。身を寄せていた廊下側の壁から反転しながら持ち上げられた猟銃の銃口が、ドアへと殺到しようとしていた機捜隊員たちに向かって持ち上がる。そうしながらナースキャップの下で、木口の口もとだけが、にたりと笑っていた。その眼は見ひらかれ、白目が光るなかに瞳孔が黒い点になって浮き、機捜隊員には銃口が四つあるように見えた。そんな木口の表情に、猟銃よりも本能的な恐怖を感じて、機捜隊員たちはボウリングのピンのように左右に倒れ込む。

木口は、機捜隊員たちが床に転がるなか、表情を変えずに再装塡した銃を天井に向けて撃った。威嚇し、足止めするためだった。そうしてから、少し離れた廊下の奥にある第九自動車警ら隊、通称〝きゅうじら〟の分駐所のドアから飛び出してきた制服警察官たちにも一発、放った。銃声と同時に、スチール製のドアを無数の散弾が穿《うが》つ音が響き、自ら隊員たちが慌ててドアの陰に引っ込んだのを見定めることもなく、木口は鳴り続ける非常ベルに急かされて廊下を走りに抜け、階段室へと転げ込んだ。

木口は、上へと延びる階段の手前の床に腰を落とし、これまでずっと息を止めていたように、はっ、はっ……と激しく喘《あえ》いだ。真夏の犬のような呼吸を繰り返す顔には、つい先ほどまでの冷血動物じみた無表情さはなく、緊張と運動による汗と硝煙の滲《し》みた目から流れる涙が、いくつも筋になって細いおとがいから垂れていた。

恋情の妄執と依存に囚《とら》われていたとはいえ、自分のしていることへ恐怖が無いわけではない。しかし――。

――美鈴先生が待ってる。自分からここへ来たとはいっても、きっと後悔して、私を待ってる……！

助けなきゃ……！　木口は心の底から湧き上がった激情に叱咤《しった》され、猟銃の安全装置を解除した。かちゃ、という金属音とともに銃が折れた途端、露わになった銃身の末端にある薬室から空薬莢が飛び出す。木口は、白衣のポケットから摑みだした新しい散弾を、震える指先で薬室に詰めた。そうして、折れていた銃を、まっすぐに戻した。

この時に銃のたてた、ジャキ……！　という小さな音に、あらためて目的の完遂を決意して、木口は階段を昇っていった。

刑組課の大部屋のある三階へと。

「吉村主任……！　どうでした？」

爽子が、エレベーターが三階に着くとドアが開ききる前に擦り抜け、そのまま廊下から刑事部屋に走り込むと、応接セットで奥津城とともにいた支倉が立ち上がって声をかけてきた。

「下で何があったんです？　なんだか——」

爽子は、わずかな動揺を滲《にじ》ませて言い募ってくる支倉には答えず、机の間を早足に抜けて二人の方へ近づくと、ソファに座っていた奥津城の腕を摑んで言った。

「ここからすぐ出ましょう。案内します。——急いで」

「どういうこと？」

爽子は、怪訝そうに眼鏡のフレームの上で眉をひそめた奥津城を見上げて一瞬、躊躇《ためら》ったものの、口を開いた。——目の前の女医も、いずれは知ることになる。それに、危険が差し迫ったものであることを認識させたかった。

「先生の病院の看護師さんが、署に……乗り込んできたんです」爽子は告げた。

「猟銃を所持して」

破裂音と建材の折れ砕かれる音が床から伝わってきたのは、その時だった。最初に聞こえた盲発を疑った音より、ずっとはっきりと聞こえた。木口英里子が三機捜の執務室で撃った音だった。

「英里子が、猟銃を……？」奥津城もさすがに呆然として呟いた。

「……成城の家から持ち出したんだわ」

「でも、ご両親っていいま、海外ですよね？　銃刀法違反じゃ——」

文倉が非難まじりの声を上げる。銃刀法では、人が常在していない場所での銃の保管は禁止している。

「うちの父はそういうことに疎くて……」それが奥津城の答えだった。

「もともと十年以上も前に、友人との付き合いで免許を取ったり銃を購入しただけだったし、それに父は性に合わないからって、すぐにやめてしまったから……。それ以来、ずっと鍵を掛けたロッカーに」

「そのロッカーの鍵の所在を、木口英里子は知っていたんですね」

爽子が問うのと同時に、階下から発砲音がまた響いた。爽子の疑問に答えるように。

「……知ってたと思う」奥津城はぽつりと言った。

「解りました」爽子は奥津城の袖を掴んで手に力を込めて言った。

「いまは、一刻も早くここから出ましょう。さ、急いで――」

爽子は被疑者を引致するように歩き出そうとしたが、奥津城はその場から動かなかった。

「いえ、私は残るわ」奥津城は言った。

「そんな……」

「なに言ってるんですか……！　木口英里子は奥津城先生が目的なんですよ？」

爽子が戸惑って奥津城の微笑に似た表情を見詰める傍らで、支倉が叫ぶ一歩手前の声で言った。

「だから、よ」奥津城は運命を受《う》け容《い》れるかのように言った。

「英里子の目的が私を連れ出すことなら、私がここにいなければ……私がもう手の届かないところへ行ってしまったと知れば、英里子は絶望して、自分を撃つかもしれない」

「でも、ここはもうすぐ警察に完全に包囲されます」爽子は言った。

「たとえ先生が残ったとしても、ここから連れ出せないことを悟れば、木口英里子は奥津城先生を撃つかもしれません」

「それでもいいの、私」

奥津城は唇の両端を広げて言った。虚無のような笑みだった。

「……もう疲れちゃってるのよ、私」

奥津城は、ふっと息をついた。それから、自分より頭一つほど背の低い爽子の目を覗き込んで続ける。

「記憶は鉛の塊にも、精神を裂く刃《やいば》にもなる。あなたなら解ってくれるわよね、吉村爽子さん？」

「……公務執行妨害で逮捕して、ここから引《ひ》き摺《ず》っていってもいいんですよ」

爽子は上目遣いに奥津城を睨むと、小型犬が唸《うな》るような声で言った。

奥津城は薄く笑ったまま、眼鏡の奥から煙るような眼で爽子の氷の破片のような視線を見返していたが、爽子が本気だと悟ったのか、睫毛《まつげ》を伏せて一旦目を閉じてから、爽子を見詰めた。

「解ったわ」奥津城は、拗《す》ねたように言った。「行きましょ」

「で、でも、どうします？」

上司と女医のやり取りを、焦りながら見守っていた支倉が言った。

「木口英里子が階段を昇って来るんだったら、そっちへは行けないし……。エレベーターも無理ですよ」

「…………」爽子は下唇を噛んで、思考を集中した。

三人、どこかに隠れて木口英里子をやり過ごし、それから庁舎から脱出するか。

……無理だ。

ならば覚悟を決めて、拳銃で射撃して制圧するか。となれば、相手が拳銃より強力な猟銃でもあり、警告なしの危害射撃をせざるを得なくなる。しかも、一発で絶命させなくてはならない。仕留め損なえば、反撃されるからだ。

これも無理だ。それに奥津城がいる。危険に晒すわけにはいかない。

こうなればいっそ、取調室にでも立て籠もって救援を待つか――そこまで考えて、爽子は顔を上げた。

「取調室のところにある被疑者用階段を使えば、階段やエレベーターを使わずに下の階に降りられる。そうすれば――」

爽子が思いついたのは、階下の留置場から刑組課のある三階への直通の通路のことだった。被疑者を衆目から隔離し、また逃走などの事故を防ぐために設けられている。

「あ、そうですね！――私、様子を見てきます」

支倉の顔に具体的な方法を指示された安堵が散り、早速、大部屋のドアまで駆け寄って行く。爽子はそれを見ながら、念のために腰に着装した拳銃入れの、銃が飛び出すのを防ぐ留め具のスナップボタンを外す。

と、ドアまで行き着いた支倉が、慎重にノブを回し、ドアの隙間から廊下の気配を窺おうとした、その途端。

見えない壁に突き当たったように、支倉は動きをぴたりと止めた。その眼は見開かれている。そして、そのまま後ずさりし始めた。

支倉さん……？　不審に思った爽子が眉を寄せた瞬間、壁に沿って後ろへと摺《す》り足《あし》で下がり続ける支倉を追うように、ぬっ、と開いたドアの陰から伸びたのは、漆黒の棒だった。

銃身……！　爽子は眼を見開く。

――猟銃だ！

爽子が咄嗟に上着をはね除《の》けて腰から拳銃を抜いて両手で構えるのと、木口英里子が猟銃の狙いを支倉に定めたまま、白衣に包まれた全身を刑事部屋に現したのは、ほぼ同時だった。

「撃つぞ！」爽子は拳銃の短い銃身の突端にある、照準を定める照星の向こうに、能面のような木口英里子の横顔を捉えて、叫んだ。

「武器を捨てなさい！」

「うるさい……！」

木口は銃口を支倉に据えたまま、顔だけを爽子に向けて吐き捨てた。白い舟形のナースキャップの下にある木口の表情は、能面は能面でも、妄念に取り憑かれた鬼女の面だった。

「そっちこそ捨てなさいよ！」木口は吼《ほ》えた。「撃っちゃってもいいの？」

爽子は、顔を苦衷に歪め、震えて音を立てそうな歯を食いしばる。そして大きな瞳をすがめるように細めて、照星と重なった、看護服姿に猟銃を構え、この異常事態を体現した木口を凝視した。

撃つべきだろうか……？　爽子は葛藤で頭の中が沸騰しているのを感じながら、自分を励まして必死に思考を働かせた。

銃口から木口までは、ほんの数メートル。この距離なら、いかな自分でも狙いを外さないだろう。しかし――。

撃つとなれば、確実に絶命させせなければならない。ナースキャップを被った、木口英里子の頭部を狙うしかない。

――でも……、もし撃ったとしても、それが外れてしまったら……？

目の前の看護師は咄嗟に、猟銃の引き金を引くかもしれない。そうした場合でも、木口は狙いを定める必要はない。猟銃に装塡されているのが、顆粒《かりゅう》のような小さな弾をばらまく散弾だからだ。弾丸と違い、射線上に晒されている文倉は身を避ける暇もなく――。

それに、幸運にも木口英里子の頭部に命中させられたとしても、その衝撃で木口が引き金を引いてしまったら……？

それこそ犯人死亡、警察官一名殉職という結果になりかねない。想定しうる最悪の事態だ。

では、どうすれば……？　爽子は、呪文のように同じ問いを繰り返しながら、照星越しの木口と、その先で猟銃の銃口を覗き込んで立ち尽くしている文倉を交互に見た。

そうして、テニスの激しいラリーを追うように左右へ激しく動いていた爽子の視線が、支倉で止まった。支倉は、壊れかけた機械人形のようにぎこちなく震えながら首を巡らして、顔を爽子に向けていた。支倉は凍りついた表情のまま、眼をまっすぐ爽子にむけ、わななく唇を動かして、声には出さずにこう告げた。

撃ってください、と。

爽子の中で、支倉の顔に浮かんだ、その擦り切れそうな決意を見た瞬間、何かが挫《くじ》けた。

爽子は重い、エクトプラズムのような息を吐いて、緊急配備時にはあれほど禍々《まがまが》しい破壊力を感じさせた拳銃を、取るに足りない無力な物のように感じながら、力なくおろした。

——自分自身の命なら賭けられたかもしれない……。でも……。

「いい子ね」

木口英里子は嗤うように言って、拳銃の銃口を床に向け下唇を噛んで睨みつける爽子から、事の成り行きに立ち尽くしていた奥津城へと、初めて眼を移した。

「美鈴先生……」

木口の、ナースキャップの下で凶相を浮かべていた顔が溶けるように笑みへと変わり、歓喜の声を漏らした。

「英里子、あなた……」

そんな木口に、奥津城は日頃の饒舌《じょうぜつ》さも忘れて、そう呟いた。

多摩中央警察署が、猟銃で武装した女に襲撃された――。

その報《しら》せは、至急報として都内千代《ちよ》田《だ》区桜田門《さくらだもん》にある警視庁本部へともたらされた。

十五時二十五分、通信指令本部は〝当機〟、当番機動隊であった立川市の第四機動隊に出動を要請。銃器所持事案であることから、同隊は通常の治安出動装備の部隊に加え、銃器対策部隊も派遣。

同日十五時四十分には、刑事部長を本部長とする対策本部が警視庁本館六階、刑事部対策室に設置。

また、爽子の古巣でもあり、柳原明日香が係長を務める刑事部捜査第一課は、直ちに在庁番および裏在庁だった二個係に加え、第一特殊犯捜査一係、通称ＳＩＴを臨場させる一方、〝ゼンカン〟――都内各地で特捜本部で捜査指揮に当たっている、あるいは非番だった管理官以上の全幹部に対し現地集合がかけられた。

「平賀《ひらが》課長……！」

多摩中央署庁舎正門を、縦列に停車し青い防波堤のように封鎖した〝小隊バス〟――機動隊人員輸送車の陰に、捜査指揮官専用車であるクラウン・アスリートがすべり込むと、柳原明日香は呼びかけながら駆け寄った。

「柳原か」

路上に停められたクラウンの後部座席から降り立った平賀悌一《ていいち》捜査一課長は、不機嫌な顰《しか》め面《つら》だった。

「君らが事件番だったな。――吉村が、また何かやらかしたのか」

「それですが」柳原が言った。

「聴取した署員の話では、マル被の女は先日、課長にもご相談した、精神科医が患者に何らかの教唆をしたとみられる案件、その関係者のようです」

「どういうことだ。人定は」

「マル被は当該精神科医の経営する心療内科クリニックの看護師、木口英里子です」

「看護師が猟銃を握って、よりにもよって警察署を襲ったということか」

平賀は呆《あき》れたように言い、青地に白い線が入った人員輸送車のルーフ越し、多摩中央署の庁舎を振り仰いだ。

「しかし、何故だ？　尋常じゃないぞ」平賀は顔を柳原に戻して続けた。

「木口英里子は――」柳原は言った。

「当該精神科医、奥津城美鈴が出頭したのを奪い返そうとした、その可能性が高いと思われます」

「吉村のやつが暴走して、強引にその医師を呼び出したんじゃないのか」

「いえ」柳原は無味乾燥な口調で答えた。

「受付の署員の話では、来署したのは吉村に呼び出されたわけではなく、あくまで奥津城美鈴本人の意志だったようです。署員が約束は、と尋ねたところ、奥津城美鈴本人が約束はしていない、待たせてほしい、と答えたそうですから」

「そうか」平賀は不愉快そうに言った。

「それで、現在の状況は？　どうなってる」

「現在、木口英里子が奥津城美鈴医師、それに吉村、支倉両捜査員を人質に立て籠もっている三階へと通じる階段およびエレベーター、非常階段、被疑者用通路に多摩中央署員、三機捜、九自ら隊を配置。四人のいる大部屋とは、内線で連絡がとれます。一特一係の交渉役が説得中です。また、庁舎周辺には四機一個中隊が警戒配備についています」

柳原は読み上げるようによどみなく答えた。「なお、当署周辺五百メートル範囲内の立ち入りを制限、署員が規制線を張っています。当該区域内の住民の避難は、完了しています」

平賀は、元公安部員である部下の報告に満足したのか、苦々しい表情をわずかに和らげると言った。

「マル被からの要求は」

「食事の差し入れを、と」柳原は言った。

「空腹を覚えるということは、木口英里子にはまだ精神的な余裕があると思われます。……それに、なかなか冷静です。これは良い兆候といえるかもしれません」

「しかし、数百人の署員がいて何故、こんな事になった。緊配が解除された直後で、署員は拳銃を着装していただろう」

「市民の避難を優先させました」柳原とは別の声が答えた。

署長の南部が、副署長とともにやってくるところだった。

「公廨で撃ち合いになっていれば――」南部は捜一課長の前で立ち止まると、その眼をまっすぐに見返して言った。

「警察官である署員はやむを得ないとしても、訪れていた市民から犠牲者が出た可能性がある。私があの場で、そう判断した結果です」

数瞬、平賀と南部は視線をぶつけ合った。

「……幸い、現時点で殉職者、犠牲者は出ていません」柳原が上司と上官の間で、静かに言った。

「いまは、それで充分かと」

「――不幸中の幸い、だな」

平賀は誰にともなく呟くと、柳原に言った。「それで、現本は」

「現地指揮本部は庁舎四階の講堂に設けました」柳原は言った。

「特殊犯捜査の準備拠点は同じく四階の第一会議場に」

「解った、案内してくれ」

こちらへ、と先導したのは南部だった。柳原も路上を平賀たちに続きながら、黄昏の気配を漂わせはじめた空にそそり立つ七階建ての多摩中央署庁舎、その三階を見上げて思った。

――吉村さん、どうか頑張って……。


「どうしたの、食べないの？　けっこう美味しいわよ」

奥津城と並んで座った木口英里子が、事務机におかれたトレイからサンドイッチを摘《つま》んで、口に運びながら言った。

「そりゃ、あれだけ運動したあとなら美味しいでしょうね」

爽子は、木口と向かい合う席に着いた文倉が険悪な声で答えるのを、隣から窘《たしな》める。

「支倉さん」

相手を刺激するのは、好ましくないどころか危険だ。

爽子たち四人は、強行犯係の机で、捜本から差し入れられた食事を摂《と》っていた。サンドイッチなのは木口が希望したからだった。そしてそれが、柳原が木口英里子はまだ冷静さを残している、と判断した理由でもあった。片手で食べられ、もう片方の手で銃を扱うことができるからだ。その猟銃は爽子から取りあげた拳銃とともに、木口の座っている三森の机の上で、銃口を支倉へ向けて置かれていた。木口は、小柄な爽子よりも上背のある支倉の方を警戒しているのだった。

「ええ、そうね。否定はしないわ」木口は支倉が投げつけてきた皮肉に、咀嚼のために唇を蠢《うごめ》くように動かしながら鼻で嗤う。

その傍ら、普段は伊原が岩石じみた仏頂面をさらしている席に座った奥津城が、正面の爽子に口を開いた。

「さすがに、慣れてるのね」

少しからかうような奥津城の口調だった。——一時間前、白衣を着た木口が猟銃を突きつけて乱入してきた当初こそ呆然としていた女医も、いくらかこの異常な状況にも慣れてきたようだった。

「……なににですか」爽子は、ほとんど手をつけていない、自らのサンドイッチのトレイを前にして言った。

「こうやって監禁されるのは初めてじゃないものね、吉村さんは」

爽子は無言で、奥津城の、興味深いものでも観察するように細められた眼を見返す。

――なにを言い出すつもり……？　もしかして……。

「ええ、今年初めの事件のこと」奥津城は、わずかに眉を寄せた爽子の表情から内心を読み取ったのか、そう答えた。

「警察の中では、通称〝二月の事件〟と呼ばれてるそうね」

〝二月の事件〟。そう聞いた瞬間、爽子は自分の顔から表情が滑り落ちてゆくのを自覚した。その隣で、木口への当て付けのつもりか、両手で摑んだサンドイッチをばくばくと囓《かじ》っていた支倉の動きが止まった。

食事という人間の最も基本的な欲求を満たし、かつ日常の延長上にある行為で、やや弛緩《しかん》していた空気が、にわかに張りつめる。大部屋の外で、息を殺して室内の様子を窺っているであろう捜査員たちのたてる、資機材の微かな音さえ伝わってきそうなほど濃密な沈黙が漂うなか、――爽子は口を開いた。

「どうして、それを」

警察部内でも公には語られない事柄を何故、知っているのかという警戒。そして、自らのしでかした過ちを握られているという羞恥。それらの感情が入り混じった結果、そう抑揚のない声で答えた爽子に、奥津城はどこか得意気に答える。

「言ってたでしょう？　知ってるのよ、あなたのことを。吉村爽子さん。——例えば」

女医は、爽子の強い眼差しに晒されながら、歌うように続けた。

「あなたは大学を卒業後、警視庁へ入った。大学時代は心理学科、専攻は犯罪心理学だったそうね。警察学校入学後、巡査を拝命——」

「〝入学〟ではなくて、入校です」爽子はナイフで切り分けるように言葉を挟み、訂正する。

「あら、そ。とにかく、それが警察での第一歩ってわけね。で、警察学校在校中、大卒者のI類、〝短期〟と呼ばれる同期生の中での成績は四百八十七人中、百二十三番。これ、講義は得意だったけど、……術科っていうの？　身体を動かすのがまったく駄目だったからだそうね？　お巡りさんとしては、アンバランスに過ぎないかしら」

「——余計な御世話《おせわ》です」

よく知っている、というだけではない。奥津城は何らかの手段で、私の過去を調べ上げたのだ。父親の、あるいは奥津城個人のコネか……。手段はとにかく、知悉《ちしつ》しているのだ。爽子は心に猜疑《さいぎ》の暗雲が湧き出すのを感じながらも、表情には出さずにそう言った。

支倉はそんな爽子の横顔に眼を見張っている。

「入学……いえ、入校だったわね」奥津城は自身を見据える、爽子の錐のような視線に頓着せず、人事記録票を読み上げるように続ける。

「それから六ヵ月後、吉村さんは、碑文谷《ひもんや》警察署の留置管理係として卒業配置された。私は知らなかったんだけど、留置場の看守さんて、警察の中では優秀なひとが充てられるんですってね。それはともかく、吉村さんはそこで二年間、生の犯罪者をつぶさに観察する機会を得た」

「…………」爽子は感情と表情を遮断した、人形じみた顔で奥津城を見詰めながら考える。

――こんなことを、いまこの場で話す意図はなんだ……？

「そのお陰かしらね？　巡査部長に昇進して留置場から生活安全課に異動したあと、連続放火犯を逮捕できたのは。それも、他の刑事さんたちの手が回らないなかで、吉村さんがほぼ独力で捕まえたそうね。もちろん、学生時代に学んだことも活《い》かされたでしょうけど」

「昇進、ではなくて昇任です」

爽子はまた言わずもがなな指摘をし、そして、そんな爽子を見ながら支倉は、思わず呟いた。

「……すごい」

放火犯《あかうま》は一般的に、犯行の容易《たやす》さや物証の残りにくさ、なにより数の多さから、逮捕は難しいとされているからだ。

それを吉村主任は、たった一人で……。しかも昇任試験に一発合格するとは……吉村主任って〝特進組〟だったんだ。

「面倒ね、警察言葉は」奥津城は苦笑した。

「それはともかく、大金星を挙げた吉村さんは、かねてから志望していた、刑事さん養成研修を受けられることになった。それに――」

「研修ではなく講習です」

「試験的に設けられた、心理捜査官にも選ばれたのよね。そしてそれが――」

奥津城は訂正を聞き流し、爽子の眼を覗き込むようにして続けた。

「強く志望していた捜査一課への抜擢《ばってき》に繋がった。……なぜ吉村さんは捜査一課に行きたかったのかしら？　テレビドラマに憧れて、なんてことじゃないわよね？」

これは質問ではない。奥津城美鈴は、明らかに知っているのだ、あのことを。そう確信しながら女性精神科医を見返していた爽子は、自分が知らないうちに唇を引き結んでいることに気づく。

――奥津城美鈴は言葉のメスで、私の心を裂くつもりなんだ……。

「そして、〝二月の事件〟」奥津城はカルテに書き込むように言った。

「吉村さん、あなたは地理的プロファイリングで犯人の居場所を突き止めたけど、それを捜査本部には報告しなかったそうね？　唯一、相談したのは男性の同僚だったけど、その同僚に自分たちだけで捕まえようと提案し、それが断られると、あなたは一人で逮捕に向かったのよね？　けれど逆に犯人に監禁されて、激しい暴力を受けることになった……そして提案は拒絶したものの、吉村さんを心配して探し回っていた男性の同僚に助け出されたのよね」

それが〝二月の事件〟、吉村主任が罰俸《ばつぽう》転勤を受けることになった真相か――。

支倉は言葉もなく、爽子の凍りついた顔を見詰めながら、心の中では疑問の氷塊が溶けてゆくのを感じた。

転属当初に見た、爽子の身体中に残っていた傷痕の理由。

藤島直人が自分と爽子との関係を〝戦友〟といったことの意味を。爽子を救出したのが、藤島だったのだ。

――でも吉村主任、どうしてそんな無茶、というより無謀なことを……？

奥津城メンタルクリニックに押しかけるときも無茶だと支倉は思ったが、いま聞いた話はその比ではない。何しろ藤島が駆け付けなければ、吉村主任は犯人の手で殺されていただろうから。

「私は吉村さんのことを調べるうちに、吉村さんの扱った事件のなかでも性犯罪、とくに子どもを狙った小児性愛者への強い敵愾心《てきがいしん》があるのに気づいた。そういえば〝二月の事件〟の犯人も、性的殺人者だったわね」

「……黙りなさい」

爽子は心の深奥にある、太い鎖と錠前で厳重に封じた牢獄の扉から漏れだす感情が、自らの表情を歪ませていることを自覚しながら、声を押し出した。その声は、憑依《ひょうい》した悪魔が発したように太く、ざらざらしていた。

「そして、吉村さん。〝二月の事件〟であなたが取った行動も……、いいえ、それ以前に警察官という職業を選んだことも、すべてはあるトラウマで繋がっていると考えているの」

「それ以上、いうな……！」

「吉村さん」奥津城は爽子の呻《うめ》きが聞こえないかのように、言った。

「あなたは十歳の時、近所に住む男性から性的暴行をうけたのね」

「公廨の弾痕および二階廊下で回収された薬莢から――」

銃器対策部隊の小隊長は言った。「対象が所持している猟銃から発射されたのは、三ミリ散弾実包、通称五号弾です」

庁舎四階、講堂に設けられた対策本部。教室二つほどの室内の真ん中には長机が寄せられて庁舎内の見取り図が広げられ、それを囲んだ柳原や平賀課長といった幹部が、濃紺の出動服に身を固めた小隊長からの説明に、耳を傾けていた。

「威力はどれくらいだ」

平賀が質すと、日焼けした小隊長が答える。

「もともと五号弾は鳥撃ち用のもので、最大有効射程四十五メートル、最大到達距離は二百七十メートル足らずです。したがって、防弾鋼製の防弾盾および防護面つき防弾帽、突入型防弾衣ならば、散弾を防げます」

「強行突入し発砲に至った場合でも、受傷の可能性は最低限、……ということだな」

平賀はうなずき、出動服姿の銃器対策部隊の小隊長から、背広姿の捜査員に顔を向ける。

「犯人、木口英里子との交渉はどうだ？　進展はあったか」

「現在、人質解放を最優先事項とし、説得を続けていますが――」

第一特殊犯捜査一係の係長が言った。「奥津城美鈴医師には何の容疑もかけられていない、だから解放しても逮捕されることはないから安心するようにと繰り返しておりますが、木口英里子は逃走用車両の要求を繰り返すばかりで、難航しています」

「……だから、車はいつになったら用意ができるの？」

木口英里子が、四階の現地対策本部と繋がっている内線の受話器へ捲《まく》し立《た》てている。

「もう少し、って……さっきからその繰り返しじゃない！　そんな時間稼ぎをしたって――」

……背後から響く木口英里子の苛立った声を聞きながら、爽子と支倉は、夜の帳《とばり》の降りた大部屋の窓辺に立っていた。木口英里子は現職の警察官である爽子と支倉に対して、拘束することはなかった。その代わりに猟銃を握るか手元へ置いて、常に視界の隅に捉えている気配があった。木口の眼の届く範囲でならば比較的、自由だった。

爽子と支倉が窓の外を眺めると、こんな夜でも、ここから見える永山駅前の賑わいも空に瞬く星もいつもと変わらず――、けれど視線を下げると、庁舎を取り囲むように人員輸送車をはじめ機動隊の車両が配置されている。署の駐車場には、銃器所持事案とあって、箱形をした防弾仕様の特型警備車まであった。

そして、大盾を立てて微動だにしない機動隊員たちの阻止線。

「あの……吉村主任？　さっき奥津城先生が言ったことって……」

「ええ。……事実」

爽子は、窺うように尋ねた支倉に、暗い窓の外へ眼を向けたまま答えた。

「えっと、その、なんて言ったらいいか――」

「何も言わなくていい」爽子は言った。

いつもこうだ、と爽子は思った。ひとは相手が性犯被害者と知ったとき、腫れ物に触るような態度を見せる。まるで、異質な存在と接するように。それが、自尊心を蹂《じゅう》躙《りん》された被害者を、自己嫌悪の檻へと追い立ててゆく。

それだけでなく、下卑た好奇心を覗かせる者もいる。それは、子どもでも同様だ。未成熟で、性犯被害者が背負わされた〝穢れ〟の意味を理解しないが故に一層、あからさまな好奇と意地悪い揶《や》揄《ゆ》の標的にする。私の場合はそうだった。だから私は、と、爽子はガラスに映った自分の顔を見詰めた。

――この顔から表情を喪《うしな》った……。

「で、でも、主任。私……」

「もし通り一遍のことを支倉さんがいったら――」

爽子は、まだもごもごと言い募ろうとする支倉の言葉を断ちきるように告げた。

「私は支倉さんのことが嫌いになってしまう」

爽子は窓の外を向いたまま、支倉がうつむく気配を背中に感じ取ってはいたけれど、あえて何も言わなかった。言いたいことも無かった。だから、支倉が離れて行っても、そちらを見ようともしなかった。ただ、ここ数ヵ月、孤独感を覆っていた薄い膜が剝ぎ取られ、それが再び露わになった寂寥《せきりょう》とした感覚だけがあった。

「吉村さん」

また独りか……、そう心で呟いた爽子が呼ぶ声のした方へ向くと、いつの間にか奥津城が立っていた。

「ご免なさいね」奥津城は隣に立つと言った。

「吉村さんにとって極めてプライバシーの高い事柄を、同僚の人の前で話してしまって」

「いいえ」爽子はガラスの刃のように冷たい声で言った。

「赦《ゆる》して欲しいの。……でも、あなたが私を理解しているのと同じくらい、私もあなたを理解していることを知ってもらう機会は、もう無さそうだから」

「そうですか」爽子はガラスでできた声のまま言った。

「来署したのは、私とそういう話がしたかったからですか」

「いいえ、そうじゃないの」

奥津城は、くすりと笑みをこぼして続ける。

「実をいうとね……、私にも解らないのよ、どうしてここへ来ようと思ったのか。疑いを晴らそうとしたのか、それとも、私がクライアントにしたことを洗いざらいぶちまけて、私を止めて欲しかったのかもしれない。……心の医者としては情けないことだけれど、自分でも判然としないの。それでね、そんな吉村さんに、ひとつお願いがあるの——これよ」

言いながら身を寄せてきた奥津城が、背後から見えないように腹の前で差し出したものを見て、爽子は驚きに眼を見張った。

それは、爽子の拳銃だった。S&W製M37エアウェイト。

「……どうして」爽子は努力して拳銃から視線を上げ、奥津城の半面を見詰めて囁いた。

「吉村さんに持ってて欲しいの。大丈夫、さっき英里子から、いざとなったら使ってって渡されたから」

「私に彼女を撃てということですか……?」爽子は奥津城に顔を寄せて、押し殺した声で詰問した。

「それとも、これを口実にして、私を撃たせたいんですか……?」

奥津城は答えず、微笑したまま小さく首を振ると、爽子の手を取って半ば強引に拳銃を握らせる。押し返すわけにもいかず、爽子はやむなく、拳銃をベルトにさしてジャケットの下に隠すしかない。

　奥津城は、爽子がそうするのを見定めると背を向けながら片頬だけ覗かせて、囁くように告げた。

「その時が来れば、言うわ」


「――解りました」

　平賀はそう答えると、警視庁本部庁舎六階にある刑事部対策室と繋がっていた警察電話の受話器を、架台に戻した。

　そんな捜査一課長を、多摩中央署講堂の現地対策本部に詰めている、ほぼ全員が見詰めていた。その中には柳原明日香もいた。

「今夜中に片をつけろ、というのが刑事部長の意向だ」

　平賀は注視していた全員へ周知するように告げた。「これ以上、治安の第一線であり警察活動の砦《とりで》ともいうべき警察署《PS》が不法に占拠されているという事態が長引けば、警視庁全庁の威信に関わる」

　柳原明日香は、それを傾聴する人垣の中で思った。……上は腹をくくった、ということね。

「そういうことだ」平賀は断を下すように言った。

「銃器対策部隊は、いつでも突入できるよう準備しておけ」

「了解です」日焼けした銃器対策部隊の小隊長が短く答えて踵《きびす》を返し、濃紺の活動服に包まれた背中が人混みを掻き分けて講堂を出て行く。

「現在、三階で特異動向の報告はあるか。人質、マル被の様子は」

「いまのところ平静です」特殊犯一係の係長が答えた。

「マル被は電話口付近にいることが多く、三名の人質も拘束されてはいない模様です」

SITは、コンクリートマイクなど情報収集機器を設置して、刑事部屋の隣室の文書保管庫と屋外から、爽子たちの動静を監視下に置いていた。

「……こちらの意図を欺騙《ぎへん》するために、毛布などを差し入れると伝えますか」

「そうだな」

平賀は、一係長の提案にうなずいた。

「そうすれば、こちらが長丁場を覚悟しているとマル被が思い込む可能性があるな。よし、準備しろ」

数分後。

「え？　毛布？　いいわ、持ってきて」木口英里子が刑事部屋で受話器に言った。

このとき爽子と奥津城は、大部屋の隅にある来客用の応接セットで向かい合って座り、少し離れたところで交わされる、木口英里子と交渉係との通話を聞いていた。

爽子は、現地対策本部からの申し出の内容を知ると、その意図が直感で解った。……これ以上、事態が長引くのを警視庁本部が看過するとは思えない。だとすれば――。

――毛布は、もうすぐ強行突入がはじまる予兆だ……。

確信した爽子が眼を上げると、奥津城と眼があった。そして奥津城美鈴もまた、爽子の眼の色から、それを察した。

「吉村さん。私を撃って」

奥津城が、低いテーブルを挟んだ爽子に言った。

「え……？」

爽子は最初、告げられた言葉が理解できず、奥津城を見返した。

「だから、私を撃って欲しいの」

奥津城は、獲物を狙う爬虫類《はちゅうるい》じみた眼で、爽子の視線を捕まえたまま、繰り返した。

「撃つ……？　美鈴先生、どういうこと？　――あんた、拳銃を持ってるの？」

木口が聞《き》き咎《とが》めて、机の島のところから奥津城と爽子に金切り声を上げた。そして、片手で持っていた猟銃の銃身を持ち上げて、自分に背中を向けて座る爽子に銃口を向ける。

「主任……！」

支倉が、三人とは離れたお茶汲み場から叫ぶ。「やめなさい！」

奥津城は、刑事部屋に交叉《こうさ》した叫びが聞こえないかのように、爽子の双眸《そうぼう》に見入ったまま続ける。

「言ったでしょ……？　私はもう、ね……疲れちゃってるのよ。あなたと同じ体験と、それから逃れようとしてとった手段とその結果の、両方の記憶を持って生きることに。吉村さんには解るでしょう？」

奥津城が見えない触手のような視線を伸ばしながら、その唇から流れ出てくるかのような声は高くもなく低くもなく、耳朶《じだ》に滑り込んでくるようだった。

「あんた、銃を持ってるの？　どうなのよ？」

爽子は背後で響く木口の怒声を遠くに感じながら、奥津城の言葉に、ふと、そうかもしれない、という思いが心をかすめた。

——私は奥津城の動機だけは理解できる……。

「そんなこと、できない」爽子は心に瞬間的に生じた間隙を塞いで、視線を錐に変えて告げた。

「救われたいのなら、罪を認めて——」

「答えなさい！　あんた銃を持ってるの？」

「いいえ、できるわ。だって吉村さんは解ってるんだもの。そうよね？　それに、罪なんか、クライアントを唆したなんて認めないわ、私」

爽子は即座に、心の隙を閉じたつもりだった。けれど臨床経験、なにより他人の弱味を探り当てる、女性精神科医の触手じみた視線は、それを見逃さなかった。奥津城は薄く笑って、木口の金切り声に被せて言った。

「そうして私は、これからも生きている限り同じことを繰り返す。繰り返さざるを得ないのよ、代償行為としてね。そうする限り、被害者は増え続ける。私が生きている限りは。それでもいい？」

「……そんなこと、絶対に赦さない」

爽子は、火に炙られて溶けた人形のように歪んだ顔で奥津城を睨み据えて、怒りに食いしばった歯の隙間から告げた。穢らわしい欲望の為《ため》に、身体を、心を穢され貶《おとし》められ、それどころか命さえ奪われた被害者たちのことが脳裏に渦巻き、沸騰していた。

その中には十歳の、まだあどけない、ボールを抱えた爽子自身の姿もあった。

「だったら、吉村さんのするべきことはひとつだけよね。違う？」

「答えなさいってば……！　撃ち殺されたいの！」

奥津城の、魔女が呪文を唱えるような声を、木口の叫びが追いかけた。


「視察拠点から至急報！」

特殊犯一係係長の声が、講堂内に響いた。

「室内から、マル対の叫び声が聞こえる！　激昂《げきこう》している模様です！　撃ち殺されたいか、とまで口走ってます！」

対策本部にいた全員が、強張った顔を見合わせる。

「まずいぞ……！　銃対！」平賀捜一課長が呻いて振向く。

「突入部隊の編成は！」

「完了しています」銃器対策部隊の小隊長は、活動帽の下の浅黒い顔をうなずかせた。

「ただ、エントリー準備完了まで五分ください」

「解った」平賀は言った。

「五分後に着手開始だ。従事中の全捜査員、警備部隊に伝えろ」


「……だからって撃てるわけがない」

爽子は、怒りを抑えるための息を繰り返しながら、軋《きし》る様な声で告げた。

「なぜ撃てないの？」奥津城は心の底から不思議そうに尋ね返す。

「それはつまり、これから増えてゆく犠牲者の女性……小さな頃の吉村さんのような子どもたちが、どうなってもいいってことよね」

「違う」爽子は吐き捨てた。

そんなこと、断じて赦さない。私は警察官になったとき、そう誓った。

「どう違うの？　吉村さんは未来の犠牲者たちを見殺しにしようとしている」

「……違う」

爽子は、不意に自分が泣き出すのではないかと思った。感情が掻き乱され、溢れそうになっている。

いつのまにか、奥津城の悪意ある言葉の波は、爽子の心の防波堤を侵食していた。

「違わないわ。だってそうだもの」奥津城は嗤った。

「要するにね、吉村さん。あなたは自分を襲った経験以外は、大したことじゃないと思ってるのよ。せっかくの犠牲者を減らすチャンスを見過ごそうとしているんだもの」

「違う、違う、違う！」

爽子は後ろで結んだ髪を跳ね上げて、子どものように激しく首を振った。そうして、荒い息をしながら奥津城の顔を睨んだ。

真実を告げているという圧倒的自信に満ちた、湖面のように静かな女医の顔。……それを見ているうちに、爽子の心に、水に一滴のインクが落ちたように、目の前の女医の言うとおりなのかもしれない……そんな思いが生じた。

――いまここでこの女を撃てば、助かる被害者がいる……。

――私は被害者を、自分自身を助けたい。

爽子は魅入られたように奥津城を見詰めながら、右手を腰へ、無意識にそろそろと伸ばしていた。

「そうよ、吉村さん」奥津城は満面の笑みで言った。

「あなたが望むようにすれば、私も、これから犠牲になったかもしれない人たちも……、それにあなた自身も救われる――」

その瞬間だった。

刑事部屋のドアで、大きな打撃音が響き渡った。そして、そこから投げ込まれた空き缶ほどの円筒形の物体が床で跳ね、青白い閃光とともに炸裂した。

「なに……？」

次々と炸裂する閃光手榴弾《しゆりゆうだん》の爆発音のなか、そう叫んで猟銃の銃身ごと振り向いた木口英里子に、ぱっくりと開いたドアから雪崩《なだ》れ込んだ突入部隊が殺到した。

「……！」

閃光手榴弾の音に叫びを圧倒されながら、木口は向かって来る突入部隊へたて続けに発砲した。けれど散弾は突入部隊が先頭に押したてた防弾盾に跳ね返されて、その表面を掻き鳴らしただけだった。銃身は下から防弾盾に押し上げられ、さらに隊員に摑まれて天井を向いた。そして、そのまま木口英里子の白衣姿は、青い隊員たちの激流に飲まれるようにして、見えなくなった。

「撃ちなさい、私を！　吉村さん！」

奥津城は騒然とした刑事部屋で、爽子に叫んだ。

爽子の右手は、突入の瞬間こそ止まっていたものの、いまもそろそろと腰へと伸びていた。そして爽子は上着をはね除け、腰にあった物を渾身《こんしん》の意志の力で摑んだ。

「主任……！　駄目です！」

硝煙に咳《せ》き込《こ》みながら支倉の制止する声があがるなか、爽子の手に握られていた物。

それは手錠だった。

「強要の現行犯で逮捕する！」

爽子は叫んで身をテーブルに乗り出し、摑んだ奥津城の手首を引き寄せると、音を立てて手錠の輪を掛けた。

「吉村さん……」

奥津城は前のめりになった半身をテーブルに伏せるようにして爽子を見上げ、呟いた。

〝正義の味方〟であれば、拳銃を抜き、撃っていたかもしれない。しかし——。

「私は、……刑事だ」

爽子は手錠の鎖を握ったまま険しい視線で奥津城を見下ろして、そう告げた。

エピローグ

まだ怒ってるよなあ……。

支倉は刑事部屋で、爽子の頑《かたく》なな顔を思い浮かべながら、考える。

庁舎占拠事件から一ヵ月が過ぎ、十二月になっていた。

猟銃で損壊した箇所の修繕も終わり、多摩中央警察署は日常に復していた。どちらかというと無事でなかったのは爽子と支倉の方で、支倉は爽子とともに警視庁本部庁舎に出頭を命じられ、参考人取調室で警務部監察係から事情聴取された。

結果は——爽子は停職十日。一方、支倉はといえば、厳重注意で済んだ。

とはいうものの——。

それまでは、大分、信頼が出来つつあったと思っていた爽子との関係は、ある出来事から、拗《こじ》れたままだった。

それは、桜田門《さくらだもん》の本部庁舎で監察の事情聴取を受けた帰り、爽子の運転するワークス車内で交わした会話のせいだった。

「あのう……主任。こんなこと、他人が軽々しくいえたことじゃないのは解《わか》ってるんですけど……」

支倉は、あのとき言ったものだった。

「主任にとって憎むしか価値のない人間のことは、忘れた方がいいと思うんです」

「支倉さんに何が解るの」

爽子はステアリングを握ったまま一顧だにせず、吐き捨てたのだった。……あれ以来、爽子とは必要最小限の会話しかしていない。まるで転属したばかりの頃のように。

なんだか毎日、気が重いな……。支倉は隣の、いまは不在の爽子の席を見てため息をつく。

その時、非常ベルが鳴った。

多摩市内のコンビニエンスストアで強盗が発生――。

事件だ。

「……行きましょ。――」

支倉が耳を澄ませている間に、戻ってきた爽子が、机の上の書類を引き出しにしまいながら言った。

「――由衣」

支倉は少し驚いて、早足で大部屋を出て行く爽子の小さな細い背中を見送っていたが、やがて勢いよく立ちあがる。

「はい！」

支倉由衣は、座っていた椅子の背に掛けてあった上着を引《ひ》っ摑《つか》むと、敬愛する上司の後ろ姿を追った。

〈了〉

本書は文庫書下ろし作品です。

|著者| 黒崎視音　1974年生まれ。岡山県出身。『警視庁心理捜査官』で小説家デビュー。プロファイリングによる犯罪捜査の手法をいち早く警察小説に取り入れたこの作品は人気シリーズとなり、テレビドラマ化された。「六機の特殊」シリーズなどのほか、『緋色の華　新徴組おんな組士 中沢琴』では時代小説にも挑戦している。

マインド・チェンバー　警視庁心理捜査官《けいしちょうしんりそうさかん》

黒崎視音《くろさきみお》

講談社文庫

定価はカバーに
表示してあります

2023年９月15日第１刷発行

KODANSHA

発行者――髙橋明男
発行所――株式会社　講談社
東京都文京区音羽2-12-21　〒112-8001
電話 出版（03）5395-3510
　　 販売（03）5395-5817
　　 業務（03）5395-3615

デザイン―菊地信義
本文データ制作―講談社デジタル製作
印刷―――株式会社広済堂ネクスト
製本―――加藤製本株式会社

Printed in Japan

ISBN978-4-06-533245-0

講談社文庫刊行の辞

二十一世紀の到来を目睫に望みながら、われわれはいま、人類史上かつて例を見ない巨大な転換期をむかえようとしている。

世界も、日本も、激動の予兆に対する期待とおののきを内に蔵して、未知の時代に歩み入ろうとしている。このときにあたり、創業の人野間清治の「ナショナル・エデュケイター」への志を現代に甦らせようと意図して、われわれはここに古今の文芸作品はいうまでもなく、ひろく人文・社会・自然の諸科学から東西の名著を網羅する、新しい綜合文庫の発刊を決意した。

激動の転換期はまた断絶の時代である。われわれは戦後二十五年間の出版文化のありかたへの深い反省をこめて、この断絶の時代にあえて人間的な持続を求めようとする。いたずらに浮薄な商業主義のあだ花を追い求めることなく、長期にわたって良書に生命をあたえようとつとめるところにしか、今後の出版文化の真の繁栄はあり得ないと信じるからである。

同時にわれわれはこの綜合文庫の刊行を通じて、人文・社会・自然の諸科学が、結局人間の学にほかならないことを立証しようと願っている。かつて知識とは、「汝自身を知る」ことにつきていた。現代社会の瑣末な情報の氾濫のなかから、力強い知識の源泉を掘り起し、技術文明のただなかに、生きた人間の姿を復活させること。それこそわれわれの切なる希求である。

われわれは権威に盲従せず、俗流に媚びることなく、渾然一体となって日本の「草の根」をかたちづくる若く新しい世代の人々に、心をこめてこの新しい綜合文庫をおくり届けたい。それは知識の泉であるとともに感受性のふるさとであり、もっとも有機的に組織され、社会に開かれた万人のための大学をめざしている。大方の支援と協力を衷心より切望してやまない。

一九七一年七月

野間省一

柄谷行人

柄谷行人の初期思想

解説＝國分功一郎　年譜＝関井光男・編集部

『力と交換様式』に結実した柄谷行人の思想——その原点とも言うべき初期論文集は広義の文学批評の持続が、大いなる思想的な達成に繋がる可能性を示している。

978-4-06-532944-3
かB21

伊藤痴遊

続 隠れたる事実 明治裏面史

解説＝奈良岡聰智

維新の三傑の死から自由民権運動の盛衰、日清・日露の栄光の勝利を説く稀代の講釈師は過激事件の顚末や多くの疑獄も見逃さない。戦前の人びとを魅了した名調子！

978-4-06-532684-8
いZ2

講談社文庫　目録

芥川龍之介　藪の中
有吉佐和子　新装版 和宮様御留
阿刀田　高　ナポレオン狂
阿刀田　高　新装版 ブラック・ジョーク大全
安房直子　春の窓〈安房直子ファンタジー〉
相沢忠洋　「岩宿」の発見〈幻の旧石器を求めて〉
赤川次郎　偶像崇拝殺人事件
赤川次郎　人間消失殺人事件
赤川次郎　三姉妹探偵団
赤川次郎　三姉妹探偵団2〈キャンパス篇〉
赤川次郎　三姉妹探偵団3〈珠美・初恋篇〉
赤川次郎　三姉妹探偵団4〈怪奇篇〉
赤川次郎　三姉妹探偵団5〈復讐篇〉
赤川次郎　三姉妹探偵団6〈危機一髪篇〉
赤川次郎　三姉妹探偵団7〈駈け落ち篇〉
赤川次郎　三姉妹探偵団8〈人質篇〉
赤川次郎　三姉妹探偵団9〈青ひげ篇〉
赤川次郎　三姉妹探偵団10〈父恋し篇〉
赤川次郎　死が小径をやってくる〈三姉妹探偵団11〉

赤川次郎　死神のお気に入り〈三姉妹探偵団12〉
赤川次郎　次女と野獣〈三姉妹探偵団13〉
赤川次郎　心地よい悪夢〈三姉妹探偵団14〉
赤川次郎　ふるえて眠れ、三姉妹〈三姉妹探偵団15〉
赤川次郎　三姉妹、呪いの道行〈三姉妹探偵団16〉
赤川次郎　三姉妹、初めてのおつかい〈三姉妹探偵団17〉
赤川次郎　恋の花咲く三姉妹〈三姉妹探偵団18〉
赤川次郎　月もおぼろに三姉妹〈三姉妹探偵団19〉
赤川次郎　三姉妹、ふしぎな旅日記〈三姉妹探偵団20〉
赤川次郎　三姉妹、清く貧しく美しく〈三姉妹探偵団21〉
赤川次郎　三姉妹と忘れじの面影〈三姉妹探偵団22〉
赤川次郎　三姉妹、舞踏会への招待〈三姉妹探偵団23〉
赤川次郎　三人姉妹殺人事件〈三姉妹探偵団24〉
赤川次郎　三姉妹、さびしい入江の歌〈三姉妹探偵団25〉
赤川次郎　三姉妹、恋と罪の峡谷〈三姉妹探偵団26〉
赤川次郎　静かな町の夕暮に
赤川次郎　キネマの天使〈レンズの奥の殺人者〉
新井素子　グリーン・レクイエム〈新装版〉
安能務 訳　封神演義 全三冊

安西水丸　東京美女散歩
綾辻行人　殺人方程式〈切断された死体の問題〉
綾辻行人　鳴風荘事件 殺人方程式II
綾辻行人　十角館の殺人〈新装改訂版〉
綾辻行人　水車館の殺人〈新装改訂版〉
綾辻行人　迷路館の殺人〈新装改訂版〉
綾辻行人　人形館の殺人〈新装改訂版〉
綾辻行人　時計館の殺人〈新装改訂版〉
綾辻行人　黒猫館の殺人〈新装改訂版〉
綾辻行人　暗黒館の殺人 全四冊
綾辻行人　びっくり館の殺人
綾辻行人　奇面館の殺人(上)(下)
綾辻行人　どんどん橋、落ちた〈新装改訂版〉
綾辻行人　緋色の囁き〈新装改訂版〉
綾辻行人　暗闇の囁き〈新装改訂版〉
綾辻行人　黄昏の囁き〈新装改訂版〉
綾辻行人　人間じゃない〈完全版〉
綾辻行人ほか　7人の名探偵
我孫子武丸　探偵映画

我孫子武丸　新装版8の殺人
我孫子武丸　眠り姫とバンパイア
我孫子武丸　狼と兎のゲーム
我孫子武丸　新装版殺戮にいたる病
有栖川有栖　ロシア紅茶の謎
有栖川有栖　スウェーデン館の謎
有栖川有栖　ブラジル蝶の謎
有栖川有栖　英国庭園の謎
有栖川有栖　ペルシャ猫の謎
有栖川有栖　マレー鉄道の謎
有栖川有栖　幻想運河
有栖川有栖　スイス時計の謎
有栖川有栖　モロッコ水晶の謎
有栖川有栖　インド倶楽部の謎
有栖川有栖　カナダ金貨の謎
有栖川有栖　新装版マジックミラー
有栖川有栖　新装版46番目の密室
有栖川有栖　虹果て村の秘密
有栖川有栖　闇の喇《らっ》叭《ぱ》
有栖川有栖　真夜中の探偵
有栖川有栖　論理爆弾
有栖川有栖　名探偵傑作短篇集 火村英生篇
浅田次郎　勇気凜凜ルリの色
浅田次郎　霞町物語
浅田次郎　ひとは情熱がなければ生きていけない〈勇気凜凜ルリの色〉
浅田次郎　シェエラザード(上)(下)
浅田次郎　歩兵の本領
浅田次郎　蒼穹の昴 全四巻
浅田次郎　珍妃の井戸
浅田次郎　中原の虹 全四巻
浅田次郎　マンチュリアン・リポート
浅田次郎　天《てん》子《し》蒙《もう》塵《じん》 全四巻
浅田次郎　天国までの百マイル
浅田次郎　地《メ》下《ト》鉄《ロ》に乗って〈新装版〉
浅田次郎　おもかげ
浅田次郎　日輪の遺産〈新装版〉
青木玉　小石川の家
天樹征丸 画・さとうふみや　金田一少年の事件簿 小説版〈オペラ座館・新たなる殺人〉
天樹征丸 画・さとうふみや　金田一少年の事件簿 小説版〈雷《いかずち》祭《まつり》殺人事件〉
阿部和重　アメリカの夜
阿部和重　グランド・フィナーレ
阿部和重　A B C〈阿部和重初期作品集〉
阿部和重　ミステリアスセッティング
阿部和重　IP/NN 阿部和重傑作集
阿部和重　シンセミア(上)(下)
阿部和重　ピストルズ(上)(下)
阿部和重　アメリカの夜 インディヴィジュアル・プロジェクション〈阿部和重初期代表作Ⅰ〉
阿部和重　無情の世界 ニッポニアニッポン〈阿部和重初期代表作Ⅱ〉
甘糟りり子　産む、産まない、産めない
甘糟りり子　産まなくても、産めなくても
赤井三尋　翳《かげ》りゆく夏
あさのあつこ　NO.6（ナンバーシックス）#1
あさのあつこ　NO.6（ナンバーシックス）#2
あさのあつこ　NO.6（ナンバーシックス）#3
あさのあつこ　NO.6（ナンバーシックス）#4
あさのあつこ　NO.6（ナンバーシックス）#5
あさのあつこ　NO.6（ナンバーシックス）#6

講談社文庫　目録

2023年6月15日現在